狮吼马江

池敬嘉　著

中共福州市马尾区委党史和地方志研究室　编

海峡出版发行集团｜海峡文艺出版社

自　序

由于岁月流逝，加上真相又深藏于历史老人的皱褶中，所以不仅是有关的专家学者，几乎所有的福州人都听说过 140 年前的马江之战，但只知其然而不知其所以然。

其实，惨烈的马江之战仅是侵略者发动对华战争第二阶段的一场战役，第一阶段在越南，中法双方互有胜负。第二阶段在台湾与福州，由于清廷政府颟顸腐败，闽台两地均仓促应战。台湾因有智勇双全的老将刘铭传，临阵磨枪犹能侥幸取胜。而福州因书生领兵的张佩纶不谙战事，加上受到上下左右掣肘，致使中法水师的兵舰在马江对峙了四十多天后，侵略者乘我方不备突然发起攻击，用时不到一个小时，战斗就结束了，我福建水师舰船几乎全被法军先进炮火摧毁。

详细还原这一段不堪回首的屈辱史，我于心不忍。但我尊重历史，敬畏生命。遵照创作历史小说的两条铁律：第一，要在历史背景中描绘历史人物；第二，要进入历史人物的内心世界。因而我一头扎进纷繁复杂、波涛汹涌的近代史长河，与马江之战期间在现场以及幕后的前人进行心灵对话，体悟他们的所思、所感、所悲以及所怯，竭尽全力揭橥存在于历史之中的另一种真实，深度钩沉出"血"与"铁"的马江。

我之所以在电影文学剧本《狮吼道庆洲》荣获 2023 年度福建省优秀电影剧本征集评选活动最佳作品奖后，又不揣浅陋书写同一题材的长篇小说，是因为我认为浩瀚的马江有值得讴歌的铁血性格。在我心中的马江，不仅是地理坐标，更是精神坐标。船政水师将士拥有钢铁般的意志，不惜付出鲜血把马江染红。

我之所以将笔锋浓转于岸上的战斗，是因为岸上的清军与船政水师将士一样宁鸣而死，不默而生，以落伍了近两个代差的炮台和简陋的冷兵器与手握先进的杀人利器的敌人拼杀。尤其是手无寸铁的老百姓凭着一腔热血前仆后继奔赴战场，以极其原始的战争手段迎头痛击侵略者，迫使他们损兵折将，丢盔弃甲，狼狈逃窜。

小说中的主要角色林狮狮，尽管名不见经传，只是民间传说，但民间传说往往承载着丰富的文化意义和象征，它们不仅是历史的反映，也是文化的传承。因此，虽然民间传说不是严格意义上的历史记录，但它们对于理解一个民族的文化传统、价值观和社会结构等方面都具有重要的参考价值。在国难当头时刻，林狮狮敢于挺身而出炮打孤拔，不仅代表了民间的钢铁意志，而且完美地锻造出了近代以来的中华民族坚韧不屈的伟岸雄姿。

尤其值得一提的是被岁月烟尘遮蔽了的福州巾帼英雄。一位是真实存在却鲜为人知的福州女文豪薛绍徽，即闽侯籍著名外交家陈寿彭的妻子。她不时地将四伯陈季同与丈夫陈寿彭从巴黎发回的有关法国军政两界的电报转递给福建军政要员，还在关键时刻挺身而出用自己深厚的艺术造诣征服了不可一世的法国海军中将孤拔。也正是她的一阕《满江红》，使血性男儿林狮狮的英雄形象在历史文学中得以"复活"。另一位即西门月瑛，她白天在濑湾与马尾之间摆渡，夜里替盐枭看守私盐仓库，以此维持生计。生如蜉蝣，命如草芥，她看上一个革命者却未嫁先成孀居人，后来在与林狮狮的搏击中亦可窥见其英雄本色。她明知心仪之人执意要拔枭旗、赴国难，非但没有阻拦，还一拳砸在他胸脯上说："英雄有胆，不能无后。"率性而为、主动献身。虽说只是一个普普通通的女人，但一样值得讴歌。

毫无疑问，在我心目中，西门月瑛是一号女主人翁，福州著名女文豪薛绍徽是二号女主人翁。我将这两条平行故事线，予以交叉推进，其目的是为了最大限度地拓宽想象空间，让故事情节更多姿多彩；让所塑造的人物形象更饱满、性格更丰富；尽量让读者能获得阅读快感，能咀嚼出别样风味。

读者诸君，有一点需要说明，《狮吼马江》是小说，不是历史文本。就像在陶瓷艺术领域中的另类"荻烧"，在现有的文献或专业术语中并不常见，然而它是粗野和颗粒感的代名词。手工拉取的坯痕、毫无规律地从坯土中爆出的晶莹沙粒、釉面缺失形成的虫洞，都尽情地附着在器物的里外。哪怕施釉只是轻柔一抹，釉水流淌，薄厚不一，却韵致天成，具有质感的"拙缺美"，比传统的陶瓷更富野性和诗性。

拙著《狮吼马江》得以付梓问世，得感谢马尾区党委和政府的领导关心与支持。区文旅局林荫侬副局长、中共福州市马尾区委党史和地方志研究室的同志们更是于百忙之中抽出时间专门阅读书稿，不但予以纠错指正，并且提供了经得起考证的马尾的历史文化、地望变化以及地方风情的资料，提供史料多多，始免贻笑大方。

但愿触到国人"痛点""软肋"的《狮吼马江》小说，具备鼓荡不息、引人共鸣的力量，使读者能获得精神财富，投身于中华民族伟大复兴的事业之中。

2024 年中元节

目 录

楔子　道庆洲 / 1

一、劫后余波 / 7
　氤氲秀色黛韵楼 / 9
　渔樵闲话 / 17
　非正式遗孀 / 29
　未入昭忠祠的英烈 / 35

二、面对无妄之灾 / 45
　东方狮 / 47
　滚开，苟狸侬 / 56
　芦苇荡中的道庆洲 / 71
　最有头脑的中国人 / 89
　饥蚊饿蚤不相容 / 117
　雄鸡畏烹 / 122
　菊残犹存傲霜枝 / 138
　莫愁前路无知己 / 149
　鲨勺勿惊汤焯 / 179
　困兽犹斗 / 184
　引水 / 191

无忧宫与柯尼斯堡 / 204

大侠 / 212

天空之吻 / 233

荆天棘地罗星塔 / 252

鸳朋凤侣 / 293

委肉虎蹊 / 305

好事之鱖生 / 318

血雨腥风石径斜 / 330

狮吼马江 / 344

三、赤马红羊劫 / 351

蚁聚蜂拥关塞黑 / 353

黍离之悲 / 374

尾声　做半段 / 402

后记 / 409

楔 子

道 庆 洲

距马尾地标建筑罗星塔西侧仅几百米的马江江面上有一个洲渚，隐藏着鲜为人知的秘密。它立于浩渺烟波之中，经常被苍茫雾霭笼罩着。这个大洲渚的周边长满了密匝匝的芦苇，它们那中空光滑、冲天而立的长秆，用葱绿传递着春天的气息；在炎炎夏日，它们用披针状线形叶片编织成的"青纱帐"，为鸥鸟提供栖息之所；即便到了肃杀之秋，它们依然用最亮丽的金黄色泽，装点着诱人的世界；到了冬季，它们用摇曳生姿的圆锥状花序，与滔滔白浪一道欢快起舞。节序更迭，四季轮换，它们总是竭尽心力地为榕城儿女的母亲河净化污水。只要你靠近它们，一定会听到野蛮生长着的芦苇发出一阵又一阵沙沙声响，非常惬意地在讴歌生命力量。

视土地如生命的尚干农民林道庆，看中了这一大片淤积于江中的洲渚。他心想如能加以开发，它就会变成自己的独立王国。然因个人财力有限，便以兄弟结伙的方式，鼓动哥哥林道雍入股一成、堂弟林道儒再入股一成，他自己占三成的股份。形成"半壁江山"后，再由他亲自出面去集资。经过他反复鼓唇摇舌，枕峰、峡南、浦里、洋中、后村、过浦乡民都乐意投入一点资金。根据总额和各方投资的份额，分为七十六份。凑齐开辟蛮荒的经费后，便立即购买所需工具、砍扎竹竿，插篱围挡。因为是林道庆带头开发的，人们就称这个洲为"道庆七十六份洲"，简称"七十六份"，跟南屿"六十份"、龙祥岛"四十八份"相似。到了后来，干脆直接就叫道庆洲。

起先，林道庆根据土壤条件和潮汐涨落情况，除了种水稻外，还养些水鸭母。也许是沉淀于洲渚边的水鸭母粪便肥力很足，道庆洲四边密集的芦苇越长越繁茂。当然，水稻得地利之便，亩产竟然超过了300斤，可惜好景不长。

道光二十二年（1842）8月29日，第一次鸦片战争，大清战败，被迫与英国在南京签订中国近代史上第一个不平等条约《南京条约》。被大清国民称作红毛番的英国人之所以坚持选择福州作为通商口岸，是因为这个有两千多年历史的城市靠近中国优质红茶主产区武夷山。他们认为，在福州开埠，能非常方便地从福建提取红茶产品。

英国人觊觎福建茶叶久矣。道光十五年（1835），就有英商泊船福州台江，然后换一小船，经洪山桥直上水口，期望能抵达崇安，结果被江防兵勇阻止。起先，福州人对福州被辟为通商口岸很不理解，大多拒绝。两江总督梁章钜因病返回故里，途经浦城时听到这消息，不胜骇愕，非常愤慨，立即修书福建巡抚，说："福州开埠，英夷必得寸进尺，窥视延津。"看到英国人居住在自己家门口，梁章钜索性不回福州了。

可是，潮起潮落的福州港，怎能阻挡住要在这里逗留的历史脚步？莫说一个福建巡抚，就是道光皇帝都无可奈何。英国商人凭借嗅觉灵敏的"勾勾鼻"，早就嗅到福州茶香，愿意来领略闽江的惊涛拍岸。

根据《南京条约》，福州开埠后，有一个叫纪连的英国商人率先在福州开设了一家洋行。他主要看中的是福建的茶叶。他不仅会华语，算盘还打得十分溜。在他看来，立足福州搞茶叶，运输速度是其他地方无法媲美的。他曾亲自踏勘过运输途径，把茶叶运到上海需 28 天，运至广州需 45 天。一路上人挑畜驮，水浮陆转，防潮防盗，关卡林立，运输成本高得惊人。而在福州只需泊船台江，然后换一小船，经洪山桥直上水口，就能抵达崇安，放手大量收购武夷山茶叶。虽然携巨资，冒一定风险，但从武夷山沿闽江水系顺流而下抵达福州只需 4 天。运输速度，决定茶叶利润。然而理想虽然很丰满，现实总是很骨感。觊觎福建茶叶已久的英国人，没想到在福州进行茶叶贸易，会遭到上自官员下至百姓的坚决抵制，想从福州运走茶叶颇为艰难。就是费尽心机疏通了大大小小的衙门，还是经常被江防兵勇拦阻。然而尽管很不顺利，他依旧宁可栖身于远离城区的南台鸭母洲的一间破出租屋里，也要惨淡经营。

其时，在家乡养病的林则徐，虽然年老体虚，但并没"躺平"。当他得悉英人有可能武装侵犯福州海口时，先联合士绅发出措辞严厉的《福州士民致英国领事馆公启》；后来又呼吁福建封疆大吏调兵演炮、招募兵勇，保障八闽首府安全。极具战略眼光的他，为了预防侵略者从海上强行闯入闽江口侵犯福州，不顾衰弱病躯，亲自买舟沿闽江观察五虎门、闽安等海口的形势。他拖着病躯数次亲乘扁舟视察闽江下游沿岸的军事设施，察看塘（长）门炮台。他在登临罗星塔巡睃各要塞炮位时看到了道庆洲，引起他的密切关注。

于是林则徐带着一众随从乘舟登上道庆洲视察，不料碰巧遇见租住在鸭母洲的英国茶商纪连。这位会讲汉语的英国茶商一听说来人是林则徐，顿时摘帽鞠躬。

"咦？你一个搞茶叶买卖的外人，跑到道庆洲来干什么？"林则徐打量着脸色异样的纪连，觉得其形迹值得怀疑。

"呃？"

"说！"

"回大人的话，我将茶叶囤放在这里……"

"这道庆洲周遭全是水，你把茶叶囤放在这里？"

"是，我租赁道庆洲搭建了个仓库……"

"不怕茶叶受潮？"

"呃？"

"打开你的仓库，让我看看你囤积居奇的是不是茶叶？"林则徐扫视了一眼搭建在芦苇丛边的仓库，心头更加起疑。

"这……"这一回，英国茶商纪连尿都吓了出来。他知道，本来不愿开埠的福州，在经历了鸦片战争与被迫赔款的大背景下，无论是一般民众还是士大夫阶层，普遍存在排外甚至仇洋的情绪。英国首任领事李太郭从广州来到福州上任，发觉各阶层的民众对外国人抱有极端的恶感。英国领事馆翻译巴夏礼到城内走动时，就被一群满洲旗兵用石头掷打，身受重伤。一名英国海军军官在经过大桥时被人撕去肩章，狼狈不堪。另一名海军军官由罗星塔乘船一踏上省城，就被人殴打并抢去东西。还有两名持枪的英国军官到闽江口附近打猎，被当地愤怒的群众围攻责骂。他们狼狈逃走时，竟连枪支都弄丢了。面对民众不断的反抗斗争，英国领事馆屡次要求大清官府予以制止，但得到的答复总是说"错在你们外国人"。和当时开埠的所有港口城市一样，福州城内的居民与进城的洋人摩擦不断。为此，林则徐还带头举行了驱除洋人的大规模请愿活动。

面对不怒自威的林则徐，早已吓破了胆的英国茶商纪连，自然不敢傲慢不羁，只好抖抖瑟瑟地掏出钥匙，乖乖地打开了仓库。里面层层叠叠，全是禁烟英雄熟悉的鸦片。

福州沦为五个通商口岸之一，鸦片大量入境。仅福州城内（今鼓楼区）就有300多家鸦片馆，整个福州城和近郊有几千家鸦片烟馆。某居民区米店只有 7 家，鸦片零售店却有 12 家。城内超过四成的男性吸食鸦片，甚至连生活在社会最底层的贫穷苦力，也愿意节衣缩食，通过吸食鸦片享受一下醉生梦死。更可恨的是，吸食鸦片烟已不是个体现象，而成为一种社会交往方式。亲朋故友见面，必到鸦片烟馆，边叙旧或者谈生意，边吞云吐雾。比较富裕的大户人家，一般都备有鸦片烟枪等器具，用来招待客人。连家人生病邀请郎中上门看病，也必须请治病者先吸上那么三锅鸦片烟，否则会被认为招待不周。人们请求衙门的捕快和差役办事，若不事先招待他们抽鸦片，总是会被耽误，或者干脆不给办理。

看到鸦片已严重影响了福州人的身心健康，抱病在身的禁烟英雄林则徐恼羞成怒，将英国茶商纪连囤积在道庆洲的鸦片烟土全部运往粗芦岛，用海水浸泡法销毁殆尽。为确保道庆洲不再成为罪恶渊薮，他索性把道庆洲密匝匝的芦苇全部焚烧殆尽。当举起火把时，他冲着英国人纪连大声咆哮："我们不需要鸦片！"

劫后余波

氤氲秀色黛韵楼

光绪十五年（1889），中法马江之战后的第五个年头，中元节前一天深夜，一个怀揣八斩刀的蒙面女刺客藏身于光禄吟台后面，眼里的复仇火焰，好像要穿透黑色的面罩，射向氤氲秀色的黛韵楼。

用福州话来说，刺客是个孀居人。疾恶如仇的她，不想难为黛韵楼里的女人。只要每年在"做半段"时能听到这幢楼房里传出女人的哭声，她就可告慰未婚同居但已变成了鬼的男人。要在福州人"做半段"时听到黛韵楼里女人的哭声，只有一个办法，那就是把住在里面的卖国贼杀掉。

被蒙面女刺客恨到咬牙切齿的卖国贼，姓陈名季同，字敬如，又作镜如，号"三乘槎客"，侯官人氏，家住鼓楼"文藻山"。不过，蒙面女刺客阴差阳错找错了刺杀对象。黛韵楼楼主叫陈寿彭，字逸如，三十来岁，是陈季同的胞兄。

这兄弟俩都聪颖过人，不但一样精通法语，还会英语、拉丁语以及日语等六国语言。陈寿彭作为第三届船政学堂优等生，被派往英国留学3年，先在格林尼治皇家海军学院学习2年，后又在英国一家叫作"遇尼外耳"的公司及"金士哥利书士院"学习了1年，专门攻读海军公法、捕盗公法和处理海上抢劫法。马江之战前，游学日本。1885年4月回国，得到陈季同的大力资助，如愿以偿地购置下藏书之所黛韵楼。

水白娟娟晨雾重，日红冉冉致虚多。尤其在黎明前，乌山上飘浮着的云朵特别眷顾黛韵楼。它不想吵醒正在酣睡的才女薛绍徽，只轻轻地先用宽厚的胸怀抱住黛韵楼的屋顶，然后再无声无息地下降，在窗外轻轻徘徊，领略书香门第特有的味道。直到貌美如花的女主人一觉醒来看到了它，氤氲云烟才恋恋不舍地与之告别，轻纱曼舞般飘过石板铺设的老佛亭桥，<u>丝丝缕缕地飘进仅</u>容一个人穿行的早题巷。

藏身于光禄吟台后面的蒙面女刺客见寅时平<u>旦</u>，光不蔽崇巘，心里开始着急。因为浓雾一旦散尽，早行人便会杂沓而过，她的行踪就将暴露于光天化日之下。凡是铤而走险的人都晓得：月黑风高夜，杀人放火天。再不行动，就没机会了。就在蒙面女刺客要闪身而出时，霞光初照的黛韵楼二楼一个窗户的窗帘拉开了。

原来是才女薛绍徽起床后，借着晨曦梳妆打扮。她洗漱完毕就坐在梳妆台前，看着镜子中那张俏脸。虽然仅23岁多那么一点，但今天要出行，得暴露于秋高气爽的阳光下，皮肤需要保护。哪一个少妇，不是格外重视自己的脸蛋？

作为大清国派驻外番公使的"舌人"（即翻译官）妻子的薛绍徽，一边对着镜子欣赏自己的容貌，一边取出一款螺钿漆器盒装的谢馥春。这时的她并不知道，扬州谢馥春在几十年之后漂洋过海，赢得了世界奖杯。

女人出门行走，特别讲究头脸。薛绍徽打开螺钿漆器盒盖子，用纤纤玉手濡染油脂质地的香膏，均匀涂抹双腮，既美白保湿又清香袭人。由于今天要祭奠先人，不能浓妆艳抹，只能薄施淡淡的胭脂，然后敷上一层鸭蛋香粉，最后用戴春林的眉黛描眉，把自己比较细长的柳叶眉中间稍微描浓些许。

躲在光禄吟台后面的蒙面女刺客，看到黛韵楼窗口的女人兀自一个劲地臭美，妒忌之心油然而生。同样是女人，恁是天壤之别，自己除了泪水洗脸，只剩蓬头垢面。因妒生恨的她，想用八斩刀飞掷入窗将贵妇杀了。

咏春拳的八斩刀，类似于林则徐在广东操练水勇所用之双刀。它比蝴蝶双刀还短，刀面较窄，刀锋尖，利直刺，刀身后半较厚，便于枕拦，在鸦片战争中专门对付英军，令敌胆寒。当时英军的长枪虽然装上刺刀，但咏春拳师把其视作套在枪管前沿两三寸之磨尖长铁条而已。利用八斩短刀与之贴身肉搏，不仅缩短了距离，也节省了攻击时间，战场上凯歌屡奏。

蒙面女刺客取出八斩刀时，想起咏春拳的八斩刀只传给心地善良之入室弟子。自己趁人不备飞刀取其首级，自然易如反掌，但大义不彰，等同宵小，愧为咏春拳入室弟子。

其实，蒙面女刺客心念乍起的刹那之间，初升旭日已将八斩刀的光芒反射进黛韵楼。由于薛绍徽并非武林道上的人，虽见到了寒光一闪，依旧没有感受到冷冷杀气。

薛绍徽瞅着镜子里的自己，已是秋水凝波、春山蹙黛，觉得已经打扮清爽了。考虑到今日是个特殊的日子，不便穿华丽的衣裙，她便把"蛋青纱多重镶滚"女衫脱掉，换穿一件白纺绸十八镶滚大衫。二蓝摹本缎的半臂，下截是青绉花边裤。头上挽了个麻姑髻，两鬓乌云压住，干净利索。斜簪着两个翠翘作为头饰，再插一支素馨花。耳朵上不挂金托上嵌有翡翠蝴蝶的珍珠串的耳坠，只戴镂空环形耳钳，既不过于约束行为，又不缺乏装饰美感。然后还不忘手中得拿一把坠饰折扇，不是用来扇风消暑的，只是体现内涵和风雅。

"男姒兄，时间不早了，得走啦！"薛绍徽字秀玉，号男姒。陈寿彭深知妻子有男子气概，因而只称其号，末了还加了个"兄"，既亲近又不乏尊重。

"着什么急，去马尾的船多得是！"

薛绍徽经常参加福州独有的诗钟活动，因而并不闭塞。她知道马尾设立福建船政局不到3年，闽江下游的马尾、川石之间就开始出现国产兵轮身影；紧接着，福州与马尾之间开始有海军公差船往返。后来筹办中的英商福州冰厂也买了一艘小轮船，在福州台江和马尾之间承揽客、货运输。甚至一位辜姓商人也买了一艘小轮船，在福州承揽客运，由于生意很好，第二年又添置了一艘小轮船。上海轮船招商局在福州设立的办事处也不甘示弱，用一艘小轮船在闽江上下游招揽乘客。更有甚者，能工巧匠在旧式木船上加装买来的轮机，张帆游弋，披襟一快。当然，最便捷的还是小汽轮，船头会翘起来，风驰电掣，非常爽快。

"男姒兄，你不是说乘坐这些船没有诗情画意吗？"

"逸如，小汽轮速度太快，时间被严重压缩。"其实，薛绍徽是怕汽油味，"快是快了许多，可诗情画意全没了。"

光绪元年（1875），福州至水口、洪山桥、马江、琯头、沪屿、三都等地，都已经有小汽轮行驶了。尤其是台江至马尾32.8里的河道上，水量充沛，水流平缓，江深岸阔，莫说小汽轮了，连福建船政局造的排水量1370吨的"万年青"轮船也一直行使于台江与马江之间。

"男姒兄，赶紧走吧！别磨磨蹭蹭！"

"逸如，你莫非联系了'万年青'号？"

"男姒兄，今日纯属私事，不用麻烦官家。"陈寿彭已不隶属于福建船政局，因而不想揩公家的油。

薛绍徽晓得丈夫为人，公私一向拎得清，既不坐小汽轮，也不愿借"万年青"号的光。因为他认为，造价白银十数万两、耗时一年六个月工时才竣工的"万年青"号，排水量1370吨，时速10海里，火炮4尊，虽然在浙江沿海擒获剿灭大量盗匪，然而在海上担任防务只是一小段时间，这第一艘中国建造的蒸汽轮机战舰还经常在沿海或台湾采购米粮负责运往缺粮地方，后来基本上只是担任运输任务，在省城的大小官员无不以能搭载"万年青"号为荣。在陈寿彭看来，花费巨资打造的"万年青"号轮船被"大材小用"，殊为可惜。

"这就意味着得去苍霞洲码头搭渡私人小船了。"

"男姒兄，一叶扁舟，充满了诗情画意。"

"从家里去苍霞洲码头还有一段路程耶！"

"昨天，我已在轿子铺预订了两副滑竿。"

薛绍徽觉得丈夫所言甚是：一叶扁舟，欸乃声中别有春。于是她跟着陈寿彭走出了大门，看到门前停着一顶轿子与两副滑竿。不带上丫鬟墨儿，夫妻俩两副滑竿足矣。对多出来的一副代步工具，学富五车的她只是一笑置之。绝顶聪明的她早已料到这桩怪事，只是没有道出个中奥妙。但她那双漂亮的眼睛，向丈夫狡黠地眨了眨，意味深长。

"咦？怎么多出一顶轿子来？"陈寿彭也感到非常意外。根据妻子想一览闽江秋色的心思，昨晚他只向轿子铺预订了两副滑竿。他想去轿子铺退掉多出来的一顶轿子，可刚刚挪步，就被人用尖锐的刀子顶住了腰部。见过世面的他，一时竟不知所措。

"陈季同，记着，明年今旦，是你'做半段'的日子！"蓦然间，陈寿彭背后传来一声呵斥。

蒙面女刺客认定陈季同吃里爬外，是个汉奸卖国贼，她要为马江之战中捐躯的那些好男儿复仇。由于她不懂法语，更没有盘缠漂洋过海找法国佬算账，只能把仇恨记在甘为洋奴者身上。五年来，她经过多次打听，得悉侯官陈季同会讲法语，而且中法交战期间替大清做过"舌人"。卖国老贼李鸿章与法国签下的《李福协定》，也有他一份功劳。她花了很长时间，终于打听到陈家刚买下乌石山麓的黛韵楼。于是她执意要割下这家伙的脑袋，作为她已死了五年的男人的祭品。

"这位好汉，你认错了人！"

"认错了人？"

"这是我家男人，叫陈寿彭，字逸如。"

"我要杀的叫敬如……"

"敬如，也不能杀。"

"为何不能杀？"

"因为敬如不是汉奸。"

"你怎么知道敬如不是汉奸？"

"敬如，是陈季同的字，是我男人的胞兄。"

"是我弄错了？"蒙面女刺客刚刚意识到有点不对头，又把冒出来的想法给否掉了。"不至于……"

"他们兄弟俩不仅学贯中西，而且身高相貌也差不多。"年仅23岁的薛绍徽，不仅态度雍穆，而且心底晶莹澄澈，所以能做到面对猝变依旧豁达坦荡。"陈季同小时候考进船政学堂，学会一口流利法语，所以被朝廷派往法国任公使参赞，不是汉奸。他公忠体国，一直为大清折冲樽俎，舌战于巴黎和伦敦，非但无过，而且有功。"

"没有吃里爬外？"鲁莽行事的蒙面女刺客已经后悔，但抱着"一人做事一人当"的江湖理念，既没洗白自己，也没有移祸东吴。

"好汉，锐意除奸，值得赞许！"薛绍徽非但没有责备刺客鲁莽，反而有意想跟刺客交个朋友，"可否展现真容，让我一睹荆轲风貌？"

蒙面女刺客不知道荆轲是何许人。既然认错了刺杀对象，不好意思亮明身份，只是拱手一揖，算是道了个歉，立即扬长而去。

薛绍徽眼尖，在刺客转身而去的刹那间，看到她发髻上竟然垂挂着一条白麻布。显然，这是个孀居的寡妇。在中国民间习俗中白麻象征凄美，寄托着哀思之情，寡妇在三年守孝期内，都得披麻戴孝。她哪晓得，这个孀居人的男人已去世五年，依旧情深意笃不肯除孝。

陈寿彭揣测妻子想留住蒙面女刺客，替他胞兄陈季同剖白一二。遗憾的是刺客并不领情，兀自绝尘而去。他本要跟上刺客饶舌一番，解释清楚，免得再次觊觎，扰乱心情。没想到，他的大舅爷薛伯垂带着刚刚早餐毕的轿夫们，踏着轻快步伐来到黛韵楼前。

这薛伯垂，原名裕昆，诗文颇工，六壬八卦也很精通，腹藏星斗，妙理玄机，占断奇验，所以大多数时间在南后街的塔巷口设案卖卜。在卦桌前高擎一幌，上书"钦崇天道，敬授人时"。此义命之说，也就是孟子所讲的"修其天爵，而人爵从之"的意思。

"昆哥，今天有空？"薛绍徽小时候就经常打着裕昆的名义在福州诗坛偶尔露峥嵘，赢得不少称赞。

"秀妹，"薛绍徽字秀玉，薛伯垂一直叫她秀妹，"昨天占了一卦，得悉妹妹与妹夫借中元节去马江祭奠英魂毅魄……"

"所以湿础蒸林的，凑闹热来了？"薛绍徽跟所有的福州人一样，口语中往往把"热闹"说成"闹热"。

"今天是什么日子？"薛伯垂自问自答，"七月半，给亡魂过节。"

"这顶轿子，"这时，陈寿彭恍然大悟，"是舅爷订的？"

"是的，是的！我怕秀妹晒黑了，擅自跑到轿子铺给她订了一顶轿子。不好意思，我客囊羞涩，佣金只好算在妹夫账上了。"

　　"逸如，"薛绍徽看到多了一顶轿子时，已经猜测到了是其兄在暗地里摆布，"你虽然是福州人，但福州话已快忘光了。让昆哥陪伴也有好处，可以帮你重温乡音。"

　　"秀妹，这是次要的。"薛伯垂见妹妹替他找的借口名不正言不顺，连忙表明自己心意，"主要是我有个心愿，要向马江阵亡将士表达崇高敬意。"

　　是的，在五年前马江爆发的那一场反侵略之战中壮烈牺牲的勇士，哪一个不值得人们崇敬？

渔樵闲话

中元节的福州，依旧是斑斓初秋。陈寿彭与薛伯垂分别乘两副无遮无挡的滑竿，享受明媚阳光。坐轿子的薛绍徽，只好打开左右轿帘，让爽爽的秋风掠帘而入，轻撩她的两鬓青丝。她一路无语，只用满面春风让秋逊色。

轿夫们汗涔涔地将陈寿彭夫妇与大舅爷薛伯垂纤尘不染地送到了苍霞洲码头。这六个脚力，在鱼丸摊各自吃了两粒鱼丸，然后到星安桥去听评话。到了半晡暗再用脚力将陈寿彭夫妇和大舅爷送回黛韵楼。他们今旦赚到的来回脚力钱，可以养家糊口好几天。

七月十五，正逢大潮。水量充沛，水流平缓，江深岸阔，可谓"船航千艘浪，潮拥万顷秋"。陈寿彭特意雇了一艘小船，欸乃声中山水绿，让素有才女之称的妻子览尽了闽江两岸风光。

从台江至马尾的河道大约 30 里的水程，一路"咿咿呀呀"的橹声，如同催眠曲。坐在船尾的薛伯垂已有了匀称的鼾声。薛绍徽晓得哥哥平时在塔巷口卖卜算卦，嘴讲没涎才赚点辛苦钱。今大难得偷闲，困到流涎，情有可原。

"客官，看到罗星塔了没有？"掌舵的老艄大声地提醒客人，"它跟五年前一样，孤零零地立在江水之中。"

"四面涛声收耳畔，满江景色入怀中"的罗星塔，在薛绍徽看来，好像被五年前的炮声给吓傻了，还没恢复本来面貌。

"看到了罗星塔，"老艄说话的声音很大，把薛伯垂给吵醒了，"也就意味着船已到马江了。"

"客官，"摇橹的女艄公就怕大家忘了五年前的奇耻大辱，特意提醒大家，"这就是五年前马江海战的战场。"

"咦？"刚从国外回来不久的陈寿彭，听了女艄公的这句话，觉得十分纳闷，"明明血战于江，为何说是海战？"

"是啊！马江，明明是中国的一条内江，距出海口还有160多里，离海这么远。"5岁学写字，6岁学《四书》《毛诗》等儒家典籍，还兼学围棋、画画、洞箫等，8岁读《左传》并开始写诗的薛绍徽，一直质疑官方口头上的这一说法，"怎么会把这场战役命名为马江海战呢？"

"妹夫，"精通六壬八卦的薛伯垂，压根就不懂大清官场的八卦，"你在泰西各国，他们也这么说吗？"

"法国人说的是马江之役，"陈寿彭记得非常清楚，法国人提到这一战役时的那份得意神色，"他们对侵入我大清国的内江，无不沾沾自喜。"

"逸如，你已好久没登临罗星塔了。"提起马江之战，大家心头都沉甸甸的，因而薛绍徽提议，"要不，重登浮屠？"

"正合我意。"陈寿彭在船政学堂读书时经常光临罗星塔，毕业后再也没有那份闲情逸致了，"不知老艄肯不肯送个人情？"

原先跟老艄约定只去两个地方，一是昭忠祠，二是道庆洲，如今多出一个罗星塔。显然要让两位老人家多费力气，所以要征得船主同意。陈寿彭还没说多给两个钱仔，算作辛苦费，老艄已同意了。老人家知道搭渡的是贵客，平时还高攀不上，因而乐于顺水推舟先送他们去四面江波萦绕的罗星山道头。

陈寿彭对孤独地矗立在罗星山顶的这座塔，一点儿也不陌生。罗星山，原本是江心岛屿。宋代岭南人柳七娘因姿容绝色被乡间豪强看中，设下圈套，诋其夫罪，七娘随夫入闽服苦役。不久，其夫被折磨而死，她变卖财产，在此建造一座石塔，为亡夫祈求冥福。由于塔下山突立水中，回澜砥柱，水势旋涡如若"磨心"，所以称"磨心塔"。明万历年间，罗星塔被海风推倒。天启四年，著名学者徐渤等人倡议复建，改用石砌，楼阁式结构，七层八角，晚上塔顶灯光四射，引导航船。为避免往来频繁的商船触礁沉没，清政府请来了德国工程师，对闽江下游水位和流量进行系统观测，确定了以"罗星塔水准零点"作为闽江罗星塔段最低水位固定观测标记。成为中国第一个水位国际标准，即海拔原点。也是闽江的门户标志，有着"中国塔"的美誉。

诗人薛绍徽记得侯官老乡官至山东布政使的杨庆琛，有一首诗就专门吟咏罗星塔：

> 石马江头风势狂，浮屠屹立浪中央。
> 全闽形胜争津要，百里山川接混茫。
> 珠斗夜辉星纬密，银涛秋捧塔灯凉。
> 榜人来往图经熟，细话当年柳七娘。

一座塔，承载着一个地方传说，丰富了文化底蕴，也深藏着许多美好的祈愿。不过，登上罗星塔的薛绍徽、陈寿彭和薛伯垂他们，没有陶醉于罗星塔的诸多美学元素，因为他们心里积压着那一段惨痛历史。他们后来到了昭忠祠与道庆洲，对马江之战犹耿耿于怀，议论不停。

"其实，马江战役分成前后两个阶段。"薛伯垂可谓旁观者清，"前半段，马江战役，我船政所属水师输得很惨；后半段闽江口战役，是陆战，大清与法国打了个平手。"

"我看到上海的《申报》上有'福州报捷'的白描画……"

"那是吹牛,懂吗?"把舵的女艄公,忍不住吐槽,"本来是可以'关门打狗'的,没想到……"

"对!闽江口北岸的电光山上建有长门炮台,与南边琅岐岛北端的金牌山上的金牌炮台互为犄角,是扼守闽江与福州的门户。"薛伯垂对地理也很有研究,就是闭着眼睛都能想象出来,"还有隶属连江县管辖的琯头,乃闽江下游的重镇,毗邻长门炮台。这三个地方构成了闽江口三角战略要地,所以清军总兵张得胜率凯字一个营官兵驻扎于琯头,穆图善将军亲自坐镇指挥。"

"嗯。"薛伯垂所讲的三个地方,陈寿彭在船政学堂就读时都曾涉足过,其地理环境都不陌生,"确实可以'关门打狗'。"

"我听说大清军机处电旨穆图善将军,随地安设伏兵,出奇制胜,使彼不敢登岸深入。战事开端,即行封港。"一直在福州的薛绍徽,虽然没有拿枪执棒与法军较劲,但却以另一种方式参与戎机,因而知道一些内幕,"为此,连江民众在知县刘玉璋的带领下,于8月22日之前组织起了一支以郑嘉瑚为团总的团丁队伍,做好随时参战的准备。"

"是的,是的!"薛伯垂晓得马江开战的时候,妹夫陈寿彭在日本,因而把他了解的情况,加以补充,"当时还征集了30多艘帆船,满载着石头,停在长门炮台下的江面,只待战事爆发、将军一声令下,连忙填塞河道,来个'关门打狗'。"

"我这小船也去运过石头,为保家卫国出过一点力。"站在船头撑篙的老年水手也忍不住插了一嘴,他说的就是陆地上的战事,"可是法国佬铁甲舰的炮弹跟下雨似的,猛攻长门、金牌炮台和琯头兵营约一个时辰。穆图善将军尿都吓出来了,只顾逃跑,没有填塞河道,没有封港。"老年水手一打开话匣子就忘了船上还有一个少妇,粗俗不堪一下子就从嘴里喷了出来。意犹未尽的他,接着又补充道:"穆图善带上总兵张得胜逃命,先溜到琯头岭，最后躲进连江县城。还王婆卖瓜，自卖自夸，到处宣扬取得了闽江口大捷。朝廷不知真相，还给予重赏。"

"确实有这事。钱塘翰林张景祁当时还作了一首颂扬穆图善的诗。"才女薛绍徽虽然说的是同一件事，但比水手文雅多了。"后来得悉真相，毁掉原作，重新写了一首《长门感事》诗：'将军继马镇长门，犄角偏师护本根。岂见老黑当道卧，忽惊狂象出林奔。传餐卷甲逾三舍，磨盾飞书达九阍。掩败为功邀上赏，谁知野哭遍江邨。'"

"将军与总兵逃跑了，长门与金牌两炮台只留下守备康长庆、游击杨金宝和一批大清兵勇。"老水手记起船上有个少妇，接上话茬时正经了许多，"他们看到从壶江方向又开进一艘法国大战舰，当即开炮连续轰击，不但打坏了法夷兵舰，还打死打伤了不少法国佬。"

"这就标志着马江战役第二战场已经形成，雌雄对决，胜负难分。"陈寿彭毕竟是船政学堂第三期的毕业生，他做了总结，"第一战场是水战，而且在江上对决，无论如何都不能称为马江海战。"

"这位客官，让法国佬轻而易举地侵入马江近两个月之久，最后开战，法国佬用时不到两刻钟，船政水师的九艘铁胁木壳船就全被人家炮火打了个稀里哗啦。"手握竹篙站在船头的老年水手，执意要把船上喝足了墨水的文人一竿子全扫进江中去，"在我大清国的内江，还打输了，多没面子？说成是在大海上被战败，好像还情有可原。"

"祸国殃民，"得益于西学东渐的陈寿彭，在很大程度上脑袋开化得与国人不同，"有什么可原谅的？"

"国人对大海都比较陌生。"

"此言大谬！"薛伯垂刚替福建封疆大吏找到一个借口，就遭到陈寿彭驳斥。"郑和下西洋就是从闽江启航,梯山航海几十个国家,怎么说国人对海洋比较陌生?"

大明永乐年间,郑和统率近3万人马、200多艘艨艟大舰下西洋,是当时天下最最强大的水师船队。由于马江是其下西洋的备汛港,八闽子弟的这一历史印记,镌刻在脑海深处,永不泯灭。正是这一基因使然,所以作为福州女才子的薛绍徽,对马江之战的结果,心头特别酸楚。她用福州话强调说:"那些封疆大吏,真该刮头!"

"应该千刀万剐!"女艄公也一吐为快,"明明打输了,还硬要说法国佬的大头目被我们打死了。"

"我也听说了,还说得有头有脸。"薛伯垂想起了街谈巷议,索性把他听到的传说都抖了出来说给妹夫听,"传说一炮打死孤拔的,是刚刚从船政学堂到军舰上实习的容尚谦。不过,年少力薄、没有多少作战经验的容尚谦说是他同学杨兆楠,一连发射三炮,还打死了一个引水员和五个水兵。可是一开战,在'扬武'号上的杨兆楠就被打死了。"

"另一种传说,说是一个年逾六旬的李麟阁管带开炮打死了孤拔。"薛绍徽听到的传说更玄乎,"可是卷入马江之战的福建水师11条军舰,压根就没有叫李麟阁的这么一个管带。"

"由英国商人美查在上海创办的《申报》上,却另有一说。"中法马江之战期间,陈寿彭人在日本。但懂得日文的他,是从日本一家报纸上看到转载自《申报》的消息:"据《申报》电讯,金牌炮台一个叫杨金宝的军官打死了法军司令孤拔。杨金宝率领一些士兵埋伏在金牌炮台附近的洼地里,待到孤拔的军舰靠近之际,他们先用长排枪射击,继而登上炮台开炮,孤拔当即饮弹。孤拔军舰开炮轰击炮台,弹药库中弹,火光冲天,一排营房燃为灰烬。穆图善事后得知消息,企图将这一份功劳窃为己有。为此，他竟然信口诬陷杨金宝临阵脱逃，按军法拟问斩。当地居民舆论大哗，琅岐岛十三乡各姓签名担保。穆图善自知理亏，但仍然利用权力将杨金宝革职遣送回乡。"

"逸如，这杨金宝家乡在哪里？"薛绍徽认为，英雄既然还在人世，那就应该去找他核实。

"我呀，得盯着居心叵测的日倭。"

"逸如，你是说日倭也在觊觎我中华，是吗？"丈夫的话，使薛绍徽有点意外。

"是的！当时我正在日本，只不过日本水师尚很幼稚，羽翼未丰，因而无力参战。"当时在日本的陈寿彭，得到一份真实情报，"不过他们都是一丘之貉。日倭派了不少人到我国来，他们的足迹踏遍我国南方的重要港口，还绘制了一份布防图提供给法国佬。"

"难怪我船政水师败得那么惨……"

"嘿、嘿，谁说我水师输得那么惨？"女艄公刻意来个反话正说，把薛伯垂的话给怼回去，"马江之战，法军司令都被我们打死了……"

"老人家，你听谁说的？"对福州乡间的这个传说，薛绍徽早有耳闻。她一直想证实，如确有其事，作为福州人，那值得无比自豪。

"大家都知道，不是吗？"

"嗯，这不足为奇。"陈寿彭竟然笑了，然而是讪笑，"别的地方也在争这个打死孤拔的战功。"

"不会吧？"薛绍徽与薛伯垂都是第一次听到在甲申战役后，竟然有人争功。他们不敢相信，以为自己耳朵出了毛病。

"真的，我也听到过这么一说。"陈寿彭虽然大多数时间在巴黎，但一直关注大清与法国的这场战争，"其时，孤拔见法军久攻台湾不下，便改为海上封锁，他自己则率领舰队攻打福州。军机处见战场态势有变，派总兵吴安康率南洋水师'开济''南琛''南瑞''澄庆'和'驭远'五艘兵舰前去援台。孤拔探知援军前来，就率舰驶到浙江大陈洋面与五舰相遇。因受到马尾之战我船政水师溃败的影响，这五艘兵舰一见法舰就落荒而逃，'澄庆''驭远'两舰逃入浙江石浦港，被管带下令自行炸沉。"

"畏敌如鼠！"薛绍徽在女人的家长里短中也听说过这件事，因而补充了一句。

"后来，这两舰管带蒋超英、金荣均被革职。而'开济''南琛''南瑞'三舰，"陈寿彭不屑一笑，接着说，"退入镇海口甬江内。"

"镇海是浙江海防要冲，宁波是浙江门户，与定海隔海相望。"深知地理的薛伯垂到过宁波，对当地的地理有所研究，"招宝山扼其北，另有金鸡山峙其南，最具形胜。"

"幸亏当地军民陈兵布炮，严阵以待。"陈寿彭颇为详细地继续搬演听到的传说，"法军舰队司令孤拔率'纽回利'号、'答纳克'号、'巴夏尔'号和'德利用方'号4艘法舰到达镇海口之七里屿洋面抛锚停泊，先后游弋于蛟门外。提督欧阳利见得到警报，亲自督察南岸要隘，并函商北岸统领提督杨岐珍，南洋水师三舰统领、总兵吴安康以及地方官进行临战部署。"

"要知道，毕业于巴黎理工大学的孤拔，并非泛泛的无名之辈。"马江之战前夕，薛绍徽曾探究过法国海军总司令的来历，"不仅深谙六韬，还晓得乐理，更会弹琴，特别酷爱古董。依我之见，算是个儒将。"

"当然。他之所以派舰队在镇海一带的海面巡弋，就是看中了镇海的重要性。"陈寿彭赞同妻子的看法，"由于镇江外海本来航道就很复杂，擅长精细分析战场地理数据的孤拔不得不以小轮驶入虎蹲山之北亲自去测量水道，甚至还向游山口暂泊之'江表'商轮探信。"

"应该说，这是在搞侦察活动，是不是？"薛伯垂固然不谙军事，但懂得细作在战争中的作用。

"这就叫不打无准备之仗。"陈寿彭毕竟毕业于船政学堂，从日本回来时曾亲临招宝山炮台，"当然，孤拔主要侦察对象是招宝山。此处是历来兵家必争之地。镇海战役之前，招宝山仅有'安远'一座小小的炮台。后来改建，刚刚竣工的炮台由石块垒成，然后用黄沙、石灰、混凝土，再加上冒着热气的糯米饭进行搅拌，最后捣砌成具有软中兼硬特性的糯米炮台。它壁厚而且呈圆形，设前后炮门，前炮门朝东面海，后炮门朝西面江。炮台中心置圆形旋转铁轨，炮身可沿铁轨前后旋转。功效极大的新炮台与南岸金鸡山下的'平远''靖远'炮台隔江对峙。孤拔经过周密侦察后，下令法军四舰一齐攻打招宝山炮台。这'安远'炮台的炮目周茂训立即奉命开炮还击。'南琛'等南洋兵轮也开炮予以接应，清军猛烈的炮火击伤了法舰'纽回利'号。'巴夏尔'号旗舰看到前船受炮，立即派两艘鱼雷艇暗袭清军。岸上守军予以还击，将鱼雷艇击退。"

"我知道，法国海军与我大清在浙江镇海的拉锯战，翻来覆去攻防转换了一个多月，他们输多赢少，好没面子。"薛伯垂插嘴时，脸上全是对法国海军的鄙夷之色。

"于是，恼羞成怒的孤拔亲自坐镇'巴夏尔'号旗舰指挥，发起镇海战役最后一搏，让整建制的法国舰队向浙江镇海发起总攻。"陈寿彭因到过招宝山炮台，亲耳听到过这个传说，"其时，任镇海营炮台守备的吴杰，穿巡于各个炮台之间，要求大家抵御侵略，卫我山河。他甚至亲自开炮，连发三弹，首炮命中法船大烟筒，二炮命中船桅，三炮击中船尾。尤其是第二发炮弹，主桅折断，横木下坠，把正在舰桥上指挥的孤拔压成重伤。于是，'巴夏尔'号不得不急放黄烟，收旗鼓轮，避险遁去。"

"先不论孤拔是不是守备吴杰打死的，他都算得上是个英雄！"薛绍徽情不自禁地为之竖起了大拇指，高声赞道。

"关于孤拔之死，除了吴杰这么一说外，还有另外五种传说。"

"嗬？说说看，另外哪五种传说？"

"第一种传说，是一位叫周玉泉的游击衔守备开枪了打死了孤拔，地点在他守卫的镇海口虎蹲炮台。可是我到过浙江镇海，仅招宝山、金鸡山、泥湾衕和小港口等处筑有炮台，在虎蹲山没有设炮台。"

"第二种传说，是周茂训打死了孤拔。周茂训确有其人，不过只是招宝山一个炮目。说是法国军舰进攻镇海时，是周茂训首先发炮予以还击，击中'纽回利'号船头，折其头桅，继又伤其船尾，致使孤拔受伤，不治而亡。"

"第三种传说，是王立堂打死了孤拔。王立堂系副将，他奉欧阳利见之命挑选敢死队，潜运后膛车轮炮八尊，伏置于南岸清泉岭下，四更后突然发炮，法舰连中五弹，孤拔身受重伤，六月死于澎湖。然而孤拔于农历七月初二（即公历 8 月 22 日）发起马江之战，还没到浙江呢！"

"第四种传说，是清军统领钱玉兴于 3 月 20 日率领敢死队，秘密地把八门后膛小炮运到前沿，在夜半突然向敌舰开炮，结果击中五炮，杀伤了很多敌军。据说孤拔就是在这次夜袭中负伤的，不久便伤重而死。"

"第五种传说，是欧阳利见打死了孤拔。欧阳利见是浙江提督，也就是前线总指挥官。他先炮伤孤拔旗舰，然后以鱼雷突击。一个月后方知孤拔已死于这一役。"

"总之，诸说不一。最有意思的是，连千里之外的云南，也来争抢这一功劳。"陈寿彭索性把他在法国听到的传说，全都翻底抖了出来。"有一位叫马秀廷的人，字文仲，云南师宗人，早年投军，因在一次战斗中英勇机智，夺得敌人洋枪一支，先后升任哨官、管带、军门、总兵，直至总镇开化、普洱两地军务，统领定远、镇远两营绿营兵。八国联军侵华的时候，因救驾慈禧太后和皇上有功，诰封'建威将军'，成为云南历史上唯一的一品武官。我大清与法军在越南交锋期间，朝廷让时任云南提督的马秀廷率领滇军三个营进军河内下辖的一个叫山西的市社，协助原驻防桂军御敌。不久，法国侵略军5000多人，在法国远东联合舰队司令孤拔的统率下，向中国军队发动猛攻。在法军的猛烈攻势前，桂军却不战而退，选择了逃遁。马秀廷麾下的滇军见无险可守，只能退守越南兴化，加强兴化方面的防御。面对装备优良的强敌，他对部下晓以大义，表示不歼灭法寇誓不生还；并且经常主动和黑旗军名将刘永福进行军事沟通，协同作战。当战事进一步恶化，形成了东南沿海和越南两个战场。越南战场上，法军兵力有限，曾一度收缩到越南北部重镇宣光城里，这给滇军创造了一次围歼法军的机会。宣光包围战，是滇军乃至我大清军队难得的一次攻城战。马秀廷身先士卒，率部向法军发起猛烈进攻。他穿梭在枪林弹雨之中。武艺高强、身手敏捷的马秀廷不仅率先登上宣光城头，还亲手击毙了法国远征军总司令、远东联合舰队司令孤拔。"

　　"客官，你这故事编得太离谱了！"老水手忍不住开腔吐槽，"孤拔是海军总司令，怎么可能躲在什么宣光城里挨刀？"

　　"客官，还有一个骗人鬼话更神奇。"女艄公也哈哈大笑，然后说了个比孤拔死于宣光更加离谱的传说，"当然，虽说骗不了我等当地的平头百姓，但绝对骗得了京城里的皇上。这编排出来的鬼话说，有一尊缺口大炮格外神通广大，是它把法国佬的这个总司令打死了。皇帝听到后龙颜大悦，立即下旨封这尊大炮为'缺嘴将军'。"

"这编排的鬼话，还是抄袭来的。"薛伯垂忍俊不禁，差点笑岔了气，"据民间传说：一次倭寇进至泉州城下，守城军士炮击倭寇时，由于装药过量致使炮口炸裂，裂片击中倭酋，其余倭寇吓得慌忙逃遁，泉州城遂转危为安。当地民众为了表示尊敬，故称这尊大炮为'缺嘴将军'。"

"大明抗倭留下神话，大清抗法也步其后尘。要有时间，我倒想见识一下打死孤拔的那一尊'缺嘴将军'大炮。"

陈寿彭给摆渡费的时候，多给了两位老人几枚铜板。老人客气了几下，便乐呵呵地收下了。

"秀妹，"薛伯垂见薛绍徽沉吟不语，以为女人家小气，"妹夫是端洋饭碗的，手头阔绰大方一点，你就别不高兴了。嗯？"

"昆哥，你秀妹是这种人吗？"薛绍徽嫣然一笑，作出解释，"是摆渡船上的渔樵闲话，使我想起了73岁才考中进士的唐代曹松《己亥岁感事》一诗中的两句：'凭君莫话封侯事，一将功成万骨枯。'"

非正式遗孀

被福州人称作"七月半"的农历七月十五，福州话叫作"做半段"，意思是一年的日子过了一半。其实，就是佛教的"盂兰盆节"会请僧道念经，在江河中放灯，在坟前焚烧冥币，向亡魂献上祭品。

这一天，蜇居于尚干乡间陋屋的西门月瑛，比谁都苦恼。她一个人默默地用冥币折叠着元宝，从窗口悄悄而入的斜阳落在她的头上。要不是垂挂髻上耷拉下来的那一片白麻布条，一定会看到30来岁的她，头上已间杂着不少的白发了。头上银丝，佐证着她的人生苦难。

西门月瑛想延请僧道到家中念经，超度亡灵，可是她与已经死去的男人没有正式举行婚礼。这也就意味着，所谓的夫妻关系，没有得到伦理社会认可。独自前往坟前焚烧冥币，向亡魂献上祭品，不是不可以；然而，她一旦面对英魂毅魄，脆弱的芳心便彻底破碎了。

西门月瑛幼失怙恃，大伯见她父母双亡，孤苦伶仃，无依无靠，便把她送到福清东坪院尼姑庵去伴青灯黄卷，在晨钟暮鼓中长大成人。由于从小练习五枚师太传承下来的咏春拳，虽然没有貌美如花，但却出落得亭亭玉立。

因募缘抄化路过罗星塔的西门月瑛，遇到一伙见色起歹意的流氓。作为与世无争的出家人，面对孽火齐攻，她只是口念阿弥陀佛，不厌其烦地一再拨开咸猪手。她不仅做到了守身如玉，还想劝歹徒弃恶从善。

不料众多歹徒的胡作非为，惹恼了一位身怀绝技的书生。他从摆渡船头一跃而起，双脚一落到码头上，就出手打抱不平，将一个个流氓打到喊爹叫娘、狼狈逃窜。

西门月瑛双手合十，一边口诵佛号，一边瞅了眼这位古道热肠者。谁知仅仅这一眼，顿时凡心偶炽。害了羞的她，满面飞红。为了掩饰尴尬，她娇嗔道："义士，好功夫。"

"师太，能否到扣冰古佛寺一叙？"听话听声，锣鼓听音。这位古道热肠者已隐约意识到对方或是江湖人士。正暗中联络四方豪杰欲谋反清复明大业的他，觉得宵小之辈不屑一提，因而没有附和西门月瑛的话题，更没有鼠穴寻羊议论风发。渊图远算的他，向西门月瑛发出邀请。

"阿弥陀佛！"

春怀萌动的西门月瑛跟着这位文武全才的书生一起走到上坂村小路，除了稻田，到处都是沟渠河汊，没有桥，只有用木头铺成的简易跳板。当然，这些都难不倒拥有一身功夫的西门月瑛。只是踏上了"般若"之道，走向牛坑山麓，一路才曲径通幽，远离喧嚣，沉淀心灵。在山水环绕间，终于看到他寄宿的马尾扣冰古佛寺。

路途中，他告诉西门月瑛："扣冰古佛，是指唐朝河西节度使翁承钦之子翁藻光，因幼年喜在寒冬季节扣冰沐浴，出家后人称扣冰和尚，圆寂后称扣冰古佛。翁藻光虽为僧人，心里却有济世情怀。天成三年，闽王王延钧闻翁藻光盛名，礼聘到福州，要他辅佐政事。翁藻光劝谕闽王仅仅用了'勿多杀'三个字，足见这位扣冰高僧的悲悯情怀。"

"阿弥陀佛！"

"我看出来了，师太不仅身怀绝技，而且也有扣冰古佛的情怀。"

"今天要不是你打抱不平，或许我能劝他们皈依佛门。"

"天雨虽宽，不润无根之草；佛法虽广，不度无缘之人。"文绉绉的话与刚才虎虎生风的拳头，判若两人。

这话说得太有道理了。暗暗称赞的西门月瑛，忍不住又看了一眼既能震慑宵小又能崇论闳议的他。其玉树临风的轩昂和风流倜傥的样貌，顿时使她心生好感。一来二往，接触多了，从一见倾心到情深义重，为了嫁给他，她脱掉缁衣还俗。可是，嫁衣刚刚备好，他便因反清复明事败，被砍掉了头颅。

西门月瑛未做新人，就成了未亡人。终日以泪洗面的她，作出了一个逆天决定，要把他的遗腹子生下来，继承他的香火。只有确保死者后继有人，她才对得起心中的英雄。

在特别看重伦理道德的乡间，未婚先孕的西门月瑛腆着大肚子，被骂到狗血淋头。任何屈辱，她都默默忍受。十月怀胎，一朝分娩，终于把孩子给生了下来。孰料接着的哺乳期，让她更加痛苦不堪。第一次做母亲，不知道要脱掉肚兜，结果乳房被挤压，浓稠的乳汁不易排出，加上婴儿吸乳时又损伤了乳头，导致乳房红肿。接着胀痛、隐痛、钝痛，甚至刺痛，痛到再也无法哺乳，导致她的乳房出现硬块。拖延了几天，严重到连衣服刮擦都疼痛难忍。家徒四壁的她，想用米糊给婴儿充饥，偏偏米缸见底；要用糖水给婴儿解馋，家里没有一星点儿的糖。婴儿饿得放声大哭，嗓音都啼暗哑了，心都要碎了的她，不得不再次掏出红肿的乳房去满足小宝贝，可是他的小嘴一接触到乳头，她就疼痛到头皮发麻。然而由于乳腺严重堵塞，没有渗出一滴乳汁。婴儿痛苦，为娘的更是苦不堪言。严重的乳腺炎，使她日夜伴有发烧发热，大夏天的竟然怕冷畏寒。

　　孤苦伶仃的西门月瑛一个人在陋屋里，贫妇守蓬蒿，憔悴无颜姿。就在她呼天天不应的时候，已成为盐枭的大伯来关心她。得知她的奶水被堵住，已被折磨了许多时日，而婴儿又饿到连啼哭的声音都没有了。对治疗乳腺炎一窍不通的他，竟然自作聪明地提出用按摩手法替她解决母子难题。

　　西门月瑛对盐枭大伯并不陌生。自从她父母双亡后，正是这个大伯把她送进了福清东张东坪院尼姑庵。她脱下缁衣还俗后，见她生活没有保障，便让她值夜看守私盐仓库。如今再度出于好心，要替她排忧解难。可是男女有别，岂可赤诚相见？何况他不是自己的男人，仅仅是名义上的大伯。即便是真的亲大伯，要在其面前裸露双乳，也实在难为情。

　　"我知道他是谁的孩子。"盐枭大伯似乎看到了她的尴尬，于是指着哇哇啼哭的婴儿说，"你要是把这小宝贝饿坏了，对得起他那去世的爹吗？"

　　"这……"

　　"大伯知道你不好意思。你看这样行不？我用气功隔空推拿……"

　　"用气功隔空推拿？"

　　"先试试？"

　　西门月瑛知道盐枭大伯20岁前在福清南少林寺出家时得到一册明代行洪和尚编的《少林气功典籍》，据此练习不辍。至于能否隔空推拿，她不清楚。不过她还是愿意一试，没有敞开肌肤、触及皮肉，就不至于尴尬。

　　盐枭大伯征得西门月瑛同意后，移开两脚距离，站好马步，用力抖肩，双手抬高与肩齐，接着排除一切杂念，意守丹田。《内经》云："气为血之帅，血为气之母。"总之，血为气壮力，发气即发劲，气到功到。

可惜，由于盐枭大伯没有坚持每天必练，功力不逮，加上杂念甚多，气功推拿手法荒腔走板，根本无法隔空打开西门月瑛结块的乳腺。他自己也觉得很不好意思，一再跺脚，连声责备自己。

西门月瑛以为用气功手段隔空推拿可以消除乳房结块，结果令人遗憾。嗷嗷待哺的婴儿已经奄奄一息，她再也顾不得羞涩，连忙抱起襁褓，转过身子，掀开衣服，忍着剧痛把乳头塞进婴儿的嘴里。

含到乳头的婴儿以为有奶喝了，拼尽最后一点的力气吮吸了几下，但吸出的不是乳汁，而是血丝，疼得初为人母的西门月瑛失声叫了起来，赶紧把乳头拔出来。再看襁褓中的婴儿，已经没有动静了。显然，婴儿已经饿坏了。孩子不哭不啼，为娘的却泪如雨下，痛哭失声。

第二天，一直害怕遭到盐捕营官兵逮捕的盐枭大伯，心里还牵挂着西门月瑛。于是，不得不一改深居简出的兽藏之道，强迫自己抛头露脸，去药铺咨询有没有通乳的药。

"请问客官，"药铺伙计按这行业的规矩，不得不向病家提问，"堵奶几天了？"

"呃？"盐枭大伯不是西月瑛的男人，无从知道她堵奶多久了。

"客官，堵奶天数，决定撮取不同的药物与剂量。"药铺伙计打量着盐枭大伯，心想：这老来得子者，真够糊涂！他见病人家属没有吱声，不得不发出告诫，"不说堵奶天数，无法对症下药。只好请客官回去向贵夫人问个清楚才来……"

"哎哟，你这不是难为我吗？"盐枭大伯兀自寻思着除非自己撮到一剂通乳草药，才能帮助西门月瑛。于是，他把自己滑天下之稽的"运气隔空催乳"的糗事和盘托出，恳请药铺伙计助人为乐。

药铺伙计平生头一回听到"运气隔空催乳",忍不住很不客气地怼了盐枭大伯一句:"自以为是,胡闹!有道是术业有专攻,看你都一大把年纪了,连这样的道理也不懂?"

盐枭大伯虽然被药铺伙计怼了一通,但自知理亏,不敢作疾。然而当他带着通络下乳的草药,再次踏进西门月瑛的陋屋时,婴儿已经夭折了。

未入昭忠祠的英烈

后来过了一段时间，西门月瑛尽管她原谅了大伯的鲁莽，但尴尬犹在，彼此暌违不见，始终保持着一定距离。

心存内疚的大伯古道热肠依旧，见早已哭干了眼泪的西门月瑛整天呆若木鸡，紧紧地抱着襁褓中已经咽了气的婴儿坐在床沿上，如同泥塑木雕的菩萨。为了不让孤苦伶仃的她冷灶寒锅，他还是经常派人送来米面，不时接济铜板。后来发现她在濑湾摆渡，勉强自食其力，便在自己不出面的情况下，暗中让她到道庆洲的私盐仓库值更守夜。

时光荏苒，岁月蹉跎。西门月瑛再次遇到一个令她爱恨交加的男人，江湖上叫东方狮。在私盐仓库戴着花面壳的她，第一次见到这混世魔王便怦然心动。起先，她不露真容，在道庆洲与他共同演绎人间最奇葩的恩怨情仇。后来，在罗星塔，芳心暗许的她主动投怀献身。虽说不见青山飘古韵，亦无鸳帐罩芳魂，但江涛作证，如乐章叠叠，使侠骨柔肠更加情意缠绵。

混世魔王用他的土话形容这一段刻骨铭心的爱：鲎勺配笊篱。你西门，我东方，好像永远挨不到一起。其实，鲎勺一层皮、笊篱全竹骨，都挂在灶前镴边，日夜紧挨着。

原以为圆釜对不上四角甑，谁曾想后来竟然凑合搭伙过日子。可是法国佬硬生生地把这对鸳鸯给拆散了。沉沙的他，残肢碎骨暂厝于道庆洲。如今他在阴间，西门月瑛犹在阳世。他固然不在了，但他"宁鸣而死，不默而生"，令人敬佩万分。在濑湾与马尾之间摆渡的她，经常利用闲暇时光特意摇橹到道庆洲看望她心中的英雄。尽管东方狮死时还没有扬名立万，真名实姓也没有镌刻在昭忠祠的丰碑上，然而在她的眼里，他始终是个英魂毅魄。虽然出身卑贱，但却是这个世上非常了不起的一个人物。用身为外交官的四伯陈季同的话来说："天下可为盗贼者，亦可为忠义。"

昭忠祠，应该有他一席之地。

昭忠祠，是朝廷授予三品卿衔会办福建海疆事宜、兼署船政大臣张佩纶在马江之役战败后，奏请清廷修建的。那年，法国远东舰队挑起震惊中外的甲申中法马江战役，船政水师仓促应战，死难水陆官兵达 1000 多人。战争还在进行之中，闽江沿岸军民就冒着生命危险自发组织打捞英烈遗体，并分九冢安葬于马限山沿江东南麓。

战后第二年，给事中方培上奏弹劾张佩纶，朝中也有不少大臣对其群起而攻之。俗话说，屙的屎不臭，被风一吹，自然臭不可闻。糊涂的慈禧太后也觉得船政水师败北马江，脸丢大了，于是让朝廷下旨将张佩纶从严发往军台效力赎罪。在张佩纶遣戍察哈尔察罕陀罗海、张家口等地之前，清廷根据他的请求，特降旨在马限山麓沙滩九冢东侧建祠，由新任船政大臣裴荫森主持修建。次年九月竣工，裴荫森亲率僚属前往致祭，并亲撰碑文。正边回廊分立昭忠祠碑和记叙烈士战绩的碑刻。厅上置烈士姓名、职务之碑。祠堂西侧有墓台，台高约 1 米，环台三面各设一座五层台阶，台正中有一座圆顶雕花四柱的汉白玉石碑亭。昭忠祠后山岩壁上有"仰止"与"铁石同心"等崖刻。

"不知什么原因，马江战役牺牲了 1000 多位英雄，还没算上民间义勇队的死难者，马尾昭忠祠只有 796 位烈士？"

这场硝烟才散去五年的马江之战，确实令人沮丧。作为大清第一支体现洋务成果的船政水师，左宗棠、沈葆桢为之付出了巨大的心血。可是不到半个时辰，那么多水师将士与 11 艘主力战舰一起灰飞烟灭。

无论是在朝廷还是在地方当局眼里，当然是"事过如烟了无尘"。可陈寿彭、薛绍徽、薛伯垂跟八闽所有的平头百姓一样，一直耿耿于怀。因而中元节那天，他们在祭奠先烈时，全都伫立良久，无不暗暗垂泪。

大才女薛绍徽因亲自领略过马江之战的腥风血雨，所以她知道在这场战役牺牲的烈士除了昭忠祠所列的 796 位外，还遗漏了许多中华好男儿，其中就包括东方狮。一想到东方狮，薛绍徽的眼帘就会出现西门月瑛的飒爽英姿。

薛绍徽后来知道中元节那天早上的蒙面女刺客，就是西门月瑛。过了中元节后大约没几天，刚好陈季同回到福州，于是薛绍徽和丈夫陈寿彭出面给四伯接风洗尘。当然，胞兄薛伯垂出席作陪。

为了让陈氏兄弟重回学生时代，薛绍徽先把他们带到马尾莺脰山下的船政学堂。落成于同治六年的船政学堂，中西混合建筑，体现"中体西用"的指导思想。局部西式建筑以简单的外廊式为主，教学楼均为西式风格，平面方整，两层四坡顶，小青瓦屋面，白色粉墙，加上二层券廊式，确实赏心悦目。

船政学堂，初名"求是堂艺局"，取"实事求是""求是求实"之意，是福州船政局附设的学堂，依培养目标分为驾驶学堂和制造学堂——因与船政衙门距离的不同，习惯上将制造学堂称为前学堂、驾驶学堂称为后学堂。

"若无洋务兴起，岂有船政草创？应该承认左宗棠大人、沈葆桢大人厥功至伟。"从船政走向世界的陈季同、陈寿彭兄弟俩，如今回过头来重新审视这一段历程，真是感慨万千。"是他们为一个暮气沉沉的大清帝国，总算多多少少带来了一点阳刚之气。"

"确实。船政局为一个处于落日余晖的大清帝国，谱写了一篇荡气回肠的历史。"薛绍徽虽然不是船政学堂学生，但丈夫是这学堂的高才生，因而赞美这伟大壮举。"在满目破碎的山河中，创造出一段辉煌灿烂的业绩。"

"有一件事情，如今回想起来，犹令人忍俊不禁。"重游故地、记忆犹新的陈寿彭，"扑哧"一声笑了起来。"当时，我陈寿彭的名字被老外误作陈庚，我向沈葆桢大人提出更改，日理万机的他竟然把这事给忘了。"

"在船政后学堂毕业生名单中找不到陈寿彭大名，并不影响你学习。"薛伯垂想起陈寿彭到澳桥荔枝园的薛家老屋讲亲时，怀疑他是个骗子。"可是却差点断送了你们俩的美满婚姻。"

"嗯，我第一次听说男姒兄的芳名时，想赶紧退掉庚帖。怕找错对象，闹下大笑话。"

当时，年方二八的薛绍徽借诗钟文雅游戏时，诗句落款都冒用哥哥薛裕昆大名。她自己也不明白，当时为什么不用本名。

薛绍徽见丈夫跟四伯饶有兴致地畅谈船政趣闻轶事，特意把他们引到海潮寺前，然后隔着江水向停泊在罗星塔道头的渡船招手。在等待渡船的时候，她先向地摊小贩买了软糯甜香的马尾糕点让大家充饥。

四伯陈季同一看到罗星塔，就想起它的世界邮政地名，叫"塔锚地"。他在巴黎寄信回家，只要写上"中国塔"就可寄达。

罗星塔，也是航海灯塔，由于罗星山突立水中，回澜砥柱，水势旋涡，因而薛绍徽招来的渡船费了点力气才傍靠到海潮寺道头。摆渡的不是别人，正是西门月瑛。

西门月瑛一下子就认出了"绛绡缕薄冰肌莹"的薛绍徽，可是自惭形秽的她，怕被认出来，赶紧扣上斗笠遮掩衰颜。西门月瑛由于太过憔悴，而且头发已经花白，乍看起来，比实际年龄要大好多。

薛绍徽一眼洞悉西门月瑛的内心活动，没有提起黛韵楼前行刺之事。只是上船后，告诉她陈季同的身份。在报出尊姓大名后又不经意间补充一句："姓陈名季同，字敬如。"

中元节那天早晨，西门月瑛把将陈寿彭误认为是陈季同。听了薛绍徽解释后，不好意思的她只好扬长而去。没想到，今天撞个正着。不好意思的她只打量一眼，便问薛绍徽："客官，要摆渡去哪里？"

"琅岐！"

"男姒兄，"对薛绍徽把接风洗尘宴放在琅岐，陈寿彭大惑不解。"给四哥接风洗尘，为什么不放在马尾？"

心思缜密的薛绍徽，诚心要让西门月瑛参加今天的接风洗尘宴，所以不放在马尾，是怕这可怜的女人见景触怀，伤心落泪。她不但没有解释，到了琅岐后还强行把西门月瑛拉进一家酒楼。

"客官，"西门月瑛也十分意外，一再推诿不肯就席。"我只是个靠摆渡谋生的女人，怎么敢……"

"别客气了！"薛绍徽把西门月瑛强行按坐在宴席的座位上，拉着她的手说。"我们俩见过许多次面，只是缺了家长里短。今日碰巧，我请你品尝琅岐红蟳。"

"这……"

琅岐红蟳，在李时珍《本草纲目》中就有明确记载。康熙年间的书画名家聂璜在《海错图》里是这么描述它的："昔吕亢谱有蟹十二种，以蝤蛑居第一，谓其形独伟乎，闽人呼之为蟳。"凡是吃货，都知道书上的蝤蛑即是蟳。而红蟳肉质紧实，纹理清晰，入口鲜美醇厚。大钳子剥开，满满的都是肉。打开蟳壳，那大螯足里雪白而细嫩的肉和壳里橘红色的膏，真的令人垂涎欲滴，不愧"螯封嫩玉双双满，壳凸红脂块块香"。琅岐红蟳，尤为名贵。福州人讲："铁铁硬，满满膏。"皇家把它列为贡品。古籍上记载红蟳具有健肾壮腰、养心补脾之功，福州产妇坐月子首选琅岐红蟳补身子。杨万里也有诗赞美琅岐红蟳："酥片满螯凝作玉，金穰熔腹未成沙。"黄庭坚有诗曰："海馔糖蟹肥，江醪白蚁醇。"

薛绍徽的话，文绉绉。西门月瑛大多听不懂，但头一回品尝琅岐红蟳，不得不承认确实大饱口福。

接风洗尘宴，上的全是马尾特色菜肴。陈季同因弟妹设宴于琅岐，突然想起马江之战时琅岐的金牌炮台痛击孤拔的事迹，不知不觉间又重提旧事。薛绍徽还担心会勾起西门月瑛的心中之痛，没想到她心肠挺硬。非但没有落泪，还插嘴说了起来："前几年法国佬打我们的时候，天上不但下雨，还不断地下着炮弹。我躲在道庆洲，炮声比雨声大好多！"

"噢?"西门月瑛的插话，引起陈寿彭注意。"这么说，中法开战时，大嫂就在道庆洲?"

"是的。法国佬铁甲兵舰上的炮弹像扔火球一样，不断地扔出来，全都砸在船政水师的船上。"

"大嫂，你看到我大清铁胁木壳船予以反击了吗?"

"哎！别提了！大清战船起码有十来艘，有炮有兵，可是不知道为什么，人家拿鞭子猛抽，他们非但没有还手，还都把屁股转过去让人家打。不到两刻钟，一艘接着一艘，不是沉了，就是给打坏了。到了夜里，江上不光浮着船政水兵的尸体，那些喝了洋墨水的后生仔，也一样泡在江水里。"

"大嫂，乌秃秃的夜里，你怎么看得见?"薛伯垂在东街塔巷口曾经占过凶卦，也听到过街谈巷议，但心中还存疑窦。

"怎么看不见？"当时，薛绍徽也在场，"人家铁甲兵舰上的洋灯全亮了起来，跟白天一样。也许是法国佬怕遭偷袭。"

"船政水师几乎全军覆没，哪有兵勇偷袭？"听了薛绍徽的话，薛伯垂心中又增添了一个疑窦，"就是有活着的，也早已吓破了胆。"

"穿草鞋的，什么时候怕过穿皮靴的？"西门月瑛的话，土到掉渣，但十分平实，"天底下，穿皮靴的从来就怕穿草鞋的。"

"大嫂这话说得好！"薛绍徽对当时的情景记忆犹新，"马江周遭乡村的男女老幼全摇着小舢板到江面上打捞烈士遗体。"

"真了不起！"陈寿彭听了后，为福州的父老乡亲竖起了大拇指，"这得冒多大的险呀！"

"最最了不起的，是东方狮。"西门月瑛提到这如雷贯耳的名号时声音已经哽咽，但又用不容置疑的语气重复一遍，"是的，是东方狮他……"

"拿破仑曾经形容过我大清是一头睡狮，"西门月瑛提起的"东方狮"江湖绰号，使陈寿彭想起了拿破仑的名言，于是他无限感慨，"这狮子早就应该猛醒了！"

"人家都睡了，他没睡，醒着呢！"5年了，西门月瑛记忆犹新，"不知道他从什么地方弄了一艘盐捕营的小炮船，在一缕缕烟雾中驶向法国佬。"

"两岸青山相对出，孤帆一片日边来。"作为诗人的薛绍徽，情不自禁地想起李白诗句。

"他觑准准、看精精，向法国佬廾了一炮。"当时，西门月瑛就在道庆洲的芦苇荡里，看得明明白白，记得清清楚楚，"只这一炮，恰好打中一艘白色的铁甲兵舰。"

"那正是法国海军的旗舰'窝尔达'号，孤拔就在旗舰上。"当时人在日本的陈寿彭，看到过日本报纸的详细报道。

"就是这一炮把孤拔给炸死了？"薛伯垂听到过这一街谈巷议，心里觉得很解恨，但他不大相信。

"可惜，只有这一炮。"西门月瑛打捞过英烈尸体，心中无限遗憾。"要能多打几炮，就能多替水师报仇。"

"大嫂，此人现在哪里？"精神为之一振的陈寿彭，迫不及待地问摆渡的西门月瑛。

"他在道庆洲……"

"他在道庆洲？"

"嗯，他埋在道庆洲。"

"他去世了？"

"法国佬的炮弹把他炸得牛车马掰……"西门月瑛说的是福州土话，"牛车马掰"就等同于"粉身碎骨"。她想把"牛车马掰"这句话强行咽回去，泪水却忍不住夺眶而出。

"好样的！真是好样的！"陈寿彭已经知道自己见不到这位英雄了，因而拍了一下自己的大腿，"数年疑案，今始明焉。"

"什么疑案？"薛绍徽与薛伯垂不约而同地盯着陈寿彭问了一句。兄妹俩都觉察到刚从法国回来不久的外交家，一定有故事，"说，什么疑案？"

"我在巴黎时，恰逢法国佬为孤拔竖石像于孤拔街。"四年前，陈寿彭亲眼看见了这一幕，如今又再现于眼帘，"我虽然出使外番多年，但还操持着福州人爱凑热闹的秉性，杂在人群中围观。当时孤拔的副官嘉图上校在场，他告诉我，他曾跟随孤拔的旗舰'窝尔达'号侵入马江，与船政水师铁胁木壳船共泊一港，对峙了40来日，耍了一点小把戏，仅仅两刻钟，就将船政水师的铁胁木壳船全给摧毁了。可是正兀自高兴着，不料一颗炮弹突然从天落下，司令受了伤，退往澎湖后，因流血过多，不治身亡。"

"这分明是天意呀!"薛伯垂一开口,就离不开他的老本行,"作恶多端者,人不诛之,天灭之!"

"舅爷,不瞒你说,我当时十分纳闷:船政水师已遭灭顶之灾,哪里还有舰炮和勇士向法军实施偷袭?"陈寿彭一直想不明白,今天终于找到了答案,"原来是民间义士。"

"逸如,当时船政要调你到舰艇上任大副,我觉得你性格不适合在船上任职,所以一再劝阻。"这时候薛绍徽重提旧事,自然别有用意,"如今,我有些后悔。你要是在朝为官就好了,就有机会把这可歌可泣的英雄上报朝廷。"

"充舌人、当翻译。"陈寿彭认为自己虽然没有在朝廷为官,然而毕竟还是外交官,将东方狮的事迹上报朝廷总比平头百姓便利。作为福州人,也应该壮烈牺牲的东方狮出点力。于是,他让薛绍徽询问西门月瑛烈士的真实姓名。

"大嫂,"薛绍徽见丈夫肯出力,自然十分高兴,"能告诉我们东方狮的真名实姓吗?"

"当然可以!"西门月瑛非常感激薛绍徽和陈寿彭,把他们视为贵人。然而一想默默草葬于道庆洲的亡夫,不由得悲从中来、泣不成声……

面对无妄之灾

东 方 狮

东方狮，不是一个人。他虽然是福州人嘴里的"单身哥"，但有一位被他认领来的老母亲。

有一天，这位有一手扎制竹骨纸鹞绝技的老人家特意找到声名如雷贯耳的东方狮，控诉自己独生儿子不孝，非但不给自己饭吃，还经常殴打自己。东方狮看到老人家身上伤痕累累，顿时心生不忍，便把老人家带到自己家里。"你先躲在我破屋里，我有办法让你儿子从此收手。"

老人家老早就知道东方狮不仅一身侠气，而且古道热肠，他一定会使她的独生子洗心革面，脱胎换骨。老人家便在东方狮破屋里住了下来，不仅有吃有喝，而且东方狮还替她洗脚捶背。第三天，她忍不住问东方狮："狮狮，我那不孝儿子，容易调教吗？"

"容易！"

"肯改过自新？"

"在下肯出手，没有办不成的事。"

"这么说，我可以回去了？"

"老人家，你回去干吗？"

"我就这么一个儿子，总不能不管他呀！"

"老人家，你看过一出《咬奶头》的戏吗？"

"看过。"

《咬奶头》一剧，讲一个少年犯临刑前，请求母亲让他再吸一口奶，母亲应允了。哪知儿子却狠狠地将母亲的奶头咬了下来，然后张着血口埋怨母亲的溺爱。

"宠子不孝，宠鸡上灶。"

"再怎么不孝，他还是我的儿子。实不相瞒，这两天没看到他，我心里七上八下的。我还是回去……"

"你回去也看不到他了。"

"怎么啦？"

"我把他交给阎王爷了！"

"什么？你把他杀了！"老人家知道后，大哭。"他只是不孝，你……"

"老人家，如此不孝的畜生，留他何用？"

"我没了儿子，我依靠谁呀？"

"老人家，不用担心！从今以后，我就是你的儿子，你就是我的娘。你的晚年，由我来供养。"

老泪纵横的老人家打量着东方狮，见他脚穿草鞋、身着对襟深灰色粗葛短衫、下穿黑色扭裆裤，还有一个逆天标志——拖在后脑勺的长长辫子竟然给剪了，耷拉在肩膀上，如同雄狮从脸部延伸至脖子周围的鬃毛。

后脑勺拖着长长的辫子，被泰西各国嘲笑为"猪尾巴"，但却是大清对每个臣民的硬性要求。剪掉辫子意味着叛逆，不但犯有杀头之罪，还会株连整个家族。

因而，每每面对官方盘查，东方狮总是诈称："发辫长满了虱子，不得已而为之。"私下里，他还喜欢拿捏凶狠的雄狮模样吓唬乡间小孩，以此为乐。他实打实的真名叫林狮狮，出生于尚干乡一户穷得叮当响的农家。

尚干乡位于五虎山下、淘江之畔，三面临水，一面靠山。五虎山脉延永泰、福清、长乐三县，横隔尚干、南通两镇，是闽县和侯官县的天然界线。唐朝末年分为崇善东乡和崇善西乡，全长共有七里，俗称"尚干七里"。清代改"乡"设"区"，重新布局闽县东南部，分置内七里区和外七里区。

千百年来，林氏家族在此繁衍生息，瓜瓞绵绵。名门之后，英才辈出，簪缨不绝，共有18个文武进士、百余位举人，有"十八状元三拜相，四千举子五封侯"之美誉。尤其值得人们敬佩的是义姑，她是尚书干办林津龙之女，原名五娘。19岁那年，父母相继逝世。面对这样的绝境，她没有逃避，为了延续淘江林氏一脉，不惜牺牲自己的青春年华，终身不嫁。从此妆台封锁，励志治家，奉孝祖母，抚育侄儿，独自支撑门户，使林氏家族不断发展壮大，成为闽中旺族。因此，被尚干林氏的后裔子孙尊称为"义姑"。

从此，"义"作为民族精神之魂在一代又一代的尚干人血脉里流淌着并得以发扬光大。到了明嘉靖年间，尚干群众自发组织队伍数度配合戚家军追歼倭寇。林狮狮启蒙第一课，就是听保家卫国的故事，因而"义"字深植于他的脑袋瓜里。

然而造化弄人，一年大饥荒，父母带着他到福清西部山区的东乡外公家里吃"番薯钱"度日，孰料突然遭遇一场瘟疫，相继夺去了父母两条命。七岁半失怙不久又失恃，刚成孤儿又作哀子。外公一家人口众多，柴米油盐酱醋茶，般般都在别人家，无力抚养他这个外甥孙，只好就近将他送入一座破败庙宇。虽然只有稀粥和"番薯钱"充饥，但却有幸得到了强身健体的南少林功夫。成年后，香花僧要他练双蝶步，这是南拳中一种下跪的腿法。他突然记起一句老话：男儿膝下有黄金。于是，执拗的他宁愿被打死也绝不肯下跪。香花僧一怒之下，将他逐出了山门。

进退失据的林狮狮，只好返回故乡。原本以为未混出什么名堂，回到乡间会矮人一截，没想到乡亲父老对他不仅高看一眼，还抬爱三分。原来是叔叔林培基成了出类拔萃的人物，光宗耀祖，映射到了他身上。

林培基不仅中了丁丑科武进士，殿试时又探花及第，成为御前侍卫，皇上赐封二品衔，赏戴花翎，先官拜颐和园昆明湖住宿、乾清门坤宁宫行走，后授荣禄大夫、广西郁林总镇。

于是，林狮狮虽然一文不名，但他的木屐趿在石板路上橐橐声响，震动了尚干七里。被一众帮闲的哥们儿簇拥着，他吃香喝辣，无牵无挂，无拘无束，恣意快活，一任逍遥。

当然，林狮狮也没有白吃白喝。他先露了两手，把一众哥们给镇住。然后将香花僧传授给他的"四门打""梅花拳""龙虎斗"套路当作商家"干货"慢慢地一一"盘劫"给他们，俨然以"八十万禁军教头"自居，手眼身法步都得严格按照他的示范动作。由于手法多，拳势激烈，所以要求以发声吐气协助动作发劲。他不但教一众哥们儿"内练一口气，外练筋骨皮"，还会不时地冒出一两句武术谚语，诸如"练得硬桥硬马，方能稳扎稳打"。

未学功夫，先学跌打。一众哥们儿相互交手换腿，经常弄得鼻青眼肿，却心甘情愿。他们以为从林狮狮身上学来的都是武探花林培基的绝活，非但没有怨言，还乐此不疲。

由于论起辈分来，林狮狮可算是这一众哥们儿的舅舅，再加上确实有那么点本事，因而任凭吆喝，听宣听调。那些自以为生来就很体面的人，对这些整天咋咋呼呼的"尚干外甥"们感到头疼。然而，当尚干与外乡发生械斗时，"尚干外甥"们跟着首当其冲的林狮狮，勇往直前，大打出手，不仅一下子扭转了战局，而且赢面还非常大。于是，"尚干外甥"们的剽悍作风，顿时改变了人们的负面看法。贬损杂音全部销声匿迹，竖起的大拇指像密匝匝的咏春拳木人桩。

"好汉，你能告诉老朽，尊姓大名吗？"一位身着长衫马褂的乡绅，特意在濑湾的"半枝闲"酒楼设宴犒劳械斗英雄。

"呃？"林狮狮向瘦弱长者抱拳一揖，刹那间不知该不该告诉乡绅真实姓名。他担心暴露真名会影响已跻身官场的叔叔林培基的声誉，虚与委蛇又有尊不识敬之嫌。"免尊……"

"老朽听说，敢在江湖行走者，大多行不更名，坐不改姓。"身着长衫马褂的乡绅，用激将法。

"噢，台驾，不好意思，小可贱名东方狮。"乡绅的话，使林狮狮想起了江湖。于是灵机一动，临时给自己起了个外号。

"原来好汉复姓东方！汉代有个东方朔。"乡绅自然知道林狮狮亮出所谓的"东方狮"名头，是在敷衍他。不过，他也不挑明，继续漫无边界地讲，"到了唐朝，东方姓已经成为平原郡的大姓望族……"

幸亏乡绅没有刻意爬罗剔抉，权当"冇"讲，信口演义。因为他提到的东方朔这个人物，"尚干外甥"们一头雾水。即便是混迹过江湖的东方狮，也不知道东方朔是何许人。既然是"冇"讲，总不能冷场。只见他嘴里嗫嚅，咂摸不出顺竿爬上去的话题。好在他比"尚干外甥"们聪明，赶紧将手里装斯文的一把折扇打开遮住尴尬。

"呵呵，扯远了，扯远了！"乡绅不无嘲讽地一笑，换了个话题，"说近的好了。好汉，知道这酒楼为什么叫'半枝闲'吗？"

"这老家伙十吗一直出考题？"东方狮心里纳闷。他脸上有些挂不住，但却勇于承认人家明昭、自己昏蒙，"不好意思，还真不知道。"

"这酒楼大名源自我朝林维雍的一首《塔峰远望》五言诗。"着装体面的乡绅压根就没希冀林狮狮答题。问，不仅是为了答，更是要显摆一下自己颇有学问。"诗曰：拉伴扳藤上，千村一望间。淡烟笼远渚，余日恋晴山。塔影依天际，橹声静濑湾。归禽忘客至，借得半枝闲。"

东方狮与"尚干外甥"们一句也没听懂，但却使劲地鼓起了掌，噼里啪啦之声，经久不息。一伙粗人，连附庸风雅都不会。不过在社会面已经混有一定时日的人，吹、捧、托，全会。

"来，来，请各位好汉入席！入席！"乡绅似乎已不想再耗时间，他先把已有些许花白的辫子盘到脖颈上，然后提起衣襟入席。等客人纷纷坐定后，他才大声地吩咐店小二上菜。别看他身躯瘦弱，但吆喝"上菜"时丹田力道却非常足。

乡绅话音甫落，只听见石榴裙裾窸窣之声顿起。只见十个浓妆艳抹的酒妓从候宴室应声而出，莲步款款，香风扑面。他刻意摆下的一桌花酒，自然惊艳四座。

在械斗期间，跟着东方狮大打出手的"尚干外甥"们，被这一出戏全给唱懵了，不仅一个个目瞪口呆，而且都变得十分拘谨，躯体僵硬，大有坐怀不乱的样子。

正在上菜的店小二目焦乱睃。乡绅一下子就断定这家伙并非本地人——因为尚干男人虽然剽悍刚烈，但在异性面前个个都是君子。无形的"义姑"榜样力量，使他们绝不敢侮慢女人。

乡绅的这一应景之作——花酒，其实是刻意安排。因为矗立于濑湾的"半枝闲"酒楼，虽非碧瓦朱甍，但也还是飞檐反宇、临流丹槛，格外清静优雅。既然有葡萄美酒夜光杯，自然也应该有美人。

风满酒家，花酿绿醅。虽无慷慨奏筝，也没有阳阿奇舞，可是"酒盏酌来须满满，花枝看即落纷纷"。有美色佐酒，"三杯渐觉纷华远，一斗都浇块垒平"。没过多久，一桌嗜酒不羁的械斗英雄成了一个个东倒西歪醉"侯"。

唯独东方狮好整以暇，只是礼节性地举了举酒杯，兀自保持着清醒。他已意识到乡绅摆一席花酒，一定别有用意。于是，他见"尚干外甥"们都已醉在花边眠了，便问开尊待月的乡绅："老人家，是不是有事需要在下帮忙？"

"嗯，"乡绅认真地打量着东方狮，用福州话说了一句，"没想到这'六斤四'还蛮好用的！"

"老人家，你说的'六斤四'……"东方狮做了个一刀抹脖子的手势，问乡绅。

"好汉，混过江湖……"

"因不敢连累老母，刚踏入江湖就退了出来。"

"浅尝辄止，正合我意。"

"老人家看中了我？"

"如果你能开心见诚，那么老朽自然也应该洞无城府，与好汉推心置腹。"

"老人家，实不相瞒，在下姓林名狮狮。刚才多有怠慢，恳望海涵！"

"好！"乡绅果然信守承诺，向东方狮伸出了橄榄枝。"老朽看你骨气端翔，想请好汉保驾护航。"

"老人家，能说具体一些吗？"

"实不相瞒，老朽是卖盐的。"

"卖盐？"

"我们福州缺粮，但却产盐，而且福州是闽西北的食盐航运中心，因此官府在天宁山北麓开设盐仓码头。"

"老人家，盐一斤只不过两三文钱，也有利可图？"

"好汉，这你就外行了。盐一斤两三文钱，这是我们沿海产地的价格。可是沿长江往上卖到汉口，一斤盐就涨到了四五十文；再卖往内陆地区，可以涨到八九十文一斤；特别偏远地区，如云贵山区，一斤盐甚至可以涨到上百文。"

"卖这么贵，也有人要？"

"俗话说：'不饱不饿三担谷，不咸不淡九斤盐。'尤其在偏远山区，人要是长期缺盐，会长大脖子病（即甲状腺肿大）。"

"哦？"

"请好汉参与其事，意下如何？"

"在下不懂买卖。"

"请好汉做盐店伙计，那可就大材小用了。"

"老人家，在下有点力草，做'甲哥'倒……"

"误会了，误会了。"乡绅连忙打断林狮狮的话，他知道，码头搬运工叫作"甲哥"，纯靠体力维生，生计艰难，时人叹为"四边"：身穿破边，吃在摊边，睡在路边，死在街边。

"老人家，在下这个样子，能干什么？"

"依老朽看来，好汉是运盐船舶上最好的保镖。"

"老人家，盐运使衙门有专门护送官盐的盐兵。"

"老朽说的保镖，也就是私家盐兵。"

"贩卖私盐不是犯法吗？"林狮狮再怎么胆大妄为，也知道盐铁一向由官府经营。在官府眼里，盐不是咸津津的食品，而是亮锃锃的金子。

确实，食盐是历代王朝赋税中最重要的一环。自春秋时代的齐国名相管仲向齐桓公提出"赋税于盐"建议以来，食盐都是历代最重要的物资，一度有"天下税赋，食盐参半"的说法。应该承认，食盐专营制度堪称是古代财政方面的一大"发明"。寓税于价是一种垄断之利，不仅能为财政带来巨大收入，还可以达到使老百姓既避免不了征税又感觉不到征税的巧妙目的，不容易激起民变，堪称"完美"。后世除了西汉初、东汉、隋、唐初等少数时期没有施行以外，其他历朝历代都没能拒绝食盐专营制度的巨大诱惑。千余年来，食盐专营带来的收入仅次于田赋，是朝廷第二大财政来源。宋朝时，盐税一度占国家财政总税收的80%，军费即仰仗于此。连极其偏僻的"毗舍耶"，也就是后来的台湾，制盐都甚具规模。为了将当地食盐收归国家，甚至特意建了一座九龙城寨，派遣军队长期驻守。

"好汉，放心！敢做私盐买卖的人，自然是跟官府穿一条裤子！"乡绅非常看好林狮狮，因而向他透底。"没有拿到官府盐引，就做食盐买卖，那可就坐实了贩卖私盐大罪，抓到当然得杀头。像道光年间的薄荣太，长期在天津沿河一带低价收购过往船只所夹带的私盐，分运他地以高价出售，获利巨丰，为盐枭大囤犯。被捕获，枷号示众，然后处死。"

"也就是说，贩私盐，笃定会掉脑袋！"

"好汉，双杭墰尾街有一句话，叫作'刮头生意有人做'。"

"我家丁薄，三个香炉只插一条香。"

"贩私盐的，也有做皇帝的。像浙江的钱镠，就成了吴越国的皇帝。"

"在下愚顽，不想做皇帝，只想赚钱。"

"好！每护航一镖，给你四两银子。"有钱能使鬼推磨，乡绅许诺，"马尾船政学堂的学生，虽然衣食住全包，但每月也仅有四两纹银的津贴。"

林狮狮心中明白，乡绅笃定是盐枭。在械斗时敢于搏命的他，本来就是个天不怕地不怕的角色。之所以会被盐枭说动了心，不是他有多么贪婪；而是因为他家有领养的老母，并且曾经对在械斗中丧失性命的那些弟兄有过一个郑重承诺——只要他活着，就要抚养其妻儿，因而他急需固定的一大笔钱。于是，他接受了盐枭的雇佣。

滚开，苟狸侬

当 1889 年中元节早晨蒙面女刺客在黛韵楼前把陈寿彭错认为其胞兄企图除奸时，他哥陈季同正龙行虎步闯入法国人比德·蒙弟翁私宅，想一刀砍下这个家伙的脑袋瓜。因为担任大清驻法、英等国参赞的陈季同发觉，亦师亦友的蒙弟翁，是窃取大清军事情报的间谍。

陈季同身为大清外交官，与蒙弟翁结识于轰动整个巴黎的一场活报剧。那是他刚到巴黎不久，得悉意大利作曲家朱赛佩·威尔第创作的四幕七景歌剧《阿伊达》在法国国家歌剧院首演。引起他好奇心的倒不是威尔第亲自担任指挥，而是建成于 1874 年的法国国家歌剧院。

那天晚上，他像往常那样身穿一身紫色长袍，光脑门后面拖着一条又长又粗的辫子，风流倜傥地出现在法国巴黎大剧院的广场上。在他那对建筑有一定研究的眼里，这座意大利传统式的剧院规模空前庞大，立面有大量的雕刻及装饰，其华丽的建筑显然属于晚期巴洛克风格。领略了建筑魅力后，对文学艺术情有独钟的他，渐渐把目光移向大幅海报上，那上面有《阿依达》剧情简介。原来是表现交战国双方皇帝的女儿同时深爱着一位恋人，并为此作出生死选择。

陈季同正在揣摩剧情，突然冒出一辆马车，直接奔着他冲了过来，差点撞到了他。幸亏他年轻，反应灵敏，只是虚惊一场。

于是，他理直气壮地要那马车夫下来赔礼道歉。

这马车夫不得不跳下车辕。可是就在他弯下腰的刹那间，一眼瞥见差点被撞的是后脑勺拖着长长辫子的中国人，立即改变了主意，不但不为自己的行为道歉，反而非常生气地用法语臭骂陈季同，话语翻译成汉语是："你这只中国猪，眼睛怎么长到屁股上去了？"

陈季同不仅看到了车夫穷凶极恶的丑陋嘴脸，还听明白了臭嘴喷出来的污辱人格的话。无论是为了自己的人格尊严还是为了大清的颜面，他都绝不能受这个窝囊气。于是义愤填膺的他，立刻用带有最纯正巴黎口音的俗言土语反骂车夫："滚开，苟狸侬！"

"骂得好！"那天晚上也是去观摩四幕七景歌剧《阿伊达》的蒙弟翁，赶巧不巧地看到了这一场活报剧，并且不吝为陈季同喝彩，"骂得太有水平了！"

这法国车夫跟当时西方诸国所有的人一样，把大清人后脑勺拖着的辫子污蔑为猪尾巴。可是当他听到陈季同极其迅速的回骂时，顿时惊呆了。因为"苟狸侬"这句法国土话，是法国人对待车夫最为恶毒的蔑称。车夫本来以为陈季同不懂法语，没想到这中国人不但懂得法语，还会土话。由此可见，这中国人不好惹。他只好在众人围观中，乖乖地向陈季同道歉。

蒙弟翁与围观的芸芸众生一样，平日里趾高气扬惯了的他们，头一回看到一个中国人昂首挺立的飒爽英姿。陈季同用法语土话对鲁莽车夫的精彩回击，使他们万分惊讶。"这人身上哪有一点东亚病夫的影子？分明就是一头睡醒的雄狮！"

"你会讲一口流利的汉语？"蒙弟翁的华语水平，顿时让陈季同刮目相看，"请问，尊姓大名？"

蒙弟翁还不懂得用表示客气的"免尊"二字回应。他掏出一帧在欧洲原先被叫作"拜访卡"的名片,递给陈季同。在法国,1889 年的一台名片印刷切割机一天就可以制作 10 万张名片,使黄金分割法的长方形名片得以普及。

由于陈季同是去观摩歌剧,所以没有随身携带拜匣。好在蒙弟翁给他留下了名片,第二天他按上面印有的姓名、地址,亲自用笔书写自己的姓名和职务,然后派人送到蒙弟翁府上。

从此,惺惺相惜的陈季同与蒙弟翁经常在社交场合见面。交往多了后才晓得这位来自法国沿海小城彭城的朋友受过良好教育,但不知道他舞文弄墨也有一套。

陈季同的这句"滚开,苟狸侬",不仅很快传遍了法国大街小巷,还上了法国的报纸。报纸上以《天之子降临大地》为题,对陈季同教训这个车夫的详细过程进行了报道,并且在其中配上了一幅插画。在画中,一个中国人从世界地图中崛起,下面是一群被吓得四处逃窜的红男绿女的洋人;而且在旁边还配上了一段文字:"中国在沉睡几个世纪后,从麻木中醒来。"

诉诸报端的文字不长,但可以说对中国给出了很高的评价。这件事情最后还传到了慈禧太后的耳中,她非常高兴地对百官说:"法国人从来就没有将我们大清国放在眼里,动不动就信口雌黄,碰见麻烦事就不可理喻,还污蔑我们是世界上最愚蠢的民族。陈季同为我们出了口恶气,你们要向他学习。尤其是洋务衙门,更要像他一样,不仅要懂得多国的正规语言,也要懂得所在国当地的土语,和洋人打起交道来才有底气!"

最初的时候,清朝本来就只是打算让陈季同担任英、法两国公使的参赞一职;就是因为这个事情,又让他兼任驻比利时、奥地利、荷兰、丹麦等四国的参赞。因此,他经常往返于布鲁塞尔、维也纳、哥本哈根以及荷兰的两个首都阿姆斯特丹和海牙,尽情地发挥他精通英语、法语、德语、荷兰语和丹麦语的优势。

陈季同自己都没想到，一句法国国骂"滚开，苟狸依"，不仅折服了包括铁血宰相俾斯麦在内一众政治家，同时也让他结识了不少国家的首脑人物。当然，他风度翩翩，无可挑剔。他心中非常清楚：尽管自己的国家已经弱不禁风，没有什么国际地位，但他是中国形象的代表，是中国态度的代表。因此，他必须充分展现华人的风骨。

当时欧洲大陆上流社会通行以法语为社交语言，而驻德国使馆的翻译又较驻英使馆少，加上清制公使馆并无专职武官，这一职位理所当然地由陈季同兼任。好在他长袖善舞，凡与德国皇室、政府、外交部及各国公使来往公务，或阅兵参观应酬等事，均须其参与。因而无论什么时候，自己都应该保持一个中国外交官的尊严。每次出席公众场合，总是一身长袍；跟西方国家交流的时候都是不卑不亢，始终保持着应有的气度。正是由于陈季同善于结交，他所在的外交使团才成为清廷了解欧洲政情军机和商况民意的重要渠道。

侯官县人氏陈季同之所以有无与伦比的语言天赋，是因为他15岁就进入福州船政局附设的求是堂艺局前学堂读书。学堂的教员多为法国人，不仅讲课用法语，所用的教材也是法文。这为他打下了扎实的法文基础，所以一毕业就因"西学最优"被船政局录用，任船政办公所翻译。举人王葆辰为船政办公所的文案，一日论《汉书》某事忘其文，一直想不起来。陈季同听说了后，为其指出在某传中，并将他丢在爪哇海里的那段文章背诵了出来。这说明此时的陈季同已奠定了较好的中西学基础。正因有这么卓越的表现，船政大臣沈葆桢才让他以都司衔与前学堂的魏瀚、陈兆翱，后学堂的刘步蟾、林泰曾，跟随法国人日意格到英、法、德、奥四国参观访问。第二年，魏瀚、陈兆翱入土伦市郊的船厂学习制造，刘步蟾、林泰曾则进英国的海军学校实习驾驶。而既不学制造也未学驾驶的陈季同，却另负特殊使命。

原来，大清朝廷针对百年未有之大变局，拟派人出使西洋各国。由于对各国均不了解，觉得有必要先遣人去摸清各国态度，于是令船政大臣沈葆桢举荐人选。船政局懂英语、法语的人非常多，但都不愿吃风涛之苦。跟随沈葆桢到台湾筹防并参与机要的陈季同，听说了后自告奋勇，愿意去完成这一使命。所以，沈葆桢才为他申请到都司头衔。

早已不是一介书生的陈季同，既然负有特殊使命，自然不能像魏瀚、陈兆翱和刘步蟾、林泰曾那样再去钻研制造与驾驶技艺，而应该游走泰西列国，周旋晋接不同国度的官员。回国后，他将出国见闻写成《西行日记》，又被擢升为参将，加副将衔。不久，他又奉命与严复、马建忠、罗丰禄等人出洋游历。在这期间，他和马建忠一起进入巴黎政治学校，专门学习"公法律例"等西方知识，兼学英、德、罗马以及拉丁文。正是拥有这么雄厚的资历，他才一人兼任英、法、德、比利时、奥地利、丹麦与荷兰诸国参赞。

当风流倜傥的他出现在"科学文艺之渊薮"的巴黎和"世界文明之导师"的法国人面前时，他的知识与涵养自然惊艳于世界。也许正是因为陈季同那玉树临风的外表，加上怒斥法国车夫的事件经过报界反复炒作，他竟然被英国王室的一位公主看上了。

"陈季同将军。"在一个有关中国文化的讲座刚刚结束，泰西学者们正默默地体悟五千年文明蕴涵时，甜糯声音响了起来。这声音非常嗲，非常娇媚。它来自英国王室的一位年轻公主，她从伦敦跑到巴黎前对陈季同的参将衔身份已经了解得非常清楚，所以很有礼貌地尊称他为"陈季同将军"。接着先给了个她自认为非常妩媚的笑靥，然后才嗲嗲地说："你的演讲非常精彩！"

"是吗？"

"真的!"

"能打个比方吗?"

"有伏尔泰的讽刺和孟德斯鸠的深刻。"

"能得到你这术高的评价,我非常高兴。"

"你的演讲,某些部分……" 英国王室的这位年轻公主,又及时补充了一句溢美之词,"可与柏拉图相媲美。"

"嘀," 精通七国语言的陈季同用英语向她道了谢,他的英语与法语一样地道、娴熟。他一面很有绅士风度地转身望着她,一面用英语询问,"能告诉我你的芳名吗?"

这位公主芳名艾米,年方二八,头戴白色软帽,很大的帽檐上用黑色缎带打着蝴蝶结,上身穿面料考究的晚礼服,短袖、低领、束腹,勒出纤细的腰身和丰满的胸脯,佩戴长串项链,短袖高腰长裙,白色蕾丝长袖手套,拿着一把折扇。她右脚向后膝盖弯曲了一下,向陈季同行了个屈膝礼。

从穿着打扮上,陈季同已经看出这位年轻女性来自英国。因为身穿正式礼服,是体现英国文化和礼仪的重要元素。但她的面貌被她那头上的白色宽檐草帽给遮挡了,他也不便一直盯着素昧平生的女子。由于泰西众多学者争先恐后向他请教问题,他就无暇顾及她了。他只好向她点了点头表示歉意,心想:"也许自己不太礼貌,无缘再睹芳容了。"

可是,让他万万没想到的是,无论是在英、法、德、奥,还是比利时、丹麦和荷兰,也不管他是讲授中国诗词还是搬演《聊斋故事》,这位正值妙龄的艾米总会在场。她的目光始终盯着身穿漂亮紫色长袍的陈季同。在她的眼里,这位大清国的年轻外交官有着英俊的脸庞、有着儒雅的风度。极其博识多闻的他侃侃而谈时简直让人着迷!末了,她总是嗲嗲的来那一句:"陈季同将军,你的演讲非常精彩!"

　　应该承认，陈季同站在中国人立场上讨论中西文学与文化，确实曾风靡欧美。尤其是他出版的《中国人自画像》，轰动一时，不同凡响。他甚至还被法国政府授予"一级教育勋章"，这在当时是一种极其难得的荣誉。当时，法国人对这位具有东方风情的中国男人充满了好奇，就连他的花体法文签名也成为出版商炫耀的商品。

　　就雄踞东方数千年的华夏历史而言，晚清无疑是中国人最不愿意面对的一段岁月。因为落后，屡被挨打。曾以灿烂辉煌的文化闻名于世的东方大国，忽然没落到低人一等。不甘平庸的陈季同，把沉重的耻辱深埋心底，在那个并不有利于大清的时代里勇敢地抬起头，在西方洋人面前保持中国人固有的那一份傲气。因而他的目光，不肯停留在某一个拥趸身上。因为风度翩翩的大清国帅哥，已经吸引了一大批泰西各国迷妹。艾米只是其中之一，她压根就不知道还有两位洋姐早已捷足先登。

　　一个叫赖妈懿，是法国女子；另一个是英国姑娘芍爽，是个歌手。身为名媛的赖妈懿正是因为陈季同那句"滚开，苟狸侬"，看到了一个中国外交官的风骨，特意邀请他参加在自己豪华客厅举办的沙龙活动，继而被他讲的《聊斋志异》中的故事所倾倒。

　　对中华文明佩服到五体投地的赖妈懿，从此刻苦学习汉语，如饥似渴地汲取中国文化营养。她不但常与陈季同推心置腹，而且还毫不犹豫地以身相许。

　　陈季同经常光临赖妈懿举办的沙龙，不仅因为在她的豪华客厅可以见到戏剧家、小说家、诗人、音乐家、画家、评论家，主要还是在这里可以接触到法国的政治家和政府里的高阶官员。那些道貌岸然的高阶官员在沙龙这一特殊场合往往无所顾忌、畅所欲言，使他获得了不少情报，尤其是军事方面。

　　芍爽也是在一个社交场合与陈季同邂逅。也许由于她太过博学的缘故，除了艺术与文学外，还刻意向满腹经纶的陈季同请教一个鲜为人知的问题："何谓闹姓赌博？"

这个问题不仅棘手，而且非常刁钻。相信绝大多数中国人也从未听说过。相信经常吆五喝六掷骰子的大清帝国的赌鬼，肯定也是一问三不知。芍爽之所以会出这么冷僻之题，是因为她研究过大清国的赌博游戏。

"这是大清的彩票之一，早期盛行于两广，以猜测科举考试时金榜题名者的名字，俗称榜花。"芍爽的这道题出得再怎么恢诡憰怪，也难不倒见多识广的陈季同。他知道发明闹姓赌博的人，是自己的老乡刘学询。这位福州刘氏大家族的后生 24 岁考中举人，七年后又考中了进士，因等待候补官员很不顺利转而经营彩票业。

"与其说是彩票，不如说是赌博？"

"准确地说，是一种变相赌博。无论是乡试还是会试，总之在考试前，赌博者先下赌资，预卜考生的名次，各猜定数。要是猜中若干姓氏，发榜后以猜中多寡定输赢。"

"何谓闹姓？"

"在我大清，称科举考试场所为'闱'，春天的考试叫春闱，秋天的考试叫秋闱。"

"有作弊的吗？"

"科场尚且不净，何况赌场？不过，科场与赌场各自为政，公与私，截然不同的领域，很难徇私舞弊。"

"这种被称作彩票的赌博，怎么操弄？"

"彩票分为上下两联，上联印着考试人的姓名，下联只印彩票的编号，在会试前夕定价出售。购买者填选好彩票，手上只留下半联，发榜后兑上了金榜题名者的姓名，按获得头等、二等或三等彩票，兑现奖金。"

"闽姓赌博游戏，不是发端于广东吗？"苟爽质疑陈季同，"怎么说刘学询是你们福州人？"

"刘学询是福州刘姓家族成员，出生于福州西湖湖心的宛在堂。闽姓彩票之所以发端于广东，是因为刘学询在广东等待上任做官，见遥遥无期，便弃政经商，歪打正着，发家致富。"

苟爽见鲜为人知的"闽姓赌博"，陈季同都知道得一清二楚，不仅殚见洽闻，而且泓涵演迤，真可谓通儒达士，顿时看朱成碧，一股脑儿就爱上了他。也不管他身边已有一往情深的美女，死活要跟他比翼齐飞。

赖妈懿是个非常痴情的女子，自然不肯让苟爽鸠占鹊巢。她像所有的法国人那样，为了维护自身崇高荣誉，在各种报纸上公开刊登要与情敌决斗的消息。在法国，决斗早已司空见惯。虽说法兰西第三共和国政府明令禁止决斗，但民间依旧我行我素。

在决斗成风的法国，一般都是两个男人为了一个女人展开生死对决；而两个女人为了一个男人决斗，实属罕见。这奇葩怪事一经报端披露，立即轰动了整个法兰西。根据报端披露的时间、地点，那些欲一睹两只"母老虎"厮杀的闲人纷纷来到塞纳河畔、圣日耳曼修道院附近的一片空地上等候。

两个美女还未开打，陈季同已经深受重创。不是唇枪舌剑，也没有千夫所指。在法国巴黎，一个成功男人在娶妻之后，再弄个把情人，全是公开的事情，无人指责，更无人置喙。在大清，别说大官，就是一般的有钱人，即便拥有三妻四妾，谁也不能把他推上道德法庭的审判席。让他心生不忍的是两个将要生死对决的美女，都正是春风澹荡的年纪，非常优秀，也都非常温柔可人，值得怜惜。因而他费尽口舌，晓之以理，动之以情，都未能说服她们改弦易辙、放弃决斗。

陈季同的耐心劝说，赖妈懿与苟爽都充耳不闻。她们认为，放弃决斗很不"绅士"。双方约定请蒙弟翁作为公证人，然后带着女佣抵达塞纳河畔的决斗场地后，为了以示公正，双方交换了燧发手枪，亲自装填上子弹。

那个时候的燧发手枪命中率很低，如果双方都没打中，便扔掉手枪，由她们的女佣递上第二把手枪，重新装填子弹，进行第二回合决斗，直到打中使一方丧失还击能力为止。

于是在公证人蒙弟翁的见证下，赖妈懿与芍爽各跨 10 步，也就是双方相距 20 步的地方，举枪瞄准，静听公证人的口令。刹那间，围观的人全都屏住呼吸，心跳加快，只有塞纳河的水流依旧缓缓地流淌着。

"预备"公证人蒙弟翁见双方已经各就各位，便发出了口令。只要他发出后半句"射击"的口令，枪声就会响起，就会有一人倒下，或者两个美女同时中弹倒在血泊之中。

就在这惨状即将出现的千钧一发之际，陈季同从圣日耳曼修道院旁边飞奔而至，站在两位情敌中间，用他那高大的身躯阻止这种十分类似于英勇事迹的犯罪行为。他已经做好了殉情的准备，宁可牺牲自己，也不要让这两个尤物中的任何一位香消玉殒。

"人生自是有情痴，此恨不关风与月。"在决斗场中的两位美女都是天下第一情痴，怎么肯伤害欢爱犹恐不及的哥哥？于是，赖妈懿与芍爽不约而同地扔下手中的燧发手枪，奔向陈季同，欲将他紧紧地搂进春怀。可是，她们的帅哥已被艾米给拉走了。

原来，艾米是从报纸上看到赖妈懿与芍爽决斗的消息后匆匆赶来。她希望决斗的双方都倒在血泊之中，好让她独自沐浴于爱河里专享欢愉。

陈季同读过白居易的新乐府《八骏图》，记得"由来尤物不在大，能荡君心则为害"。他挣脱掉艾米的纤纤玉手，回身走向惊呆的赖妈懿与芍爽。

"亲爱的，我知道你想了解法兰西对大清的真实企图，"艾米没有追过去拉回陈季同，用嗲声嗲气就吸引住了自己的白马王子，"你想听吗?"

身为大清国驻泰西各国的军事参赞，他的首要任务就是侦悉法兰西第三共和国侵略越南的真实意图。于是，他不得不重新回到英国公主艾米的身边，拉长耳朵聆听。

艾米身为英国王室的一位公主，原本对政治并不关心。只是自己钟情于陈季同遭到冷遇，在高人指点下，以政事为诱饵，想让他主动投怀送抱。为此她打听到不少当前的热点新闻，于是向陈季同作了转述。翻译成汉语则是：贪婪的法国人，见英国通过发动两次鸦片战争，竟然在大清捞到了天大好处，于是步其后尘用武力侵占交趾支那，使越南南部六省沦为殖民地。继占西贡之后又陷河内及其附近各地。越南在法国侵略者的压迫和讹诈下，签订城下之盟《越法和平同盟条约》……

艾米所说的内容属实，但并不是新闻。这些，陈季同刚到巴黎不久就了然于心。早些时候他虽然只是英、法、德、奥、比利时、丹麦和荷兰等国使馆参赞，但由于还代理大清驻法国公使，所以主要居住巴黎。在法兰西时间久了，深知巴黎社交季是上流社会的万花筒，是结识达官显贵的捷径。因而经常参加各个沙龙活动，与著名的政治家莱昂·甘必大、梯也尔和麦克马洪以及茹费理这些政界要人先后都打过交道。尽管他身在万里之遥，但对法国人在越南攻城略地情况一直牵挂于心。

"帅哥，还有一个情况，你肯定没有听说过。"艾米见刚才自己抛出那么多猛料都没有引起陈季同的反应，于是连忙向他输送了一个正儿八经的军事秘密，"法国政府命海军司令李维业指挥侵略军第二次侵占越南北部地区，企图利用红河作为入侵中国云南的通道。"

"原来'项庄舞剑，意在沛公'。"陈季同得到艾米提供的这个军事情报后，立即用密码给大清军机处拍发了电报。当场，他并没有感谢这位英国王室公主，只是认为艾米还有可利用价值。于是在尽量不让赖妈懿与芍爽知道的情况下，继续与她暧昧。

陈季同运用聪慧和绅士外表，把这位英国王室公主深深迷住，交往时间长达三年。开始，两人还有诉不完、道不尽的甜言蜜语；后来两人见面，只剩下"今天天气真不错"或"雨终于停了"。

起先，艾米没觉得有什么变化。因为在英国，天气是一个非常常见和安全的聊天话题。后来仔细一想，觉得不对！年轻女性之所以会以谈论天气作为切入点，面对的是陌生男性。自己与大清这位英俊外交官已经交往近三年，心没有越贴越近，反而越来越疏远了。

痴情女子往往一动了真爱之念，往往就收不住心猿意马。艾米在巴黎老见不着陈季同，一向率性而为的她不得不追到德国、奥地利、比利时和丹麦甚至荷兰，他也是推三阻四，不近芳泽。黔驴技穷的她，只好请蒙弟翁出面责问。

面对亦师亦友的比德·蒙弟翁，能言善辩的陈季同却支支吾吾了半天，才勉为其难地回答："实话实说，艾米虽然是英国王室的公主，但相貌却实在不敢恭维。"

"嗬？跟人家暧昧了三年，"蒙弟翁十分吃惊，自己虽然是法国人，但还是替英国王室的这位公主声讨陈季同，"最后嫌她长得丑，不肯接受？"

艾米得到这个答案后，情绪极其低落，整天以泪洗面，茶不思，饭不进。最要命的是，这下惹恼了以天潢贵胄自居的英国王室。鼎鼎大名的陈季同为欧洲各国上流社会所熟知，在悄悄引诱英国皇室年少的公主后，又嫌弃人家长得难看，这使英国王室声誉受损，简直无法忍让。于是，怒不可遏地下了枪决令，要他以死谢罪。

幸运的是陈季同在泰西各国有很强大的人脉，非常爱才的德国宰相俾斯麦亲自到英国议会替他求情，在缴纳了一笔钱后才转危为安。

然而一波方息，一波又起。一天，赖妈懿拿了一沓法文报纸给陈季同，提醒他跟蒙弟翁交往要谨慎。她发现在法国报纸上一再刊载以《一个清朝官员的日记——中国书简及未公开的外交文献集》为题的文章，内容涉及中法战争期间的秘密信函、文件，署名是"一个天朝官员"。

陈季同一看就知道在报刊上泄密一事，蒙弟翁难脱干系。因为自己将他视为亦师亦友，所以将其聘为"使馆文案"，协助驻德使臣李凤苞处理往来法文文件。正是自己的举荐，使蒙弟翁可以接触到中、法、德三国间的不少外交情报。

蒙弟翁在报刊上发表文章时大量引述中方内部档案及往来信件，这应是任何一国的外交使团都难以容忍的行为。他之所以敢于窃密并将秘密披露于报端，是因为他完全把大清国视为无能的政府，因而胆大妄为、肆无忌惮。而且在陈季同一再追究下，他竟然找到一个冠冕堂皇的借口，说是披露的一些内幕，完全是为了抨击法国政府的外交政策，尤以攻击茹费理为目的。

"你是法国人，为何攻击法兰西第三共和国总理？"陈季同与茹费理打过不少交道，因而不相信蒙弟翁的鬼话。

"你以为茹费理是个好人？其实这个家伙坏透了！"接着，蒙弟翁为了自证清白，不管陈季同信还是不信，兀自罗列出茹费理许许多多不光彩的事情。

诸如：普法战争，法军战败，拿破仑第三当了普鲁士的俘虏，普军围困了巴黎，促使第二帝国寿终正寝。在那动荡的岁月里，律师出身的茹费理善于投机，乘机钻进国防政府，成为阴谋家梯也尔手下的要员，并出任了巴黎市长。

当时巴黎正陷于惊慌无备的混乱之中，旧政府已瓦解，群众的领袖们还被囚禁在波拿巴的监狱里，而普鲁士的炮声已逼近巴黎，人们只好暂时容忍这批投机分子掌握政权。巴黎人民要求政府抗击普鲁士军队的入侵，而投机家们却在国难当头的时刻只想着大发横财。茹费理懂得，武装巴黎无异等于武装了革命，因此这个国防政府在民族义务和阶级利益二者发生矛盾时，没有片刻犹豫便把自己变成了卖国政府。茹费理一面让梯也尔出面游说欧洲各国朝廷，乞求他们出面调解；一面巧妙地利用市长身份搜刮大笔钱财。他们所安排的防御当然不堪一击，于是国防政府正式向普军投降，以法国领土亚尔萨斯与洛林之一部分割让给德国，并赔款 50 亿法郎。这便是茹费理所演出的第一幕丑剧。

由于茹费理的渎职失政，激起群众公愤。巴黎工人曾多次计划组织公社来取代这批卖国贼，但却被国防政府当作与普鲁士串谋而遭到镇压。巴黎无产阶级没有屈服，以巨大的勇气掀起了革命，成立了巴黎公社。与民为敌的茹费理追随梯也尔组织所谓"共和国政府"，在凡尔赛粉墨登场，任命麦克马洪为凡尔赛政府军首领，进攻巴黎。他们在普军的支持下，终于攻进巴黎城内。巴黎人民英勇抵抗，持续巷战了一个星期。当公社最后的据点失陷后，茹费理伙同梯也尔、麦克马洪等组织了惨无人道的大屠杀，巴黎公社社员被屠杀者达 3 万人，被流放苦役者达 4 万人。

"茹费理为什么这么残忍？"陈季同对这伙投降敌军、发动内战、屠杀人民的刽子手十分不理解，"屠杀巴黎公社社员高达 3 万人……"

"为了掩盖他在巴黎被围期间侵吞公款的罪行，不惜用千万人的鲜血来涂抹自己犯下的罪恶证据。"蒙弟翁咬牙切齿，痛斥茹费理，"他是镇压巴黎公社刽子手中最可耻的一个，因而在麦克马洪的支持下出任法兰西第三共和国政府的总理。他一上台，立即推行向东方积极扩张的殖民政策。他继法军攻占北非的突尼斯后，又正式兼并了柬埔寨。与此同时，他正想把魔掌伸向中国和越南。他曾厚颜无耻地宣称：每一个资本主义强国都要在蕴藏着无限富源的亚洲，特别是在广大无边的中国，竭力地攫取他们自己的一分。"

"法兰西第三共和国也想弱肉强食？"

"当然！"

"在我大清身上割一块肉？"

"不是一块，而是要割一大块肉！"

"没那么容易吧？"

"大不列颠及北爱尔兰联合王国前后发动两次鸦片战争，获得了多少亿两白银？茹费理之流，当然心里也痒痒的。"

"所以侵略越南，蓄意要将中国拖入战争泥潭？"

"对！"

"噢，原来法兰西第三共和国执意要步英国后尘，也是想获得巨额赔偿？"本来要杀掉蒙弟翁的陈季同，终于恍然大悟——留着他，还可以派上用场。

"为达此目的，自然必须征服你们那个巨大的大清帝国。"蒙弟翁运用三寸不烂之舌，终于让陈季同放下了手中利刃。

蒙弟翁在陈季同拔刀相向的无奈之下，终于泄露了法兰西第三共和国的狼子野心，顿时使陈季同寝食难安。中法之间关于越南的交涉，主要由出使英、法的大臣曾纪泽负责，压根就轮不到他置喙。能插上手的，只有德高望重的李鸿章。因此，他必须回国，把高卢雄鸡的意图告诉大清政坛的斫轮老手。于是，他不得不说服赖妈懿与芍爽两位美人，以返回家乡为先人修墓为借口，恋恋不舍地离开了巴黎。

芦苇荡中的道庆洲

一

当罗星塔旁边崛起一个远东地区最大的马尾造船厂时，道庆洲的芦苇早已葳蕤翁郁到密不透风了。

马江上空之所以能响起机器的轰鸣声，把福州带入工业时代，完全有赖于茶香盈城、帑储殷实。也许当年闽浙总督左宗棠正是看到马尾罗星塔下的江面上以"羚羊号""火十字号""塞利号""太清号"为代表的十几艘快剪船繁忙地装载着运往英国的茶叶，才促使其下决心奏请在马尾创设福州船政局。

法国人布罗斯贝尔·日意格受左宗棠和沈葆桢之托替船政局购置了一系列造船的机器设备，让洋务运动的先驱们得以领略古希腊神话中令人惊叹的机械英雄。

古希腊神话中的机械英雄，是指由锻造之神赫菲斯托斯亲手打造的青铜巨人塔罗斯，并赋予他守护克里特岛的神圣使命。濑湾也有一个拖着长长马尾辫子的"赫菲斯托斯"，此人即西门月瑛的大伯。当他华丽转身成为盐枭后，便在与马尾造船厂一江之隔的道庆洲设置秘密私盐仓库，并请高人在密匝匝的芦苇荡中打造由轮毂、运动悬挂和动态驾驭控制系统组成的巨石茶壶阵。然后又瞒天过海让西门月瑛充当"塔罗斯"，在道庆洲值夜守护私盐仓库。

西门月瑛并不知道盐枭就是她的大伯,为了生存,甘愿扮演黑白两个面相的角色。白天,她在濑湾与马尾之间摆渡;夜里,在道庆洲值守私盐仓库。她对盐枭的济贫之举感恩戴德,因而铁肩担道义,恪尽职守,不敢丝毫松懈。虽然日夜尽心尽力,但她跟所有的大清黎民百姓一样,依旧度日维艰。

怪谁?要怪就得怪凌驾于大清头上的泰西列强。大清国原本富得流油,光白银吞吐量就世界第一。乾隆四十二年(1777),国家财政收入 8182 万两白银,达到清代国库存银的最高值。国土面积大到无边,达到 1316 万平方公里。后来,列强凭借坚船利炮,不仅割走了 160 万平方公里的土地;还通过两次鸦片战争,明火执仗打劫中国的财富。

在第一次鸦片战争开战前,大清国库存白银 1300 万两,各地地方所存白银也有 800 百万两。可是与坚船利炮的英军开战,一下子动用军费就高达 2500 万两白银。由于第一次鸦片战争失败,大清政府不得不捏着鼻子跟英国签订《南京条约》。按照条约规定,大清要向英国赔款 2100 万银圆(其中 600 万银圆赔偿1840 年被烧的鸦片款,剩下的为军费和偿付商人债务)。《南京条约》中所说的"圆",是说赔款得用产自墨西哥的西班牙银圆来计算。由于这种银圆成色统一、使用便利,在世界范围内的贸易中会经常看到。在中国也很流通,被称为"鹰洋"(钱上有鹰徽)。清廷在和英方代表经过反复商议后,约定每个银圆按大清白银库平七钱一分进行折算,赔款折合 1700 万两,加上英军抢夺财物又达 600 万两。加在一起即高达 4000 多万两白银,另外还割让了香港岛,开放广州、厦门、福州、宁波、上海五处为通商口岸。

第二次鸦片战争,大清再次战败,又不得不与英法等国签署了不平等的《天津条约》，赔偿英国白银 400 万两，赔偿法国白银 200 万两。后来清政府又被迫与列强签订了《北京条约》，将原本《天津条约》赔偿给英国的 400 万两白银，增加至 800 万两，原本赔偿给法国的 200 万两白银也增加至 800 万两。

总之，大清在两次鸦片战争中战败，除了割地求和之外，就是没完没了地赔款。无能的大清政府，无论是向各省摊派，还是偿还外债，都是通过向百姓增收苛捐杂税，穷于应付。动辄几千万甚至数亿两付给列强的巨额白银，最终都落到了细民百姓身上。再加上政权中枢极端腐败，在征税过程中贪官污吏又昧着良心中饱私囊，黎民百姓的血汗基本上都被榨干了。

尤其是官盐专卖，寓税于价，用垄断机制，确保政府巨大的财政收入。为了提高各地的积极性，允许各省官盐加耗，致使盐价无节制疯涨。特别是各省将多达 700 项的各种名目杂税摊入到盐税之中，造成食盐价格高企到百姓望而生畏。因此无法承受过高盐价的百姓，只好忍气吞声选择"坚忍淡食"。更可怕的是，人们"数月不知盐味"，身体乏力，难以劳作。穷苦百姓不得不购买因逃避税课而便宜了许多的私盐。这一恶性循环，导致私盐泛滥。

坐在金銮殿里的皇帝不管白花花的食盐如何贱卖利民，只晓得操纵私盐买卖的盐枭肥私伤国。于是针锋相对，在各地设置盐捕营，抓到私盐贩子，轻则发配边疆，重则杀头。

上有政策，下有对策。有能力与财力专搞私盐买卖的盐枭，不得不铤而走险，私下纠结武装队伍跟朝廷对抗。由于他们拎着脑袋瓜长期在刀尖上行走，练就了一身武艺和胆量，也练出了智慧和谋略。

譬如在道庆洲秘密设置私盐仓库的盐枭，虽说只是从泥土下冒出的一株不可名状的杂草，可是发达根系却分蘖出许多茎和枝。但并不杂乱无章，而且组织十分严密。要想在道庆洲仓库领走一包私盐，都要懂得黑道规矩。要先识别西门月瑛比画的手语，然后还要破解茶壶阵。不明个中奥妙，就是异己，西门月瑛有权铲除异类。如果她功力不逮，还可以启动巨石茶壶阵，甚至暗箭。

作为私盐运输船保镖的东方狮，虽然知道每次走私盐船都是到道庆洲装货卸货，可是他从未光临这个极其诡谲的独立王国。按照盐枭的嘱咐，他都是待在运输船上。即便他"力拔山兮气盖世"，也不需要他用肩膀去扛重达 100 斤的盐包。作为保镖，他的职责只是保护私盐在贩运路途上的安全。如遇另一贩卖私盐团伙打劫或遇到大清盐捕营官兵缉拿时，方轮到他挺身而出一显身手。

国家有国家的律法，江湖有江湖的规矩。贩售私盐行业，自有其独立的运作系统。东方狮入行以来，都没出现意外情况。因而他每涉一趟风波，都有固定报酬。可是钱不经花，日子越过越艰难。放在裆裤里的钱币，老是被厘金局的兵丁掏走。

所谓厘金局，相当于后世的税务局，是大清朝廷在国内水陆要道设立的关卡，强行征收过卡货物通过税。起先是为了接济军饷镇压太平天国，后来用以资助鸦片战争赔款。咸丰末年开始设置厘金局，全国总数超过 3000 处。由于明文规定各省自征，余额可自由处理，不足则要赔垫。于是，各地官员都把厘金作为搜罗民脂民膏的工具，立即上行下效，从道台到州府一直波及县，都趁机"拔索尾"到处设立关卡，对过卡的货物征收通过税，规定"值百抽一"，即抽一厘的税，故名"厘金"。

厘金种类复杂纷繁，但就课税环节来说，可分为下列三种：一是出发地厘金，是在出产地或市场上课税的，如"起厘"和"出产税"；二是中途厘金，是在货物通过时课税的，查验手续烦琐，给税吏留下刁难勒索机会，如"行厘"与"验厘"，还有"进省税"和"过境税"；三是到达地厘金，是在货物到达消费地点时课税，如"坐厘"和"落地税"以及"销场税"。

由于福建山坳鸡角缝比比皆是，而且离京城特别遥远，皇帝自然鞭长莫及。所以乱搞胡搞，谁都奈何不得。像各道路要冲的商家栈号和航运码头的过往船只，到最后连街头巷尾的零星物品买卖，都要雁过拔毛。

尚干，属闽县七里之首的永庆里，福泽尚干的淘江自然也不能幸免。别名濑水的淘江，东通峡江，西连南港，由南向北纵贯注入南闽江，是南闽江之乌龙江的支流，全长98里。沿岸厘金局的关卡林立，比过往船只的桅杆还多。

有一次，东方狮为私盐保驾护航了两趟，途中遭遇盐捕营官兵缉捕，他以一己之力与之拼搏，用竹篙全把他们扫进江中，在所有船夫一起努力下逃之夭夭，保住了私盐。盐枭一高兴，奖了他不少铜板。他美滋滋地返回尚干，顺便在肉铺割了几斤猪肉，分成几份，打算给那些在械斗中丧命的遗孀遗孤送去油一油辘辘饥肠。再给他们一些铜板过日子，自己还可以留那么一点点手尾，正好去"半枝闲"酒楼酩酊一醉。

"呔！老实站着别动！"在濑湾，东方狮被厘丁们拦了下来，"你买了多少猪肉？过一下秤，缴纳厘金。"

"哎哟，军爷，真是穷人不能吃二两肉！"东方狮已被厘丁盘剥了许多次，基本上都认得这些猴头老鼠耳。

"少废话，过秤！"

"军爷，江湖上有一句话，叫作'得饶人处且饶人'。"

"这里不是尔等混混的江湖，是大清厘金局的关卡。"

"知道，知道。不然官场上怎么会有一句话，叫作'署一年州县缺，不及当一年厘金差'。"

"嗨，我等这差，也是苦差不是？"厘丁说的也是大实话，不过他们也从勒索小民与纵放大咖的两大类中获益良多。

"军爷辛苦，军爷确实辛苦！不过这些肉，是给孤儿寡妇的。"

"孤儿寡妇是不是大清的子民？"

"那是……"

"知道为何要收取厘金吗？"

"知道，为了资助官府剿灭造反夺走大清半爿天的长毛。"东方狮虽然没见过太平天国的军队，但在福清东张的破庙练武时听师傅说过长毛故事，"不过，长毛早就没有了，还要收厘金？"

"呸，你懂个屁！"厘丁对长毛怀着恨，对洋人只是不满，"眼下收取厘金，是赔给英夷、法国佬。"

"被人打了，还要赔？"

"别啰唆，猪肉赶紧过秤，缴纳厘金！"

"军爷，要缴纳厘金，可以。不过，你总得亮一亮厘金局的关防吧？"

有一个厘丁跑进哨卡，取出关防木印，在东方狮眼前晃了晃。"看到了吧？这是厘金局正卡！"

既然厘丁亮出了关防木印，说明确确实实系官方的厘金局正卡，不是野鸡收费站。东方狮只得把买自肉铺的猪肉让厘丁过秤，然后按斤两硬给搜刮走好几个铜板。本来他想出手教训一下厘丁，然后拔腿跑掉；可是当他看到两个厘丁一前一后用肩膀扛着长长的抬枪，在前的厘丁扛着抬枪单腿跪地，在后的厘丁把手伸进扳机，枪口便对着他，于是赶紧打消了开溜念头。

厘丁们对现代战争其实一窍不通，甚至认为清军老旧的抬枪胜于洋枪，原因也很离谱："洋人炮虽快，然一炮只一子；我抬枪一炮可容数十子，是一炮可敌其数十炮矣！"还有更滑天下之大稽、荒天下之大谬的："打洋人是抬枪得力，一炮可装卅余子，并可及七八十步，不用逼码铜帽，不怕用竭。易用已经落伍的子母炮，子母炮须会放，抬枪则人人能放。"

抬枪是一种重型鸟枪，长度一丈。发射霰弹的它，经常被无知者认为不逊于法军大炮，甚至认为抬枪更厉害。在东方狮眼里，抬枪确实很厉害。由两个厘丁配合才能开火的抬枪，子弹不会飞很远，但飞得贼快。东方狮腿再快，也没有子弹快。于是他乖乖地把猪肉拿去过秤，缴纳厘金。

东方狮苦于不能架海擎天，奈何不了抬枪，荷包老是被厘丁搜刮到干干瘪瘪，每每面对那些在械斗中丧命的孤儿寡母时就愧疚万分。有道是一诺千金重，可是自己已经非常努力了，兜兜底还是翘天。往往需要伸出援手时，总捉襟见肘。于是，他去找盐枭，要求增加报酬。

盐枭的家富丽堂皇，但森严壁垒、层层设防，而且保镖打手众多。东方狮能穿堂入室，说明盐枭没把他当作外人。懂得江湖规矩的他，如同会看风讨势的老艄，没有乱摆舵。见盐枭正带领着"八柱""四梁"虔诚地向挂在墙壁上的"盐宗"画像焚香祷告，便静静地站在一旁看着。

盐枭行毕一整套朝拜"盐宗"仪式后，看到东方狮一脸懵，便笑着告诉他："被尊为'盐宗'者，乃黄帝手下一位诸侯，叫夙沙氏，系世上第一个用海水煮盐者。"说着，就要他也点上三炷香，朝拜一下"盐宗"。

"我干吗要拜盐宗？"

"乌龟是王八养的，乌龟不拜王八蛋，盐贩子不拜盐的祖宗，怎么吃这碗不体面但很实惠的饭？"

"男儿膝下有黄金。"

"赋性愚鲁，你可以走了。"

应该说，盐枭对东方狮算非常客气了。否则，肯定会让看家护院的门丁将其轰出去。这些门丁一个个并非平庸之辈，也都有三七四六。即便再有本事的好汉，也还是一拳难敌四手。

"老板，你得给我抬旗，让我也多赚那么几吊铜钱。"东方狮嘴上说的"抬旗"，就是提高职位的意思。他在为私盐保驾护航了多次后，才晓得官盐每斤五58文，私盐42文，将私盐当成官盐卖，而且日积月累，盐枭自然富得流油。

"哼，在你眼里，我是财神爷？"盐枭凡是遇到要求抬旗加薪的人，总是先吐出一大堆苦经，"我也想恤贫济难，可是真的心有余而力不足。没错，比起茶叶、丝绸、瓷器等买卖，贩盐是能挣不少钱。可是你知道老子坐地起家有多难吗？要知道，做这行当，得一直游走于黑白之间，花销特别大。黑道上是大鱼吃小鱼，我要是不穿着铁背心，早就做鬼见阎王去了，还能在你面前像模像样地做人？白道上得买通那么多的贪官污吏。要知道，哪一个在位置上掌握实权的家伙，不是狮子大张嘴？要不喂饱他们，黑白两道，寸步难行！"

"老板，瘦死的骆驼比马大。"东方狮之所以低声下气要求盐枭加薪，完全是为了让那些孀居人和遗孤能把日子混下去，"我知道，你不是那种拔一毛利于天下而不为的主。"

"你如果是'八梁''四柱'，当然得给你抬旗。"盐枭左顾右盼了一下自己的亲信，然后明确告诉东方狮。

话说到了这个份上，东方狮知道抬旗与加薪根本就是痴心妄想。于是，他离开盐枭的安乐窝后，心里产生了一个念头：与其替盐枭保驾护航只做一个打工仔，不如自己也去贩私盐？

二

要贩私盐，得要有充足的货源。一心想摆脱打工仔身份的东方狮，把目光聚焦到了道庆洲。一直密不示人的私盐仓库，就隐藏在密匝匝的芦苇丛中。如能勾结看仓库的，或许能赊出两包私盐来去跑单帮？

打定主意后的东方狮，到了半夜，跳到濑湾一艘小船上，借着星光撑船摇橹。小船如同漂浮在若大江面上的一片树叶，一路吱吱呀呀，橹声被宽阔的乌龙江吞噬掉了。这一叶小舟在乌龙江上无声无息地漂着，漂往省内支流的南闽江。随波逐流，孤孤单单，恁是可怜。

孔武有力的东方狮，一手摇橹，一手把舵，驾轻就熟，所以他的小船比别人快。他隐隐约约地看到罗星塔耸立黑夜中的塔影，便知道船已到马江，于是放慢船速，悄悄接近道庆洲。

有道是艺高人胆大。东方狮一门心思只想绕过盐枭，私下勾结看守仓库的哥们儿，赊两包私盐去卖，不管赚多少钱，两人均分。他认为，看守仓库的只要有利可图，就会与他结盟。

东方狮仿佛已经看到了白花花的盐变成了白花花的银子，如同打了一针鸡血，整个人处于亢奋状态。至于密匝匝的芦苇荡里有没有危险，他全然不管。当他的船头一冲进芦苇，便听到"扑簌簌"的声响，不知是野鸭还是夜鹭受到惊吓，肉颤身摇，冲天而起。

静寂中的声响，惊动了在私盐仓库里值夜的西门月瑛。她连忙起床，到窗口张望。她不怕夜幕闯入者，而是注视着她设下的路符。所谓路符，就是她摆在码头与仓库之间路径上的三块石头。如果夜访者确实是自己同伙，就会把一排的石头移一块搁置在另外两块之上，形成品字形。在搬动石块时，嘴里一定会念诵："桃花开放万里香，久闻阁下是英良。天下英雄红花会，自己莫把自己伤。"

西门月瑛见闯入者不识路符，便知道不是同伙。她连忙卸下石榴裙，换上男装。尽管已是黄脸婆，但她还是不愿素面示人，怕被划入左道邪门，嫁不出去。因而在私盐仓库值守时，万一要现身，她都要戴上一顶吓人的花面壳。隐藏庐山真面目后，她勇气十足地冲出低矮的私盐仓库，消失在夜幕之中。

东方狮一钻出芦苇丛便遇到了路符。他不知道这是在黑道上行侠的联络暗号。急于寻找私盐仓库，跌跌撞撞地越过了三块石块后，许多参差不一的巨石便遮挡住了他的视线。他正兀自纳闷着，倏地极其刺耳的"嘎嘎"巨响震耳欲聋，紧接着一块像茶盅形状的巨石由远而近逼到他跟前，巨石茶盅上露出一张狰狞恐怖的脸。胆大过人的他，也不由自主地暗吃了一惊。

原来，让东方狮吃了闭门羹的是黑道上的"巨石阵"。它用巨大无比的石头制成茶壶与石制茶盅。之所以可以前后左右移动，是因这些巨石茶壶与茶盅全部都装有轮毂、运动悬挂和动态驾驭控制系统，可以在铁轨上任意滑行。这一匠心独运的"机械英雄"，专门对付擅自闯入道庆洲抢劫私盐的家伙。

在淡淡星光下，东方狮虽然被巨石茶盅上恐怖的花面壳给吓了一跳，但也只是愣怔了片刻，便恢复了正常。一心想赊两包私盐的他，于是鼓起勇气径直往里闯。可是，巨大无比的石头茶壶与石制茶盅一再挡住他。错愕不已的他刚仰起头来，便看到一巨石茶盅上坐着黑衣人影，面目狰狞。他仔细打量了一下，发现是花面壳。虽然心头咯噔了一下，但还是鼓起勇气径直往里闯，想跟值夜的哥们儿商量商量。

坐在巨石茶盅里的"花面壳"仗着巨石摆成"木杨阵"，突然伸出一脚拦住了要往里闯的东方狮。

"嗬?"东方狮虽然不认识"木杨阵"，但认得武术招数，脱口而出一句内行话："咏春撑鸡脚?"

"哦，原来识货。"坐在巨石茶盅里的"花面壳"心头一惊，自己才起一脚就被对方认出是咏春拳。

东方狮想用力把西门月瑛的脚给搬开，没想到不仅根本搬不动，还险些被踢中面门。于是他连忙一手护住脸庞，同时挥拳砸击踢来的飞腿，然后攒足了劲道抡起拳头来了一招"冲天炮"，向"花面壳"的胸口砸拳。

"好家伙！""花面壳"不等东方狮的"冲天炮"撞进胸怀，兀自先来一招"凹洞吸水"，紧紧地吸住东方狮的拳头，说了一声："五形拳？"

五形拳是福建南少林寺内的拳种，创始人也是研创咏春拳的五枚师太朱红梅。她完全靠想象中的目睹灵禽的飞腾变化，进攻退守，一盘一踞，一跳一扑，或啄或爪，或拳或脚，经无数次的反复印证，赋予龙、蛇、虎、豹、鹤五种形态所需的法度锤炼双拳、爪、指、掌、马、腰、桥、眼神、腿力。

由此可见，五形拳与咏春拳同属于福清南少林。只不过，咏春拳上手速度比较快，而五行拳需要较高的悟性。可以说两大拳种，各有千秋。经过短时间的训练，咏春拳有一定的优势；但经过较长时间训练的话，五行拳会更厉害一些。还有，这两种拳对中路的防守和进攻都非常强。

东方狮在与"花面壳"搏击中，进退迅速，攻防多变，劈、崩、钻、炮、横与拳击中的直、刺、勾、摆、抛非常相似，都是既简单又极其实用的技击动作。

显然，双方攻防转换了几十招后，"花面壳"渐渐有些体力不支，于是闪身躲到一个巨石茶盅后面，触动巨石茶盅的一处机窍，让巨石茶壶阵的每一个巨石茶盅与巨石茶壶协助抵挡东方狮的进攻。

东方狮从未见过巨石阵，见"花面壳"在变换阵形的巨石茶盅与茶壶后面时现时隐，一气之下冲拳太猛，砸到了巨石茶盅上，疼得大叫。他用左手抚摸着右边砸疼了的拳头，问"花面壳"："你能不能高抬贵手，每次给我两包私盐，我卖了后与你五五分成？"

"花面壳"没有吱声，过了片刻，突然抛给东方狮一个小包袱，忍不住笑了起来。东方狮以为"花面壳"已经认输，给了他一小包的私盐，因而也不再多说什么，向对方抱拳一揖，便从巨石茶壶阵中退了出来，回身钻进密匝匝的芦苇，跳进那一叶小舟，离开了神秘莫测的道庆洲。

三

回到尚干"漏风庐"破屋的东方狮，见天都亮了。他先按规矩到老母房间请罢安，替病榻上的老母去倒尿盆。在小水沟洗涮尿盆期间想起来昨晚"花面壳"抛给他的小包袱，里面好像是个罐子？于是他回到"漏风庐"破屋后，连忙打开小包袱看个究竟。原来，小包袱里只有一个空的尿壶。这一下尴尬了，这分明是"花面壳"在讽刺他没用！破尿壶尚且能救夜急，他呢？什么也不是！

"狮狮，"病榻上的老母已经起床，在灶前涮锅，准备煮番薯粥，"你一大早的拿着一个破尿壶发什么呆？"

"娘，你儿子连破尿壶都不如，是吗？"

"谁说的？我儿子就跟这番薯一样，看起来不起眼，可是它养活了无数的穷人——"正在清洗红心番薯的老母，话没说完就一迭连声地咳嗽起来，咳得喘不过气来。

"娘，你这儿子不中用。"东方狮连忙替老母捶背，内疚万分地说，"老让你吃番薯粥。"

"番薯是土人参，能吃到它，说明老娘前世积了德。"

"番薯要真是土人参，娘就不至于体弱多病。"

"娘也只是咳几声，没什么大不了的事。"

"娘，今晚我一定从道庆洲弄几包私盐支去卖。"缺了个心眼的东方狮不仅急于发一通横财，还想取而代之成为盐枭。

"娘知道，你想做盐枭。"东方狮认养的老母生怕再度失去依靠，便情不自禁地劝道，"这是犯官府的事，就不怕撞到枪口上？"

"娘，我不做盐枭，只是扛几包盐去卖，换些钱给你老人家治病。"

东方狮一向说话算话。到了半夜三更，他再次驾着一叶小舟闯进道庆洲的密匝匝的芦苇荡。这一回，他也不再客气了，把那破尿壶砸向巨石茶壶阵。破尿壶粉身碎骨，自然引来了"花面壳"。

再次现身的西门月瑛，还是戴着花面壳。与昨晚不同的是，她一开腔便充满着怒气："哒，你诚心要砸我的饭碗，是吗？"

"你爱怎么说，随便。"蓬头垢面的东方狮，没好声没好气，"老板只想自己吃饱了撑着，不肯分一勺给饿汉，那就休怪没饭吃的人出手抢拍夺。"

"在江湖上行走，就得按江湖规矩来。"

"什么规矩？"

"花面壳"从巨石茶盅上跳了下来，然后运足丹田力气将五个巨大的石制茶盅从原来的位置一一推开，滑向指定位置变成五朵梅花阵。接着，气定神闲地要东方狮对切口："梅花吐蕊在桌中，五虎大将会英雄；三姓桃园还有号，要会常山赵子龙。"

"嘿，嘿，"东方狮不懂切口，但却听出对方的声音里有脂粉气，"你是公的还是母的？"

"人在江湖，只看强弱，不问雌雄。"

"老子非要把你衣服全扒光了，看个究竟！"

已是过来人的"花面壳"，见这混世魔王用高调唱花腔，不愿被带到沟里去的她不再吱声，面对东方狮攻势凌厉的南少林腿法，见招拆招，从容应对。

东方狮见一连几招难以取胜，便主动来一招"驴打滚"落地，然后以福州独特拳种"地术犬法"专攻"花面壳"下盘，一招比一招狠。

为了躲避东方狮下三盘的连续攻击，"花面壳"不得不节节败退，盯着他不断跳跃的脚，不屑地说了一句："嗬，还会狗拳？"

"好家伙，"东方狮一怔，有些诧异，"你也知道地术犬法？"

"这'地术犬法'，属少林拳，也是五枚师太所创。""花面壳"一面运用咏春拳绝技以攻为守反击东方狮下三盘的攻击，一面告诉他，"可惜呀，你功夫没练到家。"

"你这咏春拳，虽得真传，可惜爆发力不够。"在江湖已经混久了的东方狮，自然嘴炮也不甘示弱。

"好汉，"戴着恐怖花面壳的西门月瑛坐到巨石茶盅上后，只是不紧不慢地跷起二郎腿，但攻防转换之间，却认出了东方狮的五形拳，"莫非师出南少林寺？"

"你怎么知道？"

"你我师出同源。"

"真是不打不相识！既然师出同源，可否赊两包私盐给我？"

"好汉，你赶紧走人，老板马上就要来巡视了。"

东方狮心想："花面壳"既然与自己师出同源，就不至于将他视为异己。有了这一层关系，笃定可以与之结成利益同盟。于是听从"花面壳"劝告，迅速离开了道庆洲。

四

想贩私盐赢利都想疯了的东方狮，等待夜幕再度降临，为了避免后浪推前浪，一直等到丑时，才闯进道庆洲。

"咦？不是给你一壶了吗？"

"师出同源，我要是夜壶的话，你就是尿桶。"

"看来是个很不知趣的角色。"

"要知道，行走江湖不易，请高抬贵手赊两包私盐给我。"

"一包100斤，还要赊两包，想得美！"

"你也只是替老板看守仓库，何必那么认真？"

"端人饭碗，替人看管。"

"你说的人是指盐枭吧？"

"我不认识盐枭。"

"就算是你老板好了。恕我不恭，你这老板不是人，自己吃饱了撑着，连一勺都不肯分给饿汉。"

"你是饿汉？"

"你今晚要是不给我两包私盐，我就去官府告发。"

"那这道庆洲，就是你的坟场！"

"那你得给老子披麻戴孝。"

"做梦去吧！"

"我没有梦。只要求你给我两包私盐，换些钱给老娘买药治病。"

"既然是个孝子，可以给你两包私盐。"戴着花面壳的西门月瑛听了东方狮的话后，动了恻隐之心。

东方狮向对方抱拳一揖，径直奔进仓库。可是他刚刚扛起两大包私盐走出仓库门口，就发现冲进芦苇荡来的盐捕营的官兵，顿时愕然。

"好心给雷打!"戴着花面壳的西门月瑛一看到刀枪并举的盐捕营清兵,便怒不可遏地责问东方狮:"这鬼,是你引来的?"

为了证明自己没有引鬼上门,东方狮扔下两包盐袋子,扑向清兵,与他们进行殊死搏击。

西门月瑛已看到东方狮的心迹,把他拉进巨石茶壶阵中,然后再次揿动机窍,让一只只巨石茶盅快速撞击盐捕营官兵。她见东方狮一身孤胆,竟然在蜂拥而至的盐捕营清兵包围圈里左冲右突,渐渐体力有些不支了,依仗着自己蛮强的下肢支撑力量,用"地术犬法"与敌搏击,便提醒他:"嘿,少林狗拳架势偏低,再不转换拳种,恐怕要吃大亏!"

听到"花面壳"善意提醒,东方狮在地面上一招"鲤鱼打挺",转换成站位搏杀,终于化险为夷。

那些清兵被突然快速滑来的巨石茶盅撞了个五岳朝天,鼻青脸肿,呻吟与叫骂声不绝。西门月瑛趁盐捕营清兵人少奈何不了巨石阵之机,一招"旱地拔葱"飞身而起先跃上茶盅,然后再跳上石制茶壶盖,等到高高的巨石茶壶移动到道庆洲的洲边时,她一招"燕子掠翼"飞身跃入了夜幕中的闽江。

东方狮不是道庆洲主人,不知道巨石阵的动作机窍,既要躲避撞来撞去的巨石茶壶茶盅,又要与围追堵截他的盐捕营清兵搏击。顾此失彼,交手几十个回合后,大汗淋漓的他还是落入盐捕营清兵的包围圈。他知道贩卖私盐是杀头之罪。因而不肯束手就缚,依旧拼死抵抗,无非是鱼死网破。

福州盐捕营管带尤善根一心想立功,不管被包围的是什么人,抓捕到手后硬给他戴上盐枭的帽子。因为他只有捕捉到一个盐枭,命运才能逆势反转,有望升官发财,彻底告别这吃力不讨好的贱差。他心中非常清楚,自己的奋斗目标是盐运使。

自元代起在各产盐省设立盐运使管理盐务，一直至清代。盐运使全称为"都转盐运使司盐运使"，简称"运司"。明、清两个朝代，都是由"运司"发放盐引，每引若干斤，已纳税的引盐为官盐，未纳税的为私盐，实行专商引岸销盐制度。因官盐藏税其中，所以官盐比私盐贵；私盐逃税，所以私盐便宜。尤其在两度鸦片战争之后，民不聊生，只能购买价格便宜的私盐。因而产盐区的贩卖私盐日渐猖獗。

　　贩卖私盐使官府的经济利益和对社会秩序的掌控力都受到侵害，因此官府采取多项措施加强对贩卖私盐活动的管理和缉捕，设立游巡防兵就是其中最为重要的举措。

　　"运司"出面抽调原来的讯兵组成盐捕营，缉私的宗旨在于维护引盐的专买政策，防止以偷税形式流入黑市。福建省盐捕营清兵也只有100多人，配炮船一艘，架一门戴梓冲天炮，经常游弋于闽江，发现私盐仓库或贼窝，用炮轰毁。

　　别看盐捕营职位不高，但权力很大。除了督察官府统销引盐的盐栈，兼有查缉和扣押私贩之权，故设有"公堂"，还有临时羁押审讯室，可按律审判贩卖私盐案件。不过由于缉获的多为小私贩者，并不是盐枭，便常以罚款了事。

　　尤善根知道大清制定过不少打击盐枭的律法，诸如《豪强贩私律》《武装贩私律》等，盐枭一经捕获，非斩即绞。因而凶悍异常的盐枭往往是见捕必拒，所以缉捕盐枭者反而罹祸。比如明明是盐枭拒捕逃脱，罪却在盐捕营。查获私盐没有达到业绩一半，降二级调用；要是查获私盐限额的仅有一半，像盐捕营管带这样的专职官员降一级留任，罚俸一年。

　　尤善根就是一再降级罚俸，才成为福州话所说的"铜渣洋铁碎"。一直想翻身的他，已经盯着道庆洲许久了。时不时地就率领盐捕营兵丁藏在密匝匝的芦苇荡中，守株待兔。果然，敢冒天下之大不韪再次闯进道庆洲的东方狮，被胸口有个大大的"捕"字的兵丁给围了个水泄不通。

在清军军服的胸前公然用一个字标明兵种类别，诸如"兵""卒""勇""丁""衙""驿""捕""牢"等，是大清的一项特色制度。尽管平头百姓不晓得兵种不同待遇有别，但都明白是吃公饭的，惹不起。碰上了，只有自认倒霉的份。

"公爷们，"东方狮不是那种逆来顺受的角，见"花面壳"掉进水里成了浮头人，便擅自主张与盐捕营兵丁来个利益均分。"这个仓库里的私盐，我们各拿一半，怎么样？"

盐捕营兵丁一个个都心知肚明，这是盐枭惯用的伎俩；但他们也晓得，在这个世界上，不发横财休想致富。可是管带尤善根发了狠话，今晚谁不尽心尽力捉捕"盐枭"，他就砍下谁的脑袋瓜。

在尤善根用刀逼迫下，盐捕营兵丁焉敢心有波澜？他们一个个奋不顾身扑向东方狮，经过几十个回合的折腾，终于逮住了这个所谓的"盐枭"。

最有头脑的中国人

一

福州城里有一句俗语："城北住官人，城西住贵人，城南住公差，城东住穷人。"从法国归来的陈季同是贵人，家住鼓楼西大街的文藻山。他说回家修墓，其实是为了掩人耳目。

夙怀匡时济世雄心又能文能武的陈季同，一身兼任英、法、德、奥、比利时、丹麦和荷兰的参赞，比佩戴六国相印的苏秦还忙；但让他最牵肠挂肚的，还是继两次鸦片战争之后又爆发了中法两国的战争。

法国野心很大，看到大清正一步步走向衰败，于是紧跟英国后面，加快实施所谓的"法兰西东方帝国计划"，打算在占领越南全境后，再扩张至中国西南地区。其目的是想窃取云贵高原丰富的矿产资源。

对于高卢雄鸡野心勃勃的图谋，浑浑噩噩的大清当权者竟然毫无察觉。只有大清驻法公使郭嵩焘帮办兼翻译的陈季同没被巴黎美女的香风熏晕，反而通过钟情于他的贵族女子赖妈懿，获悉法国殖民越南是蓄意剑指大清。赖妈懿告诉陈季同，茹费理话讲得很白，翻译过来用汉语概括只有八个字——"殖民越南，铲除支那！"

语言学家陈季同晓得"支那"出自古代梵语，即指中国。他通过赖妈懿得悉这一重要情报后，立即拍发电报给总署，并一再发出"唇亡齿寒"告诫，意在促使睡狮猛醒。

此时的大清君臣们，灵魂虽然已堕入了颠顶的渊薮，但还未到底。或者说还不是全体都昏庸了。因而鉴于局势渐趋紧张，清廷谕令回乡奔丧的李鸿章夺情回任，主持对法交涉事宜。

洞悉世事如棋的李鸿章，历来主张"外须和戎、内须变法"。根据陈季同不断传回的情报，他做了两手打算，一边继续和谈，一边调兵遣将。从此，中法对抗拉开了帷幕。不过总署跟李鸿章还是两股道上跑火车，难以并轨。总署对越政策的基本点是维持现状，只要能保住对越的所谓宗主权，无意过多介入越事。

一向有"裱糊匠"雅称的李鸿章认为，对大清而言，所谓的宗主国早已不具实质性，完全可以与虚荣一起扔进历史的垃圾桶里去。大清只有从越南抽身而退，才有精力对付西方列强与居心叵测的东洋日倭。

本来，世上没有永远的朋友，只有眼前的利益，翻手为云，覆手为雨。敌对的国与国之间，打打谈谈、谈谈打打，都很正常。中法在前后两年多的时间里，曾借寄越南一隅栖身的黑旗军击败过法军几次小战役。然而作为宗主国的清廷，其内部却花了很多时间，围绕着主战、主和一直争执不断。

当法军在越南的行动从南圻推进到了北圻后，引起清廷警觉。派出第二任驻英法公使曾纪泽去替换"嫉恶太深，立言太快"的郭嵩焘，并要他在与法国交涉时持强硬态度。

茹费理比曾纪泽更强硬，不仅要清朝政府承认法国对越南的殖民统治，还要求清政府开放云南边界。他一面部署军事进攻，一面召回驻华公使宝海，另派法国驻日公使脱利古赴华谈判。当脱利古动身来华时，茹费理特别叮嘱他："要用强硬手段讹诈大清国。"

原先在陈季同看来，清廷中枢机关尤其是满人大臣们多是头脑冬烘、智井瞀人，容易被讹诈。因而他不用动辄一个字需20法郎的电报向"枢府"与"总署"传递重要情报，怕这种无形的鱼笺雁书讲不清楚。所以匆忙启程返回祖国，在家里照顾了几天抱病在榻的妻子，从胞弟陈寿彭嘴里得悉日倭也有觊觎我中华之心。于是，当李鸿章要他到天津面谈时，便拉着胞弟陈寿彭一起从马尾乘船，星奔川鹜去面见这位直隶总督兼任北洋大臣的资深政治家。

"好！"李鸿章一看到陈季同，便大声赞道。"老夫以为只能见到一个'最有头脑的中国人'，没想到十分荣幸，竟然见到了两个'最有头脑的中国人'！"

由于在中俄关于伊犁问题谈判期间，作为赴俄公使曾纪泽参赞的陈季同超常发挥，凭借天才和雄辩以及对公法律例的精辟援引，助力曾纪泽经过长达七个多月艰苦谈判终于收回伊犁，因而被俄方斯克伯勒夫将军称为"最有头脑的中国人"。

至于陈季同的这位胞弟，虽然是船政学堂第三期的学生，但李鸿章早就听沈葆桢说过，当时把他的名字弄成了陈赓。后来充当洋监督日意格的"舌人"赴英法。听有李氏大管家之称的周馥说，这位年轻的语言学家还精通日语，因而特派他赴日搜集情报。

"中堂大人，过奖了，过奖了！"在国人面前从不张扬的陈季同、陈寿彭兄弟俩按官场规矩向李鸿章揖了三揖。李鸿章虽无宰相之实，但被授予武英殿大学士和文华殿大学士，有宰相之尊。"学生才疏学浅，不及吴下阿蒙。"

"好了，老夫倒希望吴下阿蒙议论风生，不藏不掖，直陈管见。"李鸿章说的是实话，此时此刻的他亟想知道外洋情形。本来，他也可以像其他颟顸大臣那样，事不关己，高高挂起。因为两次鸦片战争后，清廷名义上是军机处，也就是"枢府"，和外交人员称作"总署"的总理衙门，并列决策内外事务。然而外国人有事偏偏喜欢找李鸿章谈，一是认定他是明白人，比较好说话；二是他这直隶总督还兼任北洋大臣，本身就是负责外交通商洋务事宜，属于在天津办公的总理衙门大臣。另外，总理衙门除了恭亲王以外，并没有几个能让列强愿意打交道的人；那些多少带着些天朝上国夷夏之防观念的总理衙门大臣，也乐意打发这些不好说话的外国人去找李鸿章协商问题。所以，晚清的一道奇异景观就是：明明总理各国事务衙门才是管理外交洋务的总部，但是遇到纠纷，外国人总是去找在天津办公的直隶总督李鸿章来解决。而李鸿章本人也认为，自己是殿阁大学士，官居正一品，与亲王见面不须跪拜，哪怕不担任职事也有超然地位。深受国恩，理应表率百僚、卓异九卿。深谙洋务事关国家安全，尤其是目前法国军队在越南不肯罢兵息战，倭寇也在觊觎日渐衰落的大清，因此在绥远方略上多听听陈氏兄弟的真知灼见，一定助益良多。

"中堂大人，学生不揣浅陋，先说所知的法兰西第三共和国，好吗？"

"铁衣郎，"因陈季同挂副将衔，李鸿章客气地用古称，"请先介绍一下茹费理，如何？"

"好的！"陈季同只得尊师之命，先介绍法兰西第三共和国总理。"茹费理原是个一文不名的律师。但热心于钻营禄位的他，却一事无成。后来爆发普法战争，法军战败，拿破仑第三当了普鲁士的俘虏，普军围困了巴黎，促使第二帝国寿终正寝。借着动荡，善于投机的茹费理乘机钻进国防政府，成为阴谋家梯也尔手下的要员，并出任了巴黎市长。当时巴黎正陷于惊慌无备的混乱之中，旧政府已瓦解，群众的领袖们还被囚禁在波拿巴的监狱里，而普鲁士的炮声已逼近巴黎，巴黎百姓要求政府抗击普鲁士军队的入侵。茹费理一面让梯也尔出面游说欧洲各国朝廷出面调解，一面以市长身份巧妙地利用抗击普军搜刮大笔钱财。他所安排的防御当然不堪一击，于是国防政府正式向普军投降，以法国领土亚尔萨斯与洛林之一部分割让给德国，并赔款50亿法郎。这激起了民众公愤，巴黎工人曾多次计划组织公社来取代这批卖国贼，但却被国防政府当作与普鲁士串谋而遭到镇压。于是工人掀起革命，成立巴黎公社。与民为敌的茹费理追随梯也尔组织所谓'共和国政府'，在凡尔赛粉墨登场，任命麦克马洪为凡尔赛政府军首领，开始进攻巴黎。巴黎公社英勇抵抗，经过一个星期的巷战，巴黎公社最后的据点也失陷了。茹费理伙同梯也尔、麦克马洪等组织了惨无人道的大屠杀，公社社员被屠杀者达3万人，被流放去做苦役者达4万人。他之所以残忍到不择手段，是因为在巴黎被围期间他侵吞公款，不惜用千万人的鲜血，涂抹掉自己犯下的罪恶证据。再后来，在梯也尔和麦克马洪支持下茹费理成为这帮老伙伴主持的反动政府中的要员，并出任法国政府总理。他一上台，立即派遣法军攻占北非的突尼斯；同时，派法军兼并柬埔寨。与此同时，他还把魔掌伸向中国和越南，并且公开叫嚣：必须征服中国，并占领一大块领土！"

"哦？难怪法军一再挑起战端。"李鸿章记得，法国驻清公使宝海向他一再强调法国"没有任何使北京感到不安的企图，我们的行动自然只局限在原安南王国的疆界内"，并且反复解释"开放云南通商，中国也将从中获益"。

就在宝海忽悠李鸿章的时候，陈季同从法国巴黎拍发电报告知："法国海部商之议院，欲筹款添置兵船于安南东京一带，以为捕盗之用。"正是这一封电报，警觉了这位素孚众望的北洋大臣。加上清廷许多官员对开放云南通商一事普遍持反对意见，因而他不仅在谈判桌上没有丝毫退让之意，甚至还一度主张与法军决一雌雄。不过他还没来得及兴师越境，刘永福已率黑旗军在越南怀德府纸桥一举击毙了交趾支那海军司令李维业及副司令卢眉以下30多名法军军官和200多名士兵。

李维业之死，让法兰西举国哗然，以茹费理为总理的内阁决定对越南采取更加强硬的态度。于是，将法国驻越南东京政务总管河罗芒升职为顺化讨伐军司令，在顺化朝廷所在的顺化河口对捍卫首都的重要据点顺安进行炮击；同时任命孤拔为越南东京沿海地区海军司令，率海陆远征军攻入越南，强迫越南政府订立第二次《顺化条约》。

第一次《顺化条约》签订于1883年8月25日，第二次《顺化条约》签订于1884年6月6日。第二次《顺化条约》的签订，使法国完成了把越南变为殖民地的法律程序，最终确立了法国在越南的殖民统治。然后逼迫大清将宗主国地位拱手让给法国，也就是要大清承认法国在越南所获得的权利。

左宗棠对法国在越南得寸进尺，有个非常形象的比喻："以骨投犬，骨尽而噬仍不止。"

以卓越的军事才能著称的彭玉麟坐不住了。他连忙与最早具有完整维新思想体系的理论家郑观应商议，准备游说暹罗国王拉玛五世，请他发兵直捣空虚的法军大本营西贡，再从越南西贡和新加坡两地的十几万华人中广邀仁人志士一齐发动，烧毁两地的法军补给军火和泊港军舰。

在熟谙法国国情的陈季同看来，彭玉麟与郑观应的爱国情怀十分可嘉，但游说暹罗发兵的想法简直是天方夜谭。由于自己久在海外，对国内政坛不甚了了，自然不便置喙，因此他只着重向李鸿章介绍了法国海军装备。在他看来，法国堪称世界第二海军强国，尤其在舰船领域不断创新上取得了不起的多个第一。譬如自他们制造出首艘蒸汽战列舰、铁甲舰以降，铁甲舰便成为世界海军装备的主流。仅防护巡洋舰，他们一共就造了18级33艘，火力超级强大。

一直没怎么说话的陈寿彭，由于精通日、英、法等多国语言，游学期间足迹遍及欧陆各地，饱读西书的他以民间身份遍览名胜，因身体不断位移，亲察西俗，对域外世界的认知较一般外派使臣更为细微真切。如在地中海游览时他亲历潜水艇和鱼雷现场表演，因而他用诗句反映自己对传统军事技术的认知被颠覆后的感受："天明演巨炮，飞弹如星球。雷声振海宇，顿教神鬼愁。"

"老夫听说，泰西各国用的是机关炮。"致力于洋务的李鸿章，并非闭着眼睛自称老子天下第一的庸人，"是吗？"

"号称佛郎机，所向多克敌。"学贯中西的陈寿彭，还是用诗句回答李鸿章，"鼓中实群弹，先后互推激。盘轮转一周，弹出纷络绎。"

陈季同不但觉得胞弟用诗句将西方现代武器的威力淋漓尽致地形诸于笔端非常生动，而且更有说服力。于是，他仅补充了几句关于西方军械精巧、火力威猛之类的话后，用非常委婉的语气告诫李鸿章应正视中西方的军事差距。

听了陈季同、陈寿彭兄弟俩对法国海军武器装备的介绍后，李鸿章事后向彭玉麟发出了告诫。由于彭玉麟不仅与曾国藩、左宗棠、胡林翼并称"中兴四大名臣"，还与曾、左一起被时人誉为"人清三杰"。因而老人家话说得就比较客气，他的原话是："公，忠则忠矣，壮则壮矣，但未审时势，未悉庙谟，以后切望与鄙人熟商，勿过性急。"虽然没有明令"不许胡来"，但最后几句话的分量还是比较重的："事君之道，首贵勿欺；疆场之事，尤戒粉饰。务一时主战之虚名，贻将来全局之实祸。"

其实，热衷于打嘴炮的"主战派"，有不少人跟李鸿章的心思不谋而合。其中如著名的云南布政使唐炯，在奏折里就多次陈明："耗三省之力而为越南守土，在彼无丝毫之益，在我有邱山之损。"再如顺天府尹周家楣，时兼三部侍郎，并任总理衙门大臣，在当时属重量级人物之一。他认为，和议才是上策，绝不能与法国冲突，影响了洋务开办和国家发展。"轻动则力量一耗，将来即不能自强矣。"还有署理两广总督的前粤抚裕宽，认定因为越南不惜与法国纠缠是"徒损威信，无益事机"。

陈季同和陈寿彭兄弟俩与李鸿章促膝长谈后，终于理解这位北洋大臣为什么折冲樽俎，不遗余力。与众多嚷嚷着"惟自固疆圉，于安南则不能救也"和"出境兴师，甚非长策"的"主和派"不同，老人家主要认为国家积贫积弱不足以开战。说得更准确一点，大清水陆两栖与法军都还有一拼，但已无力招架两面夹击。一直竭尽全力为国操心的他，在面对法兰西侵扰的时候，并没有忘记来自另一个方向的威胁。

同治十年（1871）七月二十九日，在办理完天津教案后不久，李鸿章代表大清政府与日本国签下了《中日修好条规》。平心而论，这是一个双方平等互惠的条约。但他从签约过程日本人的姿态中，看出日本"日后必为中国肘腋之患"。

果然，同治十三年（1874），日本出兵侵台。他积极支持大清政府派沈葆桢作为钦差大臣率领舰队赴台湾巡阅，并调驻防徐州的淮军唐定奎部6500人分批前往台湾。此事最后虽以签订《中日台事条约》而暂时平息，但后来日本还是于光绪五年（1879）乘隙吞并了向大清纳贡225年的琉球。随后，日倭又将目光放在了大清的另一个附属国朝鲜身上。1876年，日本终于以武力打开了朝鲜国门，强迫朝鲜政府签订《江华条约》，取得了领事裁判权等一系列特权。该条约第一条即宣称"朝鲜为自主之邦，保有与日本国平等之权"，把朝鲜的宗主国清朝排斥在外。1882 年，朝鲜发生壬午兵变，中日两国同时出兵朝鲜，清军虽然在这次事件中压制住了日军，但日本还是在《济物浦条约》中取得了在朝鲜的派兵权和驻军权。

李寿彭根据李鸿章的秘密使命游历考察日本时，就曾获悉日本出台了一个全面提升军事实力的十年计划，并得到日本国民全力支持。一次，他在饭团店吃饭，遇到刚从大清返回日本的小村又次正在煽动老板对大清的仇恨。他装着犯困的样子趴在桌上，拉长耳朵倾听。后来他在日本政府广告部会客室，得悉天皇为了号召全国捐钱购买军舰，一天只吃一顿饭。更让他意外的是日本皇后把所有的首饰都捐了，日本美女甚至宁可到国外搞钱色交易也要捐助国家，于是日本的军事实力就在全民动员的情况下得到了快速提升。

"日本女人为了捐助她们的国家，宁可到国外去搞钱色交易？"陈寿彭说的这一极为罕见的情况，让李鸿章大吃一惊。

"中堂大人，日本军事实力得到快速提升，还不可怕。更可怕的是日本人对我大清的偷窥，他们看到的大清，仿佛是脱得光光的一个女人。"

"逸如，我不反对你把你所了解的日倭国情告诉中堂大人，"陈季同见胞弟口无遮拦，连忙用别人都听不懂的福州话提醒他，"但说话要注意场合。"

"铁衣郎，"李鸿章见兄弟俩突然用福州方言说话，虽然听不懂，但还是察觉到哥哥在斥责弟弟，"不许用老朽听不懂的方言。"

"对不起，中堂大人，刚才我不该口出粗俗之言。"陈寿彭好不容易见到李鸿章这一层级的大人物，恨不得把自己所掌握的情报都掏出来给他；但是一本正经地用官方语言，话说得就没那么生动了。"长久以来，由于日本紧靠着我大清，所以比较方便通过各种途径研究我大清。随着日本高层加快了谋华的步伐，相继建立起一大批情报机构。"

"日本建立了一大批情报机构？"

"是的！普天之下从未有过哪一个国家像日本这样，在很短的时间里建立起包罗万象、朝野齐心的情报系统；也从未见过哪一个民族像大和民族这样，情报观念几乎根深蒂固于他们的血脉之中。"

"日本对中国的觊觎……"

"终极目的是剑指中国。"

"哦？"李鸿章一直关注着日本的动态，因而特别希望陈寿彭能拿出具体实例，"说说看，何以见得蕞尔岛国日本终极目的是剑指中国？"

"说起来，得怪我大清签订的中英、中法《天津条约》。"在这屈辱条约上签字的是钦差大臣桂良与花沙纳，跟李鸿章没关系。"其中一条，就是外国人可以在我大清国自由旅行、通商和传教。正是这条毫不起眼的条款，为其他国家向清国派遣间谍提供了极大的方便，而日本趁机向我大清国派遣的间谍人数最多。"

"哦？"

"日本有一部叫《兴亚政策》的著作，公开宣称：'日本一旦掌握了中国，以中国幅员之广、人口之多、物产之丰，可养120万以上之精兵，配备百艘以上之舰艇，则东洋文明必将发扬于宇内。为此，日本参谋本部提出向中国派遣陆军留学生的建议。所谓留学生的使命，主要是两项：一是在中国本土学习口语体中文；二是待时机成熟时，便深入中国各地调查山川地貌和人文社会的实情，同时探察中国的军事情形。这些陆军留学生足迹遍布中国，东北抵达满洲、渤海沿岸，西北至陕甘内蒙古乃至新疆伊犁，往南则涉足两广云贵，至于两湖两江等地则更是其调查的重点。为了避免引起我大清怀疑，他们全都入乡随俗穿戴我大清服饰衣冠，貌似行脚商人，除舟船之外，更多的是徒步跋涉，往往风餐露宿调查各地的山川形势、关塞要冲、风土气候、人情风俗，甚至农工商现状、水路物资多寡、金融运输交通等，积累了大量的第一手资料，撰写各类报告供军部高层参阅。"

"简直无孔不入！"

"正是对我大清极其详尽的了解，所以日本军部才制定出具体方案，将军队分成南北两大集团，北路大军攻占旅顺大连湾，南路大军袭扰福州。"

"福州是我大清洋务重镇。"陈寿彭的话，引起李鸿章的警觉，"船政大业所在，不能落入日本之手。"

"日本人对福州的了解，甚至比福州人还要透彻。"陈寿彭一点也没有夸大其词，说的全是事实，"比如我大清绿营，一营有多少兵、有多少枪；从入海口到福州马尾港的水路两岸有多少座炮台、是什么炮，都一清二楚。"

听了陈寿彭的详细介绍后，李鸿章已彻底看清了蕞尔岛国日本愈发膨胀的侵华野心，因而他更加坚定了自己的主张，即"和法战日"。这样一来，与曾纪泽、张佩纶、张之洞、左宗棠等主战派意见相左。他老人家对中日两国发生于朝鲜的纠纷，更是顾虑重重。尤其是当下的局势，他更加不愿在国际上再树强敌。于是，他极力主张中国在越南问题上持重行事，勿失和局。与其空发议论，不如倾力于国内的海防、洋务，以图日后与列强争雄。

可是，以天朝上国自居的慈禧太后以及"枢府"和"总署"的衮衮诸公一直认为日本只不过是一个弹丸小国，断然不敢跟大清王朝抗衡。恰在这时，一支700多人的法国军队突然向越南北黎的观音桥进发，声称依据法国海军中校福禄诺与李鸿章签订的

《中法简明条约》前去"接防"。由于驻守当地的清军没有得到撤防的通知，不肯交出驻防之地。交涉无果的法军蛮横地枪杀了前往协商的3名清军联络官，并悍然向清军发起了进攻。清军被迫还击，给予法军重创，"观音桥事变"爆发。

于是，为了防止高卢雄鸡借机以越南为跳板向中国发动新的侵略，李鸿章连忙向慈禧太后递上一纸奏折："切查刘铭传志伟勇干，度越诸将，战功最著，平日究心时务，见畿敏决，才智过人。若令其独当一面，寄以边防之重任，于操纵控驭机宜，必能措置裕如，其威望亦可使远人慑服。"

李鸿章在这关键时刻保荐刘铭传出山，朝廷上下自然叫好。朝廷起用刘铭传的谕旨终于得以下达：前直隶提督刘铭传，统兵有年，威望素著，现置时事艰难，需才孔亟，著李鸿章传知该提督即行来京陛见，以资任使，毋稍迟延。

就在大清朝廷谕旨下达的第三天，法国战舰"弗达尔"号从香港驶进了基隆口岸，以游览为名登岸侦察，绘制地图。后又以购煤为由提出无理要求，并向台湾官员进行恐吓。

面对高卢雄鸡的再次公然挑衅，慈禧太后坐不住了。她要求"枢府"与"总署"赶紧拿出主意，化解迫在眉睫的危机。"枢府"与"总署"除了相互推诿，拿不出抗法的军国大计。只有李鸿章肯为国分忧，他请慈禧太后再次下谕，催促刘铭传晋京陛见。

二

刘铭传，字省三，1836年9月7日出生，安徽合肥西乡人。世代务农的刘家共有六个儿子，刘铭传最小，排行第六。由于幼时患过天花，乡里人都叫他"刘六麻子"，6岁到私塾读书，11

岁时父亲病故，随后大哥、三哥又相继去世，其他几个哥哥各自成家。他便与母亲周氏单独生活，母子相依为命，靠贩卖私盐为生。

他在自己家乡的大潜山曾立下誓言："大丈夫当生有爵、死有谥！"可是因长年累月奔波劳碌，不得不于18岁那年放下了手中书本。暂时跳出书海，混迹江湖，仅是他一生中的遗憾。更大的悲剧便迎面而来——因贩卖私盐遭到通缉，致使母亲受到牵连自杀。这锥心之痛，让他哭干了泪水、哭出了血。

"呔！"一天，刘家因无力上缴粮食，被当地土豪侮辱。孤胆雄豪的刘铭传独自一人向土豪发出警告："你不能再作威作福，欺侮乡民，否则，我就宰了你！"

"嗬！"深知刘六麻子有贩卖私盐案底的土豪，把刀递给赤手空拳的刘铭传。"你贩卖私盐，还没举报你，还敢造反？"

刘铭传深知贩卖私盐一旦案发，即有杀头之祸。于是一不做二不休，索性出其不意地夺刀劈下那土豪的头颅，然后跑回圩里公开大呼："土豪被我杀死了。你们要保卫家乡，就跟我来吧！"

由于刘铭传性情豪爽，为人仗义，当即就有数百名乡里青年表示拥戴。于是，刘铭传便领着这些青年在大潜山下修圩筑寨，在家乡办起团练。1859年，协助湘军攻陷六安，朝廷授给他千总军职。1862年，刘铭传带领自己训练的团勇投奔李鸿章，被编为淮军铭字营，下奉贤、金山卫，解常熟围，破江阴、常州，由千总军职累擢至提督，成为淮军大将。

尽管戎马倥偬，但一有空闲余暇，刘铭传便重新拾起书本攻读。一次，曾国藩察访淮军营地，见刘铭传裸腹踞坐，左手执书，右手持酒，朗诵一篇，饮酒一盏，长啸绕座，大有旁若无人之概。后来，他在李鸿章跟前对刘铭传作出评价："脸上有麻者，帅才也！"

　　刘铭传确非一介莽夫，不仅写得一手好字，拿起刀剑还敢打敢拼、灵活多变，在镇压太平军的过程中连战连捷。而且刘铭传还与李鸿章一样，是个开眼看世界的人，积极引进西式武器装备自己的队伍，聘请法国军官运用新式的练兵方法。因此，他手下的军队，也特有战斗力。李鸿章很看重他，对他多加提携，没几年就官至直隶提督。

　　天有不测风云，人有旦夕祸福。1871 年，刘铭传请假回乡期间，他的铭字营被戴上结党营私罪名，激起军队哗变。200 多士兵夜袭哨岗，劫了军队里的饷银，逃之夭夭。带兵的刘铭传自然难辞其咎，直接被革职查办。

　　刘铭传不怨天、不怨地，暗自思忖自己麾下队伍也确实存在问题，在发展壮大过程中并没有严格审查来降士卒，导致鱼龙混杂。参与哗变的全是投降过来的捻军，他们本来跟铭字营就不是一条心，也受不了军队的束缚，所以趁主帅不在军营干了傻事，自然影响到了已经官拜直隶提督晋爵一等男的他被摘除了顶戴。

　　李广功高，封侯无份。哪朝哪代，不是如此？刘铭传面对挫折，只怪自己命中带劫。木槿昔年，浮生未歇。既然已经辞官归里，索性看淡仕途、看淡了人生，好好地享受一番生活。他在紫蓬山区最高峰大潜山北麓下面买了一块地，然后大兴土木，用两道城墙和两道护城河将占地约 105 亩（7 万平方米）的江淮庄园建筑包围了起来，号称刘老圩。后来他又重建了大潜山庙，并亲自撰写楹联，其中有一楹联曰："万户侯何足道哉，听钟鼓数声，唤醒四方名利客；三生约信非虚也，借蒲团一块，寄将七尺水云身！"

　　本来假期只有 3 个月，结果在家一待就是 13 年。由于居住在刘老圩里天天能看到大潜山，因而刘铭传自号大潜山人。表面上他寄情山水，但内心却十分苦闷。他有一首诗，曰："年当半甲子，壮志渐消磨。忙里身长健，闲时病转多。登坛无伟略，对酒且高歌。岁月来殊速，人生奈老何。"

刘铭传在家乡失意消沉，瞒不过他的老上司李鸿章。于是，这人精给他写了一封信，对他还是寄予厚望："如公之才识、声望，断非终老临阿者。及此闲暇，陶融根器，后十数年之世界，终赖扶持。幸勿放浪自废为祷。"语重心长，其情殷殷。

李鸿章的这一封信，对刘铭传产生了很大的影响。为了给自己家乡培养人才，他与张树声等人联合创办了"肥西书院"。李鸿章手书"聚星堂"匾额悬挂于书院大厅，左宗棠为书院题写了牌匾。除此之外，便开始"静研中外得失"，同时密切关注着国家安危。这浴火凤凰终于涅槃重生，等到了朝廷的召唤。

朝廷让刘铭传去台湾全权主持防务。诏书下达之时，刘铭传并不在自己家乡，而是远在杭州西湖之畔悠哉游哉。他退隐之后，在南京、上海、杭州购有多处房产，优游林下，诗酒会友。老上司李鸿章在他归隐前曾经告诫过他："多读古人书，静思天下事，乃可敛浮气而增定力……"他记住了恩师的殷殷叮嘱，潜心钻研。

可以说，刘铭传是身处江湖，心依魏阙。他不但结识了马建忠、薛福成、徐润等一大批具有改良思想的人物，还读了许多西学的书籍，加上赋闲之身，更接近社会下层，对大清王朝的社会弊病的认识自然要比一般封建官僚更为清楚和深刻。他经常在南京秦淮河、杭州楼外楼和一批文士高谈阔论，也曾经拍案而起说："中国不变西法、罢科举、火六部例案，速开西校、议西书、以励人才，不出十年，事且不可为矣！"一言既出，举座皆惊。

"山外青山楼外楼，西湖歌舞几时休。"当命刘铭传进京陛见的诏书由驿递加急送到杭州刘氏公馆时，刘铭传并没有饮酒赋诗、高谈阔论，而是忧心炎炎可危的局势。他与当时的浙江巡

二、面对无妄之灾

抚，也是他的老战友、淮军大将刘秉璋一样，最最担心的是法国海军从东南沿海北上，重演第二次鸦片战争。因而，刘铭传坚定地表示：台湾是东南门户，七省藩篱。如果他本人能到台湾前敌指挥军事，他将在台湾组成让法军不可逾越的第一道防线。刘秉璋也表示，他这里可以互相呼应，成为牵制法军北上的第二道防线。

接到诏书后，刘铭传立即马不停蹄地回到刘老圩安顿老小。出发之前，他举火将自己在平定太平天国和捻军时期留下的那些文件通通烧掉，只留下奏折底稿。用这样的行动表示与过去告别，从此以后全身心投入到保家卫国的军旅生涯之中。

奉诏北上的刘铭传，先到南京拜会了两江总督兼南洋大臣曾国荃，意在向这位骁勇战将取经，以便干出一番惊天动地的事业来。在两江总督衙门盘桓期间，得悉曾国荃被朝廷指派为与法国公使谈判代表，他自己也多了一个谈判副使的头衔。于是，他正好陪同即将折冲樽俎的谈判正使一道由海路先去天津，一路上还可以继续向善于挖壕战的曾国荃讨教经验。

刘铭传到天津，自然是拜见自己的老上司北洋大臣兼直隶总督李鸿章。曾国荃则因为突然要面对法兰西谈判代表，不得不向在外交领域堪称斫轮老手的李鸿章借鉴外交手腕。

出乎刘铭传和曾国荃意外的是，他们见到了"法国通"陈季同与陈寿彭兄弟俩，于是彻夜长谈，问题谈得深、谈得透，使陈季同看出李鸿章最大的担心是日本与法国结盟，然后从不同方向进攻大清。他不得不把真实情况告诉忧心忡忡的中堂大人：法国确实在拉拢日倭。

"铁衣郎，你别危言耸听。"李鸿章当着刘铭传的面，故作镇定。

"中堂大人，败于普鲁士的法兰西，急需在亚洲打个翻身仗，所以拉日本做打手。"刚从日本回来不久的陈寿彭证实了他胞兄提供的情报。"而野心勃勃的日本，老早就拟定'四百余州探险'计划。"

"搞不车你?"刘铭传冒出合肥土话，意思是："不懂你说的意思。"话出口后，才意识到陈寿彭听不懂，连忙改为官话："说说看，什么意思?"

"所谓'四百余州'，是日本人对中国的称呼。"懂日语的陈寿彭，也懂日本人心术。

"这么说，日倭老早就在暗中谋算我大清?"曾国荃第一次听说，十分惊讶。

"是的！日倭觊觎中国的野心，久矣！"陈寿彭不但已掌握非常翔实的情报，还考察过日本学校。"日本人在学校中的学生，每日上课前都要举行升旗仪式，并且还要高呼三声：'开拓万里，布威四方'。"

"是吗?"

"比如何如璋大人出使日本期间，发现日本野心勃勃，一心想着扩张，执意要把我国之属国琉球占为己有。何大人与日本有关方面论理数月，彼一味恃蛮，置之不答。何大人与日本几经交涉失败后，曾紧急向朝廷上一奏折，提醒朝廷注意。可是朝廷还未作出反应，日本已下令把琉球改为了冲绳县。"

"其轻视我国主权，无理已极！"

"看来，必要严重关切日本。"

"目前，日本国力还不够强大，对日用武，我以为尚早。"陈寿彭向李鸿章他们说了自己的看法，但语气已颇为严峻。"如果一味隐忍迁就，日本必灭琉球。琉球既灭，必掠朝鲜。"

"要知道，即使把琉球相让，也不能满足日本野心。"作为资深外交家的陈季同，已估计到形势不容乐观。

"所以,何如璋大人向朝廷提出上中下三策。上策:抗议的同时向琉球出兵、派舰,责问为何不来朝贡,向日本展示决心,灭日本气焰,琉球或许可保。中策:与琉球联手,日本攻打琉球,我国出兵援助,日本无力抵抗,绝对可保琉球。下策:援引国际公法,请各国公使评判,自古没有灭别人国家的公法,日本理亏,琉球也可保。"

"应该承认何如璋大人的这份奏折有理有据,提出三个解决方案,表现了极高的战略眼光。"

"但是,何如璋大人上书后,似泥牛入海,杳无音信。"陈寿彭当着大家的面,不好公开指责李鸿章,只好换一种方式说话。"据我所知,后来何如璋大人曾向中堂大人写了一封信,把与日本交涉的情况进行了说明,认为一味忍让,中国'何以为国?'。"

"使用武力,最坏结果就是失败后丢了琉球,大不了两国就此宣战。"刘铭传是个直性子的人,他可不管李鸿章的面子,大声地嚷嚷了起来,"此时要是不战日本,时间越久日本越强,到时候用船炮扰我边陲,台澎之间,将求一夕之安不可得也!"

"是的!"陈季同赞成刘铭传的观点,"为了台湾的安危,必须对日本使用武力。置之不理,只会使将来的局面更加艰难。"

大家你一言我一语,意在希望李鸿章早点拿出主意。可是,没能打动主持对日外交的李鸿章。他淡然一笑,明确反对使用武力:"老朽以为琉球地处偏隅,尚属可有可无。何如璋大人完全是小题大做,转涉张皇。"

"中堂大人,您这话……"刘铭传替何如璋打抱不平。

"要知道,争小国区区之贡,务虚名而勤远略,非惟不暇,且亦无谓。"李鸿章把话挑明了说后,也意识到伤了众人之心,赶紧补充了一句,免得大家把他看歪了,"不过,老朽早已意识到日本对中国的威胁。正是因为有日本的威胁在,所以我大清必须以建设海军为当务之急。老朽一再告诫国人，中国想要强大，就必须要重视日本崛起。毫无疑问，以后日本肯定会成为我大清最大的敌人。眼下，诸位且须忍耐。等待时机成熟，务必将日本拿下，我大清才能够强大起来。"

应该承认，李鸿章并不糊涂，也还有雄心壮志。只不过他觉得，眼下日本不足为患。然而，他太大意了，没有看到日本正使劲追赶泰西列强，尤其是经过明治维新之后的日本，不仅学习了西方先进的技术和制度，还下定决心大力发挥军事力量，意在建立一支强大的海军力量。

"以我之见，日本一旦发展壮大起来，其矛头一定会指向邻近的朝鲜以及中国。"这个观点，陈寿彭已经说过多次，只是因为刘铭传没有听到，所以重述了一遍，"日本海军部曾派出许多日本人到我大清国收集情报，这是其一。其二，据我近一年的观察与调查，日本政府正处于节衣缩食状态，其财力还无法支撑对外发动战争。不过，虽说日本海军的实力眼下还不足以对抗中国；但是后来者居上，还真有可能。比如1863年同伊藤博文等人一起前往伦敦学习海军的井上馨，在'壬午兵变'后向伊藤博文坦言：'余以为以今日之形势，若不扩充海军实力，则不能保障我国主权独立，也无法维持东洋的和平。'

"朝鲜两年前的壬午兵变，就跟日倭有关系。"外交老手李鸿章，自然十分清楚。两年前朝鲜国内矛盾不断升级，终于爆发反日排外的"壬午兵变"。"壬午兵变"爆发以后，日本发出征兵令，准备向朝鲜全面开战，大清政府也派出了海陆军前往朝鲜帮助朝鲜平定兵变。

"当时，日倭只是派几名教官训练朝鲜新式军队，就引起了朝鲜上下不满。"陈寿彭对"壬午兵变"做过研究，"朝鲜当局没有处理妥当，导致排日情绪一下子爆发并且失控，进而引起大骚乱。"

"奇怪！"刘铭传虽然蛰伏刘老圩14年，但耳朵并没有塞住。他当时得悉"壬午兵变"消息时，就感到十分不解，"日倭与朝鲜近在咫尺，为何没有派兵去朝鲜镇压？"

"原因很简单。"陈季同在法国期间跟政界高层的关系非同一般，听到过相关议论，"不是海上水师还未成军，就是驾驭兵舰技术还不成熟。"

"真的？"

"真的！这一点从井上馨的一份报告中就能看出来，眼下日倭对他们自己的海军还没有足够的信心。"精通日语并对日本做过深入考察的陈寿彭首先同意他哥的分析判断，然后进一步指出，"正因日倭有自知之明，所以井上馨不同意日法结盟。他担心中日两国关系因日法结盟会继续恶化，所以他在写给驻法公使蜂须贺茂韶的机密信中提到：'自琉球、朝鲜事件之后，中国对我国之憎恶怨气已与日俱增……'"

"既然日倭对我还未构成威胁，就先搁置不谈。当务之急是如何应对气焰日炽的高卢雄鸡。"李鸿章见曙光都已爬上窗棂纸了，于是赶紧把话题集中到如何对付侵华的法兰西上。他之所以着急，是因为他秉承慈禧太后的意思绕开了军机处和总署，经德璀琳斡旋在天津与法国海军中校福禄诺签订的《中法简明条约》还难以阻止高卢雄鸡侵华脚步。

"贤帅，勿虑！"刘铭传曾作为李鸿章麾下的淮军铭字营首领，在公开场合都是尊称"贤帅"，私下里则改尊"吾师"。他抵达天津时，已听到潘鼎新就任广西巡抚的消息。"只要琴轩兄的'鼎字营'劲旅前出至观音桥，高卢雄鸡翅膀再硬也飞不过去。"

"贤帅，"陈季同"吃酒凭隔壁桌"，也用"贤帅"二字尊称李鸿章，"据我所知，法兰西陆军压根就不足惧，但法国是世界第二海军强国。"

"铁衣郎，"刚刚出山的刘铭传并不清楚法国海军的实力，所以请教在法国多年的陈季同，"法夷海军有多少实力？"

"法兰西海军拥有 38 艘铁甲舰、9 艘岸防铁甲舰、50 艘巡洋舰、炮舰和 60 艘鱼雷艇，总吨位达 50 万吨。"陈季同通过赖妈懿的刺探，对法兰西海军实力了如指掌，"而且海军部老早就制定了两套方案，第二方案意在剑指台海。"

"这么说来，"李鸿章最担心的就是台湾，听了陈季同的话后，头上冒出了冷汗，"孤悬海外的台湾，岌岌可危矣！"

"贤帅，铭传虽然不才，但只要人在台湾，守土都不会丢！"刘铭传被放了 14 年长假，他的洋枪队早已成为他人手中利器。眼下唯一可支配的力量，就是一伙工匠。"请贤帅发电报给末将的侄孙刘朝带，请他立即带上 300 名铁匠营子弟兵到上海会合。"

"省三，这样好了，你从上海启程。"李鸿章虽然已是耄耋之年，但并不糊涂，"老夫电令上海江南制造局拨给你前膛炮 10 门、后门小炮 20 尊、水雷数十具。"

李鸿章虽然统兵多年，但能打的将领还真是不多，无奈之下只能重新启用刘铭传。因而他给慈禧太后上的折子里说："查刘铭传年力尚强，英气迈往，曾膺艰巨，近见各国环侮，亟思转弱为强，颇以此事自任。"

"观音桥事变"发生的当天，慈禧太后单独召见了刘铭传。借这次觐见的机会，他面呈《遵筹整顿海防讲求武备折》，除了再次强调引进西式武备加强组建现代海军的重要性外，还详细分析了当下中国的海防局势，陈述了自己的见解。不难看出，刘铭传早已做好了充分准备。3 天后，清廷正式任命前直隶提督刘铭传卓赏给巡抚衔，督办台湾事务，所有台湾镇道以下各官均归节制。

慈禧太后知道刘铭传肩上的担子非常重，因而当着他的面发布上谕："著闽浙总督何璟、福建巡抚张兆栋立刻拨解军饷银四十万两，供台湾前敌添购枪炮、修筑炮台。"

刘铭传当年曾答应胡林翼、曾国藩、左宗棠他们："畿辅如有警急，仍当投袂而起。"如今，在中法战争的危急关头，沉寂10多年之后的刘铭传临危受命，肩负起了保卫台湾的重任，也算没有爽约。

陈季同与陈寿彭对法国海军都有一定的了解，因而让年迈的李鸿章先去补眠，他们兄弟俩又毫无保留地向曾国荃和刘铭传极其详细地分析了大清与法兰西双方的局势，大胆陈述了自己对战局的见解。

后来，李鸿章、曾国荃又花了两个通宵，与出征在即的刘铭传一起制定了台湾防卫的具体方案。特别是精明过人的李鸿章，考虑到台湾原先的驻军主要是湘军，而湘淮两支军队历来并不和睦。尤其是左宗棠部将、担任台湾第一任兵备道道台的刘璈，军功卓著，政绩斐然，要是不服刘铭传辖制，那"南洋之枢纽""七省之藩篱"的台湾可就惨了。

由于担心临危受命的刘铭传难以施展拳脚，于是李鸿章特意从直隶淮军中选派陆战教练100名、炮队教练30名、火雷教练4名，共134人，同时拨给毛瑟枪3000支，另外再让旧部提督王贵扬等10人随同前往台湾，听从刘铭传调遣。

三

清廷向外界公开发布谈判代表的消息后，刘铭传跟着曾国荃从天津坐小火轮南下。抵达上海后，身为谈判副使的刘铭传并没有出现在谈判桌上，而是拉着陈寿彭去江南制造局接收李鸿章拨给他的 10 门前膛炮、20 尊后门小炮和数十具水雷。他忙得不亦乐乎，并不知道有人要截杀自己。

要截杀刘铭传的是孤拔。

原来，就在大清正式发表委任状，任命刘铭传以巡抚衔督办台湾军务，为台湾最高军政长官的同一天，法兰西第三共和国政府也任命孤拔为法国海军远东联合（特混）舰队司令。

孤拔毕业于巴黎理工大学，1849 年进入法国海军，担任见习士官。1880 年官拜海军少将，前往新喀里多尼亚担任总督至1882 年。这位老牌殖民主义者在对华战略上属于强硬派，他老早就制定了对华作战的两个方案。第一方案：在一个预定的时刻，由海军同时向旅顺、威海、南京、吴淞口、福州和厦门发起进攻，使清政府措手不及，并且命令舰队在装备供应、引水员和翻译方面都做好了准备。就在这个时候，海军中校福禄诺带着和李鸿章草签的专约文本回到巴黎。于是第二次组阁的法兰西共和国总理茹费理电令孤拔，取消进攻旅顺和威海的计划，要孤拔改而执行第二套方案，率领舰队去东南闽台沿海开辟第二战场。

于是，在观音桥事变后，法国政府于曾国荃和刘铭传抵达上海的当天向清政府发出最后通牒，要求清政府立即执行《李福简约》，撤退驻在越南北圻的清军，赔偿 2.5 亿法郎，并限期一周答复，否则法国将自取抵押品。法国海军部长裴龙给孤拔训令讲得更直白："遣派你所有可以调用的舰艇到福州和基隆去，目的是拿这两个埠口为质，如果我们的最后通牒被拒绝的话。"

为了让大清在谈判中感受到巨大的压力，孤拔奉命率领"阿米林"号战舰在巴德诺之后抵达上海，意在炫耀法国强大的武力。没想到与再度来华任公使一职的巴德诺产生了分歧——这位法国颇有影响的外交官认为，还可以玩一玩拿手的谈判牌；而趾

111

高气扬的孤拔则一意要开衅，部署舰艇截杀所有驶出吴淞口的大清船只。

中法两国调兵遣将，大战一触即发。虽说双方较量的主战场在台湾，但激烈的前哨战却在上海徐徐拉开了帷幕。

在外交领域，清廷派署两江总督曾国荃为全权代表，与法国公使巴德诺在上海举行谈判。曾国荃仰赖陈季同的翻译，一面与巴德诺唇枪舌剑，一面为了保卫江南不受法军侵犯积极筹办防务。

陈季同知道，曾国荃之所以在谈判中态度非常强硬，是因为自黑旗军统领刘永福率部大败法军于河内近郊并击毙其头目安邺后，奕劻已接替奕？入主总理各国事务衙门，成为大清政府外交事务的最高主管官员。他积极实行慈禧太后以战促和的外交战略，采取"力与争"策略，在对法交涉上积极而务实。加上曾国荃本身就是叱咤风云的战将，因而对法国公使巴德诺毫不客气。

譬如巴德诺以中方违背条约为由，向大清政府发出最后通牒，索赔2亿5000万法郎，约合白银3800万两。面对法方的无理蛮横，曾国荃哈哈一笑，用嘲讽作出回应：大清只能给在河内近郊丧生的安邺抚恤银50万两。

显然，曾国荃无权擅自作主拿50万两给安邺做抚恤银，但却狠狠地羞辱了法方谈判代表巴德诺。身为翻译的陈季同，情不自禁地对曾国荃刮目相看、肃然起敬。

刘铭传虽然兼有谈判副使的身份，但仅仅于谈判开始前公开地亮了一次相，然后就每天高调出现在娱乐场所，不是赴宴饮酒，就是在上海到处游览。还特意请临时担任翻译的陈寿彭告诉中外记者，他没有打算调集大批船队去戍守台湾，自己擅长骑马，但会晕船，渡不了大海。

当然，刘铭传的表演没有逃过精明过人的孤拔的眼睛。他不但时刻盯着自己的这位强硬对手，还让上校军衔的副官嘉图组织了一个手枪队伺机下手。嘉图挑了十几个法国海军士兵，每人都有一把勒福舍边针多管击发式手枪，执意要在上海滩枪杀刘铭传。

孤拔了解到刘铭传系淮军首席悍将，并且擅长打硬仗、血仗、恶仗，正是他活捉了洪秀全的妻弟赖文光，彻底消灭了太平天国复兴的最后希望。因而一向极其傲慢的孤拔有些畏惧，不想在台湾与刘铭传对阵硬刚，转而想在上海扫清侵占台湾的障碍。

嘉图接受任务时，孤拔特意叮嘱："在对刘铭传暗下杀手时，这一肮脏勾当不能被媒体曝光。"这给整个手枪队出了一个大难题。因为刘铭传每每在公开场合现身时，身边不仅有英美人士，还有不少外国记者。后来法国军事记者葛洪提供了刘铭传在上海的公馆，于是，嘉图率领手枪队欲入室杀人时才发现难以下手。

原来，刘铭传的侄孙刘朝带率领的铁匠营子弟兵已抵沪，不但300多个虎背熊腰的汉子都在刘氏公馆里，而且人人手里都有一把毛瑟步枪。正如清朝大臣们奏报中自豪地吹嘘："大清快枪快炮之多，甲乎天下！"

面对荷枪实弹、戒备森严的刘氏公馆，嘉图只能认怂，率领手枪队知难而退。后来又得到消息，说刘铭传某天要逛城隍庙。这一下把嘉图给乐坏了！那里五方杂处，游人如织。他让手枪队成员全部便装，分散间杂在游人中，伺机下手。为了认准猎杀对象，嘉图特意请巴德诺介绍刘铭传衣着打扮。

巴德诺与刘铭传也只会晤过一次，只记得这位闻名遐迩的名将躯体魁梧，脸上有麻点，官拜福建巡抚，蓝色官袍，锦鸡补子，珊瑚顶冠，外加因功"赏赐黄马褂"。

陈季同事先已从英国驻扎上海、为两广总督张之洞采购军火的"中国通"麦士尼嘴里得悉孤拔组织手枪队要暗杀刘铭传，因而他与陈寿彭除了充当临时翻译外，还主动兼职保镖。兄弟俩设计了好几套安保措施，还要求这位戍守台湾的主将易服出行。

"搞慢毫子？"生性桀骜不驯的刘铭传离开官场14年，好不容易穿上官袍顶戴，怎么舍得脱掉？因而硬邦邦地甩出一句合肥话，"老子偏攒劲！"

陈季同与陈寿彭磨破了嘴皮，才让刘铭传同意脱掉官服，换了一套蓝色庐阳花布长袍，外加缎青色马褂，头戴折耳皮帽，可是死活不肯换脚下的靴。原来，平民百姓只允许足登"粉底四缝皂靴"；只有做官的，才可以穿"六缝靴"。心细如发的陈季同，坚持要他脱掉官靴和挂在腰间的那一把清廷赏给的白玉柄小刀。

"骚柏弄结球！"刘铭传又甩出一句更难懂的合肥方言，意思是讲陈季同头脑不清楚。"逍遥津的美女大蜀山的汉，二十埠的傻子满街转。人家要暗杀我刘麻六子，我不带刀防着，白等着挨宰？"

拗不过刘铭传，陈季同兄弟俩只好依着他。反正他那麻脸缺陷，也掩饰不了。只好提高警惕性，来个眼观六路、耳听八方。好在他的侄孙刘朝带和铁匠营子弟兵也不是吃素的，一个个都是上过战场的好汉。

嘉图率领的手枪队也没有穿法国海军制服，每一个人的穿戴都不伦不类，戴华帽、穿华靴，却身穿西服。他们老早就分散来到经常华洋杂处的城隍庙。幸亏临行前巴德诺提醒嘉图：刘铭传的临时翻译官是个身材魁梧的美男子。这样就避免了八人抬的轿子一到，他便去端详人家是不是麻脸。

易服改装的刘铭传没坐八人抬的轿子，在城隍庙间杂于人流中，一点也不起眼。相比这下，倒是陈季同和陈寿彭如鹤立鸡群、风流倜傥，特别吸引女子的眼球。

年轻的嘉图突然发现兜售酒酿圆子的流动摊贩前美女如云，

他眼睛穿过衣香扇影，终于看到了玉树临风的陈季同。于是，示意他的手枪队成员暗暗接近。当然，他的猎杀对象不是这位美男子，而是刘铭传。

原来，陈季同与陈寿彭发现了嘉图。俩人商量好，把手枪队的注意力吸引到自己身上，让刘朝带和铁匠营子弟兵掩护刘铭传迅速闪身进入豫园逃离凶险之地。

为了保证有足够的时间吸引嘉图的眼球，先由陈寿彭出面与兜售酒酿圆子的老板打赌，说自己可以一连吃 8 碗。城隍庙的酒酿圆子与别的地方不同，虽然都滚米粉，但因内包百果馅，所以特别大。一碗 6 个酒酿圆子，八碗就是 42 个，一般人吃不了这么多。于是小摊贩申明：如果能吃 8 碗，一个钢板都不用付。如果吃不下去，得按 10 倍价钱结算。

风流潇洒、神采英拔的陈寿彭本来就具备天然吸粉魅力，再加上打赌的噱头，自然极具吸引力。特别是围观的女人们，叽叽喳喳，一时之间造成了轰动效应。

陈寿彭一连吃了 4 碗酒酿圆子，肚子实在撑不下去了，便跑进豫园去如厕放水。这兜售酒酿圆子的小摊贩哪晓得陈寿彭换他胞兄，轮流来吃。等嘉图从衣香扇影的女人群中挤入时，陈季同优雅地向他行了个礼，用非常流利的法语问道："你是孤拔的副官，是吗？"

就怕被人识破庐山真面目的嘉图顿时愣怔住，既不敢回答，也不好承认自己的身份，仅匆匆忙忙地睃了一眼，没看到脸上有麻点的刘铭传，便赶紧抽身离开。

其时，刘铭传在侄孙刘朝带等人的护卫下，早已通过设在豫园点春堂的福建木材公会的后门溜之大吉了。只有正在谈判的巴德诺有所察觉，问大清谈判代表曾国荃，得到的回答是：刘铭传喝得酩酊大醉。

第二天，风雨交加之夜，刘铭传微服轻装，悄然登上一艘小舢板，在黄浦江七绕八绕上了一艘名叫"海晏"号的轮船，与家乡来的铁匠营 300 子弟兵以及枪炮水雷等武器装备一起，鼓轮急行出海。

直到巴德诺亲自到刘氏公馆，才发现刘铭传已经离开上海。他立即派人通知孤拔疾发兵舰去追，企图邀击刘铭传于海上。可是孤拔在海上追逐刘铭传所乘的"海晏"号好一阵子后，才在红棕漆铜镀金六节单筒望远镜里看到深蓝色的背景上有红色和白色构成的米字形旗帜。他知道这是英国国旗，连忙撤销了开炮轰击令。欺软怕硬的他，只能悻悻然地远远尾随着"海宴"号……

饥蚊饿蚤不相容

福州盐捕营的管带尤善根是本地人。原以为盐捕营是个肥缺，让他没想到的是：每查扣一次私盐，就被处分一次，降一级使用，理由是罚没私盐未能达到职务限定的额度指标。不到两年，他就被降到巡检，从九品，年俸银只有 31 两 5 钱 2 分。再降一级，就进入未入流的行列了。要想升官发财，至少得捕捉到一个盐枭。可是盐枭基本上都与高官勾结在一起，翻风失水的概率很低。日子过得紧紧巴巴的他，除了怨天尤人外，怪谁？还好，手下捕快都闭紧了"势利眼"，在公开场合依旧尊称他"管带大人"。手下捕快虽然给足了面子，但他听起来总是酸酸的，一点儿也不爽。

东方狮在道庆洲落网，尤善根以为终于等到了鸿运当头这一天。他连忙向盐运使报告，申请调用船舶去道庆洲搬运私盐。盐运使是从三品，级别倒是不低，但因少了都察院兼衔，职权大打折扣，地方官以及当地驻军将领压根就不听他调遣。

尤善根整整等了两天，盐运使告诉他：一时之间找不到运输船舶。没有船舶，道庆洲仓库里那么多的私盐就没收不了，他今年要完成没收私盐的指标就得泡汤，弄不好又会再降一级使用。再降一级，就得按未入流品级领取俸禄。为保住从九品的巡检一职，准确地说，是为了保住 31 两 5 钱 2 分的年俸银，尤善根不得不动用盐捕营唯一的一艘炮艇去道庆洲搬运私盐。这一艘美其名曰小炮艇，其实就是木制小舢板。如果不把戴梓冲天炮拆卸下来，一次顶多装运 5 包私盐。而道庆洲仓库里的私盐起码有 500 包，那得花好几天才能全部运完。螺蛳壳里做道场，没办法，只能将就。可是，当尤善根驾驶小炮艇再次冲进被密匝匝的芦苇荡遮蔽的道庆洲时，仓库里的私盐都不见了。仅隔了 3 天，道庆洲私盐仓库里只剩破包撒在地上的盐粒，白花花的像雪。盐，已被盐枭转移走了。

尤善根一气之下，真想将巨石茶壶阵连同私盐仓库一起轰塌了；可是为了多装两包私盐，戴梓冲天炮已经卸掉了。回到中洲岛的盐捕营后，尤善根就直奔羁押室，审讯在押的林狮狮。

尤善根喜欢审讯私盐贩子，固然晓得私盐贩子大多是久在江湖行走的老油条，审讯也只是走走形式，屁也审不出来。然而，饶是如此，他总可以正襟危坐过足官瘾。贩卖私盐是死罪，林狮狮戴着枷、铐着镣，被兵丁吆三喝四地推进审讯室时，他才认真地打量着这位落网的犯人。只见此人后脑勺上没有拖着猪尾巴，蓬头垢面，衣衫褴褛，一看就知道不是个善茬，很难对付。

"看你身板子蛮结实的，三十六行，随便干哪一行，都不至于挨饿。"一脸威蛮的尤善根开始审讯。"要干这杀头营生，何苦来着？"

"双杭街有一句老话，"荷枷戴镣的林狮狮隔着铁栅栏坐在稻草上，懒洋洋地作出回应，"蚀本生意无人问，刮头生意有人做。"

"死将临头，还放臭屁，真是个刁民！"

"跟你们盐捕营兵丁一样！"

"怎么会一样？"

"在下知道，衙门招募盐捕，一般不问来历，招聘的大多是无赖之徒；成为盐捕之后，往往会拿着腰牌护身，明目张胆地与土匪勾结，高举着巡逻的旗号，实际上为非作歹。"

"嗬，看不出来，你还是个明白人！"

"行走江湖这么多年，再怎么糊涂也会看出门道来。"

"嗯，还算乖巧懂事。"

"没傻。"

"那就告诉我，你背后的盐枭姓甚名谁？"

"在下只知道，穷人靠贩私为生，商人借私盐牟利。"

"不想说，是吗？"

"你应该去问你的顶头上司。"

"为什么？"

"自古官匪一家，何必问我一个穷人。"

"食盐是天地之宝……"

"那就应该人人有份。"

"当然也是贫苦百姓延年益寿的良药。"

"那是，没盐吃，手脚都没力气。"

"可是别忘了购食私盐也是犯法，绅绔革去功名，平民受杖一百！"

"正因为官府苛政虐待穷人，所以穷人为了生计，不得不把命豁出去！"

"你眼下有一条路可走，不用把命豁出去。"

"什么路可走？"

"你只要告诉本官，盐枭姓甚名谁、栖身何处，本官将其抓捕归案，没收其所有私盐，官府奖励你一纲盐引。"

盐引是指官府在商人缴纳盐价和税款后，发给商人用以支领和运销食盐的凭证。一纲，即每引400斤或700斤不等。有人多售出一纲，竟然获利20万两白银。

林狮狮在替盐枭担任保镖期间，就听说过他的雇主因有铁铁硬的后台大老板，一年多拿两纲盐引，售往内陆省份，就获得40万两白银。不用劳碌奔波就有如此丰厚的收益，难怪盐枭能坐享齐人之福。

同样是人，盐枭拥有三妻四妾；老子比盐枭还高出半个头，三十挂零了还是不解风情的单身哥。

应该承认，尤善根开出的价码十分诱人，林狮狮有点心动。但仔细一想，只是咧开嘴苦笑了一下，脸上便没有了表情。自己才替盐枭保驾护航几趟私盐贩运，盐枭虽然每次都兑现承诺给了老子应得的银两，可是老子得赡养因械斗丧命的哥们儿的遗孀，另外还得侍奉一个领养来的老母。尽管是自己给自己添加的累赘，但义不容辞呀！再说了，盐捕营一个巡检，单就其权力而言，手里就没有盐引。即便巡检真能给老子一纲盐引，自己也没有那么多银子先去缴纳盐价和税款呀！要接这个天上掉下的馅饼，除非出卖盐枭。然而这非汉子所为，乃无耻宵小骚操作。要是跪舔了这个甜头，先别说在江湖上无法立足，就是在人前都抬不起头来。

"怎么样？"尤善根期待着林狮狮上钩，他好立功升迁，"要是还在犹豫不决，那你就等着去见阎王爷好了！"

"不！"林狮狮已经意识到身边还有不少人得仰赖他才能活下去，他不能坐以待毙，因而不得不违心说了一句，敷衍尤善根，"在下愿意带路去找盐枭。"

"这就对了！"尤善根终于看到了晋升的希望，大声赞道，"识时务者为俊杰！"

"俗话说：'有剐罪没饿罪'，在下没吃饭，走不动。"

"嗯！给你吃的！"这一点，官微言轻的尤善根可以做到。他不仅让手下人给林狮狮弄来一碗热气腾腾的稀粥，而且还纡尊降贵，要亲自喂他吃。可是林狮狮坚决不给尤善根这个面子，坚持自己动手吃饭。

"怎么?"林狮狮大声问尤善根,"在你这牢房里,还怕在下走脱?"

"毫无疑问,你插翅难飞!"尤善根淡然一笑,然后掏出挂在腰间钥匙,打开了套在东方狮脖颈上的木枷。他还特意看了一眼林狮狮脚踝上的镣锁,它正拖着铁链。又粗又重的脚镣,使囚犯寸步难行。

脱掉木枷的林狮狮端起稀粥,装着喝粥的样子,然后出其不意地把一碗粥倒扣在尤善根头上,烫得他大叫起来。

一个兵丁孔武有力,挥刀要砍劈林狮狮,不料他身子往后一仰,那大砍刀竟然劈断了东方狮脚镣上的链条。只见他一招"鲤鱼打挺",紧接着施展绝顶轻功,纵身一跃飞上了屋顶,哈哈大笑着扬长而去……

雄鸡畏烹

一

恺撒大帝认为，高卢人把高贵的鹰作为图腾与他们所呈现的形象不符，恰如其分的是爱装腔作势的鸡。另外，由于罗马的官方语言——拉丁语中高卢人和雄鸡的发音相似，因而他给高卢人起了"雄鸡"这么一个带有"侮辱性"的绰号。然而恺撒大帝没有想到，原本被他嘲笑的"高卢雄鸡"，在文艺复兴时期却成为法国的国家象征、精神图腾。

这高卢雄鸡确实喜欢装腔作势。从法兰西第三共和国总理茹费理到军队高层以及新闻界都毫不掩饰地公开叫嚣，要攻占海南岛并"据地为质"，甚至在报纸上吹嘘："凭借强大的海军优势，达到这一目的并非难事。"

其实只是法国彻底征服越南后，茹费理与巴黎的一些议员野心膨胀，企图乘势拿下海南岛，以此逼迫清国屈服。一旦清国屈服了，割地、赔款、通商和传教，统统都不是问题。这当然是法国人的浪漫情怀。殊不知他们刚开始垂涎隔海相望的海南岛，就遭到了英国的强烈反对，不得不放弃这一痴心妄想。

倒是理工男出身的孤拔，没有被局部小胜冲昏了头脑。他说："想打胜仗是对的，但是奋斗的方向最好先定一个小目标。"

他的脑袋瓜之所以还比较清醒，是因为身在中法博弈前线，深知清廷还拥有一定的实力。在越南战场，不管是山西之战还是北宁之战，法军打的都是击溃战而不是歼灭战。战后，清国没有被吓倒，更不肯妥协，反而更加积极地调兵遣将，欲与法军再战。

也就是说，双方博弈，清国一方并未使出全力。如果攻击清国本土，那战争性质就变了，对两国都没有什么好处。所以孤拔的这一想法，得到了主张清算教会、反对殖民开战的克里孟梭等激进共和派的同频共振，迫使茹费理收敛好战野心，通过和谈的方式，让清国承认法军的胜利果实。

于是，茹费理让好朋友福禄诺作为自己的代言人，告诉大清军机处："要有和谈诚意的话，先撤换驻法公使曾纪泽。"法国人认为曾纪泽是鹰派，出任大清驻法公使期间经常写文章揭露法国的伤疤，老是拿普法战争挖苦讽刺战败国法兰西，严重伤害了法国人民的自尊心。甚至还收买外国报纸，大打舆论战。因而曾纪泽被他们认为是阻碍中法两国和平友好的巨大障碍。

在慈禧太后淫威下的军机处，逆来顺受惯了，对法国干涉内政非但没提出抗议，反而唯命是从，撤换了驻法公使曾纪泽，然后指定由李鸿章出面与福禄诺谈判。于是出现外交史上的奇葩怪事，大名鼎鼎的晚清重臣与一个法国海军中校折冲樽俎。

福禄诺并非外交人员，只是法国海军某支队一艘巡洋舰的舰长，由于长期驻扎在天津，跟李鸿章打过不少交道。他懂得大清在太平天国和捻军相继打击下已经非常脆弱，眼下最怕内乱。于是，他极其蛮横地告诉李鸿章："希望清国明白，是法国打赢了战争后，主动提出和谈，并不是示弱。要知道，如今法国在越南占有的地盘已和大清国西南三省交界，我们要是支援西南三省的反政府武装，易如反掌。"

李鸿章暗中倒吸了一口冷气。清国西南三省素有匪患，如果法国蓄意使劲捣蛋，恐怕清国的边疆将永无宁日。于是，他与福禄诺签订了合约，即《中法简明条约》。内容确确实实非常简明：一、清国放弃越南，承认法国对越南的占领；二、清国驻扎在北圻的军队调回边界；三、法国不要赔款，但清国需开通边境贸易，法国商品可以从广西云南运往内地；四、法国与越南发生关系时不出现有损清国威望和面子的字眼；五、三个月后，双方各派全权大臣制定详细条款。

福禄诺竟然顺利完成了历史性外交任务，得到法兰西第三共和国表彰。在谈判桌上，他没有与谈判高手李鸿章推敲细节。李鸿章则认为，既然已经停战，细节可待以后慢慢扯皮。然而隐患已经埋下，中文本条约和法文本条约在一个问题上差异性很大：法文本条约要求 3 个月内解决所有的细节问题，但是中文本条约写的是 3 个月之后再谈细节。

众所周知，汉语是世界上最优美、最深刻的语言之一，其丰富性和灵动性爆表；但不得不承认严密性不够，容易产生歧义。法语很严谨，所以国际上重要文件都是用法语书写的。

按照《中法简明条约》，法国人也开始收获胜利果实，他们向北推进，准备接管越南边境两省。杜森中校率领一支法军经过艰难行军，到达了谅山以南的观音桥附近。在这里，法军意外地发现了清军。

原来，李鸿章耍了滑头——清军非但没有与法军脱离接触，反而在淮军将领潘鼎新的指挥下，让大清军队向纵深推进到了谅山以南 100 多里。导致双方兵戎相见，再爆危机。

"闪开！"杜森发出命令，"我的任务是接收谅山和高平。请你们知趣一点，别妨碍公务。"

"没有朝廷的命令，不能撤军。"潘鼎新理直气壮。

"这是你们签下的《中法简明条约》，白纸黑字，务必赶紧撤回到你们应该去的地方!"

"这《中法简明条约》上是说3个月后再谈判怎么退出。眼下就要我们退出,得让我们向军机处请示一下。这样吧,6天之后给你答复。"

"最多只能给你们一个钟头。一个钟头后,我们必须进驻谅山!"

真的,一个钟头后,由于交涉无果,法军蛮横地枪杀了前往协商的3名清军联络官,杜森中校率领700多名法军悍然向清军发起了进攻。当他们横行无忌地冲到观音桥时,遭到了3000清军的伏击。法军长途跋涉而来,早被热带丛林折磨到半死不活,根本挡不住几千以逸待劳的清军,战斗最终以法军受到重创并撤退而告终。这就是有名的观音桥事件。

中法战争的第二个回合,从此拉开了帷幕。茹费理立即密电孤拔:"请您将所有可派出的舰艇派往福州和基隆。我们的意图是:一旦最后通牒被拒绝,就占领这两个港口,把它们作为抵押品。"

对于福州港,孤拔心中没谱。对台湾,他心中有数。擅长算计的他,老早就让法国战舰"窝达尔"号从香港驶进了基隆口岸,以游览的名义登岸进行了侦察,甚至绘制了地图。于是,他以购煤为由提出无理要求,并向台湾官员进行恐吓。

二

淮军名将刘铭传久立军旅,奉诏北上之后,在天津与李鸿章、曾国荃对法国海军的动向就进行过深入研究。尤其是陈季同、陈寿彭兄弟俩提供的情报使他有了准确的判断:由于台湾基隆有品质优异的煤炭资源,势必成为法军首选的攻击目标。临危受命的他深知孤悬海外的台湾岛防卫力量薄弱，一旦法国发动进攻，将危殆万分，因而一再催促"海晏"号增速。

"海晏"号在江南造船厂建造完工，初建时为明轮结构，原先是美商旗昌公司旗下的一艘海轮，原名"盛京"号，载重2800吨，航速12节，载客281人。被盛宣怀为主导兴办的官督商办企业招商局并购后，才入厂改为暗轮。由于司炉人手不够，刘铭传让两个侄孙刘朝带、刘朝祜去协助铲煤助燃。在其表率作用下，司炉们尽管已经汗流浃背，自然还得特别卖力。从上海的金山码头启航，"海晏"号仅仅用了一天一夜时间，就抵达台湾基隆海口的富贵角与鼻头角之间。

"老天有眼，佑我宝岛！"借着浓浓的晨雾，站在船首的刘铭传已经嗅到了台湾特有的味道，因而长长地舒了一口气，向苍天抱拳一揖。

"叔公，已经到了台湾，怎么还看不见台湾？"刘朝带与弟弟刘朝祜光着膀子，一边擦汗一边问刘铭传。

"你们兄弟俩赶快把衣服穿上！"刘铭传虽是武将，但铁汉柔情，"台湾瘴气很厉害，别受了侵袭。"

"叔公，'海宴'号投泊的是不是基隆港？"

"是基隆，还不是港；要成港，得靠我等惨淡经营。"

刘铭传与刘朝带、刘朝祜闲话了一会儿，晨雾渐渐散去。他想仔细看看环境，可放眼之间，大吃一惊：一艘法国铁甲兵舰"巴西滑克"号，竟然出现在他的视线之中。于是，他立即让刘朝带吹响集结号，让提督王贵扬把10门前膛炮抬到甲板上来。然后，他让刘朝祜把他的"独脚铜刘"拿出来。

这"独脚铜刘"是刘铭传最得心应手的一件斧钺类兵器，刃与杆系合铸而成，杆造成一具人形，头为斧锥，却将两手合拢，变锥为斧刃，像是一个合十的独脚童子，所以有"独脚铜刘"的名号。也就是一种特殊的斧，它似斧而非斧，马战步战皆可使用。

快速驶来的法国海军"巴西滑克"号铁甲兵舰，远远地听见"海晏"号上号角已经吹响，兵舰舰长抬眼望去只见甲板上阵列10门前膛炮，清军将士已脱去炮衣，一员武将威风凛凛地岿然挺立，手握一件莫名其妙的冷兵器，分明做好了搏命架势。相比之下，自己麾下的海军将士还没睡醒。再放眼四顾，觉得地理环境对法军不利。东、西、南三面层峦环抱，基隆海口向西北开敞，"巴西滑克"号铁甲兵舰处于长约2000米、宽约400米之狭长水道之中，万一三面岸炮一起开火，死无葬身之地。要想活命，必须抢占先机，率先向"海晏"号开炮。但是此举必须发电报向法国远东联合（特混）舰队的司令孤拔请示，可是电报发出后迟迟没有得到答复。于是"巴西滑克"号铁甲兵舰不得不鸣笛向"海晏"号、向刘铭传致敬，然后缓缓退出凶险之地。

精神高度紧张的刘铭传看着"巴西滑克"号铁甲兵舰悄然撤退，悬着的心终于放了下来。他心中非常清楚：自上海秘密搭乘"海晏"号，虽然突破了法国海军舰队的层层封锁，但一直处于被追杀的凶险之中；幸亏海上风狂雨猛，孤拔无法如愿以偿。

然而刘铭传并不清楚的是：八月三日，孤拔致电法国海军及殖民地部部长裴龙，声称舰队副司令利士比已奉命率两舰前往基隆，执行他的命令，必须尽早采取行动。第二天，孤拔又一次致电裴龙请求开战："请允许我再次强调，立即开始这里的攻击行动"。

裴龙的回电是："政府不能批准您开战。谈判仍在继续进行，看来可能取得成功。"

孤拔的请求再次被拒绝。让他感到无奈和沮丧的是：直到此时，他的政府仍对谈判抱有希望。然而，就在裴龙致电孤拔的同时，从上海传来的消息是：谈判已近破裂。在孤拔看来，让中国人得到了这么多的准备时间，给法国海军的进攻造成了极大困难。

其实，真正让孤拔侵台占台湾梦想破灭的是刘铭传。这位淮军悍将抵达基隆的第二天，也就是 1884 年 7 月 16 日，便不顾疲劳，在按察使衔分巡台湾兵备道的刘璈陪同下巡视要塞炮台，马不停蹄地检查了军事设施。然而台湾的装备落后与防卫薄弱，远远超出了他的想象。尽管已有心理准备，但实地一看，还是让他深感惊讶。

三年前，抵台湾首府台南的刘璈，跟刘铭传看到的情景如出一辙。有心要干出一点名堂的他，针对台湾"命盗迭出，争讼纷攘，吏治玩疲，营务废弛"的情况，锐意革新，首先整顿军队，以期达到增强战斗力之目的。清点全台湾的兵勇人数，汰弱留强，禁吸鸦片，严格操练。为了保证离营或返籍士兵有谋生经费，不致流落为匪，还实行"领饷册式"和"存饷点验"等措施。甚至为确保台湾读书人在赴考期间有个落脚地方，在省城、京城建起台湾会馆，经过 3 年整饬，初见成效。因而在台主政 3 年的刘璈，赢得不错口碑。

然而刘铭传看到的台湾守军状况十分糟糕，训练如同虚设，吃空额的情况极为普遍。全台驻军 40 营仅 2 万多人，而台湾的海岸线曲折漫长，本来就不敷布防。然而台南驻军达 31 营，而台北驻军仅 9 营，相差极大，且极不合理。其炮台和工事修筑也是粗制滥造，不合法度，根本无法作战。细究起来后，才知道刘璈把防御重点放在台南，他本人也亲驻台南，于是形成了台湾重南轻北的格局。

刘铭传心中十分纳闷：湘军出身而又久经战阵的一员老将，并且还曾经做过左宗棠秘书的刘璈，竟然在战略部署上重南轻北，靠台湾北边的基隆防务仅有孙开华？胜 3 营，这兵力也太过薄弱了！

"泳山兄，恕我直言。"刘璈号泳山，而且年长。刘铭传视察罢军营与要塞，忧形于色。"海防过于薄弱。海防、海防，没有兵舰就得亡。台湾不仅四边环海，还与澎湖隔海相望。然而除了4艘年久失修的运煤船外，连条像样的兵轮都没有，也就是说台湾'有海无防'。尤其基隆，三面环山，一面临海，系台湾三大海口之一，更是重要的煤炭产地。如此要塞，真正管用的新炮居然只有5门，而且'仅当一面'，无法顾及其他方向。"

"爵帅，炮筒固定于一个方向，无法挪移，更无法掉转炮口，这算是个常例，末将自然无法改变。"刘璈明知刘铭传对台湾防务有一定看法，还是很自负地告诉他。"再说了，台湾鸡笼并非中枢之地。台南乃是首郡，士气民心所系，且粮饷、军需及各项储备均在彼府库，确关台湾之根本。而且从古以来台湾的所有重大战争，也都发生在南方。为补短板，卑职曾令士绅林维源'自备资斧'募勇2500名，专顾台北。无事分防内山，兼务开垦除害，借以兴利；有事即调赴海防，联办团练。加上曹志忠统领的北路防军4000人，计划中的兵力，台北实际上已远厚于台南，由此可见，重南并未轻北。"

淮军出身的刘铭传与湘军系统的刘璈并无个人恩怨，只是在镇压太平军期间，湘军最初的组建者左宗棠与淮军的李鸿章像两股道上跑的车，始终弄不到一块去。虽未出现明显的相互掣肘，但总是心存芥蒂。旧痕犹在，大敌当前，如果再添新伤疤，不利于抗法。因而执掌帅印的刘铭传不好强行纠偏，只能苦口婆心地晓之以理："法夷挑起的战争已进入第二阶段。第一阶段是在越南北部及中越边境进行的，第二阶段战火扩大到了闽浙沿海。"

"下一个在劫难逃的应该是福州。"

"不！法夷铁甲兵舰需要基隆的煤炭！"

"那主要是陆战……"

"是的！而且会非常激烈！所以要求驻台官兵立即整顿，积极备战。"

刘铭传让驻台官兵积极备战，这个要求并不高。可是，当他实地检查时发现，除了刘璈外，大多将领都有怯战畏敌心理。于是，他以鸦片战争期间的战例来鼓舞士气。

"诸位，当年英军真的拥有碾压我清军的战斗力吗？显然不是！其实，当时英军的武器并没有多大的优势。无非是两种军用枪：一种是伯克式前装滑膛燧发枪。其点火装置为摩擦燧石，枪身长约260厘米。另一种则是布伦士威克式的前装滑膛击发枪，点火装置为击发枪机撞击火帽。仅此而已。别说我大清可与之匹敌，即便遇上誓死抵抗的百姓，英军也会吃大亏。譬如英军侵扰佛山镇，三元里民愤顿起，号召各乡壮勇，四面邀截，英兵死者200多人，歼其帅伯麦等。三山村民亦击杀英兵百人有余。佛山义勇围攻英民于龟冈炮台，歼灭英兵数十，又击破应援之杉板船。英军窜扰广州周边地区时，也被当地百姓干掉了几百人。"

"爵帅所言极是！"刘铭传所提到的战例都是前三十几年前的事情，有些资深将领曾亲身经历过。因而回想起来，觉得确实系心理阴影在作祟。

"再以镇江为例。其时，英军以陆海军万余人围攻镇江，投入陆军7000多人攻城。镇江守将海龄尽管是临时得知信息，手下官兵也仅有1500人，但决意应战，坚守城池。英军花了4天时间才占领该城。海龄因城破而自杀殉国。此战，英军死伤165人，其中海军死3人、伤17人；清军死伤493人，刚好是1∶3。请问，如果每攻占一地，都是这样的损失，英军还敢打下去吗？"

"肯定不敢！"

"法国佬比英夷差多了，而且他们刚败于普鲁士。依老夫之见，分明是个欺软怕硬的货。我等硬起腰杆抄起刀，绝对能把高卢雄鸡给宰了！"

刘铭传一面用真实战例鼓舞麾下将领的斗志，一面亲自督促增筑炮台。在基隆外海口门扼咽喉区的麟墩、社寮两山对峙的地方，再各加筑一座炮台；又在安平、澎湖等要地增建若干炮台；在沙仑海岸构筑军事城垒，加强了海岸防御。为了阻碍法军舰队的进攻，刘铭传还命人驾驶船只，装满大石，于淡水河口凿沉，用以封港。

刘铭传深知法国人欲占领基隆，就是冲着煤矿而来。因为法国铁甲兵舰得用煤炭转换成动力，才能在台湾海峡破浪、在两岸冲滩。为了阻遏法军狼子野心，他果断下令："坚壁清野。"

坚壁清野作为一种作战策略，已有1000多年历史，目的在于使敌人攻城略地后一无所获。然而基隆煤矿是大清创办最早的新式煤矿，直井开凿，用机器采煤，具备日产300吨的生产能力。不但设备先进，而且从煤井到海岸铺设有轻便轨道，专门用于输送煤炭。

英国矿师首先跳出来，极力阻止。

刘铭传用手帕堵住英国矿师的嘴巴，然后亲自指挥手下拆卸了铁轨和机械设备，将之疏散到山后，并引淡水河的水灌进煤矿，使所有的矿井坑道泛滥成灾；同时放火烧掉存煤15000吨，不留一块煤炭资敌。

尽管心高气傲的刘璈带着原先湘军对淮军的成见，但对刘铭传判断敌情和种种备战措施还是颇为认可的。他比刘铭传更清楚：实际上，清军并不具备在海上与法舰开战的可能；只有在陆战中放手一搏，或许还有一点胜算。因而，他抛开了旧怨，不避嫌疑，开诚布公地建议刘铭传驻节台北府城。

刘铭传仔细权衡利弊后，欣然接受刘璈提议把帅府放在台北

二、面对无妄之灾

131

府城，然后开始置办团练、骤筹战事。当然，他没有重南轻北，特派提督章高元率兵驻扎基隆炮台，请提督苏得胜佐之。

他能调动的机动力量仅有章高元部数百人，以及他在天津挑选的 134 名军官，兵力严重不足，武器军火的储备也非常欠缺。在这种情况下，他只能最大限度地对台湾的防务作精密的部署：提督孙开华、王贵阳统领楚军三营、淮军四营，驻守沪尾；总兵苏得胜统领淮军三营、土勇一营、炮勇二哨，驻守台北；总兵柳泰和统领楚军另外的三个营，分别驻守鹿港、彰化；提督杨金龙统领楚军另外的四个营、炮勇三哨，驻守台南、安平；提督方春发统领楚军剩下的三个营、炮勇二哨，分别驻守旗后、凤山；副将张兆连统领楚军新兵二营、土勇一营分别驻守卑南以及后山；总兵吴洛统领水师三营，驻守澎湖。

早在 1883 年冬季，法国茹费理内阁经过研究就作出决定，将在翌年发动以攻占台湾岛为目标的战争。此举是配合掠取越南主权，扩大对中国的侵略。也就是说，法国蓄谋已久，并且经过了长期的军事准备。所以，茹费理明确要求孤拔："占领中国沿海一个或数个重要地点，一则可以加强对中国施压，使越南问题的解决能更有利于法方；二则尽可能在中国本土即东南方再夺一个占领地，以进一步扩展自己的势力。"他认为，在中国东南沿海发动军事冒险，用武力占领某些重要海岛，据此胁迫清政府就范，是花较少的代价就能取得较大成果的一招妙策。

当时茹费理还异想天开，打算同时攻占中国的台湾、琼州、舟山 3 个岛屿。孤拔虽然也很狂妄，但脑袋瓜还比较清醒。他认为法兰西同时攻占 3 个岛屿，国力不逮，也很不现实。几经权衡，他认为先攻占台湾为最合适：首先，台湾作为中国东南七省门户，战略地位较之琼州、舟山更为重要；其二，台湾物产丰富，占领后可以获得巨大经济利益；其三，孤悬海外的台湾岛距离大陆较琼州、舟山更远，好比法国的科西嘉岛，一旦发生战事，很难得到及时支援。此外，根据日本间谍深入大清国发掘的情报表明，大清军政腐败，防务松弛，驻扎台湾的清军素质较差，应该不会遭受到坚强的抵抗。他估计使用 2000 兵员就可以持久占领，以后即拿台湾作为对大清国的交换物。

带着傲慢与野心的孤拔决定首先攻占台湾岛，然后以台湾岛为基地，入侵中国沿海。8 月 4 日傍晚率领法军舰队开到基隆外海后，派嘉图向大清守军曹志忠提出请求：让法国兵舰登陆补给。

曹志忠见来的只是一个副官，故意怠慢他，还很有理由。因为听不懂法语，他派人去请一个人来做翻译。从隅中的已时等到日中的午时，再从午时等到日昳的未时，整整三个时辰，才等来了一个叫毕乃尔的法国人。此人起先在刘铭传的淮军铭字营做教官，后来索性加入大清国籍，并经刘铭传做媒娶合肥女子为妻。

姗姗来迟的毕乃尔听了嘉图的诉求后，告诉曹志忠："来人是孤拔的副官，由于长期在风浪中颠簸，法军将士急需上岸休整，船舶也要补给。"

曹志忠深知法军所谓的急需上岸休整和补给只是一个借口，因而他明确告诉嘉图："台湾乃蛮荒之地、瘴疠之乡，物资匮乏，难以满足贵国海军要求。"

嘉图早已做好了先礼后兵的准备，掏出孤拔特意写给刘铭传的一封劝降信。在信中，孤拔非常自负地指出："清军装备落后，训练水平低，战斗力差，以前与欧洲诸国的交战中胜少败多。如今法国海军即将登陆中国台湾，如果清军想要保命，那就立即向我法兰西第三共和国海军投降，于明日上午 8 时以前将炮台交出来。法军会信守承诺，保证清军的生命安全。如果不投降，3 日后，法国海军将会把基隆夷为平地。"

曹志忠哈哈大笑，把嘉图他们给搡走了。这曹志忠，1839 年

2月7日，出生于一个贫苦农民家庭，7岁丧母，后寄居在距家不远的塘田湾外婆家，给斗盐湾一富裕人家看牛。十五六岁时因被人骂"没出息"，一气之下离乡背井跑到长沙，在一家伙铺当了伙计。1855年3月，适逢湖北水师将领杨载福到岳阳招募兵勇，曹志忠在店老板的资助下赴岳阳投军，从此踏上从戎道路。一入伍，就在武汉小河口、鲇鱼套与太平军作战。1856年9月，曹志忠被选调到霆军，以六品军功担任把总，并赏戴蓝翎。1857年年初，他参与攻打小池口的战斗。后转战湖北，在黄梅、十里铺、黄腊山等地与太平军激战。1861年5月，霆军进攻安庆赤岗岭太平军营垒，给曾国荃解了围，曹志忠被提升为游击，赏戴花翎。从此以后，霆军一路转战安徽、江苏、江西等地，为清廷收复了不少失地。1864年8月，清军攻占太平军天京后，曹志忠获"劲勇巴图鲁"称号，被提升为副将，并加总兵衔，担任霆军后营分统。1865年春，曹志忠参与攻打嘉应州太平军余部的战斗，凭战功以总兵记名，赏加提督衔。1866年，霆军奉命北上镇压捻军。1867年2月，曹志忠随鲍超在湖北的京山永隆河大败捻军，被朝廷更赐勇号"芬臣巴图鲁"。法兰西第三共和国挑起清法战争，大清政府为加强海防，决定选拔得力官员镇守台湾，曹志忠率师移驻台湾。

曹志忠的到来，令当时负责筹划全台防务的台湾兵备道刘璈非常高兴。他将全台防务分为5路：台南区由刘璈分兵5000人统率，台北区由曹志忠分兵4000人统领，台中区由吴光亮分兵3000人统领，澎湖区由副将苏吉良分兵3000人统领，台东区由副将张兆连分兵1500人统领。1884年4月13日，法国炮舰驶入基隆港，强行要求到基隆煤矿购煤，并有法兵3人上岸登山眺望，描绘地图，想进入基隆炮台"游玩"，被曹志忠炮队官兵严正阻拦。

刘铭传早已洞悉敌人伎俩，对曹志忠面对强敌能做到不卑不亢、沉着应对予以嘉奖。他通知麾下将士，对法军的任何挑衅不予理睬。他已经从官毕乃尔那里了解到了孤拔的狂妄，有心来个三气周瑜。

与刘铭传的镇定自若相比，刘璈麾下有些将领面对法国海军的铁甲兵舰有些胆怯。当他们看到法国每艘战舰上装有大口径火炮七八门时，围绕着战与和争论不休。

"笃！笃！"在关键时刻不容许杂音的刘铭传，用手中的"独脚铜刘"戮地而起，一锤定音，坚定地表明他的态度："只要有我刘铭传在，谁也别想攻下台湾！"

众将领中首先表态支持刘铭传的是湖南慈利人孙开华，他乃霆军集团五大金刚之一。刘铭传永远不会忘记尹隆河之战爆发后，自己率领的 12000 淮军陷入捻军重围，他唯一能做的就是坦然面对凶险境地，席地而坐，束手就擒，把头颅交给敌人。这时候，湘军第一猛将鲍超与孙开华率领的 16000 名霆军抵达战场，立刻投入战斗，付出巨大伤亡后击败捻军，救了他一命。然而也正是因为这一战，湘军、淮军之间矛盾激化。李鸿章认为鲍超故意迟到，想坑死淮军。作为"剿捻"主帅，他要拿鲍超开刀。一封奏折上去，痛斥鲍超违反军纪，不讲武德。

慈禧太后了解事情真相，但依旧"扶淮抑湘"，强行解散霆军。鲍超一怒之下辞职回家养病。于是作为独立战斗序列的霆军不复存在，湘军集团元气大伤。霆军解散后，刘铭传成为孙开华直属上司。由于刘铭传长期蛰伏刘老圩，孙开华自然也鲜有上战场机会，先后两度奉命抵台驻防基隆。关键时刻，再次鼎力支持刘铭传，积极备战。

孤拔见嘉图没有带回他所希冀的信息，仗着坚船利炮，更加嚣张地向清军发出最后通牒，声称 5 日下午 8 点前中方守军必须交出炮台，否则舰队就会炮击强攻。

刘铭传继续一声不吭，兀自做好血战一场的准备。他衡量局势：法军坚船利炮，己方却根本没有海军，在双方火力差距不小的情况下，要顾及沪尾与基隆，就必须用运雷炮布防。于是，刘铭传特意花费银子暗中雇请德国"万利"号轮偷载运雷炮。不料遭到法舰阻拦，压根就无法卸载，只能眼睁睁地看着运载着运雷炮的德国万利号轮离开了基隆港。

孤拔一向诡谲，最后通牒声称5日下午8点前中方必须交出炮台。可是到了8月5日清晨，他就派"拉加利桑尼亚"号旗舰、"维拉"号巡洋舰和"鲁汀"号炮舰这3艘法国军舰组成的舰队，驶进基隆海域。随即便针对清军炮台的炮管只能朝向一面无法转动的弱点，由"鲁汀"号炮舰绕道另一侧，向驻防的清军炮台开始了炮击。

面对不讲信誉的法军提前发动炮击，刘铭传亲自督战予以反击。可是由于大清设在基隆两岸的五门克虏伯火炮全是老式大炮，体积巨大，移动极其困难，射界又十分狭小，尽管命中率还很高，但基本上对法军的铁甲兵舰构不成什么威胁。譬如社寮岛炮台，曾发炮命中了敌舰，可惜未能将其击沉。在炮位数量、火力代差面前，刘铭传意识到硬扛只能是无谓牺牲。于是只好退出正面战场，指挥章高元、苏得胜、邓长安和曹志忠等部在大沙湾夹击敌人。

而孤拔虽然只动用"拉加利桑尼亚"号、"维拉"号和"鲁汀"号3舰，但数十颗铁饼大小的炮弹把清军船只、船坞和瞭望台以及练兵营全炸得粉屑乱飞，一片狼藉。他们凭借着武器装备的优势，仅两个小时就几乎摧毁了基隆所有的炮台设施。

刘铭传见法军炮火越来越猛烈，也越来越密集，在武器装备上没有任何优势的清军，已伤亡兵勇60多人。当二沙湾等3座新旧炮台全被轰毁了后，他才从容不迫地率领将士转移阵地。

在炮火全覆盖攻击后，法军轻而易举地抢滩登陆，占领了基隆港，将港内各种设施和炮台进行了彻底破坏。在炮台里被热浪烤得都快要熔化了的十几位受伤的清军官兵，也全被他们枪杀。然后法军的海军陆战队500人便在"拉加利桑尼亚"号副舰长马丁的率领下，借着薄暮在基隆抢滩登陆。

正如刘铭传预先判断的那样，法军攻占基隆的目的果然就是为了掠夺优质煤炭。因为他们的铁甲兵舰上的锅炉需要大量的煤炭，否则就没有驱动力。去香港补充能源，还有比软长的水程，既没有时间，也划不来。更令孤拔担心的是，无法在海上游弋，非但不能霸凌弱国，还有可能遭到攻击。当他们发现基隆煤炭难以唾手可得时，顿时像泄了气的皮球。

老天有眼，也助刘铭传一臂之力。当天夜里，天降暴雨，将一个个趾高气扬的高卢雄鸡都变成了落汤鸡，使中法战争在台湾的第一个战役如同一幕滑稽剧。这些跳梁小丑们并不知道下一幕将转入悲剧。

6日下午，法军陆战队向基隆市街搜索前进，并攻击附近高地。此时深入基隆南面山区后的法军，在经历了一夜暴雨后已经疲惫不堪，再加上进入山区之中，失去了法舰的火力支援。

尽管大清只有有限的守军兵力，久经沙场的刘铭传敏锐地捕捉到这一逆势反转机遇，凭借地理优势，下令孙开华与曹志忠、章高元他们从各个方向进行奋勇反击，逐渐缩小包围圈。他则身先士卒，挥舞着"独脚铜刘"勇往直前。原本就处在高度紧张状态的法军，尤其害怕极其罕见的冷兵器"独脚铜刘"——它闪烁着灭此朝夕的寒光，稍微躲避不及即被锤击爆头。

经过几个小时的激战，法军伤亡100多人，狼狈逃回停泊在基隆附近的军舰上。侵占基隆的计划破产了。

菊残犹存傲霜枝

一

　　林狮狮从盐捕营审讯室逃脱后，跃入闽江，泅水离开了中洲岛。他泅水技术超棒，只是脚踝上的镣铐未脱，在水底潜游有些吃力。于是他泅到龙潭角时翻身滚进一艘小舢板，然后解开缆绳，把别人家的船划走。尽管泅水划船对林狮狮来说都是小菜一碟，但由于被羁押在盐捕营期间食宿都不正常，因而当他把小船划到尚干濑湾时，已疲惫不堪。他知道自己犯的是死罪，之所以要挣脱逃跑，主要是心里牵挂着领养来的老母。他得将老人家余生安排妥当，才能做到向死而生，不留遗憾。虽说她不是自己的亲娘，但他答应过老人家的儿子替其尽孝。他在盐捕营的这些日子里，估计老人家光凭绑扎风筝手艺，一日三餐都没着落。为此，他心疼不已。不行！在被砍下头颅之前，得把老娘余生安排好。一定得保证有人侍奉，有人替他尽孝，替他养老送终。

　　心急如焚想着娘的林狮狮，虽然身心疲惫不堪，但还是迫不及待地舍舟上岸。可是刚走几步，就愣怔住了。原来，他看到了小码头上张贴着的一纸通缉令，上面没有通常都会有的画影图形。但通缉令上说，逃遁法网之外的人，是道庆洲值守私盐仓库者，盐捕营怀疑此人是个年轻女子。

"嗯！有道理！"林狮狮与道庆洲私盐仓库值守者打了几次交道，照面时对方都戴着一顶花面壳。但那时候他就怀疑，与自己过招的人是个女流。他的依据是：一、坐在巨石茶盅上的"花面壳"，伸出一脚拦住他闯阵，用的是咏春撑鸡脚招式；二、他与之搏击期间时不时地嗅到"花面壳"身上溢出的香风。

"狮狮，你还敢回来？"好几个因丈夫械斗身亡的孀居人都在林狮狮接济下过日子，因而视他为活命恩人。

"我不能扔下老娘不管，自己跑路走人。"

"盐捕营的人刚走，他们肯定还会来。"

"谢谢！谢谢！我见一面老娘，就走。"

"为了见一面老娘，就不要命了？"

"我的命不值钱。"归心似箭的林狮狮没有听从好心人的劝阻，比"少小离家老大回"的游子更加迫切企盼母子相会。于是，风驰电掣般跑过栉比鳞臻的江楼，疾步穿过街头巷尾，似猛鹰飞腾般上了陡坡，扑进茅舍。见满头白发的老娘正在绑扎风筝，终于放下心来。

"狮狮，你跑回来干什么？"白发苍苍的老娘一边嗔怪，一边却张开襟怀把林狮狮紧紧地抱住，生怕他再次离开。"人家正张着网罗，你还蒙着眼睛往里闯。"

林狮狮一动不动地偎依在老娘怀抱里，静静地享受着他一生极其欠缺的无限温馨。过了许久，才告诉老母："娘，你放心好了。你这儿子跟鳗一样，滑溜得很，官府要捉，没那么容易！"

知道故乡陋屋已非他久留之地的林狮狮，把那些完全依赖他接济过日子的 11 位寡妇都叫来，要她们当着神灵的面发誓，在他无法侍奉老娘期间倾尽心力代行孝道。

尚干乡间有传颂千年的义姑榜样，再加上这些孀居人长期接受林狮狮的恩惠，大家都懂得感恩，纷纷表示乐意代他行孝。为了避免十羊九牧反而造成人浮于事的局面，受林狮狮重托的这 11 位寡妇不仅都对天发了誓，还主动商定了轮流奉养老人家的日期。

林狮狮见有那么多的"义姑"奉养他老娘，自然千恩万谢。于是，他趴在地上向老娘连磕三个响头，痛彻心扉地说："娘，原本想在不孝儿子这里，您老人家可以颐养天年，哪晓得世事难料，不孝儿子犯了官府，无法为您养老送终，恳请您老人家原谅！"

"狮狮，虽说你不是我的亲生儿子，可是胜过我的亲生儿子。"老人家自从被林狮狮领养之后，确确实实感受到了幸福。

"可惜，我不能侍奉您老人家了。"

"狮狮，你要去……"

"我得回到盐捕营的牢房。"

"好不容易逃了出来……"

"娘，我逃出来，就是为了看您老人家一眼。如今安顿好了，我还是回到盐捕营为好。我要是不回去，那可就害惨了盐捕营的那些捕快！"

确实，林狮狮要是继续潜逃，盐捕营的所有人都得被抓，甚至被杀头。他拜别老娘，刚要动身，尤善根带着捕快已经出现在他的跟前。他没有反抗，也没有逃跑的念头，坦然伸出双手让他们戴上镣铐，毅然决然地跟他们走了。

满头白发的老母亲没有能力阻止盐捕营兵丁把林狮狮抓走，她老人家唯一能做的就是眼睁睁地看着孝子被戴上镣铐，然后兀自掩门哭泣。她试图用皱巴巴的手拉住自己的破衣袖拭泪，但是她的泪水像断线珍珠，一个劲地往外流。

11 位寡妇跟老人家一样悲惨。她们知道林狮狮不单是被捕入狱，而是这一抓去就会被砍了脑袋瓜。林狮狮一旦死了，她们的天就坍塌了，得不到他接济的银两，日子怎么过得下去？因而特别无助的她们呼天抢地，哭得更是稀里哗啦。

二

按大清律法，别说被扣上贩卖私盐罪名，得穿"赭衣"押上法场刽头；就是买食私盐，也得下监狱、坐牢房。整个闽县永庆里，或许只有一个人能救林狮狮。此人就是武探花林培基，林狮狮得叫他叔。

林培基，字发夔，号植斋。声名显赫无比，皇上钦点御前侍卫，赐封二品衔，赏顶戴花翎，任颐和园昆明湖住宿（官名）、乾清门坤宁宫行走。一直在京拱卫皇室的他，因母亲去世丁忧在家。

起先，林培基也是农家子弟，不过幼年时进过私塾读书，能写能咏，务农心细。他在离家不远的"万岁池"边栽种菜瓜，长得比别人都快都大，乡邻见之无不称奇。后因其父年老体衰，家务农事都由他一人承担。

林培基身高体壮，力大过人。早餐吃饭粥，得用大缸婆，几只虾米一粒橄榄咸；干饭至少四大碗，菜汤还要喝一大钵。腿如栋、脚如柱，站着，像一座塔；倒下，似一座桥。他挑粪用花瓶桶，一担重百斤，一担河泥少说也有 160 多斤，无论田塍还是山梁，甚至走颤悠悠的透板上船，都是健步如飞。

林狮狮的父亲曾说他："你这么大的衣架，做田、担粪，太可惜。要是去学拳头，老虎都打得死！"

林狮狮父亲的话，正中林培基下怀。他老早就想学武练功，将来好为国出力。可是拳头馆收费很高，每年铁板钉钉 60 两银子束脩，每月另外有 3 两银子的饭费。此外三节两寿，不拘数，全凭弟子各尽其心。林培基家里穷，兄弟姐妹多，一日三餐尚且艰难。父母拿不出这么多的钱，因而找了个"练武会惹祸生灾"的借口，对他严加管教、约束，轻易不肯让他出门。

念头，即人的心性光芒，一旦放射出来，就很难收敛。林培基每次挑粪上山到番茄园劳作，都得经过帝爷庙。发现尚干某位乡绅聘请武艺高强的拳头师在帝爷庙开设一个拳头馆，常年带领徒弟在里面练武。因而他每每停下担子歇息时，总是忍不住从门缝往里面偷觑。天长日久，竟然记熟了武术套路，一有空闲，就在自己厝边空埕依葫芦画瓢练几下。

一天，他挑着空粪桶从山上番茄园下来，经过帝爷庙前，无意间看到两个武童在空埕里拳来脚往，练习对打。林培基由衷地称赞了一声："不错！"

"担粪哥，你也会三七四六？"这两个学徒手正痒得很，挑衅意味很足地问了一句。

"别叫我担粪哥！我叫培基，字发夔，可以叫我夔哥。"

"你要打得过我俩，就叫你夔哥，怎么样？"

"我不会打架。"林培基想起父母"练武会惹祸生灾"的告诫，不想与那俩武童一般见识。可是他刚转身离开，两个心高气傲的武童想一显身手，向林培基发动袭击。

"嘿，就是要比武，也不能搞突然袭击。"林培基见两个未出江湖就心术不正的武童，也想教训他们一下。

"不搞暗盲毒，你怎么肯出招？"两个武童一心只想检验练了几年的手脚，因而使出全力夹击林培基。

林培基见两个武童攻势凌厉，被迫出手格挡来拳。攻防转换了几手后，对方使出狠招，拳拳到肉。涉世未深的林培基无辜被擂了几拳，一时兴起，使出几招，把两个武童打翻在地。

在帝爷庙里的拳头师听到门外动静，赶紧出来看个究竟。见自己的两个徒弟被一个体格魁梧的人打翻在地，但并没恃强凌弱趁势逞威，反而伸手拖起跌扑于地的败绩失据者。

两个落败武童觉得好没面子，在师傅面前连声反诬林培基："担粪哥特意前来踢馆！"

"顽童，别瞎嚷嚷，为师看得一清二楚！"拳头馆师傅连忙厉声呵斥自己的徒弟，然后向林培基抱拳一揖。"你身手不凡，能告诉我，你这一身功夫学自何处？"

林培基不敢隐瞒，如实告诉拳头馆师傅："我每日挑粪经过帝爷庙，特意歇下担子在门缝里偷看，回去后琢磨练习。学得不三不四，怎么敢班门弄斧来踢馆？"

拳头馆师傅见林培基为人老实憨厚，又是可塑之才，于是诚心邀他入馆学武："你若能深造，可成国家栋梁。用这么好的一副身架整日担粪浇菜，殊为可惜！"

"师傅，不瞒你说，"林培基是老实人，不敢隐瞒真相，"我家里饭口比碗多，缴不起学费。"

"你天资聪明，是练武的好材料。"拳头馆师傅慧眼识珠，有心栽培，主动提出以到武馆劳作代束脩，"只要有兴趣、肯吃苦，我免收馆资传授你武术技击本领。"

林培基得知所谓以劳作代束脩，无非是到武馆劈柴挑水而已，因而十分感激。他立即跪下磕头，拜其为师。从此以后，他除了种田外，就是忙里偷闲到帝爷庙学武。自然从站桩扎马步开始练起，经过3年勤学苦练，学得一身好武艺，特别酷爱180斤重的纯铁大关刀。由于他臂力过人，无论劈刀、砍刀、撩刀、斩刀、挑刀、刺刀、挂刀、缠绕刀、拦截刀和转花刀等都不在话下。演练时还会伴有喝喊、踩脚等辅助动作，气势磅礴。因而在参加福建省乡试时，中了第二名武举人。

于是一家大小欢天喜地。亲戚们希望百尺竿头更进一步，鼓

二、面对无妄之灾

动林培基最好能在光绪皇帝登基庆典特诏举行的恩科上一显身手,光宗耀祖。然而父亲不求增福寿,只求保平安。他说:"今日吾儿能得中第二名武举,好比'猴仔爬旗杆,已经达天了',应该心满意足了,何必再跋涉上京?"

林培基的姑妈从泸屿赶回尚干祝贺,并表示愿意变卖田地,给他作上京路费。一心想崭露头角的林培基自然认为机不可失,时不再来,何况又有了上京路费,因而他向其父恳求:"孩儿进京赴考,只是要让皇上看到我中华不乏血性男儿!"

话说得冠冕堂皇,父母也就不好拦阻。于是,时年仅27岁的林培基,带着美好憧憬进京参加恩科考试。由于赴考路费并不充裕,他一路上精打细算,省吃俭用。路经山东地界时,病倒旅店。心想自己人高马大,竟无法战胜病魔,顿感人之渺小无用。一时控制不住情绪,含泪痛问苍天:为何不给我施展抱负的机会?

林培基大声地叩问青天,竟然惊动了同住一个酒店的山东武举。此人亦有欲挽狂澜的雄心,大有相见恨晚的感觉。于是惺惺相惜,义结金兰。由于这位结拜兄弟深知药理,云中浇酒祀岐黄,林下还丹结龙虎。在其精心呵护下,很快便身体康复。然后一路结伴而行,途中切磋武术技艺。

根据当时武试发展需要,林培基加强了骑马、射箭本领,同时深研兵法要旨。无论技勇还是臂力,都做足了准备。因而参加乙亥年恩科考试时,弓马射箭兵法全都名列前茅。在殿试时,皇上看到他有一柄180斤重的大关刀,便让当场一试身手。

幸亏那天林培基吃了12个馒头,领旨后,精神抖擞。他凝神静息片刻,右手握刀置于身体右侧,左臂自然下垂于体侧,手心向内,指尖朝下。他单手擎起大关刀,先来一招"仙人指路",接着双手操刀,"天神守关""横扫千钧""金鸡亮翅""追风赶月""樵夫劈柴"等等，一口气要了 107 步，仅剩最后一步了，因用力过猛，关刀掠过身后，再也无力举起。不过他急中生智，用后脚顶住，凭借脚跟弹力将关刀救起，出色地表演完成了最后一个动作。

霎时间全场掌声雷动，所有的人，都为林培基喝彩。光绪皇帝端坐御座上看得真切，忍不住问了一句："林卿家，最后这一步是什么招式？"

这时候，林培基脚后跟已受了重伤，鲜血淋淋，靴筒里灌满了血水，一时不知如何答对。疑难之际，他猛然记起一幅古画《刘海钓三脚蟾》，于是顺口答道："陛下！叨主圣恩，此招叫刘海钓金蟾。"

皇上听后大喜，御赐林培基为丁丑科会试第二名进士、殿试第一甲第三名探花及第，并钦点他为御前侍卫，赐封二品衔，赏顶戴花翎。从此，十余年间，他均留在紫禁城，不是担任颐和园昆明湖住宿，就是在乾清门坤宁宫行走。后因母亲过世，他不得不回乡丁忧守制。

三

林培基中了武探花，不仅光宗耀祖，也给家乡带来了熠熠光彩。于是，依惯例，他把自己家的破房子进行了改建，扩大了一点面积，变成当地人最认可的"三落排"建筑格局。所谓"三落排"，也就是三座并排，坐北朝南。占地面积约 1100 平方米，中座面积约 350 平方米。依次是门廊、天井、左右厢房、正座组成。正座悬山顶，穿斗式木构架。屋顶以砖瓦组织，橡子以榫卯拼接。内部有石砌阳台、石砌回廊、木砖制窗台等。其木雕装饰全部出自象园木雕大师之手，砖雕、彩绘等也都极具福州特色。

为了让父母能够颐养天年，还弄了个颇为像样的后花园和养鱼池。当然，还专门开辟了练武场。按规定，探花府门前空场竖立起旗杆4根，高三丈三尺，旗杆座分列大门两侧。门楣上"探花府"三个字苍劲雄浑，楹联是"世事让三分天宽地阔，心田存一点子种孙耕"。

由于林培基母亲仙逝不久，整座探花府还有一些悲怆气氛。当地人也都很知趣，没有打扰，不添麻烦。林培基回家丁忧守制，不穿官服、不摆架子，除了在后面练练手脚，基本上足不出户。

被林狮狮领养的干娘契母，起先并不知道他有这么一个非常显赫的叔叔。后来听那些寡妇们每每提起林狮狮的这位叔叔，一个个无不竖起大拇指。但她老人家觉得十分不解的是：林狮狮从不提起叔叔的名头，而且也不光临探花府。她曾催促干儿子去认亲，但不想沾光的林狮狮，执意要等混出名堂后才肯去拜访。

老人家见干儿子有这样的志气，自然十分高兴。可是如今遭遇劫难了，她想，再不豁出去求探花老爷伸手救援，她忠肝义胆的干儿子就没了。尽管自己不认识探花老爷，但无论如何也得上门求助。于是她头没梳、面没洗，拄着拐杖就跑到了探花府门口。

探花府门前没有恶犬乱吠，也没有霸役凶丁随便逞威，但门户紧闭，静得出奇。林狮狮领养的老娘上前敲了敲门，可是厚重笃实的门，无法把她微弱的敲门声传递进三进院落。她老人家见敲门没有得到回应，只好蜷缩着佝偻的身躯坐在青石抱鼓上。不知过了多久，她才看到一个卖涂头油的货郎摇着拨浪鼓而来，把担子歇在宽敞的门厅前，然后上前掀动门环。老人家才知道用手掌拍门没用，得掀动门环。

过了一会儿，大门套嵌着的小门吱呀一声打开了，走出一个管家，后面跟着两个丫鬟。这时，管家发现右边抱鼓上蜷缩着一个衣衫褴褛的老媪。他以为是乞丐，要将她撵走。

"哼！打狗还得看主人！你知道我是谁吗？"老人家不肯离开，并且一本正经地告诉管家，"我是林狮狮的娘！"

"啊？"管家知道探花老爷林培基有四个兄弟，老三膝下是有一个儿子叫狮狮。不过据说有一年，他父母带着他到福清西部山区的东乡外公家里吃番薯钱度日，突遭瘟疫，老三夫妇双双殒命异乡，"你是狮狮的娘？"

"嗯！还不赶快进去向探花老爷通报一下，我有很急的事情找他！"

管家一边听着老媪的话，一边打量着她。心知有异，他只好让在货郎担子上挑选首饰、脂粉和买涂头油的一个丫鬟去报告探花老爷的夫人。过了好一阵子，探花老爷的夫人在丫鬟引导下来到门口审视那老媪。

"老人家，你说你是你狮狮的娘，可是狮狮的娘早就不在人世了。"探花老爷的夫人看到老媪衣着打扮，便心中有数，"你年龄比我还大，何必屈尊冒充我弟妹？"

"我不是冒充！"

"这么说，难不成我弟妹死而复活？"

"不瞒你说，我是林狮狮的干娘。"

"你是狮狮的干娘？"

"嗯！"

"这样吧！我知道你老人家生活不易，"探花老爷的夫人念在佝偻身躯的老媪可怜，回身吩咐探花府老管家，"你到账房称些碎银给她好了。"

"夫人，我不要银子。"

"那你要什么？"

"我要探花老爷出面救一救林狮狮！"

"林狮狮他怎么啦？"

"他……被官府抓走了！"

莫愁前路无知己

一

黛韵楼女主人薛绍徽与丈夫陈寿彭可谓天涯眷侣，他们的浓情蜜意完全靠刚刚兴起的电报维系着。正如一首关于电报的竹枝词所描述的那样："水线今仍属大东，发明电学最灵通。鱼鳞雁足无穷意，都在机关十字中。"

这首词将电报与古代指代书信的鱼雁相提并论，极其美妙，极其传神。只不过当时在福州人的嘴上，电报叫水线、电线、铜线，甚至还有叫电音的。津沪电报线初创时，规定报类分为四等：一是军机处大臣、总理衙门大臣、各省将军督抚、出使各国大臣、外国领事拍发的盖有公章的官电，称作一等国务电音，按私务电报的半价收费；二是电报局之间处理公务往来的电局公电，称作二等局务电音；三是私事紧急电报，称作三等紧急电音；四是私人电报，称作四等商务电音。

远在巴黎的陈寿彭鉴于夫妻分离是常态，因而与薛绍徽有个秘密约定，他会经常给她发四等商务电报，她只要在圣礼拜五或圣礼拜六到马尾婴脰山东麓三岐的天主教堂向神父索取电报就行了。

福州到马尾，先坐轿子后坐船。由于兵荒马乱，薛绍徽每次要去马尾天主教堂取水线传来的电音，都不得不劳驾她那腹藏妙理玄机、在南后街塔巷口设案垂帘卖卜的哥哥薛伯垂陪伴。

"昆哥，真对不起，又害你少接几单生意了！"薛绍徽一看见按约来到黛韵楼前的薛伯垂，便先道个歉。

"秀妹，跟哥还见外？"薛伯垂特别眷顾这个妹妹，几乎有求必应，"自从'西仔反'攻打台湾基隆以来，城内人心惶惶，民心骚动，一个多月来，找哥算卦的几乎没什么人。"

薛绍徽知道，她哥嘴里的"西仔反"，头两个字是指法兰西，最后一个"反"字是指动乱。如同福州人嘴里的逃难，往往说成"走反"。陈寿彭私下里提到法国佬时，也是用闽南人的口头禅"西仔反"。不过，身为堂堂大清国驻泰西各国的"舌人"，在公开场合从不带鄙夷之意。因而，她也特别嘱咐自己的兄长："昆哥，在神父面前，别说人家是'西仔反'。这神父来福州有好多年了，跟一些官员有所接触，会听懂一些大清官话。"

"秀妹放心，你昆哥18岁时就见过30世代，懂得上什么山头得唱什么山歌。"

"我们今天上的是婴脰山……"

同治五年（1866），马尾境内已有天主教活动。当时，船政大臣沈葆桢聘法国人日意格、德克碑为正、副监督，同时还聘雇了许多洋人工匠。这些人大多携带家眷，而且多为天主教徒，法籍和英籍员工在婴脰山洋匠房建有规模很小的教堂。其时创办小修院的神父，是西班牙人。陈寿彭是船政前学堂第三届学生，学的虽然是法语，但经常借着跟日意格上婴脰山小修院做弥撒的机会，向神父学西班牙语，从而在彼此的心上都绽开了友谊的花朵。所以成了大清驻泰西各国参赞后，把电报发到小修院，请神父转给薛绍徽。

和平时期，薛绍徽都是在丫鬟墨儿陪伴下到婴脰山来向神父索取丈夫的"电音"。自从孤拔率领法国海军攻打台湾基隆以来，福州全城陷入难以名状的混乱，风声鹤唳的有些吓人。她只好劳驾兄长作陪。

还是用老办法，兄妹俩先坐两副滑竿到苍霞洲码头，再换乘小汽轮。领略一番波翻浪涌的爽快，从罗星塔上岸，再由紧挨着船政衙门旁边的一条小石径登上婴脰山。由于急着想看到丈夫的"电音"，兄妹俩没在沈葆桢兴建的天妃宫逗留。

老在塔巷口坐摊卖卜算卦的薛伯垂，陪着云鬟雾鬓的妹妹，在翠竹通幽的小径上却走出一身汗来。他把这样的登山视同科举，自己与妹妹一样诗词歌赋均有涉猎，甚至八股也很娴熟，可就是时运不济，考了几次都未能中举。等待时来运转的他，没有着急。只是老在街头巷尾卖卜算卦，脸上有些挂不住。

"昆哥，"身穿蛋青纱多重镶滚女衫、走得香汗微沁的薛绍徽，停下了脚步。她转身回望跟在后面的薛伯垂，一边打开坠饰折扇，在半腰扇着扇子，意在不让贴身衣衫凸显肢体曲线，"在想什么呢？"

"哦，"薛伯垂抬眼望着玉颊嫣红的妹妹，淡然一笑，"我想起一首跟'电音'有关的竹枝词来。"

"念出来听听？"

"千山万壑赴京门，不失人兮不失言。尤便好官订暗码，个中托嘱最温存。"

"嗯，确实。"尽管这时候薛绍徽还不清楚丈夫陈寿彭从巴黎发来的所谓"电音"是什么内容，但她已经感受到了来自万里之遥的"电音"所蕴含的温存。"无数关山一线通，人工巧制夺天工。"

"两地情怀一线通，有声无影妙邮筒。"兄妹俩不时地想起有关电报的竹枝词，一唱一和，有说有笑，忘却了疲惫。不知不觉间，竟然来到了婴脰山天主教建筑群落前。

门额匾书"天主堂"的主教堂，大门朝东开，高大门楼中空仅一层，砖木结构，清水青砖墙体。自拱门往上依次为拱窗、圆窗、三角山花和十字架。还有神父楼、祈祷厅和祭台、门楼、祭衣房等相连建筑组成。

薛伯垂与薛绍徽不是来做弥撒的，因而他们径直走向神父楼。西班牙神父早已在门口等待薛绍徽的到来，但没想到她带了一个陌生人来。听了薛绍徽的介绍，方知道是她哥哥。神父是个谨小慎微的人，他在胸前划了十字后，把一张电报纸递给薛绍徽，然后就要送客。

"等等!"薛伯垂很有礼貌地向神父鞠了一躬，提出请求，"神父，能不能让我看一看，是什么神奇的物什能传递万里之遥的'电音'?"

"吾主耶稣，请宽赦我们的罪过，救我们于地狱永火!求你把众人的灵魂，特别是那些需要你怜悯的灵魂，领到天国里去!吁，耶稣，这是为爱你，为使罪人悔改又为赔补玛利亚无玷圣心所受的侮辱!"神父嘴里念着祷词，没有正面回应薛伯垂。

薛绍徽知道能够传输"电音"的设备特别珍贵，一般情况下神父是不会将其公之于世的。不过，她跟薛伯垂一样，老早就想看一看比上帝更神奇的这玩意到底长什么样。

经不住薛绍徽软磨硬泡，神父心中清楚，不满足他们这个要求，他什么事也做不成。尽管心里有一百个不乐意，他还是面带微笑带他们走进神父楼，打开了机器房的那扇一直关闭的门。

如同技艺不佳的魔术师在台上表演魔术，罩在肩胛上的红黑大罩布，总是那么神秘兮兮地吊足了观众的胃口；可是当魔术师揭开黑红两色罩布后，台下的观众颇为失望。呈现在薛伯垂兄妹面前的是摩尔斯自动电报机，又叫摩尔斯快机。这是最简单的电报机，由三个部分组成：电键、印码机构和纸条盘。

初识摩尔斯快机的薛绍徽与薛伯垂，看得再仔细也不清楚三个组成部分是如何协作发挥作用的，然而印码机匣的外壳上印着的一行英文引起了他们注意："A patient waiter is no loser.（有耐心的人永远不会失败。）"

"神父，"薛伯垂兄妹俩都不懂英文，他们十分讶异，"就这么粗糙的几样物什，能从巴黎传来'电音'？"

"尊敬的参赞夫人，你没看到那上面的英文？"神父一笑，用不太娴熟的汉语告诉薛绍徽，"耐心的等待者不会失败。"

"神父，"薛绍徽觉得印码机匣外壳上的这句话颇有哲理。她想起丈夫陈寿彭追求自己也有几次波折才获得了她的爱，忍不住柳眉一扬，笑道，"这里面一定有故事，是吗？"

"好聪明的恭人！"神父告诉薛绍徽，1838年1月6日，美国新泽西州的斯皮德韦尔钢铁厂，阿尔弗雷德·威尔将父亲斯蒂芬·威尔写在纸片上的这句话，用不同频率敲击电键，将信息用电报机发送给3公里外的塞缪尔·莫尔斯。

"3公里，也就是相隔6里之遥！"薛伯垂不敢相信自己的耳朵，惊叫了起来，"通过敲击电键，传递了这句话的'电音'？"

"这首先得感谢俄国外交家希林。1832年，他在当时著名的物理学家奥斯特电磁感应理论的启发下，制作出了用电流计指针偏转来接收信息的电报机。但不幸的是，当沙皇尼古拉一世决定起用这种电报机时，希林却与世长辞了。1836年3月，一位叫库克的英国青年看到了有关希林电报机的一本书，受到很大的鼓舞。他在伦敦高等学校教授惠斯登的帮助下，动手制作了几种形式的电报机，并于第二年获得了第一个电报机专利。"

"神父，"薛绍徽虽然不懂英语，但却有超强的记忆力，"你刚才说的是塞缪尔·莫尔斯？"

"对！莫尔斯发明的电报，开始了用电作为信息载体。"神父很乐意向中国人普及科学知识，就像他在讲坛上宣传天主教教义。"从此，人类传输信息的速度大大加快了。"

尽管这种最早的电报机因完全依赖人工操作，通报速率还很低，即便最熟练的报务员，每分钟也只能收发 20 组字；但摩尔斯人工电报机设备简单，维修方便，工作性能稳定，把古代报警的狼烟甩掉了起码 1000 年。连精灵古怪的薛伯垂，都不得不佩服泰西人的聪明才智："从此不用烽火狼烟，甚至不用 600 里加急的驿马急脚递！"

"当然！"神父在电键上轻轻一摁，做了个发报动作。"可别小看这么一个简陋的装备，'滴答'一响，也就是 1 秒钟，它已经绕地球轨道走了七圈半，这是以前任何一种通信工具所望尘莫及的！"

"什么？'滴答'一响，竟然绕地球轨道走了七圈半？"

"应该承认，摩尔斯发明的电报机开始被用在铁路通信上，但并不为人们所注意。"神父讲的不是传奇故事，而是真的发生过的事情。"后来在一次追捕逃犯的战斗中，电报才崭露了头角，从此名声大振。"

"人类应该共同享受这样的技术。"受丈夫影响颇深的薛绍徽，早就产生过"地球村"的奇葩想法。"可惜，这么好的东西被大清政府视为奇技淫巧，有害文化安全。连以开明著称、一心要学习外国船坚炮利、师夷长技的洋务派官员，也与顽固派一样表示抵制、反对。"

"1862 年，俄国人最早以书面方式向贵国政府提出请办电报的要求，选择的线路是从京师到天津。"神父虽然一直居住在马尾的婴脰山上，但信息却极其灵通，"然而贵国政府坚持'禁设铜线'，理由是信息要绝对控制，一旦失控后果将不堪设想。三口通商大臣崇厚奏称'铜线、铁路于中国毫无所益，而贻害于无穷'；江西巡抚刘坤一认为'以中国之贸迁驿传'，根本不需要铁路和电线；福建巡抚李福泰指责电线、铁路都是'惊民扰众，变乱风俗'的有害之物；曾国藩甚至认为，无论是外国商人还是中国商人，架电线、修铁路都是'以豪强而夺贫民之利'，所以不仅不同意外国人架线、修路，而且同样禁止中国商人架线。只有搞洋务的李鸿章与众不同，他认为架铜线费钱不多，递信极速，中国人应该仿照外洋机巧，自立'铜线'，改英语为汉语，改英字为汉字，学习既熟，传播自远，应较驿递尤速。在盛宣怀的大力支持下，以商办的形式使'洋线'由香港沿各海口铺设至天津。福州正是得洋务风气之先，从巴黎发来的'电音'眨眼之间就到了恭人手上。"

"秀妹，"神父的侃侃而谈，让薛伯垂忘记了薛绍徽手上早已拿到的"电音"纸条。于是，他迫不及待地想知道妹夫从巴黎发来的"电音"内容。"快看看逸如都说了什么？"

薛绍徽拉开手里的长条电报纸，上面只有翻译人员破解密码后写下的六个汉字：倭与洪酋乱榕。

懂得一些简单汉语的神父，没有深入研究中国文化，没有接触中国黑道社会，所以当他看到电报上翻译出来的六个汉字时，一脑袋的糨糊，根本不知所云？

薛绍徽与薛伯垂自然十分明白。倭指日本人，洪指洪门，酋指洪门首领，乱指捣乱，榕指福州。也就等于说，远在巴黎的陈寿彭用国际通用的莫尔斯码向家乡发出求救信号：日本人跟福州的洪门企图联手捣乱！

二

外患频仍，国势屡弱不堪，岂能再添内乱？

薛绍徽看到丈夫发自巴黎的"电音"后，心里十分着急，但"春不能朱镜里颜"。身为恭人，在黛韵楼舞文弄墨、吟诗作赋，尽态极妍，坦然自在。清高博雅的她，只与文人骚客交往。听她丈夫说过，福州有不少浪人，但她从不靠近野蛮。另外，她不谙俗世烟火，到哪里去找洪门？

好在薛伯垂一直身处坊巷之中，整天接触寻常百姓。眼观六路、耳听八方的他，简直如同社会底层的过滤器。无论什么样的滥污渣滓，都能迅速捕捉住。

一天，日近黄昏。有个蓬头跣足的年轻人，来到塔巷口找薛伯垂，请求用六壬排盘替他卜上一课。此人自报家门，姓陈名政，字子德，一口很不大地道的福州话，听不出具体口音。

"有道是：陈林半天下，黄郑满街摆。"久在江湖行走的薛伯垂，全靠嘴皮子功夫广交道上朋友，"在下的妹夫也姓陈，说不定五百年前跟足下还是一家人呢！"

"但愿如此。"这位叫陈政的年轻人，从褡裢里取出 3 枚光绪通宝零用一文小铜钱，搁在薛伯垂的卦台上，"丈夫贫贱应未足，今日相逢无酒钱。这点小钱，够不够六壬排盘？"

"光凭小弟懂得唐代诗人高适的诗句，尽管卜课资费不足，在下也得给你排盘算卦。"薛伯垂注意到这个叫陈政的年轻人，右手的小指头被切掉了那么一截，"不过请这位兄弟写一个字，是不是方便？"

"没问题！"

在塔巷口设摊问卜的薛伯垂见多识广，知道日本黑帮成员按照规定都要切断一只小指以示忠诚，是入会表忠心的仪式。他注意到缺了一根手指的陈政在八仙桌前，拿起毛笔，在一张碎纸片上写下了一个"彭"字。

"巧了！"薛伯垂拍案而起，把缺一手指的陈政吓了一跳，

"在下的妹夫大名就有这个彭字。"

"是吗？"

"这可是个会意字，《说文解字》定义'彭'为鼓声也。右边三撇，即三也，击鼓以三通为率。也就是一鼓作气，再而衰，三而竭。"

"这是不是说，跟这个人联手成不了大事？"

"还不能这么武断地下定论。"薛伯垂心里在暗中琢磨，既然陈政想联手这个人办什么大事，那么是不是陈寿彭在"电音"中所指的洪酋？"得看此人出身。"

"实不相瞒，我要与之合作者，出身草莽，没读过什么书。福州人不是说'没读书，傻过一头猪'吗？"

"打住！此言差矣！"这个叫陈政的年轻人的手指缺陷，已隐藏不住日倭黑社会的身份。毫无疑问，这个家伙有可能就是陈寿彭发自巴黎的"电音"中提到的那个倭人。薛伯垂想从他嘴里套出更多秘密，于是借题发挥侃侃而谈："在我中国，历朝历代，市井草莽之间，不知隐伏着多少默默无闻的英雄好汉。唐代的黄巢，知道不？黄巢出生在一个富裕的家庭，本可以安享富贵。但自小便被视为异类，曾被自己的父亲遗弃于野。幸而命大，被父亲重新捡了回去。由于脸长得不好看，被取消了状元资格。于是，他索性犯法去贩卖私盐，积攒了雄厚资本后，索性自己做皇帝。大明开国皇帝朱元璋更惨，放过牛，做过和尚，甚至沦为乞丐，可是他最终取得了天下。要知道，古来英雄未遇时，大多与屠沽为伍，经历几番挫折，方能成就一番事业。所以不要小看隐逸蓬蒿者，要结识英雄于未遇时……"

薛伯垂的高谈阔论，一下子折服了陈政。陈政认定他即是蛰伏的草莽英雄，视其为知己，与之金兰结契，结拜为兄弟。甚至还把他带到日本浪人在福州的军事谍报机关——梅坞的庐山轩照相馆，让他结识浪人首领小泽豁郎和曾根俊虎等人。

一来二往，通过近距离接触，薛伯垂终于摸清了陈政是什么角色。原来他出生于江户牛中御徒町，是江户幕府幕臣原仪兵卫的长子。明治维新后，原仪兵卫失去俸禄陷于穷困，不得不把自己的这个长子送给井上家。曾是幕府"御家人"的井上家，这时也只是靠糊灯笼维持生计，生活并不宽裕。生活所迫，1877年，不满15岁的井上陈政进了日本大藏省造币局制版部，成了一名日赚10钱的童工。所幸的是，他参加了幼年技生学场学习，直接改变了他的人生道路。正是井上陈政参加幼年技生学场学习的这一年，大清国派遣何如璋出任驻日第一任公使，副使张斯桂，参赞黄遵宪、杨守敬。由于他在学习汉学时展示出来的卓越才华，被安排住进位于芝山内月界院的清国公使馆专门研习汉学。他跟随大清国公使何如璋、参赞黄遵宪、杨守敬、副使张斯桂学习了4年"学术"和"语言"。1882年，何如璋归国，井上陈政又由大藏省派遣跟随大清国公使同船抵华继续学习。3月1日与何如璋自横滨出发，经上海至广东潮州府，巡历嘉应州、惠州粤东诸郡。7月自广东经厦门、芝罘至天津再到北京。后来，何如璋来福建任船政大臣，他又跟着来到福州。途中，何如璋举荐他到杭州拜谒硕儒俞樾。

何如璋的面子够大，俞樾自然不好推辞，但在接受这位海外弟子拜师时有约在先："余以山林之人，当桑榆之景。苟窥宋元之绪论，虚谈心性，是欺世也，余弗为也；苟袭战国策士之余习，高谈富强，是干世也，余又弗为也。故尝与门下诸子约，唯经史疑义相与商榷，或吟风弄月抒写性灵，如实而已。子能从我乎？"

井上陈政满口答应，成为俞樾弟子。可是，他跟着何如璋来到福州后，就把师尊规约抛到爪哇海里去了。他跟何如璋一起住在马尾的船政衙门，利用替船政大臣跑腿的机会，收集福建的经济、军事情报。

薛伯垂与井上陈政成为挚友后，不仅经常联络，而且无话不谈。他很快发现了日本人的一个天大秘密：自 1882 年朝鲜发生壬午事变之后，日本政府和浪人认定，如果不先打败中国，就难以吞并朝鲜。于是，日本浪人及其支持者开始就如何对付中国进行策划。一些在地方上有威望的浪人，纷纷找当时最大的秘密社团玄洋社串连，提出要把矛头首先对准中国。

井上陈政也毫不隐瞒自己的观点："如先取大者，则小者可不劳而获。如先取中国，则朝鲜可不招自来。故与其先向小的朝鲜下手，不如先将广大的中国吃掉。"出于这样的目的，日本浪人一边与法国海军暗相联络，一边假借扶持福州彭清泉的洪门及长江沿岸的哥老会之名，打算利用法军攻打台湾与福州的时候趁火打劫，策动武装暴动以割据一方。

三

甲申十年，薛绍徽虽然才 19 岁，但已为人妻、人母的她，在孱弱的娇躯里，家国情怀早已融入她那流转着的华彩岁月，碧血丹心强烈地激荡着她的生命韵律。从兄长薛伯垂嘴里得悉日本浪人的阴谋后，简直如坐针毡，不是在黛韵楼的三榈屋里走来走去，就是在书案前踯躅。

"恭人，"她的婢女墨儿见恭人提笔半天，一个字也没写出来；好不容易拿起钟爱的紫竹洞箫，许久也没吹奏出宫、商、角、徵、羽，"今旦何以坐立不安？"

"墨儿，去雇顶轿子，我要去闽县衙门。"心烦意乱了好一阵子的黛韵楼主人薛绍徽，终于拿定了主意。

薛绍徽终于想起，应该把日倭的阴谋告诉罗大佑。她认为，这个人可以信赖。她与罗大佑并不是非常熟悉，只是参加几次诗钟活动，有过一面之缘。

所谓诗钟，由上下两句七个字写成一联，形式上似诗似联，但严格按照诗律中关于平仄和对偶的要求，即相当于七言律诗的颔联或颈联；由于有点像从七言律诗中折下一枝，故又称"折枝诗"。七字一联，铜落成文，诗钟写出来的诗，不仅能用来阅读，还能用来吟唱。凡是对仗工整的诗词，用方言吟唱别具韵味。诗钟主要有两种格式："嵌字格"，即随机拈取两个字，分别嵌在上下句相同的位置上，嵌在第几字处称为第几唱。还有就是"分咏格"，也是随意拈取两个题目分别作为上下句所咏的内容，句中不得出现已成题的字。这一以游戏煅句练字的文雅娱乐，肇始于同光时期的福州，盛于文苑，甚至波及官场。为何叫作诗钟？因为文人结社斗诗，炫耀才华时在香上系线，下端缀以铜钱，香焚线断，铜钱落入下面承接的铜盘之中，发出"咚"的一声，发声如钟，便立即收卷，这就是"诗钟"名字的由来。当然，参与者每卷必须交上数文钱，到最后评定时，按成绩分上、中、下领取各等的彩头。

薛绍徽十三四岁时就经常从澳桥荔枝园的薛家老屋跑到西湖苑在堂，冒用哥哥"薛裕昆"之名参加诗钟。因屡次拔得头筹、获得奖励，终于引起众人关注，被认出是个女扮男装的假小子，冒名顶替兄长展示才华。后来虽然结婚生子，但她偶尔还会参加诗钟活动。正是在这种场合，她与嗜书画、乐咏吟的罗大佑不期邂逅。他那"月明惊宿犬，风急落寒鹏"的诗句让她惊艳了好几天。后来经过打听，方知刚刚莅任闽县的罗大佑字谷臣，江西九江德化人，同治十年中进士，在建安、惠安、永安等地任职。转任闽县，身处膏腴之地而不自阔，囊无一文私积。因其性情刚直，处事果毅，体察民情，屡破积案，肯为百姓伸正义、破奇冤，被闽人称为"罗青天"。这样的地方官，她觉得可放心托付重担。

墨儿跑到轿子铺雇了一副滑竿。她知道薛恭人有洁癖，特意吩咐抬滑竿的两个脚力换一身干净衣服，宁可多付给几文钱。滑竿来到黛韵楼前的空埕后，她舀了一盆清水把滑竿揩拭了一遍，还在座位前面的滑竿上系了两袋香囊。都打理清爽了后，天公不作美，竟然下起雨丝。

"恭人，要不改天再去？"墨儿看着飘飘洒洒的雨丝，担心薛绍徽瘦弱的身体经不起折腾。

"事情非常要紧，延误不得！"薛绍徽拿了一把红色的桐油纸伞，一边撑开，一边坐上滑竿。

雨洗娟娟净，风吹细细香。滑竿在前后两个脚力的肩膀上颤颤悠悠，绿衣红伞相映生辉，如同红花绿叶在风雨中摇曳生姿，扮靓了整条南后街，醉倒了三坊七巷的男女老少。

闽县衙门在九仙山下（即今于山法海路福州警备区司令部内），罗大佑的总管是其同胞兄弟罗大俊。正是有这骨肉同胞20年照顾，如鹡鸰在原，身为邑侯的他才能在处理繁忙公务的同时静下心来吟诗作赋。

按规定，知县一天只在两个时辰坐衙治事。早衙，于黎明日出的卯时；晚衙，那就等申时。薛绍徽来到闽县衙门时，将近巳时隔中。她不管不顾地敲响门环，等衙门一开，就要往里闯。被罗大俊挡驾后，她只好递上一纸薛涛笺。

官场上来往，通常都是递名刺、呈拜帖。薛绍徽虽然有恭人名分，但她从不以此立身。性格孤傲的她，宁可独立寒秋也不肯媚俗，不向要人递投名状。她只在薛涛笺上用瘦金体写下罗大佑在某次诗钟上的句子："月明惊宿犬，风急落寒鹏。"

　　本来就没什么官架子的罗大佑一看到薛涛笺，便知道来访者是个女人。再看一眼上面的诗句，记起是自己在某次诗钟上的杰作。但参加诗钟的人如过江之鲫，他实在想不起来造访者是何许人？不过，既然是诗钟社友，那就不能怠慢。于是，他让自家兄弟罗大俊打开县衙大门，将薛绍徽迎到二堂见面。

　　薛绍徽等县衙总管端上一盅香气馥郁的茉莉花茶后，只是万福了一下，算是谢过了。她没有喝茶，初次见面就声明自己有洁癖，实在难以启齿。好在笑靥承颧的她特别招人喜欢，自报家门时，右腮边的酒窝有无穷魅力。她按当时规矩，在自己的芳名前加上夫君姓氏，变成"陈薛绍徽"。

　　"县尊大人，我家老爷姓陈名寿彭。"墨儿虽是丫鬟，但却懂得抬高主人身份，她也多少会沾点光。

　　"哎哟，恭人大驾光临，未曾远迎，失敬，失敬。"罗大佑虽说刚刚履新闽县不久，但陈寿彭、陈季同兄弟俩如同浩瀚太空熠熠生辉的双子星座，早已高山仰止的他正恨不得与之结缘。

　　"民女本不该冒昧前来打扰邑侯，但有一事，事事关军国大计，不得不斗胆前来叨扰。"薛绍徽不摆架子，客气地说。

　　"恭人有这等家国情怀，卑职敢不尽心尽力？"罗大佑非常欣赏明理晓义的薛绍徽，深深一揖。"恭人，请道其详。"

　　"大人，恕民女长话短说，大敌当前之际，家兄得悉有一日倭斥候潜伏我船政衙门。"

　　"哦？"罗大佑知道薛绍徽提到的"斥候"是古代专伺侦察的密探，这事确实事关军国大计。不过，自己与何如璋没有任何关系，他也不是自己的座师。可想而知，七品芝麻官与正二品大员的船政大臣没有任何瓜葛，要见一面何等不易，甚至比诣阙还要难！不过，他想到了一个不二人选，那就是丁忧在乡的御前二等侍卫、武探花林培基。

四

尚干内七里区域都属于闽县管辖范围，因而刚履新不久的闽县父母官罗大佑造访探花府，在乾隆新政后文盛武衰之秋，算是给了很大的面子。比较知趣的林培基，尽管跟船政大臣何如璋缘悭一面，但还是满口答应去马尾船政局走一趟。他自忖，官居正二品的何如璋至少也会给他这御前二等侍卫、乾清门坤宁宫行走一点面子的。

前些日子，任凭林狮狮干妈痛哭流涕，林培基就是硬撑着铁石心肠，没有出面打捞落入法网的嫡亲侄儿。虽然有那么一些不近情理，但符合"君子不妄动"的儒家思想。今日马尾之行，是厘奸剔弊、公忠体国，仰不愧于天，俯不怍于地。

由于丁忧守制之身不便出入公门，林培基不得不脱掉孝服，身着石青色的"一裹圆"不开衩长袍、外加一件绀紫色马褂，头戴一顶黑色瓜皮帽，脚穿一双黑色缎面"六缝靴"，特意带上用梅花笺纸裁成的二寸宽、三寸长的名帖，便在濑湾小码头雇了一艘小船，"一苇凌云渡，风生万里烟"，离开了有十二分温柔和美丽的淘江。

当小船越过乌龙江段进入马江后，林培基考虑到将要与封疆大吏近距离对话，便从衣兜里掏出一只小荷包的青盐，向摆渡的珠娘要了半爿小竹筒，从清澈的江里舀水，再用手指沾着青盐洗了一遍牙齿。

"客官，这青盐很贵！"摆渡珠娘见林培基用青盐洁齿，一下子就认出盐的高品质，颇为惋惜地说。

"嗬？"摆渡珠娘如同蚬子咧嘴喷沙，顿时让林培基刮目相看，"摆渡姑娘好眼力，认得青盐？"

摆渡珠娘正是西门月瑛，她在道庆洲替盐枭看守过盐仓，领略过各种各样的私盐。知道青盐又被称为寒盐、胡盐等。用青盐腌菜，菜不易腐烂；用青盐煮手抓肉，手抓肉的味道特别香。盐捕营正在通缉她，由于不经意间差点露了马脚，暗吃一惊的她，慌忙闭紧了嘴巴。

一个摆渡珠娘，一眼认得青盐，顿时使林培基对其刮目相看。于是，他仔细打量着她：身材高挑匀称，虽然瘦了点，但将起双袖摇橹的胳膊非常结实。毫无疑问，笃定吃过盲粥。福州人嘴里的"吃盲粥"，专指夜里练武的人，用粥作宵夜点心。于是，他想了解摆渡珠娘的身世，可是一时不知从何说起。当他眼睛瞄到渡船上摆着两箩筐的笋干，便找到了话头。

"妹子，这笋干是你的?"

"嗯，光靠摆渡没多少花彩，顺便捎带笋干去马尾寄售，换点碎钱。"

"真顾家!"

"多谢客官夸奖!"

林培基通过跟摆渡珠娘的盘答，发现她一边摇橹一边说话，讲话时丹田力道还非常足，可见她是个习武之人。

"客官，你看，马尾造船厂造的第一艘船。"

果然，原来江面薄雾已经散尽，一眼便可看清"万年青"号铁胁木船抖擞着的八面威风。一面大纛迎风飘扬，上书"三品卿衔会办福建海疆事宜、兼署船政大臣张"。风骨峻嶒的张佩纶坐在太师椅上，纶巾典兵，意气方遒。

1848 年出生在杭州的张佩纶，经过江南水乡的文卷书气熏陶，23 岁考中进士，入翰林院、授编修，后升为翰林院侍讲，担任日讲起居注官，成了羡煞众人的大才子。曾连劾军机大臣王文韶、工部尚书贺寿慈、吏部尚书万青藜、户部尚书董恂等贪庸权要。上折反对授崇厚"全权大臣，便宜行事"之特权，认为"使臣议新疆，必先知新疆"，可惜未被朝廷采纳。崇厚后来丧权辱国，事实证明张佩纶眼光还是比较犀利的。据说，一向讨厌谏官的恭亲王奕？看到张佩纶的奏折，也大为赞赏，啧啧连声："瞧瞧，这才是劝谏的好文章！"

三品卿衔会办福建海疆事宜、兼署船政大臣张佩纶，林培基自然是十分熟悉。他中武探花后，任乾清门坤宁宫行走一职，见过被慈禧太后召见的这位清流派主将。于是，他临时改变主意，不去找闽浙总督何璟，也不去找福建巡抚张兆栋，更没必要找福州将军穆图善。只需面见张佩纶，提醒他在何如璋身边潜伏有日倭斥候，就对得起江山社稷了。

林培基从海潮寺道头登陆上岸后，先在船政衙门前的官厅池栏杆石上坐了一阵子，期待着与张佩纶见面。等了好久，屁股都坐疼了。于是，他站了起来，踱步到用青石精工细雕的一对石狮前揣摩了半天，终于看到钦差大人那顶四人抬的轿子。他连忙肃立，双手合十，将右手放在左手上，向地面鞠了一躬，同时说道："御封二等侍卫林培基拜见星使大人。"

"咦，这不是乾清门坤宁宫行走吗？"张佩纶用手中一把鹅毛扇的扇柄挑开轿帘，打量了一会儿林培基，终于认了出来，"怎么会在这里？"

"卑职丁忧在籍，有军国大事特来禀报星使大人。"

"哦？"张佩纶让侄儿张人骏把林培基带进船政衙门专门用于会客的议事厅，并嘱咐沏一壶茉莉花茶待客。他自己到二堂换了一袭便服后，才来聆听林培基所说的军国大事。

寒暄过后，一本正经的林培基见没有外人，便开门见山，告诉张佩纶："何如璋大人身边有个日本人居心叵测，暗中与福州洪门的彭清泉密谋造反。星使大人，千万莫掉以轻心！"

"哦，我见过这个日本年轻人，叫井上陈政。"张佩纶来到马尾履新的头一天，虽然只是三品，因有专折奏事权，正二品的何如璋不得不主动让贤腾出二堂给新来的钦差大臣作卧室，自己搬到船政衙门后山上的天后宫下榻。帮忙搬铺盖卷的就是井上陈政。"他是何如璋大人在日本时的学生。"

"星使大人，"林培基见张佩纶一脸满不在乎的样子，觉得有必要提醒他一下，"东洋日倭也一直在觊觎我大清。"

"日倭眼下对我大清还构不成威胁，比较麻烦的是法国佬。"

一再主张与法夷血战的张佩纶，被主和派讥讽为只会卖嘴皮子的"清谈之流"。为扭转这一负面形象，他决心到福建后要干出一番功业，上报天恩，中抗外敌，下慰一方百姓。带着一腔豪迈登上"扬武"舰于1884年7月3日抵达福州马尾，当天就在原福建船政大臣何如璋陪同下视察了船政局厂区。然后从7月4日开始一直到7月11日，张佩纶的足迹遍及省城福州、闽江口各处炮台。特意在壶江岛会见闽浙总督何璟、福建巡抚张兆栋、福州将军穆图善等要员，商议了马尾——福州的防务事宜。令张佩纶极为失望的是，这几位大员对眼前越积越浓的战云熟视无睹；要他们拿出御敌方略时，一个个皆手足无措。驻扎在马尾——福州的"凯"字营、"潮普军"和"福靖军"，压根就没有备战意识，不仅军队缺员严重、装备低劣，而且缺乏。因承平日久，将领早就被磨去了斗志。战斗力稍强的"潮普军"，军纪极差。面对精锐的法军，可以说没有什么战斗力。盛怒之下，张佩纶使用会办的权力，一连撤掉了康长庆、袁鸣盛、蔡康业等好几位基层将领的职务。张佩纶虽然采取了杀鸡儆猴的措施，但并没使军队萎靡的士气为之一振。雄心勃勃的他，顿时心都凉了。武器装备已经够差了，这样低落的士气，怎么跟高卢雄鸡一决雌雄？

林培基等张佩纶倒罢苦水，给他出了一个主意：组织义勇军，调动民间的力量与法军抗衡。然后趁机举荐了林狮狮，丝毫没有徇私枉法的意思。据他了解，林狮狮不是盐枭，只是在运盐船上担任保镖；如能通过封疆大吏从中予以转圜，可免一死。他认为，与其让这侄儿把牢底坐穿，不如让他戴罪立功？

张佩纶觉得林培基的建议不错。他想有所作为，也需要一支自己可以支配的力量。而且离开天津时，李鸿章给了他新式毛瑟后装步枪1200杆，克虏伯75毫米行营炮24门。另外还从淮军中抽调得力军官数人一起南下，正可请他们给义勇队教授如何使用这些新式武器。当然，为了感谢林培基，他答应替林狮狮开脱。

马尾之行，林培基可谓一举三得：一、与新晋的钦差套了近乎；二、消弭了福州可能发生的内乱；三、顺便出手救了侄儿林狮狮。如释重负的他与张佩纶告辞后，还是在海潮寺码头搭渡回濑湾。恰巧，还是那位摆渡珠娘。

稍有些许不同的是，回程遇雨。摆渡珠娘对马江阴晴早有准备，她拿起一顶斗笠，让林培基戴上。

林培基接过斗笠，往头上戴的时候，一眼瞥见斗笠的帽箍里有"西门月瑛"四个字。抱着受人滴水之恩当涌泉相报的理念，他向摆渡珠娘道了声谢。

"不用客气。"西门月瑛嫣然一笑，一边摇橹一边说，"老天爷不是笑就是哭，摆渡人多备几顶斗笠，就能与客官同舟共济。"

"好一个同舟共济！"

"马江江面宽阔，无遮无盖。搭渡人客淋了雨，受了风寒，摆渡人赚几个铜板，岂不是做了孽？"

"妹子心地如此善良，一定能嫁个好婆家。"受感动的林培基忍不住赞道。

"但愿心想事成！"

"这么说，妹子还未出阁?"

"嗨，"早已是过来人的西门月瑛，心里"咯噔"了一下，"谁愿意要我这样的?"

"哎哟，巧了!"林培基得知她还没嫁人，虽然年龄略显得大了一点，但模样还蛮标致的，于是有心替迄今为止还是单身哥的侄儿林狮狮做媒人，"在下有个侄子，也未成家……"

"客官，船到了。"西门月瑛见搭渡过江的人客认了真，嘴巴像被针缝了一样，再没有细话碎讲，一直到了濑湾才提醒客官。

船到了濑湾，雨还在下。他只好戴着斗笠回去，并许诺3日内一定派他侄儿归还斗笠，同时，让他带着庚帖来。

五

客囊羞涩莫贪杯，朝里有人好做事。

林培基从马尾回到尚干探花府第二天，林狮狮领养的老娘与那些因械斗亡夫的孀居人便上门拜谢。林狮狮挣脱了牢狱之灾，她们就能继续活下去了。虽然活得很累，但总能看到些许阳光。为了林狮狮的新生，她们给武探花老爷一连磕了好几个响头。

老人家与寡妇们上门致谢，使林培基感慨良多。这说明自己的这位侄儿林狮狮虽然不务正业，但并没有在乡间为非作歹。恰恰相反，还做了好事。抚恤寡妇、领养老媪，这都是行善积德之事。世俗间，即便腰缠万贯者，都不一定肯向孤寡老弱施舍，没钱人有这样的情怀，真难能可贵!自己有这样的侄儿，足堪告慰平生。同时，他觉得自己对侄儿关怀不够，十分愧疚。思念及此，他更想促使已老大不小的林狮狮早点成家。于是，他要林狮狮去归还那顶斗笠。

"叔，你借人家斗笠，应该自己去归还才是。"不想沾叔叔之光的林狮狮，还是第一次涉足探花府，对林培基的颐指气使，产生了抵触情绪。

"叔还在丁忧守制期间，不能抛头露脸。"

"摆渡的人，多了不是?"

"这珠娘在濑湾与马尾之间摆渡，去吧!"

"我不认识摆渡珠娘。"

"一回生，二回熟，一来二往的，就熟悉了吗!"

"熟悉了干吗?"

"熟悉了后，跟人家换庚帖。"

"换庚帖干吗?"

"换了庚帖，成亲!"

"我没有庚帖。"

"我替你写!"

林培基虽然是武林高手，但念过私塾，对乡间男女双方互换的庚书八字帖并不陌生。无非是用红纸折成长方形、扇形，正中竖写庚书，内页靠右下部写"天长"二字，另起一行写上籍贯、祖宗三代和男方姓名；再另起一行，先写"乾造"二字、接着写生辰八字；然后另起一行，写上居处地址。

作为冰人的林培基将手写的庚帖和那一顶斗笠交给林狮狮，逼着他去找西门月瑛。而且不容分说，一而再再而三地催促他立即搭渡过江，去找他命中注定的另一半。

"叔，我到哪儿去找这西门月瑛?"这时候的林狮狮，正牢骚满腹：还是没这个叔好，自己虽然穷，但活得自由自在；认了这个叔，除了催婚，什么好处都没得到。

"这西门月瑛，脸上有两个很深的酒窝，好认。她是个摆渡珠娘，不在濑湾就在马尾海潮寺道头，或在罗星山的罗星塔道头。"林培基见林狮狮还在犹豫，便抓住他软肋威胁，"你要是不肯替叔去还这斗笠，叔就再把你送进盐捕营牢里去！"

林狮狮心里明白，叔叔不仅仅是个武探花，名头很响，而且是御封的二等侍卫、乾清门坤宁宫行走，虽然没有实权，但有勾官结吏之便。既然能使他免受牢狱之灾，当然也能把他再送进去。与其重返盐捕营狱中，不如去会一会这西门月瑛？

西门月瑛相信君子口头之约，她也请人替自己写下坤造庚帖，在阳光灿烂的海潮寺道头下傻傻地一连等了三天。寻常人家姑娘年方二八，早早就过门做了女人；自己大二十好几了，还没有许人家。期盼着出阁的她，心里一直七上八下，不知能不能等到那个来互换庚帖的男人。每当遇到一个路人，不好意思的她都是用余光先扫一下，看人家手里有没有拿着斗笠，然后再睁大眼睛看看手上有没有拿着大红庚帖。好几次她都是自己先掏出了庚帖，但又赶紧揣进怀里。三天都没等到自己渴望着的庚帖。有些扫兴的她，莫名其妙地狠下心来嘀咕了一句违心话："算了，这辈子再也不嫁人！"于是有意不想跟归还斗笠的人见面，她索性把渡船摇到四面环水的罗星塔道头去。在那里，就见不着让人顿生奢念的"乾造"庚帖了，更不会闹出笑话。她虽说想把敞开的心扉重新关闭，然而却不时地偷觑罗星塔外面有没有后生哥。

谁知道手里拿着斗笠，在濑湾、海潮寺道头一连扑了两次空的林狮狮，竟然雇了一艘摆渡小舢板，在"欸乃"的摇橹声中，嘴里哼着不协调的小曲也来到了前不着村、后不着店的罗星塔。

站在罗星塔拱门里的西门月瑛一看到蓬头垢面的林狮狮手里拿着斗笠，心想：这一定是她所期待的人。于是情不自禁地把"我在这里面"五个字迫不及待地扔出罗星塔，然后赶紧拎起裙裾跑进塔里去。

双脚刚踏上道头的林狮狮，虽然没看到娇娥人影，但听到了声音，于是他一脸坏笑，把长长的辫子盘到脖颈上，循声跑进罗星塔里去。跟着银铃般的笑声，拾级而上。到了罗星塔最上面的一层，把斗笠递给背对自己的女子，笨嘴笨舌地说了一句："我叔叫我来找你，噢，是来还你的斗笠。喏，给你！"

西门月瑛转过身来，接过斗笠时发现斗笠帽箍里藏着一帧大红庚帖，再打量一下对方，竟然认出来人是在道庆洲向她要私盐的林狮狮，顿时愕然："是你？"

"嗬，你认识我？"一脸困惑的林狮狮，竟然冒出一句此时此刻最不该说的话。

"呃……"芳名也在一纸通缉令上的西门月瑛，这时才意识到自己于无意间暴露了替盐枭值守盐仓的秘密。心慌意乱之下，她就要跑下塔去。

"嘿，别想溜！"林狮狮这时看清了西门月瑛那张笑靥承颧的脸蛋，一下子就被这惊人的美色给迷住了。

执意要挣脱林狮狮的西门月瑛，见被他死死地拉住——这是她一生中第一次被一个陌生男人拽住——下意识要予以拒绝的她，情不自禁地抬手就给了他一记耳光。

"你？"一向强势的林狮狮头一遭挨了女人一巴掌，愕然惊呆，一时之间不知该做出如何反应。

尽管西门月瑛对自己刹那间甩出这一把掌后已十分后悔，但她还是强词夺理："谁叫你要流氓？"

没吃到羊肉，还惹了一身膻。林狮狮顿生歹意，不顾一切地扑向西门月瑛："老子今天就要一次流氓给你看！"

西门月瑛发现林狮狮有施暴倾向，自然拼尽全力反抗。两个人在塔上那逼仄的空间里打了起来，游斗了几个回合。见打不过他，西门月瑛便从塔中间的筒体退到裙座，想跃身从塔上跳下去。

"呔！"揣着一门歪心眼的林狮狮，见西门月瑛抽身而出，顿时懵了，"你要干什么?"

"你要强人所难，"西门月瑛一脸正色，以不容置疑的语气告诉他："我就跳下去!"

"不!"林狮狮原以为西门月瑛也是江湖女子，没想到她视节操胜过了性命。于是，他一把将她拽了回来。"要跳下去的应该是我!"

林狮狮的这一句话，让西门月瑛激动不已。没想到这家伙心地还不错。就在她愕然片刻之间，再想拉住他时，已经晚了——身手敏捷的他从罗星塔的裙座上纵身一跃跳了下去。

已经后悔不迭的西门月瑛，手摁着裙座上的栏杆，探身往下望，看跳下去的林狮狮是否安然无恙。也许是慢了半拍，塔下面一个人影也找不到。她正觉得迷惘，蓦然间远远地一眼瞥见从婴脰山的小道上走下来一个曼妙身影，恍惚之间，那走路的姿态有点眼熟。于是，等了一会儿，再定睛一看，认了出来，原来是薛绍徽。

六

从婴脰山小道下来的，确实是柔弱女人薛绍徽。自从薛伯垂从井上陈政嘴里探出日倭有意与洪门在福州搞暴动的阴谋后，便冒昧闯入闽县衙门向知县罗大佑作了报告。

听了薛绍徽提供的信息，"位卑未敢忘忧国"的罗大佑意识到了问题的严重性。不过，由于自己官太小，见封疆大吏一面比登天还难。好在他脑袋瓜好用，眉头一皱，计上心来。他采取两个措施，一面通过武探花林培基把日倭企图勾结洪门与哥老会在福州搞暴动的消息捅给福建封疆大吏，一面请薛绍徽让远在巴黎的丈夫陈寿彭侦探法军动静。

罗大佑同时在两个路径上主动出击，其目的无非是未雨绸缪，以便法军在进攻福州时，有关方面能及时采取应对措施，立于不败之地。

居家过日子的薛绍徽，按约定在间隔时间里到婴脰山天主教堂去接收来自巴黎夫君的"电音"。由于从法国巴黎发电报至马尾，每个字20法郎。因而夫妇之间从来没有卿卿我我、甜甜蜜蜜，说的都是军国大事，简单明了。这一次陈寿彭的"电音"跟往常一样，只有八个字：若无饷械，台将不保！

薛绍徽不是一般的家庭妇女，她的丈夫陈寿彭与四伯陈季同都是顶尖的外交大咖，因而她的家国情怀尤其浓烈。当她看到陈寿彭发自巴黎的"电音"之后，寝食难安。她立即向罗大佑报告，希望他能想出接济台湾的什么办法来。

一个小小的七品芝麻官，而且整个闽县仅几万人口，全是靠天吃饭，困窘穷苦至极，俸银都没有保障，焉有能力接济台湾府？罗大佑忍不住在心里叫了起来："哎呀，我要是腰缠万贯，就好了！"

省城福州，自五口通商以来，商贾云集，贸易大咖不少，腰缠万贯的有钱人有的是。虽说闽县与侯官县的县治都在福州，但是无论是罗大佑还是擅于书画的薛绍徽，都囿于各自的身份，与商界鲜有来往。

"若无饷械，台将不保！"陈寿彭通过"电音"从巴黎发出的虽然只有这八个字，却像章鱼的瓜子揪着薛绍徽的心。本来治家整肃有法的她，在家抚儿女、操井臼，因身体虚弱，很少外出；即便走动，也只是偶尔到西湖宛在堂参加诗钟而已。除此之外，即便有些许闲暇，也只是在家做做女红，诸如绣荷包、香囊、手帕、扇袋等。在不耽误给子女授课的前提下，舞文弄墨写写诗、填填词、吹吹箫、弹弹琴。可是自从接通到丈夫的"电音"后，一下子心乱如麻，什么也干不成，整天愁眉苦脸，坐困黛韵楼。

一天下午，薛伯垂造访黛韵楼。他来看望妹妹，主要是打听日倭企图勾结洪门趁机捣乱一事，官方有无采取必要措施。见妹妹饭不思、茶不饮，心绪不宁，忍不住多问了几句，方才知道妹妹心事所系。于是他哈哈一笑，说："秀妹，这有何难？"

"昆哥，逸如在'电音'中说'若无饷械，台将不保！'，这是天要塌下来的事，你却以为好办？"

"不难！"

"别卖关子，快说，怎么办？"

"天塌下来，自有高个儿顶着。"

"高个儿在哪里？"

"在上下杭！"

"什么意思？"

"找商家呀！让他们出资，购买枪械运往台湾。"

"商人都爱财如命，谁肯出血？"

"秀妹，你忘了？四伯曾提起过一个人，"薛氏兄妹嘴里的四伯，是指陈寿彭的四哥陈季同，"这个人叫王炽。"

"噢，"薛绍徽想了起来，陈季同确实提起过这个人，"你是说'同庆丰'老板？"

"对！"

"可是'同庆丰'好像在四川还是贵州……"

"不！'同庆丰'总号在云南。"

"离福州都太远，远水救不了近火！"

"秀妹，你只懂吟诗填词，半抱琵琶，很少在商界走动，所以不知道这'同庆丰'在福州也有分号。"

"是吗？"

平时在塔巷口占卜算命糊口的薛伯垂，由于受到法国人攻打台湾的影响，生意差强人意。他便经常深入上下杭商界，替老板拆解商运。无意间看到了"同庆丰"分号，想起妹夫陈寿彭与四伯陈季同在闲聊时不仅对"同庆丰"钱庄的主人王炽竖起过大拇指，而且还听他们详细介绍过这个人的事迹。

王炽，一位土生土长的云南人，自幼家贫，父亲在他年纪很小的时候就去世了。而少不更事的他因打架失手致使表兄丧命，于是被迫流亡到山城重庆一带。后来靠母亲变卖嫁妆换来的十几两银子，先贩布卖糖，接着走茶马古道。

其时，官商勾结，欺诈手段层出不穷。但王炽坚持"以德为根，以质为本"，老老实实地做生意，对自己的货品质量绝对负责，绝不昧着良心赚钱。他以最质朴的方法赚到了人生第一桶金，完成了自己的原始资本积累。由于广结善缘，加上在商海练就的敏锐嗅觉，很快捕捉到刚刚兴起的票号商机，果断地创建"天顺祥"汇号。经过二十余载的砥砺与蹉跎、拼搏与奋进，"天顺祥"成为国内实力顶尖的票号之一。

当时全国共有18省，王炽的钱庄已分布于15省。为了统一管理，在昆明设立总号时更名"同庆丰"。他除了亲力亲为坐镇总号经营，还经常抽身奔赴北京、上海、汉口、广州、九江、西安、济南、成都、开封、长沙、南宁、贵阳、泸州、福州、太原等地分号去指导业务。

由于王炽开的钱庄遍布全国各地，在相当长一段时间内主导了大清的金融市场，堪称是中国金融业的开山鼻祖。在英国《泰晤士报》评选全世界百大富豪中，王炽成为唯一入选的中国人，名列第四，被同行誉为"钱王"。

"秀妹，你也应该时不时地走出黛韵楼，别老是足不出户，不是整天写诗填词，就是画画弹琴……"

"昆哥，我一个妇道人家，不待在家里，老往外面跑，成何体统？"

"老待在家里，把自己的身体硬给闷坏了。"

"昆哥，你说，逸如不家，我再不守着这黛韵……"

"秀妹，眼下不是有事吗？趁这机会出去走走。"

"昆哥，你叫我去哪里？"

"去上下杭呀！"

"找昆哥说的王炽？"

"嗯！"

"我不认识这位商家老板……"

"秀妹过于清高，怕被铜臭染指？"

还是哥哥了解妹妹。出自书香门第的薛绍徽确实是过于清高冷艳，堪比"结庐在人境，而无车马喧"的陶渊明，明明身在市井，却不愿涉足红尘。她连三坊七巷都很少走动，遑论上下杭闹市？即便居家生活中离不开柴米油盐酱醋茶，她也都是让丫鬟墨儿鞍前马后去张罗。一下子让她独自一人跑去商业繁盛的上下杭，到哪去找什么王炽？

她知道陈寿彭发回自巴黎的"电音"虽然仅有8个字，但事关福州安危。自己是福州人，总得为家乡操点心呀！想来想去，她想到了一个不二人选——罗大佑。

没错！关心民瘼、关注民生经济的罗大佑履新闽县知县后，曾数度考察过商贸繁荣之区的上下杭。他知道这里聚集了茶叶进出口、海运、药材、绸布、京果等数十个行业。尤其是钱庄多达110多家，这些钱庄大部分都拥有较大的资本。其中最大的钱庄就是"同庆丰"，但由于它仅是分号，所以并不怎么起眼。

王炽身为大清国最最有钱的人，却一向慷慨大方，从不吝啬钱财。他得悉高卢雄鸡仗着海军优势欲取台湾与福州后，即轻装简从亲自跑到福州分号筹划襄助两地抗法饷银。

由于当官的瞧不起商人，所以王炽到福州后即向总督、巡抚衙门投递过拜匣，可是如泥牛入海，永无消息。正当他欲返回云贵时，薛绍徽在薛伯垂陪同下，跟着罗大佑和林培基找上门来。

在王炽看来，无论是林培基还是罗大佑，大小都是官场人物，公忠体国是分内事情。令他想不到的是薛绍徽，一个出自巷陌的瘦弱女人竟然有如此炽热的家国情怀，极为难能可贵。深受感动的他，根据闽台两地的紧急军情，当即决定由他出资购买 60 门火炮、9000 支步枪、200 万发弹药和 40 枚鱼雷，另外再拨付 10 万两军饷援助孤悬海外的台湾。

当王炽得悉武探花林培基有心组建尚干义勇队，抗击法军，保护马尾造船厂，于是他立即承诺也拨出 10 万两银子资助。从钱庄拨付银两，只不过签字画押等履行一些手续而已，这并不难。不过，让王炽感到唯一棘手的是海上运输问题，在法军封锁台湾的严峻态势下，如何将饷械送到台湾的刘铭传手上？

罗大佑与薛绍徽都知道，麋鹿出没、瘴气弥漫的台湾，经济极其落后，完全依赖福建。若长期被法军封锁，刘铭传就是有天大的本领，也将成为涸辙之鲋。也就是说，"钱王"的慷慨解囊，如不能突破法军的封锁线，将饷械及时输送进台湾，后果不堪设想。因而他们紧锁眉头，忧心忡忡。

"大掌柜，敬请放心！"林培基把林狮狮从里面捞出来，花了两天时间与他这个侄儿彻夜长谈，对侄儿的过往经历和为人有了比较充分的了解。因而想把侄儿推到风口浪尖，来个洗心革面。"在下的侄儿林狮狮有办法将饷械送进台湾！"

王炽虽然出手阔绰，但跟所有的有钱人一样，花出一分一毫钱仔，都得有个着落。尤其对所托付之人，多问了几句。起先，他对启用林狮狮这样的人不是很放心。

"大东家，有道是'英雄不问出处'，自古有例可循。"闽县知道罗大佑不得不出面讲一番大道理，替林培基的提议背书，"譬如骑奴大将军卫青，原是郑季在平阳侯曹家做事时与婢女私通所生的私生子……"

"自古雄才多磨难，从来纨绔少伟男。"王炽觉得罗大佑言之有理，便不再计较林狮狮往昔的峥嵘岁月，同意让他向台湾的刘铭传将军偷运枪械。

可以说，刘铭传能抗法守住台湾宝岛，"钱王"王炽厥功至伟。加上他后来全程资助慈禧太后西狩的开销，官拜一品，成为整个大清王朝唯一的一品红顶商人，超越了胡雪岩的二品顶戴。当然，这是后话了。

鲎勺勿惊汤焯

一心想成为盐枭的林狮狮，只是刚刚开始做梦阶段，而梦想还未成真，就落入了法网。他自然十分清楚，贩私盐，本来就是杀头之罪。再加上越狱，罪加一等，弄不好千刀万剐。不过好汉做事好汉当，他愿意坦然面对。昂首挺胸上法场，伸长脖颈迎接刽子手的鬼头刀。当然，千刀万剐，非常痛苦；不如一刀了断，死个痛快。然而令他没想到的是，尤善根再次打开牢狱时，却掏出钥匙打开了他颈上的枷、脚上的镣。

"管带大人，"当时，林狮狮十分不解地睁大眼睛望着尤善根，"你这是什么意思？"

"哥们儿，算你后台硬，幸好我尤善根没虐待你。"

"我有后台，还很硬？"

"别装蒜啦！走吧！"

真的，林狮狮稀里糊涂地从盐捕营出来，回到尚干后，当天晚上被请进了探花府，才知道是叔叔亲自出马请封疆大吏高抬贵手，把他的这条贱命给捡了回来。

"叔，你给了我再生的机会，可我穷，没法报答叔！"

"你应该报答国家！"

"大清政府不给我饭吃，我干吗要报答他？"

"你要是不想戴罪立功的话，叔即刻把你送回盐捕营。"所谓戴罪立功，其实是谎言。朝廷的真正意图是利用死囚去铤而走险，冲破法国的军事封锁，给孤悬海外的台湾守军输送武器装备和弹药，以支持仓促走马上任的刘铭传打赢保卫战，确保金瓯无缺。

"叔，我想贩私盐，可是没本钱；我更不是盐枭，送我去盐捕营分明送错了地方。"

"那应该把你送往哪里？"

"送阎王爷那儿去得了呀！"

"与其去死，不如戴罪立功！"

"我这号人，还能立功？"

"能！"

"说吧，干什么活，反正都是一死！"

"法国佬封锁了台湾海峡，朝廷想送一批枪炮火雷给台湾守军。"

"哈哈，叔，你算找对了！"

"你不怕？"

"鲎勺勿惊汤焯。"林狮狮嘴里冒出的这一句话，作为福州人的林培基当然听得懂。这句古老土话的意思是：鲎壳做的汤勺，自然不怕烫。也就是俗话说的"死猪不怕开水烫"的意思。

原来，无业刁民林狮狮在混迹于江湖期间曾干过"灌水"勾当。所谓"灌水"，就是偷渡。早些时候，有些将领拥有自备的哨船，这种哨船"往往亦载偷渡之人及私出之米"。他就曾协助过厦门提标后营的将官，用哨船私自偷渡客犯 27 人去台湾。男客每名交番银 1 元，女客每名钱 800 文。这已经是最低的价格了，虽然比官渡便宜，但也盈利颇丰。也正因为这些盈利，才会激发船户的积极性，使偷渡悄然发展起来。偷渡的主要组织者叫"客头"，只有在地方上有势力、有能力的不法之徒才能干这勾当。

林狮狮干"客头"这勾当时间不长，但他心中十分清楚：福州离台湾距离很近，顺风的情况下，在海上漂泊两三天即可到达。如果是 18 日登舟，19 日放洋，21 日即望见台湾。当然，海上漂泊，意外的事情会经常发生。实际上，偷渡是一个高风险的行业：一、偷渡者会顶冒水手的姓名，小渔船夜载出口，私上大船，抵台由渔船乘夜接载，名曰"灌水"。二、客头用"湿漏之船"收载几百人，挤入舱中，将舱盖封钉，不使上下，乘黑夜出洋。遇到风狂涛猛，就尽入鱼腹。侥幸偷渡成功，怕被人发觉，因而遇有沙洲，就得赶"鸭子"下船，名曰"放生"。三、在沙洲上，水深的地方，全身陷入泥淖，名曰"种芋"。四、潮水涨起，随波漂溺，名曰"饵鱼"。

敢于冒险的林狮狮，租了一艘三桅福船，分几次将"钱王"王炽出资购买的 60 门火炮、9000 支步枪、200 万发弹药、40 枚鱼雷偷偷运往台湾。头两次从平潭启航，还比较顺利。第三次从金门出发，船舶才驶到北竿塘附近，就遭到法国军舰的疯狂炮击，装载的弹药中弹起火，连环爆炸，船毁人亡。幸亏他命大，法舰炮声一响，他就纵身跳海逃生。仗着天生水性好，泅水离开了九死一生之境，游到高登岛附近早已精疲力竭。恰逢连江县老乡得救，躲在"番仔搭"石屋调养了好几天。惊魂甫定，终于缓过劲来。

财大气粗的王炽得悉资助的枪械只有一半送到台湾刘铭传将军手上，愿意继续资助。可是死里逃生捡得一条贱命的林狮狮，却不愿意再去冒险了。

"你做事情，都这样虎头蛇尾，还是个男子汉大丈夫吗?"林培基有心组织义勇队，也要仰仗"同庆丰"老板，因而他逼迫林狮狮履行承诺，继续冒险给台湾的刘铭传偷运枪械。

"叔，这事，我已经尽力了!"

"可是还没办完呀!"

"叔,你就另请高明,放我一马,行不?"

"哼!贪生怕死!"

"叔,我不怕死,但贪生!"

"是因为还未讨母生仔,是吗?叔立即替你把婚事办了!"

"别,别!"

"你和西门月瑛不是换了庚帖了吗?"

"我……"林狮狮不知道该怎么跟他叔叔说出心中苦衷,费了老大的劲才告诉他叔,"像我这样的人,就是灭了香火绝了嗣,也没什么了不起。可是我之所以贪生,是因为我还得让那11个寡妇活下去!"

林培基仿佛看到了林狮狮肩上扛着一面绣着"义"字的大纛,于是不再强迫林狮狮再度去履险。出于无奈,他只好把未完成的任务移交还给罗大佑。

罗大佑向王炽和薛绍徽说明情况:林狮狮分两批次向台湾偷偷地输送了三分之二的枪械后被法军发现,被迫中止了艰巨任务。

林狮狮情有可原,然而情况突变,却让王炽如同握着烫手山芋。因为"钱王"在出资购置枪械后,又花费了不菲钱财雇请了3000名淮军去壮大刘铭传抗法队伍。这3000名淮军将士已经陆续来到福州,一时进不了退不得。

面对这一情况,人地生疏的王炽自然束手无策。不过,这难不倒薛绍徽。她立即想起丈夫还有不少国外的好朋友驻足福州。于是借用婴脰山天主教堂里的"电音",询问远在巴黎的丈夫陈寿彭。陈寿彭与他四哥陈季同通过"电音"提供了几个依旧在福州的外国朋友名单。

于是,王炽出资雇来的3000名淮军将士,分成几个批次,不是登上了挂着英国国旗的商船，就是登上飘扬着德国国旗的货轮，悄然进入台湾。他资助的那些枪械水雷，则散装于闽粤渔民的轻舟快艇。

驾驶轻舟快艇的渔民一向豪情万丈，借月黑风高、涛急浪大之际，各自行动。没有成群结队，更有没时间规律，每艘小船都像弩机弹射出的利箭，劈波斩浪，潜入台湾岛不同的岬角，几经辗转，纷纷将枪械水雷运送到刘铭传的手中，然后变成杀敌利器。

困兽犹斗

孤拔站在"巴雅"号旗舰的瞭望台上，手里拿着红棕漆铜镀金六节单筒望远镜不断地扫视着台湾岛屿的岬角港湾。他经常接到报告，发现从闽粤方向来的小船正在给台湾守将刘铭传偷运枪械弹药。他心中非常清楚，这是因为台湾岛太大，而自己的混合舰队的舰艇还太少，无法全方位封锁。

早在 1884 年 5 月 28 日，法方从北京公使团处获悉《李福协定》可能会被清廷宣布无效时，便制定了"占领基隆煤矿和台湾北部"作为抵押品的对策。之所以没有选取福州、广州和上海的原因，主要考虑到这些口岸外侨较多，一旦开战难免引发列强干涉。也不能在李鸿章管辖下的渤海湾攫取抵押品，因为茹费理内阁仍然对李鸿章出面主持和谈抱有幻想。否则，茹费理早就下令趁机北上，首先占领芝罘（今属烟台）作为北进的基地，进而占领威海卫和旅顺港，最终达到封锁渤海湾的目的。

可惜法国政府不想扩大海战规模，总理茹费理和海军及殖民地部不断勒令他不得开展登陆作战，军事行动应仅限于基隆港附近。然而他在占领基隆港后才发现，基隆港港口狭窄，难以停泊大型军舰，并非预想中的良港。

孤拔心里十分清楚，他之所以率领法国远东舰队首先攻打台湾基隆，目的在于剑指中国第一座采用西法开采的近代化基隆煤矿。根据先前所收集到的情报，大清在台湾的这一官办煤矿所产煤炭不仅供应福建船政造船炼铁和船政舰队之需，还远销上海、香港及国外。

因而，孤拔曾经做过一个比较乐观的初步评估，认为台湾防御力量虽然薄弱，但商业价值巨大，其中基隆和淡水两地每年的海关收入加起来超过 200 万法郎，基隆的煤矿每年产值达 110 万法郎。因此，认定"在所有的担保中，台湾是最良好的、选择得最适当的、最容易守、守起来又最不费钱的担保品"。

他让法军副司令利士比仅率领 3 艘坚船利炮，就摧毁了基隆炮台。然而登陆后才发现基隆煤矿距海还有 6 公里，而且基隆城与煤矿之间还隔着 3 道重重相叠的高地，地形复杂。利士比曾派 200 名士兵登陆，被刘铭传指挥的 4000 名清军包围击退。面对据险而守的清军，法军人少，无法前进一步，只得撤回到海上待命。

这时候，孤拔对自己未能在上海截杀刘铭传，肠子都悔青了！让他没想到的是，自己会遇到这么强硬的对手。为了解决战舰的能源需求，他亲自下场组织了几个小战役，终于打得刘铭传退守沪尾（即淡水）。好不容易找到基隆煤矿，可是让他大失所望。原来刘铭传采取坚壁清野措施，不仅拆卸了轨道和生产设备，还捣毁了煤矿坑道，并且灌了水，甚至把已经挖出来的 15000 吨的存煤，也毫不客气地放火燃烧殆尽。

后来，孤拔请矿师亲临基隆煤矿勘查，果然煤炭非常优质。不过要想用基隆的煤炭作为铁甲兵舰的驱动力，他就得调来采煤机械。眼下，他的混合舰队不得不依赖香港、新加坡和长崎的煤炭供应。这样一来，就被迫拉长了补给线，限制了法军的行动。特别令他担忧的是，因封锁台湾而扣押英国船只引发的法英外交纠纷，香港和新加坡的煤炭供应随时都有中断的风险。

茹费理内阁非但看不到这些风险，还高估了攻陷鸡隆的军事价值和政治价值。譬如法国驻华公使巴德诺曾经给清朝南洋大臣曾国藩发出一封请转总理各国事务衙门的照会。在这个照会里，首先吹嘘本国水师提督已奉命取守台北所属基隆口岸炮台作为质押，继而提出清朝政府必须遵照法国提出的条件，即立即在越南撤兵、赔礼；并答应赔偿军费8000万法郎，分10年支付，等支付清楚之后才将质押地交还中国，等等。

事实上，孤拔率领法军进入鸡隆后不久，便意识到自己的失策和不利处境。首先，他们只能在鸡隆海岸旁的炮台原址及其附近活动，无法也不敢轻越雷池半步。其次，鸡隆的炮台既然已被毁，煤矿也已全部被破坏，法国士兵抢占并据守的只不过是一小块荒滩废墟而已，要想扩大占领地域和继续前进几乎不可能。

因而，孤拔在给法兰西第三共和国海军部长的密电中，对自己冒冒失失攻入鸡隆做了悲观的估计。他不得不承认，鸡隆之战实际上是"一个时地不宜的战争"。

事实确实如此。他发现虽然攻陷了鸡隆港，但并没有给予刘铭传的清军摧毁性打击。相反，自己的舰队和陆战队却被钉锁在鸡隆海岸，置身于被动挨打的地位。刘铭传他们几乎在撤出鸡隆之后便立即组织了频繁的偷袭和反击，斗志并未涣散，战力反而有所提高，这也是他和僚佐们始料不及的。

孤拔与众不同之处在于，进退失据之时，他从不抱怨。相反，在逆境中，他的思维反而更加活跃。经过反复思量，他认为应该修改茹费理内阁的战略构想，即攻占鸡隆，攫取台湾作为所谓"抵押品"，以迫使清政府就范。茹费理的这个构想已经不合时宜，应该抛弃不用。于是，他作出了决断：为了防止在进攻台湾时腹背受敌，首先得消灭近在咫尺的福建水师。只有先歼灭大清海军并击毁福州马尾港内的造船厂，再集中力量夺取台北，然后再北上进攻旅顺和威海等地，迫使清政府满足其侵略要求。

孤拔打定主意要调整内阁制定的战略，当然他也知道并不容易。因而，他不得不频繁地用电报企图说服总理茹费理和海军部部长改弦更张。尽管他提出了许多理由，但茹费理依旧想当然地认定：选择台湾孤岛"以地为质"不仅最适当，而且是最好的质押担保品。非但不改初衷，而且还以内阁的名义电告孤拔：封锁台湾。

喜欢中国古董、研究过中国历史的孤拔，知道在中国有"将在外，君命有所不受"这么一说。但在他看来，这一说法是个谬误。在军事通讯水平低下的古代战争中，统兵在外的将领需要根据战场实际情况决定进退，而不是完全依照皇帝的命令。毕竟战场瞬息万变，诸事请示，贻误战机。哪怕是所谓的 600 里加急或者 800 里加急，皇帝的诏书也会姗姗来迟，失去主动权。自从军用电报出现后，将在外，军令必须接受，这是现代战争的指挥原则！

尤其是自己与刘铭传交过手后，已经洞察台湾的防御力量十分薄弱。驻扎在台湾的所有清朝军队，无论粮饷还是武器，包括生活用品，都完全依赖闽粤两省输送。因此认定，只要在台湾周遭建起周密的封锁线，难以为继的驻台清军就撑不了多久，就得乖乖地拱手献出台湾。于是，他让副司令利士比封锁台湾。

海上封锁，是以往战争中常见的作战手法。利用海军优势封锁、切断敌对方海岸与外界的联系，逐渐使其瘫痪、窒息进而屈服，从而实现政治以及军事目的。

为了达到这一目的，孤拔忠实地执行了内阁的战略决策，不得不发出了《禁海令》。不过，一向精于算计的孤拔虽然算盘打到十三楣，然而百密也有一疏。台湾并非小小的岛屿，它面积足够大，沿岸包括鹅銮鼻至苏澳之间，由西向北之全部港口及停泊地，要有足够的兵力才能实行全面封锁。区区 6000 之众，还不够塞牙缝！遑论舰艇数量极其有限，他只能以 6 艘军舰监控基隆海面，以 3 艘军舰监控淡水海面，以 1 艘军舰泊于马祖，还得动用 2 艘军舰往返基隆和马祖之间。

由于内阁一再提醒他慎重对待所有与法国友好的国家，也就是得关顾列强利益。于是，他封锁了台湾西部各个口岸后，通知所有友好国家的船只，必须在 3 天内装载货物完毕并离开封锁区域。除此之外，任何进入法国海军封锁线的船只，均遭轰击。尤其是来自福建的船舶，法军一律用强大的炮火予以摧毁。

茹费理见孤拔在台湾发布了《禁海令》，喜不自禁地向报界披露信息："我海军总司令已受命致力于防御工事和必要的封锁，以保证我们在基隆的扎守和全岛的围攻。"其实，法国海军只是派兵舰在鸡隆港和淡水港实施了真正的封锁。除了这两个港口，其他地方都还可以登陆卸货。

清廷十分清楚，驻台清军的兵员、粮饷、武器都需要从大陆运过去；如果不打破法国舰队的封锁，纵有 10 个刘铭传，驻台清军也撑不了多久。于是，采取反制措施。由于中法并未宣战，大清政府可以利用中立国的船只运送军队或军需品。

清政府在大力接济刘铭传的同时，也动用各种力量切断法军补给，尤其是军舰燃煤。总理衙门曾照会各国驻华公使，要求各国商人不要出售煤炭给法国军舰，严守中立。对于不守规矩的外国商人，尤其是英国商人，清廷还让驻外使节发起强硬的外交交涉，要求严惩违禁商人。

身在巴黎的陈季同、陈寿彭他们，根据总理衙门发出的照会，不仅四处奔波、演讲，宣布大清将煤炭列为违禁品；他们还利用自己会画会写的优势，在英、德、美等各国报刊上发表配图文章，大造舆论。

甲申易枢后的内阁总理衙门，在醇亲王主导下大概也想有所表现，公然动员沿海民众除了煤炭管制之外，还可以参与切断法军补给。比如通告沿海居民不卖食物给法军，或者鼓励民众把法国船只带到容易搁浅的地方去等等。总而言之，清廷坚持偷偷为刘铭传"输血"，使法军封锁台湾的效果大打折扣。

到了这个时候，孤拔才真正意识到自己即便将远东混合舰队大小舰船 35 艘，总计排水量 5.6 万吨都调来封堵，恐怕还是啃不动台湾。于是，他横下一条心，让副手利士比少将继续封锁基隆与淡水，他自己则率领主力舰队朝福州方向挺进。

"将军阁下，"孤拔刚把十几艘舰艇调整完纵列队形，副官嘉图就跑来向他报告，"东乡平八郎求见。"

"哦？这个日本年轻人，在攻打台湾时，表现颇为优异。"

这东乡平八郎，即是后来连山本五十六都对其刮目相看，被日本人树为"军神"的海军大将。他和精通汉语的曾根俊虎一起原本在福州收集情报，企图联络洪门趁机在福州捣乱。由于曾根俊虎属于由日本陆军参谋本部和大陆浪人联合组成的谍报组织——福州组，日本陆军参谋本部认为此种行为近于倭寇骚扰，派人到福州调查，发现预备扶持的洪门与哥老会首领彭清泉等成事不足、败事有余，这次暴动最后才胎死腹中。于是，不甘寂寞的东乡平八郎拉着曾根俊虎投身法兰西海军，目的在于历练。

聪颖过人的东乡平八郎判断，孤拔麾下兵舰越过台湾海峡，意在攻打福州马尾港。于是他主动前来向孤拔献宝，他献的是《福州炮台全图》。

"好家伙！"孤拔看到《福州炮台全图》后，情不自禁地叫了起来，"从闽江口到马尾约 30 公里，沿江两岸就有 16 座炮台？"

它们分别是粗芦岛的黄霞寨炮台、琯头的长门炮台、琅岐的金牌炮台和壶江炮台、潭头的文石炮台、亭江炮台、猴屿的南岸炮台、闽安炮台、田螺湾炮台、圆山炮台、琴江炮台、马限山炮台、罗星塔炮台、魁岐炮台、濂浦炮台和烟台山炮台。单单马尾造船厂附近就有 7 座炮台，还有部分克虏大炮，有很强的防御能力。

从左宗棠决意在马尾筹建船政局造船厂开始，就根据闽江至出海口的山川形势层层叠叠地设置炮台，堪称固若金汤。任何入侵马尾造船厂的敌舰，都将遭到迎头痛击。

东乡平八郎呈送的《福州炮台全图》，与孤拔后来看到的 1883 年 4 月就任法国驻福州副领事的欧内斯特·弗兰登所提供的马尾港防守情报如出一辙。从军事角度，即能看出这个日本年轻人是个军事天才。10 年后，正是他作为"浪速"舰舰长，击沉清朝运兵船"高升"号，揭开了中日甲午海战的序幕。

"将军阁下，"不苟言笑的东乡平八郎通过精通法语的曾根俊虎，说出了自己的看法，"清军沿着闽江从马尾至出海口的 30 里之遥，设置 16 座炮台，分明不欢迎法兰西海军闯入远东最大的造船基地。"

"谢谢你的提醒！"孤拔傲然一笑，颇为得意地告诉面前的两个日本年轻人，"我的混合舰队，从越南到台湾，都不受欢迎，但都为我打开了大门。"

"将军阁下，"曾根俊虎用非常流利的法语，客客气气地问了孤拔一句，"你的混合舰队怎么闯得过 16 道关口？"

"我不去闯关破隘，"孤拔看到《福州炮台全图》后，早已眉头一皱，计上心来，"中法没有宣战，还是友邦。我只是去福州考察古董市场，去游历，大清帝国怎么会将朋友拒之于门外？"

引　水

一

孤拔请求到福州港游历的信函，经过翻译后摆在闽县衙署的公案上。

这封措辞文雅的信函，起先是由法国驻福州副领事欧内斯特·弗兰登亲自递交给福建巡抚张兆栋的。专任城守职责的书呆子张兆栋见信函末尾署名法兰西第三共和国远东混合舰队司令孤拔，连忙派人将它送给闽浙总督何璟。曾与捻军作过战的道光朝进士何璟见信函署名是孤拔，便将这一函件转给了福州将军穆图善。

孤拔的信函，一波三折到了这位镇压过太平军、回民起义军的满洲镶黄旗人那拉搭·穆图善手上。早把守土职责扔进爪哇国海里的穆图善，心想：孤拔不是来攻打福州的，而是来游历，却之不恭，开门迎客又怕有诈。他思前想后了许久，脑袋瓜突然有了灵光。孤拔要游的是福州港，福州港就是马尾港，马尾港属于大清海疆，而眼下力主抗法的清流派人物张佩纶新任福建会办海疆大臣。于是，他把这事推给了履新不久的张佩纶。

"镇台大人，"在马尾船政衙门立署办公的张佩纶，望着穆图善阐明自己的看法，"法夷侵略越南，进犯台湾，如今又打福州

191

主意，来者不善，不允许法夷兵舰游历马尾港。"

"星使大人，"福州将军从一品，因而那拉搭·穆图善没把"清流"派的张佩纶放在眼里，"孤拔只派1艘兵舰游历。"

"镇台大人，"闽浙总督何璟品级不如穆图善，但权限比他大，因而替张佩纶撑腰，"星使大人拒绝法夷游历是在维护我大清尊严。"

"星使大人，弗兰登坚持法清从未宣战，而且双方正在和谈，拒友邦于门外，对和谈恐有不利。"

穆图善扯到当下法清双方正在进行的和谈，使张佩纶意识到自己的态度要是过分强硬，对恩师李鸿章折冲樽俎会产生不利。但自己要打开国门，又会使自己遭到政敌抹黑。于是，态度模棱两可地反问福州将军："依你之见呢？"

"呃？"穆图善也是官场老油条，更不愿承担责任，"朝廷派星使大人抵榕会办海疆，末将怎么敢喧宾夺主？"

"镇台大人，总署明令张某只是会办福建海疆事务，"张佩纶记得在天津拜见李鸿章时，斫轮老手曾提醒过他记住总署给予的头衔，"守土之责主要还得仰仗封疆大吏与福州将军。"

张佩纶把这事推给了闽浙总督何璟与穆图善，两人当面不便推诿，只好暗中磋商出一个办法：既然往上推不动，那就把烫手山芋往下扔。于是他们想到马尾归闽县管辖，便在孤拔信函上批了几个字："请闽县斟酌可否让法军个别兵舰游历马尾港。"然后，派人递给了罗大佑。

这位宦游20多年，处膏腴之地而不自润，家无尺土寸椽之增，囊无一文私积的罗大佑，性情刚直，处事果毅。他看到这信件与福州将军穆图善的批语后，连忙让他的内务总管，也是他的同胞兄弟罗大俊，赶紧把"记事珠"取来查阅。

所谓"记事珠"，其实就是记录簿。五代王仁裕《开元天宝遗事·记事珠》记载："开元中，张说为宰相。有人惠说一珠，绀色有光，名曰记事珠。或有阙忘之事，则以手持弄此珠，便觉心神开悟，事无巨细，涣然明晓，一无所忘。"

所以后来的革命女侠秋瑾有诗曰："风流文采教占尽，羡煞胸多记事珠。"

儒雅之士的罗大佑，理政之余，公牍劳神，平时喜辞章、乐咏吟，一生嗜书画。自同治十年中进士分发福建以知县即用，历任建安、惠安、永安、晋江、闽县等知县。官不大，事芜杂。他读书时每遇到政经要务，或临时产生什么想法，都会让他同胞兄弟记下备考。积年累月，他的"记事珠"已有好几大册。

"谷臣兄，"罗大佑号谷臣，罗大俊在公开场合，都是称其号再加上一个兄字。他翻阅着几大册的"记事珠"，说，"中国是世界上非常早就实行强制引水的国家。早在北宋时期，外贸门户广州港就已实行强制引水，当时驻扎在潓州的巡检司官兵承担强制引水的工作。"

"潓州是哪里？"

"一曰台山广海，一曰宝安担竿洲。"

"北宋时就有引水先例？"

"是的！外国商船进入中国领海后，即由负责海上安全的潓州巡检司官兵以酒肉热情接待，然后派遣兵船护送入港；待贸易结束后，由兵船护送商船至潓州放洋。"

"还用酒肉招待？真是'有朋自远方来，不亦乐乎!'"

"已散佚了的宋神宗元丰二年制定的《广州市舶条》，是中国第一个载有强制引水内容的规章。第一任澳门海防同知印光任制定了七条管理章程。"

"又叫《防夷七条》？"

"对！《防夷七条》规定凡'洋船到日，海防衙门拨给引水之人，引入虎门，湾泊黄埔'。"

"引水之人，几位？"

"限每船给引水两名，一上船引入，一星驰禀报县丞，申报海防衙门，据文通报，并移行虎门协及南海番禺一体稽查防范。其有私出接引者，照私渡关津律从重治罪。"

"《防夷七条》的出台，标志着中国引水制度的正式确立。"罗大佑对《防夷七条》赞赏有加。"作为一个国家，中国对自己领海内的引水员和引水工作，当然拥有绝对的管辖权。"

"当时广州是唯一对外开放的口岸，从引水区域的界定、引水员的选任以及对引水事务的管理，完全由粤海关监督和澳门海防同知负责。"

"只有这样，才能征到税课！"

"可是自从国朝以总署名义与英国签订《中英五口通商章程：海关税则》以降……"

"又叫《虎门条约》，是吗？"

"嗯！《虎门条约》关于外番船舶进出口雇用引水一款规定：凡议准通商至广州、福州、厦门、宁波、上海等五处，每遇英商货船到日，准令引水即行带进；迨英商贸易输税全完，欲行回国，亦准引水随时带出，避免滞延。至雇募引水工价若干，应按各口水程远近、平险，分别多寡，即由英国派出管事官秉公议定酌给。"

"这一条约可以解读出以下几层含义：一是英国商船可以自由出入广州港等五口，而无须像先前那样要得到大清地方当局的允许和批准；二是清廷指定的引水员必须随时为英国船只进出港提供服务，而无须像先前那样提出请求后还得耐心等待；三是应该支付的引水工价、即引水费，由英国派出的管事官议定酌给。"

"以往是主人确定引水工价，客人照价买单，很多时候还得另付小费。现在局面完全改观，主人无须过问，由客人确定价格，主随客便。"

"英国破坏了我们的引水权！"

"法国对中国引水权更是大肆破坏！中法《黄埔条约》第十一款规定：凡法兰西船驶进五口地方之处，就可自雇引水，即带进口，所有钞饷完纳后，欲行扬帆。应由引水速带出口，不得阻止留难。凡人欲当法兰西船引水者，若有三张船主执照，领事官便可着伊为引水，与别国一律办事。所给引水工银，领事等官在五口地方，秉公酌量远近、险易情形，定其工价。"

"这一条更不能容忍！"罗大佑思忖片刻，立即作出决定："你这样回复孤拔，法国海军即便自带有引水人员，不中！要想到马尾港游历，必须由我指定中国人引水！"

"谷臣兄，上峰会同意一个七品芝麻官的决定吗？"

"你忘了？"罗大佑一笑，狡黠地朝他兄弟眨了眨眼睛。"醇亲王主导下的总署鼓励民众把法国船只带到容易搁浅的地方去。"

二

依旧蓬头垢面的林狮狮来到马尾街——他不是来采购，更不买东西，而是找人。所谓马尾街，也就是从船政衙门一直到官家道头用花岗石铺就路面的区域。俗称官街，是马尾最热闹的商业中心。

林狮狮利用他的狐群狗党驾驶小船向台湾偷偷地输送了两次枪械后，就不肯再去冒险，被他叔叔林培基视同酒囊饭袋。他虽然讲了原因，但未被他叔叔原谅。他也是脸上有火的人，打那时起就不想再见他叔。孰料，他叔林培基又找到他，要他去替法国人的一艘兵舰引水。

"叔，"林狮狮一下子被他叔叔搞蒙了——上次，让他充当"客头"偷运枪械去台湾，是资助刘铭传打法国人；如今，又叫他去替法国人的一艘兵舰引水？"你葫芦里到底卖的什么药？"

"你呀，"林培基很不耐烦地觑了一眼侄儿，没好声没好气地问他，"到底去不去？"

"叔，你开口了，我能不去吗？可是，叔总得告诉我什么叫'引水'呀？"

"引水，亦称'领水''领江''领港''带水'，"其实林培基也根本不懂，能够一下子说清楚，完全是从罗大佑嘴里盘劫来的，"也就是'引航'的意思。"

"把法国人的兵舰引进马尾？"

"对！给你3日准备！"

林狮狮不敢违拗叔叔林培基，但却犯了愁。自己闯荡江湖日久，但却没干过这一勾当。后来还是他资助过的一位寡妇知道了后，给他支了一招。她让他去马尾街"德忌利士"商行找她哥，她哥叫阿忠。

在濑湾搭渡时，林狮狮看到了西门月瑛的摆渡小船。由于在罗星塔上跟她还打了起来，有些不好意思，赶紧低头匆匆而过，想找别的小船摆渡过江去马尾。

"呔！这人客是我的！"林狮狮身后响起了西门月瑛的娇斥，完全无视摆渡规矩，"你们别抢生意！"

濑湾虽然是个小码头，但也有好几艘小船在搞摆渡。原先尚干与马尾之间往来客人蛮多的，但因近来风传法国人要攻打马尾港，生意人大多保守身家，做了缩脖子的乌龟，因而摆渡船成了摆设。几个臭男人在等过江人客时聚在一起打牌九挨时度日，好不容易来了个搭渡人客，大家赶紧收起牌九，想揽客做一单生意。谁知西门月瑛雌威大发，拿着撑船的竹篙要把同行的这些臭男人全扫进江里去。同样搞摆渡的一个个大男人，都抱着"好男不与女斗"的想法，只好拱手把这一票生意让给了西门月瑛。

林狮狮在西门月瑛的渡船上并没有"百年修得同船渡"的那一份希冀，而是浑身的不自在。他在罗星塔上看到的是一个美女，而今天在濑湾看到的是一个悍妇。不过得承认，她的雌威震慑了其他搞摆渡的男人。

"嘿，"西门月瑛早把罗星塔上的不快丢掉了，一边摇橹一边主动与林狮狮搭讪，"去马尾干什么？"

"找人。"

"男的还是女的？"

"男的。"

"叫什么名字？"

"阿忠。"

"巧了，我认识。"

"哦？"

"我可以带你去找他。"

"不用麻烦你。"

"你找不到他。"

林狮狮不相信西门月瑛的话，但到了马尾街，确实有些傻了眼。原来马尾街早已今非昔比，各种各样的商家门店，虽不见广厦栋宇，但也有些许砖楼间杂于栉比鳞次的木屋之间。林狮狮向人打听"德忌利士"，卖土特产的大多摇头，一脸不屑；卖洋货的全都用番仔话应答，一副洋奴嘴脸。

"还是跟我来吧！"西门月瑛跟在他后面，见他找人费劲，便挺身而出为之导航，"你要找的是买办。"

"我要找的是阿忠。"

"阿忠就是买办。"

"他是老板。"

"在马尾街的这些砖房商铺，无论是小老板还是跑腿的伙计都是华人，但都被叫作'买办'。"

"也就是说找'买办'，得专走砖楼店铺？"

"凡是砖楼店铺，大多经营番货，而且与洋行都有千丝万缕的关系。"

"跟仓前山一样？"

"仓前山有30多家洋行，什么天祥、禅臣、怡和、太古和太兴等。这里是马尾街……"

"也有'勾勾鼻'？"

"当然！"

好在马尾街只有几家小洋行，而且大多是仓前山洋行的分号或办事处。西门月瑛很快就帮林狮狮找到了"德忌利士"，是砖楼的，但门面不大，主要经营茶叶出口和洋货进口，洋货中以葡萄酒为主。

"在下是阿忠，"阿忠打量着蓬头垢面的林狮狮和装束打扮得十分精练的西门月瑛，心里十分纳闷，"请问你们是？"

"你这家伙不是人！"林狮狮见找到了人，便拍案指着对方的鼻子数落起来，"你自己在这里端洋人饭碗，吃香喝辣，却不管你妹妹的死活，让老子负担她母子生活！"

"哎哟，没想到恩人大驾光临，阿忠有眼不识泰山，请恩人息怒！"阿忠满脸堆笑，向林狮狮一连作了几个揖，"恩人从尚干过来？一路辛苦了！"

林狮狮见阿忠一脸诏笑，强拳不打笑脸："你知道我是尚干过来的？"

"听我妹妹说过恩人大名，而且忠肝义胆。"阿忠依旧满面春风，一边给林狮狮和西门月瑛斟茶，"不用说，这位就是当代义姑了。"

"岂敢!"西门月瑛接过茶水猛灌了几口,烫得差点说不出话来,"我叫西门月瑛,在马江摆渡。记得我吗?"

"噢,是的,我去尚干看望妹妹,都是搭你的渡。"阿忠不敢跟西门月瑛多搭讪,怕得罪了林狮狮,"恩人光临,一定有事!说吧,恩人找阿忠有什么事情,能办到的绝不推诿!"

"你做过引水?"

"是的。我在上海跑单帮期间,学会了法语。见引水比跑单帮生意更好赚钱,就去考证,领腰牌。"

"做引水,还要考证领腰牌?"

"是的。由县丞将能充引水之人详加甄别,如果殷实良民,取具保甲、亲邻结状,县丞加结,申送查验无异,给发腰牌、执照准充。"

"什么样的腰牌和执照?"

阿忠把一只小箱子打开,取出上海县发给他的腰牌与执照,递给林狮狮和西门月瑛看。

"你会说法国佬的话?"

"是。"

"好了!跟我走一趟!"

林狮狮收起腰牌与执照,不容分说,拉起阿忠拔腿就走。

三

在粗芦岛外等待答复的孤拔,在"巴雅"号旗舰上已经有些不耐烦。好在他喜欢收集古董,每日把玩着从越南收购到的瓷器。他知道,今天弗兰登会来回复。

弗兰登按约定时间乘快艇奔向粗芦岛外,去向孤拔汇报交涉结果。虽说这是他的职责范围之事，但也得让孤拔知道一下他的辛苦与办事能力。

弗兰登从罗大佑那里得到的福建方面的态度并不乐观。连小小的七品芝麻官的态度，都是软中带硬。罗大佑让阿忠告诉弗兰登：会办福建海疆大臣与闽浙总督都不同意法舰游历马尾港。但马尾是闽县管辖范围，他是闽县的父母官，由于他想看一看法国的铁甲兵舰风采，所以只允许 1 艘法舰进入闽江。但有一个先决条件，不能按中法《黄埔条约》第十一款规定，得按 1866 年闽海关颁布的《福州口引水章程告示》。也就是说，绝不允许法国喧宾夺主，必须由大清帝国派遣引水员引航。否则，一切免谈。

弗兰登见罗大佑态度不容置疑，而且已经挑选了两名引水员，他审阅了"引水"腰牌与执照，而且还是上海县核发的。于是自作主张带着会讲法语的阿忠与熟悉闽江流域水道的林狮狮，雇了一艘快艇来见孤拔。

林狮狮是头一回坐快艇，虽未"披襟挡得一西风"，但已非常爽。在阿忠看来，他那一头落到脖颈周围的蓬松短发，像雄狮整齐浓密的黑色鬃毛，看起来非常威武霸气。尤其是他那如炬的目光，只盯着出现在粗芦岛外海海面上的"巴雅"号旗舰。

这是一艘法国海军为适应海外殖民地巡航而订购的二等铁甲舰，是法国巴雅级铁甲舰的首舰，1876 年 10 月在布列斯特开工建造，4 年后的 5 月才下水，1882 年正式服役。该舰排水量 5915 吨，舰长 81 米、宽 17.45 米、吃水 7.67 米。配备 8 座锅炉，双轴推进，输出马力 4400 匹，航速 14.5 节，载煤量 400 吨～450 吨。舰身为铁胁木壳，木壳外敷设熟铁装甲。如同剽悍的骏马身上披着"铠甲"，吃水线以上呈白色，映衬着波浪的线条，帅气十足。装备 M1870 式 239 毫米炮 4 门、193 毫米炮 2 门、140 毫米炮 6 门、3 磅炮 4 门、1 磅炮 12 门，另有 2 具 356 毫米鱼雷发射管。舰炮布局：主甲板两舷布置6门140炮，上甲板首尾各1门193炮，中前部上层建筑的四角各布置1门240炮。该舰侧舷装甲152毫米~254毫米，甲板装甲203毫米。编制人员451名。

弗兰登把阿忠和林狮狮留在快艇上，他有些忐忑不安地独自到"巴雅"号旗舰的舰长室面见孤拔，向他报告福建方面对法舰"游历"马尾港的回应。

"怎么？"听了弗兰登的汇报，孤拔自然很不高兴。"他们竟然再次违约不按中法《黄埔条约》第十一款规定：凡法兰西船驶进五口地方之处，就可自雇引水。"

"将军阁下，"弗兰登已有心理准备，他知道孤拔肯定心里不爽。于是，他赔着笑脸告诉孤拔，"所幸他们并不是铁板一块。"

"弗兰登先生，能说具体一点吗？"

弗兰登把自己反复跟福建封疆大吏斡旋的情况作了详细汇报，指出大清帝国政出多门是常态，正是"七兵九连长"，才有机可乘。他恳切希望孤拔能把握机遇，接受挑战。他见孤拔已被自己说动了，便把闽县知县推荐的引水员阿忠与林狮狮叫来，让孤拔审核。

一门心思要闯进马尾港的孤拔，听了弗兰登汇报后，亲自审核了闽县知县举荐的两名引水员：一个有上海县的腰牌与执照，懂得法语；一个粗顽，但熟悉闽江航道。经过反复审问，阿忠都对答如流。他心里兀自掂量着：自己的混合舰队虽然带了引航员，但人生地不熟，仗着船坚炮利强行硬闯，面对沿途的16座炮台，肯定要吃大亏。不如将计就计，姑且先派"安普黎"号战舰去一探究竟。

孤拔自己按兵不动坐镇"巴雅"号旗舰，留在粗芦岛外的海面上；特派自己最信得过的副官嘉图登上"安普黎"号战舰，让弗兰登乘快艇监督林狮狮在前面引水。

　　林狮狮为盐枭保驾护航过两年多，对粗芦岛到马尾的水路并不陌生，一路江海相连，风光奇美。他让快艇降低航速引着法国人的"安普黎"号战舰途经琯头、拱屿、长柄、猴屿，驶向大屿岛。

　　"安普黎"号战舰跟着在前面引航的快艇。在甲板上的嘉图副官对林狮狮怎么引航，他不管。因为有弗兰登监督，可以放心。甚至阿忠一路上趁机跟他吹嘘闽山闽水的特色，他也无暇顾及。他只管手里拿着红棕漆铜镀金六节单筒望远镜一路观察，恪尽职守傻傻地做着记录。他不是记录一路上迷人的大自然风光，而是为法国海军入侵做准备。

　　弗兰登有很长的外交生涯，早先在上海，1883 年 4 月才被任命为法国驻福州副领事。虽然在福州仅一年多，由于非常卖力刺探军事情报，所以对清军部署以及福州港口详细情况了如指掌。当林狮狮把"安普黎"号战舰引到闽江中的大屿岛时，才意识到有些不对头。可惜觉悟太晚了，"安普黎"号战舰已在洋屿的圆山水寨炮台搁浅了。

　　洋屿的圆山炮台，始建于顺治十三年（1656）。其时，郑成功趁清兵集中于闽南，于是派出 15 镇的将士攻下闽安镇、办罗星塔等地；接着亲率大军包围福州城，还在罗星塔下建土楼作为指挥部。为了与马尾的罗星塔形成掎角之势，郑成功在大屿岛设营扎寨，建成江防要塞。大屿岛上的水寨，一直是郑成功部队抗清时坚守的阵地。整个圆山水寨的城垣盘山而上，山顶不仅建有双层明暗炮台，非常坚固。山顶架有大炮，还有弹药库和兵房。甚至还有为了将士的撤退，布置了像迷宫一样的地下通道直达水面。

　　圆山水寨南面隔江就是洋屿的琴江，琴江设有"三江口水师营"，所以归其管辖。东北隔江是闽安镇的崇新城；与之相对，闽安镇设有副将把守，这样在闽江上就形成了洋屿"三江口水师营"、圆山水寨、闽安镇督标水师汛三者合一的一条不可逾越的江防锁链。自雍正六年以降，清廷常年在此设兵，由千总或把总驻守，寨中驻军也是三江口水师营的满族旗兵。当然，供给由长乐岸上提供。

嘉图发现圆山水寨上的大炮炮口朝向闽江口，且固定朝外，不能旋转。他趁"安普黎"号战舰搁浅期间，对圆山水寨周遭山形水势进行了仔细观察并做了详细记录。

林狮狮按总署的意思，故意把"西仔反"的这一艘"安普黎"号战舰引航到圆山水寨搁浅，算是完成了他叔叔林培基交代的艰巨任务。趁着弗兰登措手不及之际，他纵身从快艇上一跃，跳入白浪滔滔的闽江，由水底溜之大吉。

何璟与穆图善从弗兰登嘴里得悉法舰"安普黎"号在圆山水寨搁浅后，连忙带着一干官员与随从，带着丰盛的慰问品，以东道主的名义到出事现场查看，并登上这艘搁浅的法国战舰，对其官兵水手进行慰问……

无忧宫与柯尼斯堡

一

当英国的"梅林"号舰艇把搁浅在圆山水寨水域的"安普黎"号战舰拉到香港去修理时，大清帝国最牛的外交官——陈季同将军正陪伴着他的老朋友德国皇帝弗里德里希三世漫步在波茨坦的无忧宫。

这位历任大清国驻法国、德国、英国、意大利、比利时、奥地利、丹麦和荷兰等公使馆无专职武官兼参赞的陈季同，以其深厚的学识和独特的东方视角，深受德国皇帝与铁血首相俾斯麦赏识。

陈季同出使欧洲期间，正是列强称霸，渐趋没落的清廷在军事、政治、经济上虚弱无能之时。傲慢的欧洲人认为，中国是个停滞的帝国，他们用"野蛮""狡猾""残酷""顽固"等语句丑化中国人。中法战争期间，像法国民众不了解中国人，跟着执意扩张殖民地的茹费理内阁与中国为敌。为了改变这种偏见，让西方世界了解中国，了解中国人的生活、习俗和娱乐，从而更好地了解中国人的内心世界，他用娴熟的法文相继写了《中国人自画像》和《中国人的快乐》两本书，出版后在西方影响非常大。

陈季同还有不少著述计划，但自上海回到欧洲后一直忙于中法越南问题的交涉，已无法专注于写作。鉴于当时的情势，在法国杂志上撰文，介绍中国人的习俗和观点有裨于对法外交，他也不得不放下手中的如椽之笔，跑到德国的波茨坦，找好朋友王储弗里德里希·威廉·尼古拉斯·卡尔求助。因为茹费理已经疯了，用武力夺走了大清的附属国越南后，又把战火烧向大清东南沿海。为了粉碎孤拔率领的远东混合舰队企图夺占闽台为质的阴谋，他想请曾经打败过高卢雄鸡的普鲁士王子助上一臂之力。

这位普鲁士第一个受过正规军事教育的王储，即后来的德国皇帝弗里德里希三世，在普法战争时期曾任第三军团司令。他视陈季同为大清国奇才。只要陈季同有到普鲁士王国的国都波茨坦，弗里德里希·威廉·尼古拉斯·卡尔即与他共进午餐，然后一起漫步无忧宫。

陈季同虽然欣赏这座欧洲大陆建筑文化的典范——由华丽辉煌的宫殿与典雅别致的园林相映生辉的洛可可艺术圣殿，但相比之下，他更喜欢无忧宫宫门外 10 米处的风车老磨坊。这个一点也不起眼的风车老磨坊以一个世界法制史上的经典故事，印证了西方世界的一句谚语："私宅就像是一个城堡，风能进，雨能进，国王不能进。"

1866 年 10 月 13 日，刚从维也纳凯旋的威廉一世，在大队御林军簇拥下兴致勃勃地来到桑苏西宫，在窗台上眺望着远处美丽的风景。一座破旧的大风车磨坊挡住了眺望全城的视线，顿时兴致大减。于是派士兵前去与磨坊主交涉，愿意出高价购买后再拆除老磨坊。倔强的磨坊主人坚称磨坊是祖先产物，给多少钱也不卖。威廉一世恼羞成怒，派御林军强行拆除了"有碍市容"的老磨坊。这位又穷又倔的磨坊主向普鲁士最高法院呈递了一份古往今来破天荒第一次的"民告国王"的起诉书，状告威廉一世滥用职权强拆民房，要求赔偿损失，保障私有财产不受侵犯。

三个大法官经过商量，最终形成统一的判决意见：被告人威廉一世因擅用王权，侵犯原告的财产权利，触犯了帝国宪法第七十九条，判决责令被告人在原址立即重建一座同样大小的磨坊，并赔偿各项损失费、诉讼费共 150 马克。威廉一世身为一国之主，权大无比，但对法院的判决也感到无奈。他在官员们面前感叹道："我虽是皇帝，但权再大，看来还是大不过法律呀！"于是，他要求手下人员按法院判决要求，在原址上为磨坊主重建了一座新磨坊，并赔偿了一切损失。

几十年后，威廉一世的孙子当上了德意志的第二个皇帝。而当年磨坊主的儿子不想继承祖业，做磨面生意，想卖了这座磨坊。他咬咬牙给威廉二世写了一封信，表示想将这座旧磨坊出售给威廉二世。威廉二世接到信后，非常认真地反复思考了整件事的前前后后。他认为，这件事既表现了德国人民的法治传统，同时又表现了威廉一世尊重法律的理性精神。因此，再三思考之后，亲自提笔给小磨坊主回信一封："我亲爱的邻居，来信已阅。得知你现在手头紧张，作为邻居我深表同情。你说要把磨坊卖掉，朕以为万万不可。毕竟这间磨坊已经成为我德国司法独立之象征，理当世世代代保留在你家的名下。至于你的经济困难，我派人送上 3000 马克，请务必收下。如果你不好意思收的话，就算是我借给你的，解决你一时之急。你的邻居威廉二世。"

陈季同想起自己的忘年交俾斯麦首相跟他说过这个故事，并强调：权力不能私有，财产不能公有，否则人类就进入灾难之门。于是，他拉着弗里德里希·威廉·尼古拉斯·卡尔一起步行到风车老磨坊，就是想说明一座风车磨坊尚且"风能进，雨能进，国王不能进"；而法兰西第三共和国强行闯入大清帝国，分明无视法制、藐视公理，希望普鲁士王储能挺身而出，主持世界秩序与公道。

可惜这位胸怀天下的普鲁士王储已经罹患喉癌，开口说话比较困难了。后来虽然成了德国皇帝，但在位仅 99 天就魂归天国了。应该说，弗里德里希·威廉·尼古拉斯·卡尔还是很想替好友陈季同分忧解难的，只是因健康原因爱莫能助。说话已比较困难的他，用鹅毛笔写字建议陈季同去找首相俾斯麦。

二

柯尼斯堡，意为国王之山，位于桑比亚半岛南部，是德国大哲学家康德的家乡和一生居住地，既是德国发源地之一，更是德国文化中心。由条顿骑士团北方十字军于 1255 年建立，先后被条顿骑士团、普鲁士公国和东普鲁士分别定为首都或首府。"铁血宰相"俾斯麦就任德意志帝国第一任总理后，这座古色古香的城堡成了他的官邸。

俾斯麦出生于普鲁士勃兰登堡阿尔特马克雪恩豪森庄园一家大容克贵族世家。他受过良好教育，在哥廷根大学和柏林大学学习法律、历史和外语。体格强壮、个性粗野，曾与同学做过 27 次决斗。毕业后，服过兵役。他为了追求目标，不择手段。1847 年，成为普鲁士议会议员；1851—1858 年，被任命为普鲁士驻德意志联邦代表会的代表；1859 年任驻俄公使；1861 年，改任驻法公使。1862 年，任普鲁士首相兼外交大臣，极力推行"铁血政策"，主张通过战争，由普鲁士统一德国。他相继发动了对丹麦、奥地利和法国的战争，将一个四分五裂的德意志改变成了能将法兰西打趴下的统一帝国，逐步实现了德国统一。1871 年，出任新成立后的德意志帝国宰相，并受封为公爵。他可算是德国最富有的容克贵族之一，但他对财富增值、贬值很敏感。纳税级别调高一级，他都要斤斤计较。他不怕人家笑话，大胆哭穷，称自

二、面对无妄之灾

己没那么多资产，还不无抱怨地发出一问："国家就是这么对待自己的功臣？"

陈季同造访过好几次柯尼斯堡，官邸摆设简单，除了一张桃木桌子没有高档家具，室内装潢还不如一个法国省长的办公室。俾斯麦哭穷说，年薪只够生活成本的三分之一。所以他除了红酒美食之外，再无其他奢侈爱好，可以说是欧洲生活最节俭的首相。陈季同的法国妻子赖妈懿第一次看到穿着朴素老土衣服的俾斯麦首相夫人乔安娜，以为她是厨娘。

乔安娜 20 岁那一年，在一次朋友的婚礼上首次邂逅俾斯麦。她的面容虽然并不符合传统美貌，但在深黑色秀发遮盖下的那双会说话的蓝眼睛格外有生机。不仅她端庄的气质中流露出来的直率个性，还有她所拥有的音乐才能，一下子就勾住了俾斯麦的魂。此后两人不时地在秀美如画的莫里茨堡碰面，不是双双在风光无限的池塘中划桨，就是在巴洛克风格的水上宫殿拨动琴弦。通过几次合奏门德尔松的歌曲，两颗心渐渐融化在了一起。琴瑟和鸣，私订终身。从此他每天都会写一封信给他的乔安娜，一直坚持了几十年，从来没有停止过。她每天接到俾斯麦花言巧语的情书，都会怦然心动。然而她的父亲却认为他是个轻率蛮干、胆大包天、厚颜无耻的家伙，不大乐意接受这样的女婿。

然而，乔安娜痴心不改。她勇敢地告诉父亲自己对英俊潇洒的俾斯麦的偏爱，并坚信她心中的白马王子有能力让她获得幸福。当然，俾斯麦也没有让她失望。头一回见她父母，俾斯麦便勇敢地将她挽入臂弯，"博弈"初始便掌握了主动权。于是，在俾斯麦 35 岁时，她嫁给了他。成为俾斯麦第一任也是唯一的一任妻子。从此，她无条件地认同丈夫的见解、决定和行动，他的朋友便是她的朋友，他的敌人便是她的敌人。自从他们举行婚礼之后，俾斯麦这个曾被评为"轻率蛮干的家伙"，在乔安娜的熏陶下，立刻变成了对妻子言听计从的模范丈夫。

陈季同根据李鸿章的意思，当然主要是清廷的密电，发挥自己的优势运用外交手段极力争取与英、德两国结盟，共同对付法国。他还曾以法国封锁导致英国在华利益受损为由，怂恿英国向法国施压。但这些外交措施最后都没收到什么效果。

因为英国虽然与法国有尖锐的矛盾，但是它更担心"中国的任何胜利将普遍对欧洲人产生严重的后果"——因为一旦大清国赢得对西方强国的胜利，必然会再次"妄自尊大"，损害整个西方在华利益。此外，英国还希望法国深陷对华战争泥潭中，便于英国在其他地方挖法国墙角。德国俾斯麦内阁的想法与英国差不多，也希望法国深陷战争泥潭，使之无暇顾及欧洲事务，方便德国谋取欧洲霸权。

张之洞认为，陈季同是大清国百年一见的稀世天才，与其花大力气进行这种外交斡旋，不如继续发挥他的特长，在法国著名杂志《两个世界》上连载《中国和中国人》，对法国政界及文化界产生更大影响。因为他长期在国外，对大清国的真实情况并不了解，所以在一系列外交活动中自视大清国军力强大，但求我行我素、任意行事，压根就无法避免中法之间的军事冲突。

张之洞是洋务运动的实干家，也是主战派。不过他精明过人，在满眼尽是颟顸无能者的时代，他非常另类。譬如基隆之役后，出于保台考虑，清廷敦促闽粤、南北洋向台湾转运兵勇、饷械。甚至在总署电旨谕令他赶筹大批军火设法运往台北，源源接济刘铭传时，他判断台湾足以自守，认定台湾对企图入侵福建的法国海军船队会起牵制作用。他在给陈宝琛的一封私信中，话就说得非常白："省三（按，刘铭传字省三）小胜可喜，非喜胜，喜其致法而解闽也。法注台、留台，我利。"于是，他单衔电寄总署，献牵制之策，称法军图取台湾是中国之利，台湾"土人颇强，兵食足用"。希望总署激励刘铭传诱敌，将法军牵制于台湾，以解福建之围。

正是出于这种考量，所以张之洞希望陈季同在巴黎除了继续撰写并出版《中华帝国：它的过去与现在》这样的著作外，还得抓紧时间，利用一切机会考察法、德、奥、荷、比等国的军事院校、兵工厂、水雷厂、铜厂、兵器博物馆、炮台等设施，掌握舰船兵器的制作过程并收集图纸带回国内，其他的事尽量不要管。

陈季同虽然长期在欧洲，但对桑梓一往情深，焉能丢下不管？要关心故乡的安危，就得劳驾"铁血宰相"，而乔安娜对俾斯麦简直是一言九鼎，于是他让自己的另一半赖妈懿去柯尼斯堡曲线救国。

由于陈季同深受俾斯麦器重，双方来往密切，因而赖妈懿与乔安娜也成了闺蜜。她知道乔安娜的任何请求，俾斯麦都会答应。于是，她请乔安娜开口请求俾斯麦阻止法国孤拔的远东混合舰队罢兵息战，停止攻击闽台。

俾斯麦深爱着乔安娜，从未拒绝过爱妻的任何请求。因而当着陈季同与赖妈懿的面，他更不能不给乔安娜面子。可是自己只是德国首相，即便拥有铁腕，也无法拦阻别国用兵。不过，这点小事难不倒聪颖过人的他。他给乔安娜和陈季同以及赖妈懿出了一道题：自己的官邸柯尼斯堡建在普雷格尔河的两个小岛上，整个城堡被分割成四块陆地，河上架有七座桥，把四块陆地联系起来。他们三个人如果能做到不重复、不遗漏地一次性走完七座桥，每座桥只能经过一次跋涉，最后回到出发原点，他就出面阻止孤拔率领的法国远东混合舰队侵占大清帝国的福州与台湾两地。

起先，陈季同、赖妈懿以及乔安娜都觉得不难。为了节省脚力，他们骑马漫步走了一遍，声称已经找到一条路径，没有重复、没有遗漏地一次性走过了七座桥。可是当俾斯麦要求他们按照规则再走一遍时，三个人发现没有一人能够做到。

"亲爱的，这个任务连世界上最伟大的大数学家欧拉都无法完成。"铁血宰相俾斯麦狡黠地一笑，告诉他的爱妻乔安娜，当然也是说给陈季同与赖妈懿听，"不过，他用天才爆棚的脑袋瓜，把七桥转化成一个几何问题。"

"也就是说，"赖妈懿非常沮丧地望着陈季同，耸了耸双肩，"你的这位老朋友帮不了大清帝国。"

"真对不起！"铁血宰相俾斯麦，看在乔安娜的面子上，还是向陈季同漏了一丝口风，"我只能告诉你，孤拔打算七月十五日进入你们的马尾港。"

大　侠

一

薛绍徽按照惯例，在圣礼拜六这一天，都会在丫鬟墨儿陪同下，到马尾婴脰山东麓三岐的天主教堂走一趟。她不是去参加弥撒，而是问神父有没有巴黎拍给她的"电音"？

有！不过俾斯麦跟所有的德国人一样精确地指出的七月十五日，陈季同拍发电报时将其变成了"鬼节犯闽"四个字。神父并不知道这封电报具体内容，而心有灵犀一点通的薛绍徽却非常清楚。鬼节，农历七月十五，就是福州人说的"做半段"。犯闽，不言自明，是指法夷海军要侵犯闽都福州。

薛绍徽屈指一算，没剩几天了，她得赶紧把这一消息告诉官府。她与福建封疆大吏没有来往，只与罗大佑稔熟。只能仰仗低阶官员的一腔爱国情怀，逐级向上反映，以期上下一心，共御外侮。所以一从婴脰山下来，便匆匆忙忙到罗星塔码头等船搭渡过江返回福州，不期碰到缺了一个手指头的日本人井上陈政。

井上陈政是 1878 年进入大清国驻日本公使馆，跟从何如璋公使学习汉语和汉学。1882 年何如璋公使期满回国，井上陈政以大藏省"留学生"名义跟着赴清国留学。按他所著《留学略记》记载："明治十六年十一月，何如璋转任船政大臣，赴福建。于

212

是吾为考察内地情况，求知富裕丰饶与否，独自从北京出发，巡历直隶、山西、陕西、河南、湖广、江苏、浙江、福建各省，至福州时乃（明治）十七年五月。"

由于井上陈政名义上还是何如璋的学生，所以就跟刚刚履新的船政大臣住在一起。可是项庄舞剑，意在沛公。他来大清国之目的就是为日本搜集情报，所以很快就与日倭情报站福州组取得联系。

福州组的海军大尉曾根俊虎和东乡平八郎曾经跟着孤拔率领的法国远东混合舰队入侵台湾，后来渡过海峡，潜入福州，与洪门首领彭清泉拉上关系，策划武装暴动，推翻清政府，并派人回日本招兵买马。

这时候的日本政府认为颠覆清政府的时机尚未成熟，如果仅凭几个浪人在福州蛮干，肯定会给日本政府在政治上造成被动局面，因而急派白井太郎到福州了解情况。经过调查，发现福州组的暴动计划带有盲目性，并无周密计划和认真准备。为此，日本政府急令陆军省制止暴动——因为日本尚未做好对中国进行侵略战争的准备工作。如果在福州贸然举行暴动，就有暴露日本政府侵华阴谋的危险，并且可能引起西方列强的干涉，对日本政府十分不利。

本来也要参加日本福州组与洪门哥老会举行暴动的井上陈政，从福州返回马尾时，在码头看到身着清藕荷缎镶边袄的薛绍徽格外妩媚动人，便借着自己上岸时，与下船的她擦肩而过，期间趁机伸手抚摸了一下俏佳人。

薛绍徽下意识地闪躲身躯，顿时失去平衡，险些跌入江中。幸亏摆渡的西门月瑛眼疾手快，举起木桨扶住薛绍徽的后背，使其化险为夷坐了下来。疾恶如仇的她，接着一桨横扫心怀不轨的井上陈政。

没想到这表面文绉绉的井上陈政，以前也曾是斗殴成性的古流柔术练习者之一。因无法撇清自身和流氓斗殴的关系，导致长期受到社会的普遍质疑，在日本口碑极差。

当时的日本，经由"黑船来航"被迫开国不久，民众认为是旧秩序导致了日本在科技和军事方面的落后，而古流柔术又是旧秩序的重要组成部分，所以渴求革新的日本民众自然而然地将古流柔术和"旧秩序"绑定在了一起，将其视作过时且无用之物。

然而出身低微的井上陈政分不清旧秩序与新秩序，从小就参加了为期四年的古流柔术练习。本来就没有格斗天赋，再加上古流柔术没有稳定的教学体系和训练阶段划分，甚至缺乏指导原则，没有清晰的技术成长体系，他虽然做到了心无旁骛地刻苦训练，然而只学会了技击术中的皮毛，像挖眼、拽头发、攻击裆部、撕扯嘴巴等阴损毒辣的动作。至于古流柔术里"以巧破力""以柔克刚"和站立击打缠抱、摔投以及地面缠斗技术，都没有学会。最让人不齿的是，他把这些下三烂的"伤人技"演变发展成了"飙演技"，表面上套路打得虎虎生风，一跟人家交手秒变王八拳。

井上陈政的导师何如璋完全是典型的一介书生，手无缚鸡之力，对武术更是一窍不通。看到过他的学生表演古流柔术，看不懂。不知道他的学生只会各种零碎技巧，出于爱才护驹心理，曾经鼓过掌。也曾经明确指出，武术训练不应该仅仅是打斗技巧的练习，更应该是自我完善的一部分，人格锻造与格斗技巧同样重要。

可惜，井上陈政没有听进导师何如璋的谆谆教诲，不但格斗技巧没有日臻完善，人格缺陷也未能得到有效修复。只不过懂得在导师何如璋面前将赌博和嫖娼等恶习隐藏起来，未露痕迹。一离开导师何如璋的视线，他便如同恶性杂草野蛮生长，所以第一眼看到福州著名才女薛绍徽,他就做出了有伤风化的动作。

急公好义的西门月瑛,眼里容不下一粒沙子,一向爱打抱不平,尤其痛恨随便凌辱女人的风流渣男。秉持正义是武林道德底线,于是她用手中木桨教训缺德的井上陈政。见他为了躲避攻击从渡船跳上了岸,执意要给予教训的西门月瑛立即跃身而起,一招"平沙落雁"像铁桩那样立在码头上,挥桨追着殴打这个花花公子。

本质上血腥残暴的井上陈政,本来就不是善茬,他见摆渡珠娘仗着手中的木桨拦腰扫来,要想不被打成落水狗,只能赶紧离开站都站不稳的小渡船。因而,他飞身跳上了码头。孰料这个爱管闲事的摆渡女竟然飞身而起,追上码头来打他。起先,他以为可以应用"破势"予以反击。所谓"破势",就是先借助对手的身子从空中落下的刹那之间,来个扫堂腿,使其身体失去平衡,然后使出阴招,将其打趴。

西门月瑛在江湖历练日久,别的本事没有,打架斗殴、耍横卖狠,从不手软。何况她有咏春拳的功底,手上又拿着被福州人叫作"扒铁"的木桨,岂能饶了这个不守规矩的家伙?正所谓:"王师本不战,贼垒何足划。"只见身轻如燕的她,闪转腾挪,如穿花绕树,影影绰绰,如同一阵旋风,她手中的"扒铁"比关公那柄青龙偃月刀还要厉害那么几分,无论砍、剁、划、截、刮、撩、扎还是招、劈、缠、扇、拦、滑,无不势雄招狠。

井上陈政的"唐咬金三板斧"挖眼、拽头发、攻击裆部的阴招,全都使不出来,只有被追撵着挨打,在众目睽睽之下,脸面全部丢光。到了这个时候,他才意识到技术和应用之间存在着巨大鸿沟,花拳绣腿在技击场上只能招招处于下风。

所幸的是,西门月瑛不知道井上陈政是个日本人;要是知道,那她铁定一桨就震破其耳膜,或者干脆折断其脖子,至少也要慢慢折磨他。由于渡船上的薛绍徽还在等她摆渡过江，于是使出一招"击面拍耳"手段，用木桨将他打落江中……

二

　　成了"落水狗"的井上陈政，呛了几口江水，才用狗爬式的游泳烂技术爬岸来，兀自喘息了许久，脱下水淋淋的衣服，使劲拧干，重新穿上，才跑回船政衙门找他的导师何如璋。

　　"哎哟，你怎么成了落水狗？"

　　"哎呀，宫詹公，您的学生再怎么狼狈，也不至于成了人人喊打的落水狗。"由于何如璋曾任职詹事府少詹事，所以大家都敬称他为宫詹公。作为何如璋的学生，自然不能见外。

　　"那么，子德何以浑身湿漉漉的？"

　　"宫詹公，实不相瞒，学生由于听不懂福州话……"

　　"被福州人欺负了？"

　　"幸亏学生小时候学过寝技。"

　　"子德，"被誉为中国最后一位朴学大师的俞樾给井上陈政起的字，何如璋一直以此称呼自己的这位日本留学生，"能告诉为师何谓寝技吗？"

　　"噢，宫詹公，我们日本人嘴里的寝技，其实就是地面缠斗技术。这地面缠斗是我日本不迁流柔术的核心要素，在柔道中占据主导地位。"井上陈政知道在大清国吹牛不用纳税，何况自己的导师是个文人，不谙武术，自己怎么吹都不会露馅，"幸亏您的学生深谙寝技，把蛮不讲理的摆渡珠娘从船上拖入水里。当然，好男不跟女斗。把这摆渡珠娘拖入水里后，我就手下留情……"

　　何如璋于咸丰十一年（1861）中举，同治七年（1868）中进士，并被选为庶吉士，散馆后授职翰林院编修。他虽素学古文，但感到学习古文不能满足于时世变化的需要，常往返天津、上海之间，与中外人士商谈，向各国传教士询问西方国情政务，探求治世之方。由于潜心时务，他对外事愈发留心，知识愈加丰富，成为通晓洋务的佼佼者，认为国事危急，兴办"洋务"为当务之急。重臣李鸿章欣赏他，遂与枢密大臣沈桂芬竭力保荐通晓洋务的他出使日本。时年仅 39 岁、年富力强的何如璋成为大清国驻日本首任公使后，悉心查访日本的民情政俗，深入考察日本明治维新，力倡容纳西方科学思想以改造中国传统文化和改变封建专制，渴求强国之道。在日本四年半，他深入考察日本国情，收藏有极为详细的日本地方史志典籍资料，对于日本柔道中的"寝技"，从未与闻。早过了不惑之年的他，依旧非常好奇。

"能让东瀛武士手下留情的摆渡珠娘，一定长相俊美！"

"恰恰相反！"

"不会吧？"

"宫詹公要是不信，学生可以画出来给您看。"后来成为日本著名汉学家的井上陈政，绘画技术也很不错。他没用多少笔墨，就勾勒出活色生香的西门月瑛形象。

"咦？"何如璋仔细审视着井上陈政画出来的图像，总有点似曾相识的感觉。迟疑之间，他打开最新的一册"记事珠"，找出里面的一幅画影图形，正是在道庆洲逃脱盐捕营逮捕的西门月瑛，"莫非系同一个人？"

井上陈政见把他打落江中的摆渡珠娘系被通缉的要犯，顿生借浪翻船的念头。但他也懂得强龙斗不过地头蛇，要一泄心头之恨，得借助他导师的力量。可是他的导师何如璋自去年 12 月 25 日到马尾船政局接钤视事以来，对诸弊丛生的马尾造船厂进行大刀阔斧的整顿，除去冗员和贪污者，因此被革职者多心怀怨恨。

作为学生，自己不能再给导师增添麻烦了。

然而为人宽和的何如璋偏偏跟所有的读书人一样，素抱公忠体国梦想，无论在什么位置上，面对岌岌可危的社稷，都要伸手整顿乾坤。在日本公使任上四年半，硬生生干了几件换一个人绝对视若无睹的事情。

第一件事，收回领事裁判权。何如璋到日本时，正值台湾劫杀琉球渔民事件发生之后不久。日本以这一事件为发端，冒称琉球系其属国，并着手策划征伐台湾。清廷为求息事，赔以军费计白银 50 万两。日本执政者越发得逞，议废除居留华民旧规，取消横滨、神户和长崎的领事裁判权。面对日倭的蛮横无理行为，何如璋援引国际公约，与日方反复交涉，终于达成协议，除在东京设公使馆外，在横滨、神户、长崎三市设领事馆，并收回领事裁判权。此举使侨胞的生命财产得到合法保障，使侨胞备受歧视凌辱的状况得到了很大改善。

第二件事，力谏清政府防范日本吞并琉球。他曾多次写信提醒清政府及权臣李鸿章要注意日本的野心。当初琉球群岛是大清的附属国，琉球王代代受封于中国，每年都要向大清政府朝贡。日本自明治天皇亲政后，即阻止琉球向清廷纳贡，企图吞并琉球。何如璋向日本政府明确指出大清是琉球宗主国，不许对琉球群岛虎视眈眈的日本染指。由于所持立场非常强硬，及时阻止了日本侵略扩张计划。他在呈送清廷的奏折中说："日人志在灭球，以阻贡发端。臣与日本当局论理数月，彼一味恃蛮，置之不答，甚至发令琉球改县。其轻视我国无理已极，义难坐视。今乘其国势未定，兵力未足，急与争衡，犹尚可及。若为息事，隐忍迁就，阻贡不已，琉球必被日倭所占。琉球既灭，必掠朝鲜。虽让一琉球，未见其果能息事也。为今之计：上者，一面抗议，一面出兵舰责贡于球，以示日人，我之必争，彼将气慑，而球可全；

其次，约球抗日，日若攻球，我出师相助，日将力屈，而球可全；又次，则援以公法，请求各国公使评判，自古无许灭人国之公法，日孤理屈，球亦可全。三者择一而行，其效果虽然不同，决不至无效。即使无效，亦不过弃一琉球，决不至开边衅；即使寻衅，亦可罢斥使臣。仍不能解，是彼蓄意寻隙，益知非让一球所能息事，何为先自示弱，举附庸之土地和人民以资敌耶？"

后来，何如璋在致李鸿章的信中说得更加清楚："阻贡不已，必灭琉球；琉球既灭，次及朝鲜。否则，以我所难行，日事要求。听之乎，何以为国？拒之乎，是让一琉球，边衅究不能免。"在这封信中，何如璋还颇有先见之明地指出："他时日本一强，资以船炮，扰我边陲，台澎之间，将求一夕之安不可得。是为台湾计，今日争之患犹纾，今日弃之患更深也。口舌相从，恐无了局。然无论作何结局，较之今日隐忍不言，尤为彼善于此。"

非常遗憾，何如璋的远见卓识得不到清廷的支持。结果在何如璋任满回国后，终因清政府的软弱无能，日本果然吞并了琉球国，改为日本冲绳县。此后日本竟又得寸进尺，于 1894 年发动"甲午战争"，中国大败，朝鲜、台湾、澎湖列岛沦为日本的殖民地。如果清政府当初接受了何如璋的建议，或许就没有今天日本的冲绳县。

第三件事，简直不可思议。本来，何如璋正如李白在《嘲鲁儒》一诗中所形容的那样："鲁叟谈五经，白发死章句。问以经济策，茫如坠烟雾。"可是他偏偏上奏总署，越界热议中外通商贸易之利弊得失。两次鸦片战争后，西方列强以炮舰打开我大清国门户，西洋货物汹涌而来；日本在明治维新后，亦步西方列强后尘，向我市场大量倾销其东洋货。于是，何如璋向清廷上《奏陈务请力筹抵制疏》，指出当时中外通商存在的症结问题，竭力反对违背互利原则损害我国利益的不平等贸易。他对日方要求与

二、面对无妄之灾

我内地通商一事，有极清醒的头脑。他在上《内地通商利害议》中指出："日人精神所注，乃专在内地通商，欲博取中土之财，以稍补西邻之失……而我国对日人实有不能强同者盖有不宜轻许者五，有贻害极大者四。"最难能可贵的是，何如璋的所上的奏折都能做到条分缕析。譬如《内地通商利害议》所说的不宜轻许者五，并不笼统，他是一一予以陈述："查日本出口货皆不异中土之产，一也；此邦密迩近邻，取径捷而运费轻，若任其直输内地，则内地物产销路日穷，民生将日困，二也；日货一经输入内地则彼省厘捐，品类虽同而价值顿异，内地商人必至于败折，三也；外产多，则内产减，税厘之入亦日微，是弊并于国计，四也；西人远隔重洋，虽互市久通，流寓尚少，今日本地近民贫，内地之禁一开，无论矣，五也。"

除了逐一陈述外，何如璋明确指出利害攸关之处："中日贸易，每年已入超200多万两，若再准其享有低税率和内地通商的优待，势必大量倾销日货，年入超将增至1000多万两，后果不堪设想。"

毫无疑问，何如璋的《奏陈务请力筹抵制疏》与《内地通商利害议》，使大清政府如梦初醒，终于接纳了他的建议，拒绝了日本到我国内地通商的要求。

第四件事，何如璋在出使日本期间，积极致力于考察日本在明治维新后所起的深刻变化，确认欲自强必须效法日本。他所撰写的《使东述略》，对日本"三权分立制"做了详细介绍，并热情鼓励他的助手黄遵宪撰写《日本国志》。这两部书在国内知识界曾引起强烈反响，后来康有为的"戊戌变法"即从这些书中得到不少启示。

第五件事，最能体现何如璋的远见卓识。不过，这件事鲜为人知。他在公使任上，曾与日本维新三杰之一的大久保利通以及曾根俊虎等共同创建了一个秘密的"振亚社"，这是中日近代史上建立最早的民间兴亚团体。后来又组建兴亚会，核心思想是中日联合以抵抗欧美列强对亚洲的侵略活动，维护亚洲国家的独立自主。

官僚机构认定："权不越位，官不越职，此乃纲纪之所在。越权行事，非臣子之道。"何如璋在日本公使任上干的几件事情，只有第一、第二两件是他分内之事；第四件事，无关宏旨，可干可不干；第三件事，最不可理喻。一般秉性清高的读书人，通常耻于言商。而何如璋偏经世济民，指出中外通商存在的症结问题，竭力反对损害我国利益的不平等贸易。

如果说何如璋擅自闯入商业领域指手画脚，是因为热衷于洋务使然；那么私下与大久保利通以及曾根俊虎等共同创建"振亚社"，可谓越俎代庖，替大清国皇帝操心了。所以这第五件事，他宁可烂在肚子里也绝不提起。

由此可见，何如璋虽是一介书生，但七尺之躯还有国人尚义任侠、勇于担当的性格，焉肯放过涉案非法买卖私盐的西门月瑛？在他的举报监督下，盐运使司也不敢通同贪墨、视若不见，只得下令盐捕营管带尤善根，将西门月瑛缉拿归案。

三

西门月瑛被盐捕营抓走，立即在濑湾掀起了轩然大波。盐枭认定是林狮狮没有拿到私盐，因而出于报复心理，向盐捕营管带举报夜里值守仓库的"花面壳"西门月瑛。于是他敲钟号召西门村的年轻人拿起武器，指名道姓要跟林狮狮他们算账。

林氏族群人多气盛，岂能让小姓的西门村给霸凌了？他们一听到西门村敲响大榕树下的警钟，立即作出反应。尤其是血性方刚的林狮狮，被西门村诬蔑为告密小人，让他火冒三丈。他虽然没读什么书，但也听说过《弟子规》中的那么几句："人有短，切莫揭；人有私，切莫说。"自己行走江湖，始终坦坦荡荡，岂会做衣冠狗彘之事？对西门村无事生非，必须好好教训教训。于是颇有号召力的他，振臂一呼，立即燕群鸽阵，聚集起几百号年轻力壮的族亲，准备与西门村械斗。

拼村械斗，与擦肩而过的路人撕扯斗殴不一样。寻常器量狭小、见识短浅之人因鸡毛蒜皮、雀角小故，动了肝火，诉诸武力，无非就是擦伤皮肉。有点像秉畀炎火，没有足够氧气，即便蹿起火苗，很快便会熄灭。可是乡村持械相斗，那可就大煞风景。无论是水源争夺还是土地兼并，抑或宅基寸堵，往往与以血缘为纽带的宗族社会共同体攸关。

家族血缘观念十分浓厚的村民大多普遍认为，家族的荣誉受到损害是不能容忍的。即使是微小的事情受辱，但损害到了家族的荣誉，作为家族的每个族人都应该挺身而出，如果让步就被视为软弱。可见为了生存利益而发生的械斗不再是个人的事情，是关系到整个家族荣辱与共的大事。所以一旦产生利益冲突，民俗强悍又目无国宪之宗族便立即鸣锣聚众，动辄百十千人为群，甚至上万人持械交战，挥刀相杀，冤冤相报，世代为仇。

"为天下所共知，亦为天下所共鄙"的械斗，不仅会造成械斗双方伤亡惨重、倾家荡产、毁家灭田，破坏社会秩序，影响社会繁荣；而且还会造成族群之间长期的不信任与仇恨，给民众带来了难以愈合的心灵创伤。每一次械斗所产生的积怨又为以后的械斗埋下了祸根，新仇旧恨，冤冤相报，没完没了。械斗还使得官方法制威信尽失，政府失去了社会管制的权威，法制秩序涣散，影响了整个社会守法观念的提升，提高了社会的治理成本。

由于清廷吏治腐败，每每当发生大规模械斗时，官府不敢前去阻止；等到大规模械斗结束，官府才有勇气上场。地方官带着差役千余人，耀武扬威地开到械斗现场，收取"械斗费"。假使"械斗费"收不上来，官府便似虎狼一般开始洗庄，房屋与树木一概毁伐。可是，有清一代，对于乡村械斗，屡禁不止，难以断绝。

西门村虽然族群人数不多，然而却有悠久的械斗历史。不过他们在冷兵器时代，除了用于械斗的刀枪棍棒外，还别出心裁地把长长的钢管两端切削出尖叉，比戚继光的狼筅更有威力。迈入火药时代后，也懂得与时俱进，甚至还动用鸟铳和猎枪，间或还有为数不少的土炮和炸药包。所有费用皆由盐枭承担。盐枭深知这种大规模的械斗，不仅伤筋动骨，还会横尸一片。面对严重的人员伤亡，也全部由盐枭出资予以经济补偿，祠堂还设忠勇牌位予以表彰，妻孥俱有养赡。所以一有械斗，家中妻儿老母准备酒肉，为儿子丈夫壮行，大有"风萧萧兮易水寒，壮士一去兮不复还"之感。凡出斗者，妻孥喜笑相送，不望其生还。

更不可思议的是，西门村仿佛每一个人都是大侠，甚至连女人也会披挂上阵一决雌雄。在村子里交通要冲埋地雷、设枪楼，在屋顶用抬枪组成立体交织火力网，以防止对方攻入。村中各处出入口设置了关卡防线，还有专人负责放哨看守。

西门村最与众不同的是在准备械斗阶段，还有一整套的出征仪式。首先由村中大佬敲响警钟，接着开龛门谒祖，宣布全村进入紧急状态，同时规定族人必须遵守的条例。接着全村男女老少向"械斗神"磕头跪拜，按械斗阵列分香头，颁发镇邪符纸等街头范式演义。

械斗的出征仪式在西门村如同演戏一样，尽显各种文绉绉的范式，然而对待械斗中被俘的人却残忍万分。被俘者一被抓进西门村，就会被拘禁起来进行残酷的刑罚。其刑罚是把大木头凿两个巨孔，套住双足，然后再扣上木板，使其浑身笔直仰天而卧，伸曲不得。直至折磨致死，把尸体丢还对方。

有"东方狮"之称的林狮狮，自然也不甘示弱。他们村虽然没有那么多烦琐的械斗仪式，但也有一样：那就是走在械斗队伍最前面的年轻汉子虔诚地捧着祖宗灵牌，率领着械斗队伍来到濑湾的廊桥上。一马当先者，俗谓"打头阵"。他们与西门村有个约定俗成，即械斗双方只在濑湾这又长又宽的廊桥上对峙。虽然双方还没有展开交战，但剑拔弩张，空气中已经充斥着极其强烈的火药味。只要砰溅出一点点的火星，即刻就会燃起漫天大火。

突然，"砰"的一声，使原本在廊桥上因对峙而屏住呼吸的双方一下子都跳了起来，挥舞着刀枪棍棒冲向对方。原来是西门村村口屋顶上有一把江南制造厂生产的口径为15.9毫米、长度约2.4米、重量达到13.2公斤的抬枪，一人作为支架跪在前面用肩膀扛着长长的枪管，另一人在枪尾负责瞄准和扣动扳机。他们看到濑湾风驰电掣般飞驰而来一艘小型快艇，以为是东方狮从外地请来了外援，于是率先开了火，重约半斤、由铅制成的子弹射向廊桥下面，意在阻止援兵。虽然散射出来的铅弹没有击中目标，但是清脆的枪声摄人心魄。

抬枪，中国独创。其他国家没有这种长度的单发步枪。更笨重的抬枪，要五个人用肩膀扛着，威力更大。然而两个人操作的抬枪，已经引发了多次廊桥上的血腥拼杀。

在战场上，因剪了辫子仅留齐肩短发的林狮狮真像发怒的雄狮，头上茂密的鬃毛一扇一扇地率先贾勇越过廊桥中线，冲向西门村的械斗队伍，手中一把齐眉短棍劈头盖脸地砸向首当其冲的对手。

幸亏此时，电掣飙发的快艇来到廊桥下方，在快艇上的林培基一招"旱地拔葱"从濑湾一跃而起，越过廊桥的栏杆，稳稳当当地落在林狮狮跟前，然后飞起一脚，踢掉了他手里的齐眉短棍。

"叔，"双手握棍的林狮狮虎口震裂，疼痛难忍，齐眉短棍被踢飞，方才大吃了一惊，"你……"

在廊桥一侧的西门村的械斗队伍，见林狮狮手里没了武器，"打头阵"的七八个年轻汉子立即挥舞手中的刀枪棍棒扑向对方。林狮狮他们自然也不甘示弱，立即拔出短刀，发出令人胆寒的光。

"混蛋！"就在双方扭打在一起之际，林培基怒不可遏地断喝一声，然后跃身其间，只施展几下拳脚，一招"野马分鬃"，双方"打头阵"的年轻人纷纷站立不稳，分别向两边跌倒在廊桥上，"大敌当前，还要自相残杀？"

听到林培基的这一声断喝，执意要械斗的双方都仿佛当头挨了一棍，每一个人都被一股威严的气势给震慑住了。跌倒在廊桥上的汉子，感受到了武探花深厚的功力，浑身疼痛，不敢吱声。

"你们这么有能耐，应该去打法国佬！"

"你说打谁？"

"打法国佬呀！"薛绍徽收到陈季同发自巴黎的"电音"，连忙跑到闽县告诉知县罗大佑：法国海军将于七月十五日侵犯马尾港。整个马尾地区属于闽县管辖范围，一个七品芝麻官，手头无兵御敌，所以他敦请林培基出面组织义勇队。"法国佬轻启兵衅，铁甲兵舰已破浪而来，在闽江口虎视眈眈，要占领马尾港。"

林培基说话的声音并不大，但却振聋发聩，原本剑拔弩张的双方械斗人马都好像醍醐灌顶，一下子幡然猛醒了过来。法国佬将要进攻福州的消息一度甚嚣尘上，大家都有所耳闻。如今法国佬已经兵临城下，还在自相残杀，确实糊涂。

"诸位乡亲父老，在国难当头之际，两个村庄，仅仅一桥相隔，低头不见抬头见，没必要以命相拼。与其无谓牺牲，不如联手共同抵御外侮！"林培基语重心长的谆谆教诲，终于初见成效，使械斗双方几乎不约而同地放下了手上的武器……

四

自从薛绍徽亲自到闽县衙门报告敌情以来，罗大佑便如芒刺在背，终日惶恐不安。他已意识到大清与法国佬在福州必有一战，而且他管辖的马尾则是最前线，因而他让兄弟罗大俊将妻子冯恭人送回九江府德化县白鹤西乡牌楼下老家，以便全身心去赴国难。

"官人，俗话说'秧好一半谷，妻好一半福'。妾身没有什么本事，但照顾官人饮食起居是分内之事。"冯恭人知书明理，在这关键时刻她坚决不肯离开罗大佑，"再说了，官人只是区区一个小小县令，何德何能轮得上官人去赴国难？"

"恭人，此言差矣！"罗大佑担心战事一起，他无法分心照顾妻子。"县令虽微，亦系朝廷命官，国难当头，不应该像小脚女人畏葸不前！"

"官人，黛韵楼的薛恭人就是一个女人，她非但没有畏葸不前，而且为国奔波十分积极。官人却让妾身隔岸观火！"

"恭人能起多大作用？"

"起码可以替官人赞画军机。"

"恭人不妨说说怎么赞画军机？"

"好！官人既然愿意听，妾身就直抒己见。总署派遣刘铭传奔赴台湾可谓抢尽先机，法国佬在台湾头撞南墙讨不到好处，自然贼心不死，接着兵锋所指一定是福州。尽管抵御外侮，自有衮衮诸公，还有封疆大吏；但一个个高高在上、养尊处优，面对强敌，便将守土之责往下推卸。更为可耻的是让官人开门揖盗，背负骂名。"

"幸亏有御前侍卫配合，下官略施雕虫小技，让法国佬要来游历的'安普黎'号战舰在圆山水寨搁浅。"

"官人不可能让每艘法国佬战舰都在圆山水寨搁浅吧？"

"那是！"

"官人要是不想代人受过，就得借助武探花的威望，组织乡村义勇队共赴国难。"

正是极有主见的冯恭人在面对虎视眈眈的法国佬海军铁甲兵舰时，敢于亮出剑胆琴心，越俎代庖替丈夫赞画军机，罗大佑才让他兄弟罗大俊把林培基请到衙门来，说服他出面组织抗法义勇队。

"承蒙邑侯错爱，卑职虽然丁忧在籍，但抵御外侮，自然责无旁贷！"起先，林培基对组织义勇队没有信心。"然而桑梓虽不乏赳赳武夫，可惜大多是好勇斗狠之徒。"

"本县愿晓之以理、动之以情。"

"恐怕邑侯要白费口舌、枉费心机了！"

"本县听说，贵乡械斗之时，个个奋勇争先。"

"械斗时乡间汉子之所以视死如归，那是因为乡下族规明文规定：凡是乡里成年青壮男子面对外来人挑衅时，必须参加械斗。无论以什么借口逃避，都是非常可耻的行为。会被钉在耻辱柱上，一辈子都休想抬起头来。"

"哦？"

"另外，英勇献身，无论是受伤还是战死，都会得到高额抚恤金，留下的寡妇、孤儿由活着的宗亲负责供养。"

"难怪出现在械斗场上的汉子，一个个都勇不可当。"

"邑侯过奖了！别看一个个雄赳赳、气昂昂，其实全是乌合之众！"

"军爷一定听说过，大明期间最最著名的一场械斗，成就了赫赫威名的戚家军。"冯恭人见罗大佑一时说服不了林培基，便从屏风背后转了出来。"嘉靖三十七年，戚继光路过浙江义乌，目睹了当时义务的乡间械斗。"

"哦？在下久困桑梓，孤陋寡闻。"

"义乌的这场械斗，自嘉靖三十七年六月起，历时四个月，直到十月秋收方告结束。当时参战双方是义乌本地矿工以及乡民，对阵从当时永康赶来的开矿矿工。其时双方参与械斗的人数累计达3万之众，仅仅死伤就高达2500多人。这等规模的械斗，连见过各种大战的戚继光都被震撼了。于是戚将军先后几次到义乌招募这些农民与矿工入伍，组建戚家军。经过严格训练，成为战斗力很强的精锐部队。他们开赴抗倭前线，英勇善战，威震敌胆，屡立战功，在平倭战争中起到了决定性作用，立下丰功伟绩。"

五

在罗大佑与冯恭人的劝说与鼓动下，以及林培基与同乡武举人林锦亨、林锦泰兄弟的倡导下，尚干乡抗法义勇队终于组建了起来。不过非常遗憾，西门村的赳赳武夫被排除在外。

不管罗大佑与冯恭人如何苦口婆心，强调抱团取暖的必要性，都不起作用。尤其是同乡武举人林锦亨、林锦泰兄弟，不仅不听规劝，还搬出五行学说，对械斗进行解释。

"邑侯饱读诗书，腹笥丰盈，一定晓得械斗的'械'字是什么意思。械斗的'械'字，五行为木；'斗'字，五行为火。木火组合，木生火，火就特别旺，会烧毁一切。"

罗大佑见说服不了武举人林锦亨、林锦泰兄弟，也只好作罢。不过当看到抗法义勇队全体队员集中在林氏祠堂后，一个个摩拳擦掌，情绪无比激昂，他心头还是颇为慰藉的。由于他不好出面，所以只好请林培基领衔，向闽浙总督何璟呈递"万民折"请战。

林培基在祠堂横头桌桌面铺上一张长长的玉扣纸，旁边摆着砚台和笔，还有一盒猩红的八宝印泥。他自然首先签上自己的大名，然后号召宗亲"吃酒凭隔壁桌"，签名盖上手印。大约花了半日时间，玉扣纸上就已经密密麻麻地签满了大名、盖满了手印。由于大部分的人目不识丁，便由会写字的人代笔。

"夔爷，"林培基，字发夔，自从中了武探花之后，乡间父老都称他为夔爷。族长公虽然在"万民折"上签了大名，但还是忍不住对"万民折"的作用提出质疑，"当官的会听百姓的吗？"

"族长公，我们表达的是民意。"林培基不得不作出回答，当然也是借机阐明立场、观点，"当官的看见我们百姓都斗志昂扬，也会鼓起勇气与法夷一决雌雄。"

"夔爷，你在官场这么久了，"颇为世故的族长公，不屑地一笑，"当官的最怕死！"

"我不怕死！"林狮狮从人群中跻身而出。由于他拿得动铁锤，拿不了毛笔，因而请求林培基，"叔，帮我签个名。"

"哼！你不怕死，有什么用？"寿门比谁都长的族长公，已经看透了颠顸无能的清廷，"法夷有铁甲兵舰和洋枪洋炮，你有吗？你只有一双拳头，还是皮肉做的。"

"血肉之躯也可以筑起长城！"林培基一边替林狮狮代笔签名，一边还不忘鼓舞大家的斗志，"法夷攻入红河三角洲，刘永福率领不足千人的黑旗军在纸桥就把法夷打个七零八落。"

"咦？"信息闭塞的乡亲，头一次听说清廷胜迹，"打输了的法夷，为什么还敢犯我闽疆？"

"因为没有把法国佬打痛，更没有彻底把他们打到趴下。"林培基对中法战争，有自己的独立思考，"所以法夷舰队又来进攻我闽疆，企图逼迫朝廷屈服，从藩属国越南撤军，还要求赔偿他们白银 3800 万两。"

"打输了，"来祠堂签字画押的都是血性汉子，因而众声喧哗。"还有脸要我们赔偿？"

"所以，"林培基信心满满、语气铿锵，"这一次我们要把法夷打到彻底趴下！"

"对！"众志成城的年轻汉子们齐声怒吼。"这一次定要把法夷彻底打到趴下！"

林狮狮见叔叔林培基已替他在"万民折"上签好了大名，便用大拇指沾上八宝印泥，然后在自己的大名旁边摁上猩红的手印。让他和所有人都大出所料的是，西门月瑛突然闯进祠堂，拿起毛笔也要在"万民折"上签她的芳名。

"咦？你不是进去了吗？"对突然出现在林氏祠堂的西门月瑛，林狮狮十分诧异。"怎么跑来……"

原来，西门月瑛的东家，也就是良心未泯、善良犹存的盐枭，跑到盐捕营去自投罗网，用自己的老朽之躯换得她的自由。她从盐捕营牢里出来后，没有再到濑湾摆渡，因为她要接手盐枭的家业。但她明白，一个女人要没有男人做靠山，很难干出一番事业。因而她跑来找林狮狮，请他操盘掌舵。刚好看到林氏宗亲在"万民折"上签字画押，她也不遑多让，来个刚肠激发，共御外侮。

"嘿、嘿，"族长公夺下西门月瑛手中的毛笔，很不客气地说，"你们西门村的人也来凑什么热闹？"

"我不是来凑热闹的，"西门月瑛也是个巾帼不让须眉的角色，回答得非常干脆，"是来参加义勇队的！"

"好一个巾帼英雄！"林培基在西门月瑛的摆渡船上就看出她并非等闲之辈，所以才会替林狮狮做月老，"义勇队正缺'花木兰'……"

"爨爷，"武举人林锦亨和林锦泰兄弟作为义勇队正副队长，自然希望手下全是精兵强将，"义勇队不需要花瓶！"

"二位，人不可貌相，海水不可斗量。"林培基以自己的亲身经历，说服武举人林锦亨和林锦泰兄弟俩，"实不相瞒，你爨爷就犯过有眼不识泰山的毛病。那年携眷赴山东公干，宿于逆旅之中。因拜见当地要员，不便携眷。孰料旅舍中有一看似浅薄鄙陋者，屡次搴帷偷窥家眷。公事办毕回到旅舍，听家眷诉说，于是你爨爷径登寓楼告诫。浅薄鄙陋者一再声辩其冤。那时你爨爷血气方刚，一怒之下挥拳殴打浅薄鄙陋者数下。那浅薄鄙陋者一声无响，而且不闪不避用胸脯承接数拳。你爨爷自以为得意，谁知胜之不武。回到旅舍，便觉双手如病风痹，疼痛无比。后来店家告之：'楼上貌似浅薄鄙陋者，乃一老拳师也！'你爨爷大吃一惊，赶紧向貌似浅薄鄙陋者道歉，求得那老拳师原谅，经其抚摩，方得痊愈。"

"爨爷，"林锦亨和林锦泰兄弟打量着西门月瑛，大有一见真章之意，"如果她也有老拳师的能耐，我哥俩甘拜下风！"

林狮狮告诉林锦亨和林锦泰兄弟俩，西门月瑛系五枚师太第五代女弟子。他们不信，结果被西门月瑛客客气气地用左右两记日字冲拳的瞬间爆发力给击倒在地。从此，再也不敢小看这位巾帼英雄了。

"你是外人，"尽管林锦亨和林锦泰兄弟俩已认输，但族长公还是固执己见，"不能在'万民折'上签名画押！"

"族长公，此言差矣！我西门月瑛与你们的狮狮早就交换过庚帖，订了婚，便是内人，还把我当作外人，岂有此理？"

"是的！是的！西门月瑛跟林狮狮互换过庚帖，我可以作证。"不等林狮狮开腔，林培基先公开予以承认，"既然换过了庚帖，就是我们林家媳妇，不是外人！"

"再说了，抗敌御侮，不分外人、内人，所有的人都义不容辞！不单单西门月瑛可以在'万民折'上签名，所有西门、北门、南门的人，也都可以在'万民折'上签字画押！"

大家觉得林培基说的有道理，连族长公都不再固执己见。不仅西门月瑛一个人，几乎所有西门村的年轻人都在这一请战书的"万人折"上签上了各自的大名……

天空之吻

一

薛绍徽本来与罗大佑约定一起去尚干的林氏祠堂，在请战书"万人折"上签名。可是她与丫鬟墨儿刚刚走出黛韵楼没几步，没想到"啪嗒"一声，一坨鸟屎落在了她的头上。

出身于乡村的丫鬟墨儿按农家老人的说法，认为她的主人今天做什么事都不会顺遂——因为鸟粪落头，倒霉不吉利。

"墨儿，你知道什么呀？"薛绍徽嫣然一笑，竟然出口成诗："凡人无所识，天落一团花。"用诗性语言调侃后，还作出解释：鸟类在古代被称之为"鸿"，鸟屎掉在头上，就是鸿运当头！

"恭人，"墨儿知道，她的薛恭人向来有洁癖，"你不嫌脏？"

"恭人我乐于接受'天空之吻'。"

就在她回到黛韵楼清洗秀发时，陈寿彭风尘仆仆地从国外回来了。

陈寿彭与他胞兄陈季同在上海豫园点春堂用计骗过孤拔的暗杀队，巧助刘铭传秘密乘坐英国"海晏"号轮船离开上海奔赴台湾后，他们兄弟俩便分别奔赴英法去刺探军情。

对英语也很精通的陈寿彭在伦敦时，经常忙中偷闲到英国国家图书馆查阅文献。他为撰写《格土星》《英国十学校说》《火器考》等西学论著以及准备翻译《八十日环游记》做准备。

英国国家图书馆，同时也是世界上最大的学术图书馆之一。它拥有超过 1.7 亿件馆藏，这些馆藏包括书籍、杂志、手稿、地图、乐谱、报纸、邮票等等，涉及 400 多种语言。

作为马尾船政学堂第三届学生，曾留英 3 年，在格林尼治英国皇家海军学院学习 2 年，并在英公司遇尼外耳及金士哥利书士院学习 1 年，专攻水师海军公法、捕盗公法和处理海上抢劫法的陈寿彭，凭借极为流利的英文水平，发现了 22 卷的《中国航海指南》。

这本书的英文原名叫 China sea directory，陈寿彭把这个发现比喻为自己偶然得到了"天公之吻"。由于时间并不宽裕，于是他只节选了第三卷有关中国江海险要的部分进行翻译。

这部被陈寿彭定名为《新译中国江海险要图说》的著作，因涉及中国沿海由南至北各重要港口的地理位置及其周边海域的自然特征和海路状况，兼考沿江沿海通商口岸的政治、经济、气候、交通、人口等情势，极其复杂。加上最早在中国沿海测绘海图的英国海军对中国海域缺少足够了解，以致地名错讹处颇多，翻译起来颇费工夫。

陈寿彭深知海防对一个国家的重要性。学有所成的他，一身本领却被清廷漠视而无以为报，因而下定决心著书立说。他以敏锐的眼光翻译此书，寄希望于国家民族有志之士增强海防意识，提高海防武备，详加利用地势险要，军民协防，以期在存亡关头能共赴国难，保家卫国。

正是出于这一目的，陈寿彭特意酌选紧要之图细细摹绘，以图证文，图志结合，浑然一体，图中名目亦以中西文夹书以便探讨。除了第一图罗经和第二图中国海滨及长江一带至中国海的南洋诸岛（即总图）外，其余各图为广东部分，有沿海 10 幅、珠江7幅、西江5幅、香港4幅、广东杂澳13幅。卷二含42~89图，为福建包括台湾府部分，不仅有闽江、三沙湾、海坛群岛，还有台湾海峡、澎湖群岛等图幅。卷三含90~124图，为浙江、江苏部分，有舟山群岛、甬江、三门湾、吴淞口、黄浦江、上海等图幅。卷四含125~165图，为长江部分，光是长江总图就有4幅，长江沿线34幅，鄱阳湖、赣江、焦山各1幅。卷五含166~208图，为山东、直隶、盛京部分，有芝罘、威海、胶州湾、辽河口、旅顺口、北河等图幅。

既然是江海险要图志，图中自然得标出每个险滩、岛屿、暗礁和标志性地点，对重要航道采用大比例尺的海图表示，清晰易见，一目了然，以供航行者轻松自如地选择航行路线。中国沿海各处险要形势于此历历在目，手持一卷便可行走无忧。

陈寿彭呕心沥血完成了《新译中国江海险要图说》后，特请胞兄与杨敏曾和黄裳治写了3篇序，当然也有自序1篇。全书共分七大卷，卷一为原叙、原目、原例及航海要略；卷二至卷三包括中国概况、江海沿岸总体情况及航路概述等；卷四以后所述自香港开始，遍及今海南、两广、福建、台湾、浙江、江苏、上海、山东、河北、天津、辽宁诸地详情。

正如他在该卷志之一《原叙》中所阐明的："此书之作，专为指明中国滨海一带险要方向、礁石隐现、港口深浅、沙岸通塞、潮汐高低孰广孰狭、孰曲孰直、孰左孰右、孰东孰西，以及灯塔浮锚、山头水线，无不收罗。大之则利于海师，小之亦便于商贾也。"同时兼顾山川、地形、地势、水道、河流、湖泊和洋流、气候以及政治、物产、邮政、铁路、电报、经济等自然、人文地理的描述，可谓面面俱到、字字珠玑。

最令薛绍徽惊喜的是，丈夫的《新译中国江海险要图说》对各省主要港口和通商口岸各类资料的搜集、考察，涉猎的既广且深。最值的赞许的是，陈寿彭同时也有意识地把涉及的地方都纳入到了中国的主权范围之内。其中卷十一的"台湾东北诸岛"条目则明确把钓鱼岛列岛列入："其如链之列岛，中有三岛与台湾近，曰尖岛、曰库利岛、曰亚经可儿特岛，皆距台湾东北向二三十迷当（注：迷当，即英里）。其次之群岛则在东向八十迷当，如花瓶屿是也，此又有众尖岛与台夷屿。则又在五十迷当以外矣，其毋勒利符石则为此链之最东焉。"所述尖岛即花瓶屿，库利岛即棉花屿，亚经可儿特岛即彭佳屿；而花瓶屿实际上就是钓鱼岛，台夷屿即今黄尾屿，众尖岛应是周围的南小岛、北小岛、冲南岩、冲北岩等小岛礁，毋勒利符石即最东边的赤尾屿。其后还特别说明："此皆在于日本流势劲烈处，虽然其在第一层名岛中（即最近之三岛），潮流之力，不与迷职库同，因无海牵挂也。"迷职库即琉球群岛中的宫古列岛。

其中，尤其值得一提的是，在补编卷一中对我南海的范围进行了详细的界定："中国南海之界，由赤道起循纬平行，迄于香港。其西界于马来地角（即新加坡、息力、马剌加等处）、暹罗滨海、柬蒲塞、姑程支那、安南等处；其东则界与婆罗洲之西北滨及非力屏群岛。"

《新译中国江海险要图说》里的息力，即霹雳州，位于马来西亚半岛，旧称吡叻州。马剌加即马六甲，柬蒲塞即柬埔寨，姑程支那即交趾支那，非力屏即菲律宾。

"逸如，如此皇皇巨著，"身为诗人、学者的薛绍徽深知著述辛苦，看着丈夫带回来的两大藤篓的书稿，感慨万千，"可谓呕心沥血之作！"

"但愿赶紧付梓，"陈寿彭废寝忘食无数个日日夜夜，《新译中国江海险要图说》主要目的就在于海防，"或能助我将帅御敌于国门之外。"

"法夷来势汹汹，欲侵犯福州。"一直没离开福州的薛绍徽，对当前岌岌可危的局势正忧心忡忡。"今为吾国计，莫如守，守则必按于险要。逸如此时献出《新译中国江海险要图说》，真乃及时雨也！"

"男姒兄，"陈寿彭无论出洋多久，只要一回到家中，称呼妻子总是用昵称，"巩固海防，单凭《新译中国江海险要图说》还不行，还要有坚船利炮和雄韬伟略的将军！"

"我不管！"薛绍徽终于逮住一个向丈夫撒娇的机会，把弱小身躯靠在陈寿彭怀里。"总之，我的逸如厥功至伟！"

"男姒兄，我可不敢贪天之功为己有！"做人一向低调的陈寿彭，虽然得到妻子褒奖，仍然虚怀若谷。"应该说，此原书之功伟哉！"

不管怎么说，剑胆琴心的薛绍徽慧眼识珠，对丈夫的《新译中国江海险要图说》怎么褒奖都不为过。当然，她知道与丈夫议论国事，不能老是倚天长啸，只能浅尝辄止，尽快把黛韵楼变成仙葩阆苑，让夫君好好领略无限风月。

然而万事只求半称心，人生哪能多如意？薛绍徽与陈寿彭才卿卿我我了那么几天，一道难题便摆在了这对鸳俦凤侣面前。原来，以钦差身份会办福建海防的张佩纶，得悉毕业于船政前学堂的优等生陈寿彭从英国回来，欲调其担任轮船大副。

按理说，术业有专攻的陈寿彭在任何一艘战舰上担任大副一职，都不负韶华。可是负责渤海湾海口一带防务的周馥下聘书在先，刚刚履新广东布政使的龚易图紧随其后请他入幕。一下子，三方都在向陈寿彭招手，小别胜新婚的夫妇俩必须作出选择。

薛绍徽当然希望夫君在自己身边，双宿双飞，形影不离。但是她心中也非常清楚，丈夫固然是船政前学堂毕业生，可是由于长期在外交领域纵横捭阖，擅长与泰西各国洋人斡旋，然而缺乏兵舰生涯，在水师中没有声望。担任大副，恐难胜任。

陈寿彭不同意妻子的看法，自己是科班出身，资历明摆着，不管上哪一类型的船舶就任大副，都能镇得住阵脚。但是他对张佩纶不以为然，虽然极力主战，也只是纸上谈兵。因而对其厚爱，果断地也来个"秦王恐其破璧，乃辞谢固请"。干脆利落，毫不拖泥带水。然而是北上天津还是南下广东，他却一直犹豫不决。不是不懂得选择，而是一时拿不定主意。

陈寿彭对李鸿章的"文胆"并不陌生。周馥早年加入淮军，从初为李鸿章司文牍到成为主要幕僚，参与洋务，表现尤其突出，先后担任永定河道、津海关道兼天津兵备道等职务。时下正奉李鸿章之命在天津海口编民船、立团防。要是肯前往天津辅佐，有李鸿章这棵大树荫庇，前途自然无量。

陈寿彭对自己的老乡，自然更熟悉不过了。龚易图，福建闽县人，不仅是一个循吏，还是一个学者；既是诗人，又是画家、大藏书家、大园艺家，在多个领域均有建树，是一个富有传奇色彩的人物。文武双全的他进士及第后，干的两件大事，足以彪炳史册：一是与捻军交战 10 年，有勇有谋，节节取胜；二是在山东济南知府任上精心谋划，助山东巡抚丁宝桢杀了人见人恨的慈禧太后亲信太监安德海。辅佐这样的人，自然可以叱咤风云，不过有一定的风险。

懂得审时度势的薛绍徽，对丈夫应该何去何从，则一直恪守妇道，缄默以观，一切由夫君自己定夺。她只想作为一个高超的"风鸢人"，来个"柳条搓线絮搓棉，搓够千寻放纸鸢"。

可是出乎薛绍徽意料的是，陈寿彭最后既没北上天津也没南下广东，而是奔赴日本。因为日倭有个跳梁小丑，欲占南海某个岛屿。针对这件事，需要精通日语的他去一趟扶桑舌底翻澜。

二

日倭欲占南海某个岛屿的这个家伙，叫西泽吉次。走海经商期间，偶遇南海强风暴。"飓风忽起云颠狂，波涛摆掣鱼龙僵……轰轰砢砢雷车转，霹雳一声天地战。"不是这家伙命大，而是颇有经验。风暴肆虐时，他用缆绳把自己捆绑在后甲板的将军柱上。桅杆折断、风帆破碎，甲板上的货物都被狂风刮得不见了踪影；由于他嘴里不停地向日本两大海神惠比寿和绵津见祷告，终于避免被惊涛骇浪吞噬。虽然安然无恙，但还是被风暴弄得死去活来。晕头转向、暂时失去知觉的他并不知道风暴已经过去了，更不知道自己所在的破船被无情的风暴甩到了一个岛屿旁。奄奄一息的他，迷迷糊糊地念叨着："狂风何故苦相凌？"蓦然间"啪嗒"一声，一坨黏稠的鸟屎落在他的额头上。兀自怨天恨海的他，这时才意识到自己还活着。于是他仰起身来，睁开眼睛，发现破烂不堪的船舶紧挨着一个岛屿。他赶紧为自己松绑，然后挣扎而起，寻找跟着他经商的伙计。可是四顾茫然，只剩形影相吊、茕茕孑立。可以肯定，除了他外，其他人都已葬身鱼腹。思念及此，他打了个寒战。得赶紧爬下破船，离开险境。他恋恋不舍地与快散了架的破船告别，然后站在浅滩里，双手捧起一掬海水，把额头上的鸟屎洗掉。脑袋瓜逐渐清醒了后，意识到当务之急是先登陆找一个安全的栖身之所，顺便在岛上寻找淡水解渴。

当西泽吉次登上这个岛屿时，一下子被眼前的景象惊呆了。不是因为鹰鹘栖息，鸟丁兴盛，野趣天成。而是他发现，这一个完完全全被鸟类霸占的岛屿被数以万计的鸟类作为栖息之地，鸟粪层积，银山素裹，蔚为壮观。整个岛屿被一层又一层的鸟粪覆盖，臭气熏天。

在绝大多数人的眼里，鸟屎为不洁之物。然而两个德国人却发现，这臭秽之物是无价之宝。一位是自然科学家亚历山大·冯·洪堡，他在秘鲁旅行时发现每个海岛上都有大量鸟粪，还看到当地人挖鸟粪去给庄稼施肥。另一位是化学家尤斯图斯·冯·李比希，他在对鸟粪石进行检验后发现了鸟粪里含有大量的氮和磷以及其他有机物，而农作物的生长恰恰需要氮、磷等有机物。

毋庸讳言，这个发现太及时了。因为第一次工业革命后，人口暴增，粮食不够吃。粮食危机的爆发，促使人们急需肥沃土壤来提高粮食产量，而一时却不知道用什么东西提高土壤肥力。而李比希的这一发现，刚好解决了人类的这一难题。

于是，聪明的人们把富含氮磷化合物的海鸟粪加工制作成化肥，在农田施用后不但能够令土地即时恢复肥力，还能连带大幅提升农作物的产量及品质。打那以后，含氮化合物的用途被广泛开发。

极有商业头脑的西泽吉次，无意间一头撞到了南海这一岛屿上的鸟粪，顿时欣喜若狂。他抬头望着天空，成千上万只鸟在盘旋。这"自然的使者"使他生命的活力得到膨胀，因而他形象地将鸟粪比喻成"天空之吻"。他仅凭目测，估计这岛上的鸟粪起码堆积了30米厚。他心想，如果能占有这个岛屿并开发这里的鸟粪，自己一定会成为日本最大的富翁。

被命运作弄了一下的西泽吉次，因祸得福。一艘经过南海的商船，把他带出了困境，也给他带来了希望。回到日本后，他变卖了家产，说服并纠集一伙浪人重返南海这一鸟粪堆集的小岛，把"天空之吻"变成财富。

新任广东布政使龚易图为预防法兰西第三共和国远东联合（特混）舰队继续南下侵犯广东，亲自督促，分别在振阳、振威、振定、安平、安定、安威、安胜、安盛和蒲州修建了抵御外侵的9个炮台，还亲自到汕尾、陆丰巡视海防。当地渔民告诉他：日倭在珠江口"南澳"外的月牙岛上挖鸟粪。

渔民向龚易图提供的中国古航海图中，月牙岛称为"南澳气"，又名"大东沙"。龚易图认为，既然大东沙是中国领土，日倭就不能涉足登临；连那上面的鸟粪也是中国人的东西，一坨都不能拿走。于是，他一面通过总理衙门向日本提出严正交涉，一面派人去大东沙岛侦察。

日本方面回应：大东沙是无人岛，是日本人西泽吉次首先发现的，他有权拥有该岛。因而蛮横无理的西泽吉次和日本浪人，仗着有政府做靠山，坚决不让龚易图和渔民登岛视察。

一时之间，围绕着大东沙岛屿归属问题，中日双方竟然唇枪舌剑，争论不休。中方指出，大东沙岛上有庙宇建筑，可以佐证系中国渔民最早发现该岛。消息传到西泽吉次耳朵，他便让日本浪人拆掉大东沙岛上的庙宇。

针对日倭昭然若揭的狼子野心，李鸿章建议总理衙门起用著有《新译中国江海险要图说》的陈寿彭去折冲樽俎。老谋深算的他相信，作为资深的外交家陈寿彭，一定不负众望。

筋骨方才几日休，何须更向洪涛游。陈寿彭接到上谕时，薛绍徽还以为派夫君去广东辅佐龚易图，因而有些不解。龚易图在广东担任布政使，完全有能力对付日本的一个跳梁小丑。她对这位曾做过"七十二泉太守"的龚易图并不陌生，因为他是自己的邻居。

龚易图在光禄坊有一屋宇宏大轩昂的住宅，号称武陵园，后来叫陶舫，宅后还小有园林之胜，就在黛韵楼边上。虽然他一直在外做官，难得一见；但薛绍徽对龚易图的为人，多少还是有所了解的。首先，龚易图文武双全。打嘴炮口若悬河，滔滔不绝。

用武力，无论单挑还是群殴全在行。派她的夫君去广东助阵，起不了什么用。与其英雄无用武之地，不如让她的夫君静下心来，在家里夫唱妇随一起翻译法国科幻小说大师儒勒·凡尔纳的《八十日环游记》。

"男妸兄，你不至于等日倭把大东沙岛上的鸟粪都挖走了，才让我走这一趟吧？"陈寿彭一边整理行囊，一边告诉妻子。

"逸如，国人一定会喜欢《八十日环游记》，我们应该抓紧时间把它翻译出来。臭烘烘的鸟粪，日倭要，就让他们挖走好了！"

"男妸兄，此言差矣！凡是中国南海上的岛屿，无论大小，都是我们的宝岛！"

"岛上臭烘烘的鸟粪，不至于也是宝吧？"

"确实是宝！"

"逸如，你别哄我，鸟粪也是宝？"

"男妸兄有所不知，鸟粪富含氮和磷，它们能让农作物的产量一下子提高10倍。"

"是吗？"

"真的！泰西各国的物理学家通过分析，已经探明鸟的排泄物，包括蝙蝠和海豹的粪便，乃至其尸体，均富含氮磷元素，而氮磷元素是一种极为难得的优质肥料。"

"我记得明朝永乐年间有一位叫李达的诗人，曾经吟咏过鸟粪。"

"哦？"

"我念给你听：'晓出林间乐鸟鸟，纵然被污复何如？已成天下奇穷者，天再穷人术已无。'"

"天不穷人！大自然之中有无数的海鸟，大量的海鸟肆无忌惮地将粪便排泄到岛屿上，日积月累，一层又一层地堆积着，经过漫长的风化，会变成磷酸盐矿。欧美人将其看作'白色黄金'。"

"哈哈……"薛绍徽忍俊不禁地大笑了起来。想到笑不露齿的闺训，她赶紧用团扇遮住俏脸蛋，"这个比喻好，把鸟粪视同'白色黄金'！"

"也有把海鸟粪便形容为'白色珍珠'的。"

"怪怪的泰西人，还挺有想象力。"

"要是没有想象力，怎么会撰写出《八十日环游记》？"

"说的也是！"

"有一个叫秘鲁的国家，西濒太平洋，因为有着丰厚的海鸟粪便资源，竟然遭了殃。"

"怎么，因福得祸？"

"秘鲁不少人迹罕至的沿岸海岛，有几百种不同类型的藻类，其营养物质翻涌至海水表面，滋养了源源不断的鱼群，吸引来数以百万计的海鸟。它们吃饱了就得排泄，长年累月，海岸岩石上的鸟粪层高达几十米。欧洲国家纷纷跑到秘鲁买鸟粪作肥料。仅1850年，英国就从秘鲁进口了13.5万吨鸟粪。由于鸟粪开采方式简单，不需要重型设备和高额资本投入。包装鸟粪以及把鸟粪装上开往欧洲的货船仅仅需要人、袋子和铲子，这些廉价劳动力甚至仅占生产成本的4%。这'肮脏的贸易'成为秘鲁的经济支柱，从而一跃成为拉丁美洲最富有的国家之一。"

眼看秘鲁靠鸟粪竟然大发横财，其以前的殖民者西班牙十分不爽，便要求"鸟粪共和国"秘鲁赔付因此带来的损失。面对这一无理要求，秘鲁当然不会同意。于是，西班牙决定明抢，一场"排泄物战争"就此爆发。1865年，西班牙舰队占领了属于秘鲁的优质鸟粪产地钦查群岛。

成也鸟粪，败也鸟粪。随着人类化学知识的疯涨，懂得了鸟粪最有价值的是它经过陈年累月板结后转化成的硝石。原来要制造火药炸药，硝石是必备原料。为了把被人们叫作鸟粪石的东西变成金钱，就必须发动战争。因为只有战争，才会使鸟粪石的需求量越来越大。

从克里米亚战争到美国内战，再到普法战争，几次大仗打下来，欧美国家的枪炮技术都有长足进步。而欧美各国的枪炮技术的核心是火药炸药。只要惨烈的战争一次接着一次，硝石的需求量就极为巨大。市场规律，任何商品，凡是供不应求，价格自然就会水涨船高。由于战争不断，鸟粪石从最初的每吨近 50 美元涨到最高的每吨近 80 美元。仅当时的世界老大英国，一年就买了 135068 吨。有个厂家，每吨出口价 9 英镑，扣除各项费用，还赚了 333537 英镑。后来，鸟粪石每吨涨到 10 英镑。

秘鲁出口了大量的鸟粪石到欧洲，占财政收入的一多半，最多的时候占到了 80%。从 1840 年到 1880 年，秘鲁大概从中赚取了 1 亿英镑。这在当时的拉美来说，绝对是一笔诱人的巨额财富。由于钱多，秘鲁成为当时拉美的顶级"富豪"，并且还出钱筹建了一支强大的海军，使击败了西班牙的无敌舰队。

眼睁睁地看着秘鲁靠鸟粪石大发横财，许多国家都眼红了。再加上在秘鲁和玻利维亚以及智利三国交界处的塔拉帕卡地区又发现了银矿，新的利益立即使三个国家彻底闹翻了脸。

原先智利在整个塔拉帕卡地区所占的比例最小，尽管自己国家的军队人数较少，但是装备先进、战斗力强。凭着十分迅速增长的实力，不断地扩大有利可图的地盘。

"为了对付智利的扩张野心，实力弱小的玻利维亚选择和秘鲁结盟，共同对付日益强大的智利。1879 年年底，三个国家进行了关键性的一战，即多洛雷斯战役。在这场战役中，秘鲁和玻利维亚的军队虽然人数众多，但是玻利维亚的武器装备极其落后，两国联合作战的指挥上问题也比较多，因而两国联军还是打不过智利，一退再退。战争一直持续到去年（即1883年）10月，交战双方签订了《安孔条约》，正式结束战斗。智利大获全胜，控制了包括阿塔卡马沙漠在内的阿里卡、塔拉帕卡、塔克纳等鸟粪和硝石含量最为丰富的地区。"

"逸如，我以为可以把这场战争命名为'鸟粪战争'。"

陈寿彭用法语赞了一声"好！"，然后才指出："这场'鸟粪战争'使玻利维亚失去了海岸线，成了贫穷的内陆国。秘鲁曾经强大的海军在战争中几乎全军覆灭，从此失去了发展的最好机遇。最大的赢家是智利，获得了更多的土地和资源，成为能与巴西、墨西哥相提并论的南美小霸王。"

"我国的大东沙岛也有长年累月堆积的鸟粪，要是被泰西列强看上了，那可就麻烦了！"

"男妔兄所言极是！由此可见，必须把首先染指我大东沙岛的日倭彻底打趴下，才能杀一儆百！"陈寿彭引用秘鲁惨败于"鸟粪战争"的教训，轻而易举地说服了薛绍徽，带着他的那一部《新译中国江海险要图说》奔赴日本。他知道此次扶桑之行凶多吉少。但是为了守卫中国的海疆，他义无反顾地踏上了征程。

恋恋不舍的薛绍徽，后来在书桌上看到了陈寿彭留下的诗句。不！应该说她看到了夫君誓死捍卫祖国海疆的决心。因而忧心忡忡的她，在很长一段时间里一直默默地念叨着："只解沙场为国死，何须马革裹尸还。"

三

按照清朝官场的逻辑，总理衙门给奔赴日本的陈寿彭8个字训谕："大事化小，小事化了。"然而将在外，君命有所不受。他到日本后，发现内务卿是山县有朋。

这家伙出生于低级武士家庭，有一次在大雨中和一个地位高的上士相向而行，不慎把泥水溅到上士和服的裙裾上，结果被强迫趴在泥泞中道歉。低贱的出身，催生了他推翻社会等级制度的念头。他擅长柔道和剑术，且常常以"吾乃一介武夫"而自鸣得意。1864年，在抗击英法荷美四国联合舰队炮击下关的战争中，他身先士卒，右腕和腹部中弹负伤仍奋勇作战，从此名声大噪。他奉命组成军事考察团，到英、美、法、德、俄、荷和土耳其等国研究考察军制和兵器。他与陈寿彭、陈季同在不同国度邂逅相逢了好几次，一起探讨过强国路径，相互之间印象都很深刻。

于是，陈寿彭直接觐见已成为"日本现代陆军之父"的山县有朋。陈寿彭没想到这一次造访，还有一个非常意外的重大收获。原来，恰巧遇到日本福冈人古贺辰四郎声称"发现"钓鱼岛及其附属岛屿，并向日本内务省申请划入日本国界。

"卿相大人，"陈寿彭听到这个消息时，暗自大吃一惊，"钓鱼岛自古以来便是我中国领土。"

"有证据吗？"

"有！我不得不告诉卿相大人，在中国的历史文献中，早在2500多年成书的《隋书·流求国》中，就记载有高华屿。"

"星使大人，我们说的不是高华屿。"

"卿相大人，《隋书》上说的高华屿就是钓鱼岛，也叫钓鱼台。南宋王象之所著《舆地纪胜》一书也提到钓鱼台，还有另一个名称叫赤屿。南宋乾道七年（1171），镇守福建的将领汪大猷在澎湖建立军营，遣将分屯各岛，台湾及其包括钓鱼岛在内的附属岛屿在军事上全都隶属澎湖统辖，行政上由福建泉州晋江管理。明朝洪武五年（1372），明太祖派行人杨载出使琉球，途中发现并登上了钓鱼岛。1403年，其被命名为'钓鱼屿'。1582

年，钓鱼岛被正式归入中国版图，隶属福建省。中国渔民人手一册的《顺风相送》一书中记载钓鱼岛的名称为'钓鱼屿'和'赤坎屿'。由此可见，最先发现钓鱼岛列岛并将其作为海上航行标志予以利用的是我中国人。贵国什么人刚刚'发现'这些岛屿，已经晚了我中国人500多年？"

陈寿彭不光用口头做了陈述，还打开《新译中国江海险要图说》，将多幅疆海图给山县有朋看："卿相大人，你看。这上面清楚标明钓鱼岛为中国的一部分：钓鱼岛，亦称钓鱼台、钓鱼屿、钓鱼山，是中国东海钓鱼岛及其附属岛屿的主岛，位于北纬25°44.6′、东经123°28.4′，距浙江温州市约358千米，距福建福州市约385千米，距台湾基隆市约190千米，周围海域面积约为17.4万平方公里。主岛长约3641米，宽约1905米，面积约3.91平方公里，最高海拔约362米，地势北部较平坦，东南侧山岩陡峭，东侧岩礁颇似尖塔，中央山脉横贯东西。钓鱼岛盛产山茶、棕榈、仙人掌、海芙蓉等珍贵中药材，栖息着大批海鸟，有'花鸟岛'的美称。自明洪武五年至大清同治五年近500年间，我中国两代朝廷先后24次派遣使臣前往琉球王国册封，钓鱼岛都是册封使前往琉球的途经之地，有关钓鱼岛的记载大量出现在中国使臣撰写的报告中。譬如嘉靖十一年（1532）陈侃的《使琉球录》中称钓鱼岛为钓鱼屿，已在我国海域之内。明嘉靖四十年，明朝驻防东南沿海的最高将领胡宗宪主持、郑若曾编纂的《筹海图编》一书，明确将钓鱼岛等岛屿编入'沿海山沙图'，纳入明朝的海防范围之内。明万历三十三年（1605）徐必达等人绘制的《乾坤一统海防全图》及明天启元年茅元仪绘制的中国海防图《武备志·海防二·福建沿海山沙图》，也将钓鱼岛等岛屿划入中国海疆之内。大清朝不仅沿袭了明朝的做法，继续将钓鱼岛等岛屿列入中国海防范围内，还明确将其置于台湾地方政府的行政管辖之下。《台湾府志》及黄叔璥编写的《台海使槎录》等官方文献，也详细记载了对钓鱼岛的管辖情况。1719 年赴琉球的我大清国册封使徐葆光在《中山传信录》中指出其海上航路是：由闽安镇出五虎门，取鸡笼头，经花瓶屿、彭家山、钓鱼台、黄尾屿、赤尾屿，取姑米山、马齿岛，入琉球那霸港。甚至 1762 年，葡萄牙人的《航海针路图》中也明确地标示钓鱼岛及其附属岛屿是属于台湾。1809 年法国地理学家皮耶·拉比等绘《东中国海沿岸各国图》，将钓鱼岛、黄尾屿、赤尾屿绘成与台湾岛相同的颜色。1816 年，伦敦出版的《东印度、中国、澳洲等地航海指南》，对台湾附属岛屿作了明确记载，并标明了各岛的经纬度，其中包括钓鱼岛。1871 年刊印的陈寿祺等编纂的《重纂福建通志》卷八十六将钓鱼岛列入海防要冲，隶属台湾府噶玛兰厅（今台湾省宜兰县）管辖。"

山县有朋见陈寿彭如数家珍似的一一列举出钓鱼岛早已归属中国的案例，并且有各种书籍图册佐证，甚至连法国、英国有关文件上也明确记载钓鱼岛属于中国，不得不致函外务卿井上馨："此岛屿近清国之境，较之前番勘察已毕之大东岛方圆甚小，且清国已命其岛名。"因而不同意在钓鱼岛订立国标，并复函冲绳，在信件上强调"勿让传媒得悉"。

陈寿彭压根就没想到，自己"焚膏油以继晷，恒兀兀以穷年"著成的《新译中国江海险要图说》如同威慑力巨大的武器，一下子拒止了日本人侵占钓鱼岛的步伐。于是他认定，凭借这一皇皇巨著，一定能再创佳绩。可是让他始料不及的是，山县有朋固执己见，一口咬定大东沙岛是无主荒岛。

面对山县有朋不容置疑的态度，陈寿彭还是耐着性子指出："大东沙岛是中国南海东沙群岛中的一座岛屿，面积为 1.8 平方公里。全岛形状如牙，俗名月牙岛。又因居于珠江口'南澳'之外，所以在中国古航海图中称为'南澳气'。"对历史非常熟悉的他，以古鉴今，说明中国对大东沙岛拥有无可争辩的主权。

被日本人称作"陆军之父"的山县有朋，自然知道大东沙岛位于东亚至印度洋和亚、非、大洋洲航线要冲，战略位置十分突出，因而不想退出刚刚被西泽吉次占有的这个岛屿，他坚持要陈寿彭拿出有力的证据来。

陈寿彭自然还是打开《新译中国江海险要图说》，那上面详细记录了中国各省的主要港口和通商口岸。位于珠江出海口以东的东沙岛毫无疑问也赫然在列，只是名字变成了蒲拉他士。

正是这个蒲拉他士的命名，陈寿彭费尽口舌，山县有朋死活就是不承认中国拥有该岛主权。他还煞有介事地取出一幅英国地图，强调说，在日本人西泽吉次登上该岛之前的 1866 年，英国人蒲拉他士早已光临东沙岛。所以在英国官方绘制东海地图时，就将该岛命名为蒲拉他士岛。

这时候，陈寿彭非常懊恼。因为在《新译中国江海险要图说》时，忘了在蒲拉他士岛条例加注中国名称。自己的这一疏忽，使山县有朋钻了空子。

就在陈寿彭尴尬万分时，恰好英国跑来掺和一脚。日不落帝国的航线遍布全球，自然也看上了东沙群岛这块兵家必争之地。英国人想在东沙岛建立一座灯塔，方便过往船只航行。但是英国人并不清楚东沙岛究竟归属哪国管辖。由于日本曾侵占过台湾，他们想当然地以为日本人是紧靠台湾的东沙岛主人。可是当英国人看到山县有朋提供的英国绘制的东海地图时，看出了个中的破绽。几个英国人用英语交流，说出真相："虽然英国官方在绘制东海地图时，将东沙岛命名为蒲拉他士岛，但顺手标明属于中国。"

英国人没想到陈寿彭精通英语，他立即抓住英国人的佐证，将了山县有朋一军，指出是他篡改了历史图籍，打了这位日本内务卿一个措手不及，在英国人面前丢了面子。当然，他不肯就此作罢，要陈寿彭拿出地方志中的记载来作佐证。

这难不倒陈寿彭，他立即取出王之春完稿于光绪五年的20卷《国朝柔远记》。该地方志又名《国朝通商始末记》《中外通商始末记》，系编年体对外关系专史。其中详细记录了"中国至此围渔，已有年所"，极其有力地证明东沙群岛属于中国。

日山县有朋自以为是地认为，无论是中国史书还是地方志，都只是详细介绍陆地之事，对于海中岛屿暗礁一向极为简略，没想到《国朝柔远记》记载极详。再加上陈寿彭译的英国海军海图官局编的《中国江海险要图志》关于东沙群岛，证据确凿。哑口无言的他，不得不承认东沙岛是中国固有领土。

大清国总理衙门收到陈寿彭的电报后，立即复电传达圣谕，让他亲自去接管东沙岛。于是，他在大清驻日本公使协助下，乘日本船只"长风"号，单枪匹马踏上了意气风发之旅。

登上东沙岛后，陈寿彭才知道丧心病狂的日本侵略者不仅将中国渔民全部驱赶殆尽，还将岛上百余座中国居民的陵墓用铁器掘开，挖出遗骸，焚化后推入水中。许多座具有中国特征的庙宇也被一一拆毁。尤其可恨的是，他们将雄伟竖立的中国主权碑。用铁锤砸碎。只余峡口一堆石，恰似人心未肯平。

特别令陈寿彭心潮难以平静的是，西泽吉次在彻底湮灭了中国人居住的痕迹之后，竟然在岛上悬挂起日本旗，宣称占据"无主土地"，并擅自将岛屿命名为"西泽岛"。

当陈寿彭把日本旗撕下来时，立即就被刀光剑影给笼罩住了。原来西泽吉次带领的百余号浪人无视山县有朋于1876年就下达的"废刀令"，他们一个个都拥有日本最有名的村正刀。

这款日倭刀，结合了历代中国的锻造技术，加上日本工匠的演变改进因而威力极大，也符合现实战争的需要。据说倭寇犯海之时，当时明朝的军队被日本浪人如切菜一般砍得七零八落。

陈寿彭单枪匹马登上东沙岛后，立即就被西泽吉次的100多号穷凶极恶的浪人团团围住，一个个乱吼，恨不得把来人给撕碎了，吸其血、嚼其肉。幸亏广东布政使龚易图未雨绸缪，率领着3个营兵勇，乘8艘快艇风驰电掣赶来。

这3个营的兵勇全是从福建沿海一带招募来的壮汉，每个人手上都拿着戚家军用的狼筅。这种特型的长兵器，长一丈五六尺，重约七斤，器首尖锐如枪头，节密枝坚，附枝九至十一层不等，全器用铁打制而成。狼筅的制作材料主要是毛竹，前端装上尖锐的铁枪头，层层侧枝用火烫烤后弯向前方，每个侧枝又分出许多细小的枝丫向不同方向伸展，每个枝丫上都绑着锋利的铁质尖头，形似狼牙。

狼筅虽然形体重滞转移艰难，但层深枝密器长，能御能防。阵战时以狼筅为先锋，牌盾左其下，长枪夹其左右，锐钯大刀接应于后，相为倚靠，浑然一体，以奇制胜。

龚易图照搬戚继光的战术，用倭刀奈何不了的狼筅，迅速围歼了100多号日本浪人，赶走了西泽吉次。一举夺回了被占的东沙岛后，总理衙门通过外交手段，促使山县有朋赔偿了中国渔民的损失。

荆天棘地罗星塔

一

7月14日，孤拔通过弗兰登通知中方，有两艘法国军舰需要进入马尾港补给，也就是加水补充燃料和购买食品。之所以只说两艘军舰需要补给，是因为有个前车之鉴。他没有忘记派"安普黎"号战舰探路被"引水员"误导在圆山水寨搁浅的教训。迄今为止受损的这艘战舰，还在香港维修。虽说他的副官嘉图在"安普黎"号战舰上详细描摹下来进入马尾港沿途的十几座炮台，但马尾港四周的具体防卫情况他依然不了解。事必躬亲的他，认为正可利用清法双方签订的《李福条约》，先率领两艘战舰以"游历"的名义闯入马尾军港侦察一番。

"有没有搞错？"身为守卫马尾军港的第一责任人——福州将军穆图善，再也坐不住了。"马尾是军港，是福建水师的基地！"

"星使大人，无论如何都不能开这个口，让法夷兵舰进来。"福州船政大臣何如璋看到过陈季同从巴黎发回的电报，知道法国海军侵犯马尾港意在摧毁马尾造船厂。

"子峨兄，你我英雄所见略同。"何如璋字子峨，号璞汕，整整大张佩纶10岁。张佩纶抵榕以来几乎与何如璋朝夕相处，与之称兄道弟，使彼此关系更为融洽。

张佩纶的这句话出自肺腑。自法兰西在越南挑衅以来，他始终主张对法主战，其主战论调主要基于以下几个方面：一、维护国家主权和领土完整。张佩纶主张通过战争来维护国家的主权和领土完整，防止列强进一步侵略中国。二、抵制列强侵略。张佩纶认为，法国在越南肇起战端，其目的是入侵我云贵，意在摄取我国矿产资源。因而他认为，必须通过战争来抵制列强的侵略，保卫国家的独立和尊严。三、提升国家地位。张佩纶认定，通过战争可以提升中国的国际地位，使中国在国际上获得更多的尊重和认可。

基于这三个方面的考虑，张佩纶提出了"以战促和"的军事战略思想，通过战争促使法国等列强与中国达成和平协议。也就是说，只有通过战争才可以迫使法国让步，从而达成有利于中国的和平协议。

"星使大人，那就断然拒绝法舰'游历'请求……"

"子峨兄，别忘了按照《李福条约》规定，法军兵舰可以停靠我大清任何一个港口。"

"这是什么条约？李中堂怎么糊涂到这种地步……"

"国力如此，怪不得李中堂。"

"这条约也太不平等了呀！"

"按常规，两国开战，首先得切断一切可能资助敌国的行为。尤其在本国国内，更是如此。"张佩纶何尝不知道战争法则？可是他这个钦差会办福建海疆大臣，已经被一纸《李福条约》束缚住了手脚。因而在何如璋这位资深外交家面前，他毫不隐瞒自己的满腹牢骚。"然而我大清正处于赤马红羊之厄，主权沦丧至此，夫复何言？"

"星使大人，你我不能眼睁睁地看着法夷军舰大摇大摆地开进我船政水师基地。"

已 36 岁的张佩纶，依然血气方刚，方寸之间自然充盈着满满当当的家国情怀。面对法兰西第三共和国远东混合舰队咄咄逼人的严峻局势，以钦差身份会办福建海防的他明知事不可为也要为之，把在闽官员大致做了分工：总督何璟和巡抚张兆栋负责省城福州的防守，福州将军穆图善扼守马江口的长门炮台，他自己亲自指挥船政水师和陆上军队，何如璋主要担负保卫马尾造船厂。

张佩纶记得听陈季同、陈寿彭兄弟说，法兰西第三共和国海军世界排名第二，其铁甲兵舰完全足以碾压船政水师所有的铁胁木壳船。因而尽管他做了战前部署，但还是很不放心，总觉得把法国铁甲兵舰拒之于门外比较好。可是根据《李福条约》，显然无法拒止其激水之轮。

正当张佩纶忧心忡忡之时，罗大佑给他写了一封信，先对他的主战言论赞誉有加，然后提出对敌方略："关门打狗！"具体办法是："用石块堵塞五虎门航道。"

"好！这个办法好！"张佩纶阅罢罗大佑的信函，忍不住拍案叫绝。"炸石堵塞五虎门航道，可以将法夷兵舰拒之于门外。要是来不及，还可以关门打狗。"

于是，张佩纶征召了许多打石匠夜以继日在魁岐石湖里采石场拼命开凿石条，然后又准备了几十艘民间大船装大石条，做好了堵塞航道的准备。志满踌躇的他得悉苏浙闽粤电报线已于这一年的春夏之交开通，该线闽粤段经过福州、泉州、广州等地。于是他给李鸿章拍了一封电报，报告他应敌举措——堵塞五虎门航道。

可是这时候的李鸿章正请美国政府出面促使法兰西第三共和国摆兵息战与清廷坐下来谈判，并认为和谈极有希望，告诫张佩纶勿轻举妄动。非但不能堵塞五虎门航道，还得按《李福条约》

欢迎法国海军到马尾游历。

接着总理衙门的电谕，更是滑天下之大稽、荒天下之大谬！怕得罪列强各国的大清朝廷，竟然要张佩纶先通知各国领事馆，然后才能够沉船塞江。

"军事行动先要昭告天下，那还有取胜的可能吗？"一介书生的张佩纶，接到总理衙门的电谕后，急得团团转。于是，他给北京军机处拍了一封密电："兵，诡道，不可先传。敌船至，始商各领事，无及。未到先商，是激法增船。"

用现在的话说，就是："军事行动，必须保密，不能够先公开！如果等法国佬军舰大量进来了，你再去和各国领事们商量，还来得及吗？但如果先和他们商量，那不是催法国佬多派军舰进来了吗？"

北京军机处没有回电，张佩纶这时后悔不迭。要知道会出现这种局面，就不会预先报告。他站在船政局的法式钟楼上，大声地问远在天津的李鸿章："师尊，何以如此软弱？"

远在天津的李鸿章好像听到了张佩纶的质问，于是用电报作出回答："正寄望于第三国的调解，张佩纶一举一动务必用电报及时请示朝廷，断然不可轻率为难法方！"

二

罗大佑见装满了石条的十几艘民船一直停泊在魁岐江面上，迟迟不去堵塞五虎门航道，急得亲自跑去质问张佩纶。

张佩纶先对位卑未敢忘忧国的罗大佑褒奖一番，然后才一脸无奈地向他出示了一纸电文。原来是五月二十一日军机处寄署闽浙总督何璟等，上谕："军机大臣字寄闽浙总督何、福建巡抚张、会办福建海疆事宜三品卿衔翰林院侍讲学士张，奉上谕：给事中万培因奏：'厦门防军一无可恃，亟宜整顿；请饬张佩纶驻扎厦门，与刘铭传互相犄角，联络声势"……闽省防务紧要，厦门为滨海要区；应如何整顿防军、严密布置？着何璟、张兆栋、张佩纶会商妥办……' "

看到军机处一纸电文后，罗大佑才晓得，原来当大官也有当大官的难处。既然以三品卿衔会办福建海疆事宜，理所当然应该驻节福州，张佩纶驻节马尾船政衙门已是亲临前线。按道理，总署应该对张佩纶大加褒奖才是，怎么能仅凭一个给事中万培因的一道奏折，就要张佩纶驻节厦门？

"星使大人，"罗大佑不清楚上层是怎么想的，向张佩纶直抒己见。"有道是：将在外，君命有所不受！"

"好了！"张佩纶连忙打断罗大佑的话，不让他妄议总署决策，完全是为这位七品芝麻官好。"邑侯的好意，本官心领了！"

罗大佑没有察觉到张佩纶的良苦用心，心想：既然不接受我的好心，我也不必枉费口舌。既然钦差大臣受庙堂掣肘，连驻节何处都不能自主，遑论运筹帷幄？可见，要御外侮，必须撇开颟顸无能的总署，动员江湖力量跟法夷较量。情况紧急，事不宜迟。他立即跑去尚干找依旧丁忧在家的林培基，寄望于素孚众望的武探花能够力挽狂澜。

身受国恩的林培基，面对来势汹汹的法夷，自然愿与大家同仇敌忾。不过，让他舍身杀敌，没有二话；要他拿主意抵御外侮，确实有些强人所难。他用扇柄敲着脑门，嘴里反复念叨："不让填石堵江，那有什么东西可以替换呢？"

蓦然间，林培基想起摆渡珠娘西门月瑛船上的笋干。顿时眼睛一亮，拍了一下大腿，叫了起来："有了！"

"有什么办法？"

"用笋干！"

"笋干？"

"福州，笋干有的是！"

"请道在详。"

"这样，把笋干用铁线捆成一堆一堆，沉到五虎门水下。笋干泡水不是会膨胀吗？一膨胀就把五虎口给堵塞住了。法夷铁甲兵舰开进来，泡水的笋干肯定会缠住铁甲兵舰的螺旋桨。"

"这办法不错！法夷兵舰螺旋桨一被绞住，就进退失据了！"

"届时，我就是用抬枪也能攻其不备。"

"可是，那得用多少笋干？"

"永泰嵩口出产笋干。只要是抵御外侮，要多少笋干，就有多少笋干。关键是得有船去运。"

"船，我负责调集！"

为了抵御法国佬，身为闽县知县的罗大佑在管辖区域内真是一呼百应，一下子就征集到了上百艘船只，只不过大小不一罢了；不过，集结在一起，还是挺有气势的。林培基觉得身为武探花、御前二等侍卫去统领大小不一、形状各异的船只太掉架子，于是让林狮狮出面挑头，也算是人尽其才。

去永泰嵩口征集笋干，西门月瑛轻车熟路。林狮狮率领着上百艘船只，跟着西门月瑛，一下子征集到了400多斤笋干。然后大家齐心协力把笋干用铁线捆成一堆又一堆，再从濑湾运往五虎门。

赤壁之战时，诸葛亮才动员到20艘船诱敌借箭。林狮狮竟然率领着上百艘船只，自然得意扬扬、沾沾自喜。可是船只还没驶到五虎门，就被盐捕营给截住了。

原来，闽浙总督何璟告诉盐捕营管带尤善根："盐枭以运送笋干之名，暗中将私盐运去江浙出售。"于是，盐捕营闻风而动。为了震慑私盐贩子，每艘盐捕营的船上都驾着戴梓机关炮。尤善根起先不相信会有如此规模、这样公开的贩卖私盐行动，可是当他看到林狮狮后便深信不疑了。

"管带大人，我早已金盆洗手，改邪归正了！"以前林狮狮看到盐捕营管带，简直如同老鼠怕猫。这一回，拍着胸脯说话。"这次我带着100百多艘船只，不装私盐，只载笋干！"

"只载笋干？"

"不信？"

"载这么多笋干，干什么？"

"填塞五虎门航道！"

"这么多的船只，没有私盐？"

"请管带大人上船搜！"

尤善根让盐捕营兵丁到每艘船上搜查，果然没查获一两私盐，所有船只载着的都是笋干。于是，他号召手下兵丁协助林狮狮他们把400百多斤笋干投进五虎门，堵塞航道！

水性极佳的林狮狮还一个猛子扎进江底去，用一根根铁线把一捆捆由铁线网捆扎的笋干连结起来。他看到在水底浸泡不久的笋干开始膨胀起来，果然把五虎门航道给严严实实地堵塞住了。

所有的人，包括张佩纶在内，都等着膨胀起来的笋干如何将法国铁甲兵舰的螺旋桨给纠缠住。林狮狮他们还真的把枪管特长的抬枪给抬了出来，准备爆头铁甲兵舰上的法国佬。

孤拔考虑到旗舰"巴雅"号铁甲舰吃水太深，于是把"窝尔达"号巡洋舰作为旗舰，让铁甲兵舰"豺狼"号开路，渐渐驶进马尾港。自从有了圆山水寨的深刻教训，这一次，他指定对福州闽江流域航道早已摸透透的日本"留学生"井上陈政充当"引水员"，自然一帆风顺。

由于副官嘉图曾在"安普黎"舰上已将沿岸炮台都画了下来，孤拔不但已经预先知道炮位，还晓得所有的炮管口全都朝外。他心知肚明，法舰越深入越安全。因而一路深入，心情非常放松。只是快接近五虎礁时，他才站在"窝尔达"号旗舰的舰桥上，拿着红棕漆铜镀金六节单筒望远镜观察。他首先看到五块形态各异的岩石，颇像威武雄壮的五只猛虎，分别蹲在波涛汹涌的江中。

"将军阁下，福州人把那五块礁石叫作五虎门。"井上陈政通过副官嘉图告诉孤拔，"过了五虎门，就算进入福州马尾港了。"

"一越过五虎门，就算进入马尾军港？"行事谨慎小心的孤拔，觉得不可思议。他用法语，自言自语着。"既然是军港，应该兵戎相见才对呀！"

"是有点蹊跷？"站在孤拔身边的副官嘉图听到了他的自言自语，于是提出建议。"将军阁下，我'窝尔达'号应该与'豺狼'号拉开距离。"

谨慎小心无大错。孤拔下令让"窝尔达"号与"豺狼"号拉开了一大段距离。果然，他们看见"豺狼"号靠近五虎礁时，船身突然震颤了一下，甲板上的将士摔倒了一大片。他赶紧拿起手里的红棕漆铜镀金六节单筒望远镜察看，并用旗语询问：出了什么事？

过了好长一段时间，"豺狼"号舰艇还一直在震颤，如同喘不过气来的老牛。通信兵用旗语作出回答：螺旋桨被什么东西纠缠住了。

当然，这难不住法兰西第三共和国的水兵。"豺狼"号舰艇的大副立即派两个水兵穿戴着1857年由法国人卡比罗尔发明的橡胶制成的潜水服到水底排除故障。潜水员头戴沉重的盔形帽，身穿笨重的潜水服，拖着像脐带一样的缆绳和通气管下潜到五虎礁江水下面。他们发现一个个带有压舱石的小网眼铁丝网罩里全是膨胀了的笋干，然用几根较粗的铁线将一个个的小网眼铁丝网罩串在一起，那几根较粗的铁线绷得很直，铁线一头捆绑在水下礁石上。于是，潜水员取出佩戴着的匕首，将一个个小网眼铁丝网罩的铁丝一律割断，膨胀了的笋干立即一一漂浮了起来。

站在"窝尔达"号旗舰舰桥上的孤拔，用红棕漆铜镀金六节单筒望远镜观察到无数膨胀了的笋干漂浮上江面后，被涨潮时的水流冲走。他把望远镜递给身边的副官嘉图："看看，江面上漂浮着的是什么？"

副官嘉图接过红棕漆铜镀金六节单筒望远镜看了大半天，不得不耸了耸双肩："对不起，将军阁下，我无法作出判断。"

后来还是充井上陈政看到潜水员带到"豺狼"号上的笋干，才恍然大悟。他不仅知道这是福州人餐桌上的一道菜，而且还品尝过。

中国老百姓把还未抽林的新笋变成蔬食，早先也许是出于无奈。然而厨师却发挥聪明才智，把它变成餐桌上的美味佳肴。而文人墨客认为"无肉使人瘦，无竹使人俗。"因而自古以来，风流雅士把食笋当作与弹琴、下棋、吟诗一样的风雅之事，历来被列为山珍之一，素有"金衣白玉，蔬中一绝"美誉，甚至还享有"蔬菜皇后"的雅称。

像林狮狮和西门月瑛这样的愚昧无知小民，把笋干作为抵御外侮的武器之一，不仅让外国洋人无法理解，就是端洋饭碗的陈寿彭听说了后也觉得啼笑皆非。让他想不到的是，像林培基和罗大佑这样非宦即绅者，竟然也会出此下策。当然，不能怪他们。毕竟睁眼看世界的人，寥若晨星。

自鸦片战争以降，大清国一再受欺遭辱，天文数字的赔款，搞得国弱民穷。绝大多数平民百姓被极度贫穷拖累，目不识丁。要不是李鸿章、沈葆桢这样的有识之士兴办洋务，擢选学生留洋研习，陈寿彭焉能走出福州，有幸目睹西方世界？要不是在异质空间里遭逢许许多多新事物，视野焉能逐渐开阔？弄不好，自己也是一个什么都不懂得的乡巴佬！

三

孤拔以游历的名义让铁甲兵舰"豺狼"号乘"窝尔达"号铁甲兵舰大摇大摆地闯入马尾港之后，就不走了。理由还非常充足：两艘铁甲兵舰的锅炉都没煤炭了。

中国人的待客之道是：急人所急，忧人所忧。张佩纶为了早点送走不速之客，让何如璋出面从福建造船厂给法国的两艘兵舰送去了煤炭。可是又过了两天，无论是"窝尔达"号还是"豺狼"号都泊在马江江面上，锅炉一直没有冒烟。

一个国家的军港，被另一个国家派出的军舰占着泊位，张佩纶自然坐立不安。他不得不派深谙法语的魏瀚到"窝尔达"号上去，向孤拔表明严重关切。

"贵方这种态度，"傲慢的孤拔，做出不可理喻的回答，"不符合待客之道。"

"法兰西军舰投泊我马尾军港时间过长。"过了两天，魏瀚再次奉命登上"窝尔达"号军舰。很不客气地向孤拔发出告诫，当然还是外交语言。"我方不能置之不理。"

"请不要误会，"这一次孤拔做出答复时，态度没有那么蛮横，"我舰正在抓紧时间清理锅炉渣滓。"

"我方对贵国意在觊觎我军港，"魏瀚奉命第三次登上了"窝尔达"军舰时，毫不客气地告诉孤拔，"保留作出进一步反应的权利。"

不等张佩纶他们做出进一步的反应，孤拔在罗星塔贴出一纸由法文与汉字共同书写的告示：我身为法兰西第三共和国海军远东混合舰队司令，钦羡中华悠久历史，特意到马尾游历，意在与贵国增进友谊、开展文化交流。

张佩纶认为，孤拔在罗星塔张贴一纸告示，宣称来华开展文化交流，却未见以文会友具体内容，显然是在耍花招。于是，再派魏瀚登舰质问："贵方明明炫耀武力，何谓文化交流？"

"魏总工程师登临我'窝尔达'舰3次，"孤拔早就知道魏瀚回国后出任福州船政"总司制造"，也就是总工程师，"对我法兰西文化竟然熟视无睹，本人深感遗憾。"

"孤拔将军，"魏瀚确实已登临"窝尔达"号军舰3次，但除了看到哈乞开司5管机关炮等兵器外，从未见到文化方面的具体内容，连孤拔钟爱的古董也没看到，因而他一脸迷惘，"我在法兰西留学多年，对贵国的灿烂文化并不陌生，可是……"

孤拔不想听魏瀚辩解，索性把他带到了前甲板上，指着船艏楼前摆着的底部由四只脚撑着的一个枣红色梧桐木长方形宽大盒子："魏总工程师，知道这是什么吗？"

"知道，铁丝琴。"魏瀚在法国留学多年，见过这款乐器，"我朝自康熙皇帝始，乾隆和当今皇上以及太皇太后，都会这西洋乐器。"

"魏总工程师，会弹奏吗？"

"不会。"魏瀚作为船政前学堂的第一批官派留学生，赴法国学的是造船专业，由于曾考察过比利时兵工厂、德国克房伯炮厂，对船舰上的武器装备也还能说出一二三四来。曾被法国授予法学博士学位的他，坦白承认任何乐器都不会操弄。

"魏总工程师，可能你们福建没有一个人会弹这种乐器？"

"孤拔，你这话说得是不是也太绝对了？"

"魏总工程师，你要是在福州能找到一个人会弹奏这种乐器，我立即率舰撤出马尾港。"

老人常说："宁吃过头饭，不说过头话。"魏瀚是福州侯官县人，偏偏知道福州有一个人琴棋书画，样样精通。他跑到黛韵楼，恳请薛绍徽出山给飞扬跋扈的孤拔一点颜色看看。

薛绍徽见自己丈夫的同窗学友魏瀚亲自上门救援，再说只要在洋人赠给康熙皇帝一样的铁丝琴上一显身手，就能把侵犯马尾港的法兰西海军给撵走，自然满口答应。在她看来，这只是举手之劳。因为她就有一架丈夫陈寿彭从海外带来送给她的铁丝琴，而且已反复练习了几年，正没地方献艺呢？

"恭人，今旦这么早就起床，不多睡一会儿？"到了约定日子，丫鬟墨儿发天刚蒙蒙亮，薛绍徽就起床了，十分诧异。

"墨儿，赶紧打洗脸水，你恭人今天得好好梳洗打扮一番。"

"恭人，你不是说居家过日子，没必要打扮得过分精致吗？"

"黑儿忘了？今天你恭人要在法国佬面前抛头露脸。"

"哎呀，是给忘了。"墨儿赶紧给薛绍徽烧水、端汤。并且用福州话说了一句："没头顶，不可站人前。"

虽说事关大清脸面，薛绍徽没有浓妆艳抹，只图清奇隽秀。她花了足足一个时辰，乌云压鬓，斜簪着两个翠翘，身穿一件淡青春罗夹衫，系一条水绿百折罗裙，更显得花光侧聚、珠彩横生。

魏瀚把薛绍徽带到"窝尔达"号军舰上时，顿时惊艳了全体法兰西官兵，连孤拔都看斜了眼。她虽不雍容华贵，但却典雅大方，举手投足之间，气度不凡。她没把孤拔他们放在眼里，兀自走到船艏楼前摆着的那个枣红色梧桐木长方形宽大盒子前，伸出一只纤纤玉手掀开了光滑而有点分量的盖子，仅说了一句带福州腔的官话："好一个施坦威！"

薛绍徽简简单单的一句话，六个字，经过魏瀚的翻译，立即把孤拔给惊呆了。他无法想象一个福州女人，竟然懂得施坦威品牌的钢琴。施坦威，德国制琴师，全名亨利·恩格尔哈德·施坦威。

"真不简单。"不服输的孤拔，还想给薛绍徽一个难堪，"知道这钢琴是谁发明的吗？"

"知道，意大利人巴托罗密欧·克里斯多佛利。"听了魏瀚的翻译，薛绍徽不屑地一笑。她的丈夫陈寿彭与四伯陈季同不但在英、法、德、意、匈等国任公使参赞、舌人多年，还买了一架铁丝琴送给她。琴棋书画样样精通的她不仅会弹这一款西洋乐器，还钻研过它的前世今生，"不过，如果克里斯多佛利算是钢琴之父的话，那么我明朝的朱载堉就是铁丝琴的爷！"

"什么？"听了魏瀚翻译后，孤拔傻了眼，"你说的朱什么人，跟钢琴也有关系？"

"朱载堉，朱元璋第九世孙，郑靖王后代，河南省怀庆府河内县（今河南沁阳）人，青年时自号'狂生'和'山阳酒狂仙客'，因为是一个王爷，所以世称'端靖世子'。"

魏瀚把孤拔的这一问翻译出来后，薛绍徽告诉孤拔。"我说的朱载堉，是个全才、通才，他不仅是乐律学家、音乐家、乐器制造家、舞学家，又是数学家、物理学家、天文历法学家，甚至在美术、哲学、文学方面也有惊人盖世的建树。"

"魏瀚先生，你应该告诉这位恭人，"自以为是的孤拔将军依旧趾高气扬的样子，"我都没听说过她吹嘘的这个人。"

"大明立国之初，你们欧罗巴还处于'黑暗状态'，你们的帝国正一分为三，虽然都叫法兰克王国，但有东、中、西之分。"薛绍徽曾经听丈夫陈寿彭详细介绍过欧洲的"黑暗状态"，记忆力超强的她反讽了一下孤拔将军。当然也只是点到为止，然后隆重推介足够彪炳人类史册的中华伟人。"那个时候我们的朱载堉已经为中华民族夺得了多项世界第一。他是世界上第一位创立

'十二平均律'的科学家，被誉为'东方百科艺术全书式的人物'。到了万历十二年，他首次提出'新法密率'，并制造出新法密率律管及新法密率弦乐器。他敢于越祖规，破故习，巧妙地用算盘将2开12次方……"

"不对！据我所知，当时在中西方的数学里没有开方运算的。"孤拔将军是学理工出身的，对数学并不陌生，他立即反驳薛绍徽。"何况你们简陋的算盘，无法将2开12次方？"

"朱载堉把多部算盘连接起来使用，在横跨81档的特大算盘上将2开12次方。也就是说，是朱载堉率先进行了开方运算，这是'山阳酒狂仙客'的朱王爷对普天下数学界的贡献。"

"就算你们这位王爷用多部算盘连接起来将2开12次方，得到的频率公比数是多少？"

"朱载堉用多部算盘连接起来将2开12次方，得到的频率公比数是1.059463094，该公比数自乘12次即得十二律中各律音高，也就是'十二平均律'。在世界律学史上，是朱载堉第一个解决了十二等比律，也就是十二平均律的数理和计算，解决了律学史上三分损益法始终无法解决的'黄钟还原'的理论难题。"

对历史极有研究的薛绍徽记忆力超强，连频率公比数1.059463094都记得清清楚楚、明明白白、真真切切。因而不管魏瀚翻译得准不准确，也不管孤拔能不能听懂，旁若无人地口若悬河、侃侃而谈。

"朱载堉经过多年研究，先后写出《瑟谱》《乐律全书》《律学新说》《律吕正论》《律吕质疑辩惑》等一系列音乐理论著作。其中《律学新说》这一专著，是一部不朽的音乐著作。后来，意大利的传教士利玛窦听说朱载堉著有《律学新说》这么一部专著，便处心积虑地想要弄到手。"

"将军阁下，这女人在编故事。"一心想让中国人出糗的副官嘉图，恨不得立马看薛绍徽演奏钢琴，"与其听她胡编，不如听她弹琴？"

"这位恭人讲话的声音就非常动听，"孤拔将军尽管听不懂汉语，但薛绍徽妩媚的嗓音犹如乐符般流淌，令他沉醉其中，无法自拔，"弄不好她弹奏的琴声不堪入耳。"

"要想弄到朱载堉的《律学新说》专著，谈何容易？"孤拔与副官嘉图的插话，魏瀚没有翻译，薛绍徽没受到干扰，她继续告诉他们。"朱载堉把《律学新说》献给万历皇上，没引起皇上重视，竟然下旨将《律学新说》存入皇史宬。从此，这部天才著作被封存冷宫，秘不示人。削尖脑袋也想获得《律学新说》专著的利玛窦，经过多方打听，得悉与朱载堉本家关系特别好的建宁王朱多节家中有《律学新说》的手抄本。于是花费重金购得这部专著，让他的学生龙化民带着这部旷世奇书回到意大利。125年之后，克里斯多佛利才根据十二平均律研制出世界第一架铁丝琴……"

"是钢琴！"

"你们叫钢琴，我们叫铁丝琴。总之，有了朱载堉的十二平均律，然后巴赫才创作出十二平均律曲集。"

"不！钢琴是法国人埃拉尔德发明创造的……"

"此言大谬！"薛绍徽听了魏瀚翻译后，晓得孤拔欲贪天之功为己有，立即予以驳斥，"法国人埃拉尔德仅仅是研制成功新一代的击弦装置，并在辛巳年，即道光元年（1821）获得专利。当然，得承认这一项发明也蛮有意义，它采用附加模具杆和弹簧，不仅使击弦机速度大为加快，而且触感灵敏、舒适，更适合演奏高难度的乐曲。后来，美国的斯坦威又发明了支叉排列式的琴弦布列，使中高音弦、弦面与低音琴弦、弦面分为两层，两层之间留有一定距离，以免两层琴弦相互碰撞，这样使琴弦布局结构更为合理。"

　　说着，她坐了下来，用脚踩了下弱音踏板，弹出"咪"和"嗦"两个音符，接着说了一句："微施内压，力有缓冲。"

　　薛绍徽耐心地等待魏瀚把她的专业术语翻译出来，然后见孤拔一脸懵，忍不住笑了，带着蔑视的那种笑。显然，孤拔会弹琴，但充其量也能算半吊子水平。于是，她指着两排琴键间傲慢的孤拔将军："看到没有？击弦机仅移动了 4 毫米，让琴锤只击一根弦，即达到减少音量的目的。"

　　"嗯，确实是个行家。"孤拔的这一句心里话没有说出口，死要面子的他，当然不会承认自己已被眼前的这位福州女人所折服。正如高户雄鸡，尾巴总要高高地翘起来。至于露了臀，可就顾不了腔。既固执又浅薄的他，自以为是地指出："十二平均律是法国科学家马兰·梅森创立的，有他 1638 年出版的《和谐音概论》为证。"

　　"哼！孤拔此论，更加悖谬！"已经有些愠怒的薛绍徽，自然没必要再给"高卢雄鸡"面子。所以轻启朱唇的她，提到孤拔名字时故意省掉了尊称，"实际上，中国的十二平均律，早在 2000 多年前就有了。只不过那时候属于战国时代，但是那时的大型打击乐器编钟，已经有完整的十二音律，可旋宫转调。不过，它只有 5 个半八度。这样一来，就得研究哪些音配合在一起会产生共鸣。要知道，多种声音混杂在一起的时候，不是音乐，是噪音。只有和谐的声音才好听，只有好听的音才能作为创作一切乐谱的基础。在我国，使用时间最长的律制是五声调式，也就是人们熟悉的宫商角徵羽，其优点是任何两个音配合起来都特别好听。"说着，她按住琴键一半的地方，先弹出高八度的"哆"来，然后又按住不同位置，逐个弹出"来咪发嗦啦西"几个音符。紧接着她进一步指出："显然这些音之间的间隔是不均匀的，有的宽，有的窄。如果在比较窄的间隔中插入一个音，在比较宽的间隔中插入两个音，也就是从'发'到高音'哆'之间会显得非常不和谐，实际演奏起来，就非常难听。你们欧罗巴的音乐家管这样的五度叫作'狼五度'，意思是合在一起演奏，像狼叫一样难听。此外，由于音程之间的频率比不统一，所以一个乐曲一转调，听着就非常别扭。2000多年来，有不少人尝试着解决这个难题，但结果一直不很理想。可是天才的大明王子朱载堉通过把一组音符分为12个半音，这样移调的时候就可以从任意一个音符开始作为主音，把所有音符之间的比例给统一了起来。也就是说，让任意两个相邻半音之间的频率比等于一个常数。换而言之，十二平均律是一种给这12个音符确定音高的方法。这样一来，不管你怎样转调，所有音程之间的频率比都是统一的。"

由于薛绍徽说得非常专业，精通法语的魏瀚都翻译得磕磕绊绊，不是很流畅。尤其是"宫商角徵羽"，他一时找不到对应的法语。好在薛绍徽后面跟着说到了"五声调式"，给他解了围。

"不信，你听！"薛绍徽先"心存异声，力各不同"地弹了几个不协调的音符，只听见琴锤敲击琴弦，琴弦振动通过码桥传导给木质音板，木质音板振动出声，虽然清脆，但并不悦耳。连对音乐一窍不通的魏瀚都听出来音板对钢琴音色和音量起着关键作用。

薛绍徽觉得自己已经讲的够多了，为了彰显中国优秀传统文化，她索性用钢琴演奏一曲本来是用琵琶弹奏的《十面埋伏》。由于自从陈寿彭从法国弄回这一架施坦威钢琴，她便悉心揣摩、反复练习。经过无数个日日夜夜的刻苦钻研训练，弹奏起来自然如行云流水。于是，特立独行、卓尔不群的她，安静优雅，沉稳大气地挺直腰板坐在琴凳上，倏然间即归于古典。纤纤十指一触及黑白键，先是轻盈慢抹，叮叮咚咚，好似凄凄朝露。接着手指翻飞起来，逐渐加速，令人眼花缭乱，荷叶跳珠，飒飒訇訇，恰如晨雷檐滴。

原本身材瘦小、体质虚弱的薛绍徽仿佛变成了战士，只不过她驾驭的不是驰骋疆场的铁骑，而是不乏丰富感情色彩的自己的手指。它如舞者在黑白键上翩翩起舞，快速穿梭于音符之间。从呢喃轻柔到高亢清脆，再从庄缶可击到越剑裂帛，烈烈砰砰，铿铿锵锵，传出黄钟大吕，飞来天籁之音。

薛绍徽随着节奏晃悠的胳膊，恰到好处地与手指默契配合，把以楚汉相争为题材的琵琶独奏曲硬给演变成气势恢宏的钢琴独奏，用标题音乐的形式演绎了激烈的战争场面。不过乐曲整体的三部分，原本由 13 段带有小标题的段落构成，分别是列营、吹打、点将、排阵、走队、埋伏、鸡鸣山小战、九里山大战、项王败阵、乌江自刎、众军奏凯、诸将争功和得胜回营。可是她只演绎到乌江自刎就戛然而止了。在烈烈江风中，她舒展飞翔的双臂离开键盘，划向虚空时突然定格，如同一尊象牙雕像。

余音绕梁中，突然掌声雷动。是那些不知不觉间陶醉在美妙音乐中的法兰西海军将士们结束了如痴如醉的状态，用暴风骤雨般的掌声，送给这位了不起的福州女人。会弹钢琴的孤拔，不得不跟着鼓起掌来。

薛绍徽没有接受法兰西将士的捧场，她与魏瀚乘一艘快艇迅速离开了"窝尔达"号军舰，登上能让她站稳脚跟的罗星塔码头。她只要"高卢雄鸡"按事先约定立即启航滚出马尾军港，自己作为一个福州人就已尽到了绵薄之力。

四

平心而论，薛绍徽运用世界音乐史上天花板级别的人物朱载埙和他的十二平均律，彻底击败了狂妄无知的孤拔。她刻意只演绎到乌江自刎段落的《十面埋伏》钢琴独奏，并没有使孤拔警醒。

执意要占领马尾港的孤拔，没有觉得食言有愧。他只是让"豺狼"号战舰装模作样地驶出马尾港，给福建的封疆大吏们一个假象。当穆图善将军与福建巡抚张兆栋以及闽浙总督何璟额手称庆的时候，法兰西海军又陆陆续续地驶进马尾港好几艘兵舰。每每遇到张佩纶、何如璋他们追问时，便玩起猫戏老鼠的游戏——今天驶出马尾港一两艘兵舰，过两天再驶进来 3 艘。进进出出、前前后后，最后竟然在马江停泊了 8 艘铁甲舰和几艘小型的杆雷艇。

对孤拔不守承诺，张佩纶、何如璋予以谴责，一致认定法夷兵舰入侵我马尾港，公然违背了天下通行规则。可是，闽浙总督何璟立马对张佩纶与何如璋的话予以更正：不是入侵，按照《李福条约》规定，法军兵舰可以停靠我大清任何一个港口。再说了，人家宣称是来游历的，我们中国人不懂待客之道。

"所以，闽海关竟然置若罔闻，任其铁甲兵舰在闽江横冲直撞?"仗着钦差身份的张佩纶，很不客气地向何璟问责。

"只要中法双方没有宣战，就是友好邻邦，闽海关当然不能将他们拒之于门外。"不以为然的何璟，满脸堆着笑。

"来者不善，善者不来。"何如璋与张佩纶持一样的意见，"应该以闽浙总督名义给法夷下一道通牒，让他们滚蛋!"

就在福建封疆大吏们在驱逐法舰还是欢迎客人争论不休、腾波难决秋旻的时候，8 月 16 日，不知不觉间迎来了大清国光绪皇帝的千秋寿诞。船政水师的军舰纷纷亮相马江，并且全都挂了满旗，用旗语遥祝天朝上国：吾皇万岁。

根据国际惯例，停泊在马江内的各国军舰自然也得扯上满旗庆生。所谓满旗，不是挂清朝的旗帜，而是指海军舰艇昼间按规定悬挂国旗、军旗，并由舰艏通过桅杆连接到舰艉挂满通信旗的仪式，用于迎接国家元首、政府首脑、军队高级将领，庆祝重大节日。

这是国际通行的规则，法国军舰也不能例外。与各国船舶不同的是，孤拔甚至很有风度的命令法舰鸣 21 响礼炮，带头向大清皇帝致敬。接着其他国家的军舰也跟着鸣炮。

还是根据国际规则，船政水师的军舰也得鸣 21 响礼炮作为回礼。一时间礼炮隆隆，整个马江充斥着欢快的气氛。在这举国欢庆的日子里，何璟竟然与张佩纶、何如璋商量要设宴款待孤拔。

"什么？"张佩纶与何如璋见何璟执意开门揖盗，都大惑不解，"还要设宴款待入侵的法夷？"

"来的都是客！"何璟竟然搬出《论语》里的一句话，说服张佩纶与何如璋，"有朋自远方来，不亦乐乎！"

"拿着洋枪，随便射杀我大清和谈代表，还是客？"主战派张佩纶对法军在越南战场的劣迹，记得非常清楚。

"别忘了，我大清乃礼仪之邦！"坚持自己主张的何璟，晓得不说服钦差大臣，就很难设宴款待孤拔。

"我等食君之禄，不挺身而出保卫闽疆，就是没有恪尽职守！"何如璋觉得自己的这位广东老乡不可理喻，他不想凑这个热闹。

"二位大人，"打定主意要向法夷献殷勤的何璟，笑嘻嘻地问张佩纶与何如璋，"请问，我大清国是谁说了算？"

"这还要问？"书生气十足的何如璋抢先回答，"当然是皇上……"

"不！"曾担任日讲起居注官的张佩纶，对朝廷是谁说话算话当然非常清楚。"是'老佛爷'说了算。"

"要知道，眼下'老佛爷'还不想与法夷撕破脸。"在官场混久了的何璟，自然擅长揣测。"宴请法国远东联合舰队司令，既是在维护中法和谈局面，又让'老佛爷'好有面子。一举两得，何乐不为?"

何璟既然抬出了最高当局，何如璋与张佩纶除了无语，便只能面面相觑。他们心中都非常清楚，自己之所以能身居高位，正是由于"老佛爷"的抬举。能把他们高高抬起来的手掌，也能把他们狠狠地摔下去。与其让"老佛爷"翻手为云、覆手为雨，不如明哲保身，来个进退自如。

闽浙总督要在船政衙门设宴款待法国海军司令孤拔的消息不胫而走，传遍了福州城。老百姓可没有官员那么多花花肠子。尤其是秉性一向耿直的尚干平头百姓，他们认为福建高官向法夷低声下气有辱国格。于是他们簇拥着林培基闯进闽县衙门，请罗大佑出面向封疆大吏表达民情。

罗大佑品阶太低，他带领百姓去找高官们表达民意，不是吃闭门羹，就是被训斥为干涉国政。好在罗大佑性情刚直、处事果毅，尽管省城封疆大吏畏首惧尾，惶惶不可终日；然而他愿置生死于度外，血荐轩辕，始终不屈不挠与林培基一起带着乡绅义士叩开一个又一个衙门，陈述百姓坚决反对"樽俎换清游"的态度。

几乎所有的封疆大吏都没把罗大佑和林培基他们放在眼里，要么不肯拨冗接见，要么推三阻四。何如璋倒没有刻意回避他们，但却像被雪冻蔫了的狗尾草，无精打采，一个屁也不放。这种态度把林培基给惹恼了，他一把揪住衣领，想把他从大师椅上揪起来。不料用力过猛，加上何如璋过于肥胖，竟然把他的衣襟给拽裂了，从他的怀里掉下一团纸。

罗大佑捡起那一团纸，把它摊平，原来是一纸电文。他认真一看，吓出一身冷汗来。原来是五月二十六日北洋大臣李鸿章发来的密电："密。顷沪局密探：利士比今午亦带船赴闽。巴使承外部旨，孤拔必欲赔费；否则据地。二十八，福州恐有变。又，法领事法兰亭、林椿来告：巴、孤拔与外部密议，必据一地为质。哀的美敦书二十八限满，即攻打马尾船废。倘先允将船厂作押，可勉动兵；详约议定，仍交还。鸿未敢许；然事急，恐无救法。"

林培基不懂得"哀的美敦书"，意即最后通牒。他见李鸿章欲将马尾造船厂拿去给法国佬做抵押，大声咆哮了起来。这一吼，雷响天下知。大家都不同意把马尾造船厂抵押给法国佬，于是几百号义勇队先守住造船厂大门。

李鸿章要把马尾造船厂抵押给法国佬，不仅引发众怒，而且也惹恼了侠肝义胆的摆渡珠娘西门月瑛。她的想法非常简单，与其去求高官罢宴，不如把所谓的客人给灭了！打定主意后，她非常冒昧地要林狮狮助上一臂之力。

林狮狮了解西门月瑛的除凶打算后，顿时对她的侠肝义胆刮目相看。不过他认为，以色诱杀孤拔，虽然是个馊主意，但还不够馊。要馊，索性馊到底！

"为什么说是个馊主意？"

"你想过没有？你与孤拔那混账东西没有任何关系，说是去法国兵舰求见，他会接见你吗？"

"这？"

"我有个主意。"

"说！"

"我说了，你可别怪我。"

"嗨！只要能杀掉法国佬，怪你干吗？"

"我这个主意，得请一个人帮忙。"

"谁?"

"法国买办阿忠!"

"就是跟你一起去做引水的那个家伙?"

"是的!"

"他能帮什么忙?"

"让他先在孤拔跟前夸耀福州有个名妓，艳压群芳!"

"你是让我以名妓的身份接近孤拔?"

"除此之外，一点办法也没有。"

西门月瑛一脚踹开林狮狮。"亏你想得出这馊主意!"

"算我没说，拉倒!"

"卫国护民大事，不能拉倒!"

西门月瑛心想，都愿意杀身成仁，为什么不可以舍生取义? 于是她跟林狮狮一起到马尾街找阿忠。阿忠则想当然地认为，凡是男人，不分中外，都是好色的。以色诱杀孤拔，此计可行。不过，他反复打量了几眼西门月瑛，连声地说："不像! 不像!"

"阿忠兄弟，"林狮狮以为阿忠媚外成性，不肯帮忙，"不就是出卖皮肉吗? 还有什么像与不像的?"

"哥们儿，可见你没嫖过娼，是个好男人。"阿忠笑了，向林狮狮竖起大拇指。"这样吧! 狮狮兄弟，我花银子，你去弄个雏妓来，让法夷司令开苞，让他沉醉美色，老躺在温柔乡里做梦，就没有心思来雠害国人了。"

"弄个雏妓，不会舞刀弄棒，不是肉包子打狗，让法国佬白占了便宜?"林狮狮与西门月瑛交过手，觉得还是她胜任。

"哥们，不是有你吗?"

"我?"林狮狮叫了起来，"你不是说孤拔是堂堂大司令吗? 我怎么靠得上他?"

"你做龟奴，不就行了？"阿忠毕竟内行，他要不说，乡巴老林狮狮压根就不知道龟奴是什么意思。原来有身份的大款看中妓院雏妓，绝不上门去嫖，而是让妓院把雏妓送到大款家中来。秦楼楚馆的小姐都是三寸金莲，应召去陪客的时候，只能坐在男工肩膀上招摇过市。人们形容这男工像驮石碑的乌龟，所以有了龟奴这个诨名。

"也就是说，"经过买办阿忠开导，林狮狮终于明白过来，"只要我肯做龟奴，就有接近孤拔的机会把他杀掉？"

"可以这么说。"

"来吧！"脑袋瓜特简单的林狮狮拍了拍自己的肩膀，拉开弓步，要西门月瑛坐到他的肩膀上去。

"你这就是龟奴了？"西门月瑛也是第一次听说有龟奴这个行当，她打量着煞有介事地拉开弓步的林狮狮，问阿忠："像不像？"

"只要你肯坐在他肩上，他就是龟奴。不过，你不像！"

这时候林狮狮才恍然醒悟，即便西门月瑛要冒充雏妓，还得好好化妆打扮一番才能做到瞒天过海。老跟洋人打交道的阿忠，深知刺杀孤拔风险非常大。他要帮林狮狮和西门月瑛，也要做到船过水无痕。

过了两天，刚好何璟要宴请孤拔，又怕遭到拒绝，脸上无光，特派总督府管家来找阿忠，请代为呈上设计精美的请束。阿忠让儿子跑去通知林狮狮。

听说阿忠要去向孤拔送请束，林狮狮赶紧让打扮得花枝招展的西门月瑛坐在他的肩膀上，跟着买办阿忠坐上小船，再摆渡到"窝达尔"旗舰上去。小船离"窝达尔"旗舰还有两三丈的距离，一艘法国海军的杆雷艇发着"突、突、突"的吼声开了过来，差点把林狮狮他们的小舢板给掀翻了。杆雷艇上的法国水兵大声断喝："嘿，猪尾巴，别进入军事禁区！"

阿忠把脑后辫子拉到前面来，用法语申辩："这不是猪尾巴，而是辫子。"

杆雷艇上的法国水兵："你会说法语？"

阿忠："我是法兰西洋行买办，你们司令委托我挑选个大清国的美女陪他睡觉……"

杆雷艇上的法国水兵大声地告诉阿忠："孤拔清高孤傲，从法国带来了那么多'快乐女孩'，都不肯跟她们上床，绝对不会跟你们的什么美女睡觉！"

"哎，哎……"阿忠见杆雷艇要撵逐他们，连忙掏出请柬，"我们闽浙总督大人要宴请孤拔。"

杆雷艇上的法国水兵伸出一长杆小网兜，让阿忠把精美的请柬放进网兜里，算是接收了请柬。然后掉转船头，"突、突、突"地把杆雷艇驶向"窝达尔"号旗舰，向孤拔汇报去了。

清高孤傲的孤拔，使林狮狮和西门月瑛乘兴而来、败兴而返。林狮狮愤愤不平地说："今天要是见得着那个司令，老子肯定削他！"

"妹子，真对不起，今天没帮上忙！"买办阿忠见西门月瑛板着的那张脸蛋冷若冰霜，以为她非常生气。

"没事，还可以再想办法。"西门月瑛突然想起阿忠递给法国水兵的精美请柬，觉得有空子可钻，"能不能告诉我，宴请法国佬到底定的是哪一天？"

"哎呀，我没看请柬里面，还真不知道是哪天宴请法国佬！"

阿忠的粗枝大叶，使林狮狮和西门月瑛执意刺杀孤拔的九天无相罡风，全都泄光了蛮劲。一直到在罗星塔码头看到船政衙门贴出的一纸公告，才让他俩重新焕发出斗志来。

原来何璟与穆图善商定由设在营前伯牙礈的闽海关出面宴请

孤拔，可遮掩媚敌样态。可是营前海关港务长许高志是美国人，刚来上任不久，他用的厨师是美国带来的，只会西餐。而孤拔偏要入乡随俗，品尝闽菜。由于何璟与穆图善都不是福州人，何谓闽菜，一无所知。只好以船政衙门的名义张贴公告征集厨师，条件是必须会烹饪福州的名菜佳肴。

最早看到船政衙门这一公告的是罗大佑。自从他在尚干组织起义勇队后，便让丁忧在家的武探花林培基出面向穆图善申请进驻抗法第一线。可是一而再，再而三的这一请求，都被怯敌的穆图善压了下来。后来，不堪其扰的穆图善只好答应让尚干的义勇队入驻马尾海潮寺，但限定义勇队名额，不得超过350人。

尚干抗法义勇队进驻马尾海潮寺后，作为实际的组织者罗大佑，为了后勤保障，不断地穿梭于福州于山闽县县衙与马尾海潮寺之间。他看到以船政局名义张贴出的公告，便敦请林培基屈尊放下架子乔装打扮充当主厨，再搭配林狮狮和西门月瑛出任帮厨，借款待法国佬的盛宴伺机刺杀孤拔。

好在林培基也是一个饕餮大咖，对闽菜颇有研究。他与罗大佑以及同乡的武举人林锦亨、林锦泰兄弟经过反复推敲合计，终于补充完善了刺杀孤拔的计划。用法潮寺主持的话来说，叫作："虽无璎珞献诸仙，幸有筌蹄证妙法。"

然而计划再怎么周密，总有意想不到的地方。由于林培基开列出的菜单中有一道什锦太平燕，出于保密考虑，他们没有去福州请同利肉燕资深师傅来打燕皮。于是把打燕皮的任务交给了林狮狮，并且指定西门月瑛监督他练习。

太平燕，在福州被尊为"大菜"，有"无燕不成宴"的说法。福州肉燕的燕皮"薄如白纸，韧而有劲"，而包上馅上锅蒸或者直接下锅煮，燕皮则变得晶莹剔透，一粒粒的肉燕就像寿山石中的荔枝冻一样，温润如玉，叫人不忍下箸。真正吃起来，馅香皮脆。

要使燕皮做到"薄如白纸，韧而有劲"，首先是选料讲究，用现宰的猪后腿精肉，剔净筋膜、碎骨等，然后将精肉块软硬搭配成坯。接着将精肉坯放置在砧板上，用木槌反复捶打，并加入适量糯米糊、植物碱以增强黏性。捶打时用力要均匀有节奏，肉坯要反复翻转，边捶打边挑除细小筋膜，直至肉坯打成胶状肉泥。最后将胶状肉泥放在木板上，均匀地撒上番薯粉，轻轻拍打压延直至成型，称为鲜燕。这基本功夫，全在用木槌反复捶打上。

同样出于保密措施，西门月瑛弄了一块砧板、一根荔枝树的木槌放在罗星塔上面，强逼林狮狮练习捶打燕皮技艺。由于罗星塔四面全是江水，加上兵荒马乱的，基本没有游客。在罗星塔练习打燕皮，响声再大也没人听见。

林狮狮是习武之人，劳作强度难不倒他。而且他小时候曾驻足过一家肉燕店铺，见过捶打燕皮，凭着旧时记忆，反复练习。然而捶打燕皮貌似简单，但临时抱佛脚，永远练不出精湛技艺。

翌日午后三刻，练习捶打燕皮技艺已练到心烦意乱的林狮狮，一个劲地用拳头捶打自己，嘴里还不停责备自己："笨，真笨！"就在他懊恼不已之际，西门月瑛跑进罗星塔，告诉林狮狮：不用练了，他叔林培基暗中派人到同利肉燕店铺买来半成品什锦太平燕，到时候下锅烹饪就能放鞭炮端上桌去。

"是今晚在船政衙门设宴请孤拔吗？"

"是！"西门月瑛告诉林狮狮，"本来是昨晚，可是孤拔执意要等另外几艘法国佬舰艇驶进马尾港后，一起参加欢迎宴会。"

"今天又驶进来几艘法国佬舰艇？"

"嗯！已经驶进来7艘了。"

"再不动手，更待何时？"

"罗大佑大人也是这样认为，擒贼先擒王，把孤拔给杀了，法国佬群龙无首，就掀不起大浪了。"

"嘿，我们讲好，进入宴会大厅，你不要动手，由我袭击孤拔。万一事情败露，你一定得一口咬定不知情，免得被连累。嗯?"

"怕我有失?"

"鸡蛋不要都放在一只篮子里。"

"我不能让你一个人去冒险。"

"大不了一死而已，20年后又是一条汉子!"

"好样的!"西门月瑛出其不意地一拳砸在林狮狮厚实的胸脯上。"英雄有种，不可无后!"

一时之间，不容林狮狮做出任何反应，西门月瑛就一下子把他给推到塔壁上。身为过来人，她懂得如何征服男人。紧接着，臂儿相兜、唇儿相凑、舌儿相弄，一边疯狂地亲吻他，一边主动剥掉了衣裙。

林狮狮虽然不谙风情，但三十挂零的汉子，完全是个成熟的男人。受到强烈刺激的他，情不自禁地燃烧起肉欲之火，于是迫不及待地也剥了衣裤，让自己赤条条地呈现出原生态来。

"呃?"正要打开生命之门接纳雄魂毅魄的西门月瑛，发现林狮狮浑身上下都有刺青，而且图案是一整只狮子。他身上斑驳的花纹已经变蓝，说明文身已有许多年头了。

敢说、敢想、敢干的林狮狮，虽说是凡夫俗子，但天生拥有的进攻性武器已经充满了巨大的能量，没有丝毫犹豫就冲进了她的生命之门，使劲地冲撞着她的娇柔身躯，如同激烈的浪涛，冲刷着闽江岸壁。阴阳相冲，心潮起伏。堪称卑微不弃瑕、正气冲霄汉。在一而再，再而三的酣畅淋漓中，唤醒璀璨，将绚丽菁华镶进星空。

相比之下，西门月瑛更懂得嫌婉，更懂得浪漫。人欲方切，寔维天纵。用芳魂抚慰毅魄，磊落坦荡。因而，她执意放慢节奏，慢慢品尝丛兰溢露，以便把似水柔情全变成缠缠绵绵的脉脉情愫，如涓涓细流般温柔而持久地献给雄浑磅礴。将两颗孤独的心灵缱绻在一起，从香肌浃髓中拉扯起万丈光华。

五

即便在乾坤颠倒时，也未忘风云际会的西门月瑛与林狮狮，终于出现在船政衙门后门。让他们想不到的是，原本辣肃肃的静谧之所，突然如国防要隘，而且在此称雄的是法国水兵。他们持枪巡警，不让闲人靠近。连张佩纶的侄儿张人骏也都没有饕餮的份儿，遑论他人？

负责安保的法国水兵，一看到林狮狮与西门月瑛后，便凶神恶煞般将其拦截、驱赶。不管他们俩怎么说明，人家就是不听。幸好装扮成主厨的林培基带着充当帮厨的阿忠从厨房里跑出来，告诉法国水兵："这两个人是大厨的助手，没有他们襄助的话，今晚就办不成盛宴。"结果，法国水兵要求林狮狮和西门月瑛接受搜身检查，否则绝不放行。

恪尽职守的法国水兵，为了确保他们的统帅绝对安全，对搜身作业一点也不含糊。他们警惕性非常高，让林狮狮把衣袋裤兜都外翻出来，还要他脱了外褂，卸下裤子，只剩裤衩。对林狮狮的文身，指指点点，评头论足。

当林狮狮看到法国水兵趁机在西门月瑛身上乱摸时，怒不可遏的他差点出手教训洋流氓。要不是林培基用眼色制止，恐怕已爆发激烈冲突。幸亏愤怒的狮子没有张开嘴巴露出锋利的牙齿，否则起码得咬死几只高卢雄鸡。

买办阿忠一脸谄媚地用一再用法语告诉荷枪实弹的法国水兵："他们俩是烹饪大师的得力助手，没有他们协助，再厉害的烹饪大师都无法一显身手。因为中国的佳肴美馔，程序极其复杂，非一人能够胜任，必须协作才行。"

法国水兵搜查半天，没发现问题。尽管咸猪手极尽猥亵之能事，但总不能在众目睽睽之下老是袭胸、摸臀，吃相太过难看，有损法兰西第三共和国的脸面。于是贪了小便宜后，不得不放林狮狮和西门月瑛进入厨房。

如果说林狮狮与西门月瑛在船政局后门遇到的仅是五殿小鬼的话，那么进入厨房后遇到的可就等于是十殿阎王了。按照林培基开列的闽菜菜单，除了用最具马尾特色的炒"西施舌"开席外，后面依次出台醉排骨、琅岐红蟳、八宝书包鱼、古蒸鱼燕、荷包鱼翅、鸡茸鱼唇、香露河鳗、扳指干贝、菊花鲈鱼和什锦太平燕。这 10 道闽菜，全是名闻遐迩的美味佳肴。

然而无论哪一道菜肴，担任主厨的林培基在烹饪的时候，都有几十双眼睛盯着。他就是能够躲过搜身检查那一道关卡，把砒霜带进后厨，也无法做手脚。因而要想把款待孤拔的盛宴变成张良椎击秦始皇的博浪沙，只能寄望于林狮狮和西门月瑛了。

作为大厨林培基的助手，林狮狮、西门月瑛也被限制了自由，只许在厨房里活动。他们借着解手机会想去踩点摆放宴席的地方，但被荷枪实弹的法国水兵给撵了回来。

把款待宾客的盛宴放在船政衙门大堂与二堂相连的覆龟亭，别出心裁的是福州将军穆图善。因为船政衙门大堂虽然宽敞，但是办公场所必须保持威严庄重肃穆，不宜亵渎。而位于二堂的正式餐厅，原本只有一张圆桌，再加一张的话，由于主宾较多，四面不透风，显得逼仄拥挤。经过反复斟酌，最后选定覆龟亭。

虽说覆龟亭左右两侧各有 3 排美人靠，紧挨着左右两侧美人靠的是两块空埕，因而中间既宽敞又无遮无挡的游廊通风透气，摆两张选材精良、做工考究的百灵台，周遭再各围 10 把太师椅，空间依旧绰绰有余。唯一有点美中不足的是游廊没有照明灯具，但这难不倒在日本担任公使几年的何如璋。他让覆龟亭正对着两张百灵台的横梁上吊挂下来两盏以德国化学家阿吴爱尔名字命名的有硅硼耐热玻璃罩的煤气灯，亮度堪比日光，贵宾就不会菜夹到鼻子里去了。

孤拔将军带着副官嘉图以及几位舰长前来赴宴，而作陪的福建封疆大吏几乎倾巢而出：钦差会办福建海疆大臣张佩纶、福州船政大臣何如璋、闽浙总督何璟、福州将军穆图善、福建巡抚张兆栋，还有跟陈季同、陈寿彭一起去法国学习考察的魏瀚。

魏瀚，名植夫，字季潜，入福建船政学堂前学堂。1871 年毕业后留在局内从事造舰工作。1875 年（光绪元年）初，作为第一批官派留学生赴法国学习造船专业，并到马赛造船厂、比利时兵工厂、德国克虏伯炮厂考察，曾被法国皇家律师公会聘任为助理员并获得法学博士学位。学成回国，以知县衔任船政局工程处制机总司，负责舰船建造的技术工作。虽然仅有六品花翎顶戴，但由于他精通法语，让他来充当现场翻译。虽然官员身份低了点，但便于与孤拔他们沟通交流。

魏瀚把张佩纶、何璟、何如璋、穆图善、张兆栋逐个引见给孤拔，并一一详细介绍各自身份。作为东道主的何璟罕见地放下了身架，向鄙悍的孤拔抱拳一揖，脸上堆着笑表示："欢迎将军阁下光临八闽首府。"

傲慢的孤拔不但没有回礼，还一脸鄙夷地也了一眼何璟，兀自带着副官嘉图和几位舰长走到主桌坐了下来。东张西望了片刻之后，便很不客气地把心里的疑惑说了出来："宴席怎么摆在过道上？"

"将军阁下，这不是过道，"魏瀚笑了，连忙用法语告诉孤拔将军，"这是覆龟亭。"孤拔得悉中国人请他吃饭的地方叫覆龟亭时，脸上有不悦之色。擅长察言观色的张兆栋连忙通过魏瀚作出解释："噢，如蒙将军阁下允许，我愿意予以解释。"

魏瀚替张兆栋翻译的时候，见其一副媚外嘴脸，心里非常不爽。出洋留学的他深知号称"海军世界第二"的法国，挑起普法战争后仅仅45天就投降了，没必要对其低声下气。

"将军阁下有所不知，在中国人的嘴里，'覆龟'二字谐音'富贵'！"24岁就中了进士的张兆栋，自然喝过不少的墨水。

蓄意以福州为质押品的孤拔，在攻打鸡隆港期间，曾向懂得汉语并"一生俯首拜阳明"的东乡平八郎讨教中国语言文字。可惜，他没拜读过法国耶稣会会士马若瑟以拉丁语撰的《汉语札记》，从"半瓶醋"东乡平八郎嘴里只了解到汉语语法最大的特点是没有严格意义上的形态变化。

张兆栋自以为腹笥八斗，在同僚面前趁机炫耀一下饱学。谁知跟中国语言文字一窍不通的孤拔讲汉语的谐音，完全是对牛弹琴，仿如鸭跟鸡讲，泡在水中还讲出一身大汗。

"将军阁下……"何璟见张兆栋的解释未能使孤拔释怀，他觉得，身为东道主应该让客人开心，可是又找不到话题。不过，当他发现孤拔低头端详着雅称百灵台的圆桌时，便以为捕捉到了套近乎的机会。可是一开腔，他便暴露了孤陋寡闻："贵国有没有中国这样圆形的饭桌？"

"有呀！"孤拔听了魏瀚的翻译后，笑了，"洛可可风格的圆形餐桌就发源于法国，极具纤巧华丽的贵族之风。"言下之意是：同是圆桌，却有贵贱之分。

"中国人用餐讲究一个热闹团圆的气氛，喜欢围圆而坐，温馨融洽。"张佩纶觉得孤拔不仅在神态上彰显不可一世之风，连说话都透着傲慢。因而不遑多让的他，以山不让尘、川不辞盈的姿态自话自说。"圆形餐桌不仅象征团团圆圆，还寓意着吉祥。"

"加上之间座位临近，感觉特别亲切温馨。"何如璋觉得张佩纶固然豁达可嘉，但尊客之前不叱狗，在饭局上没必要跟孤拔斗气角力。因而他用柔软冲掉星使大人的硬朗，以圆融调和一下气氛："中国人认为吃饭的地方是家人团聚交流情感的地方，而圆桌不仅符合中国人大家庭'围坐'的饮食习惯，也蕴含着美好的'团圆'之意。"

开席前涌动的暗流虽没穿山破壁而出，但毕竟有些风生水起。宾主之间初次见面，人心隔肚皮，弄不好会浪涛翻滚。何璟怕言多必失，引起鄙悍不爽，便赶紧让他预先刻意安排的民间乐队到覆龟亭游廊左侧的空埕上奏响《十番伬》。

马尾十番伬，琅岐最出名。吹双笛用紧膜，其声最高。调之"闷笛"，佐以箫管。三笛紧缓，与云锣相应。锣鼓配合，众乐齐奏。尤其是单皮鼓响如裂竹，加上、檀板、钹，极具地方特色。《十番伬》演奏的曲子，刚好叫《万年青》。还特意要通事官魏瀚告诉法国人，《十番伬》歌颂的是马尾造船厂打造的第一艘船舶。

何璟自以为流行于江苏、浙江、湖北、安徽、福建等地的这一传统民间鼓乐乃天籁之音，以大鼓为中心、以唢呐为领奏的大型合奏形式，可以营造热烈、喜庆、欢乐的气氛。

然而特别强烈的音响，震耳欲聋。孤拔他们并不觉得好听，一个个都有点受不了了，甚至捂住了耳朵。脸上嗤笑鄙视，一览无余。这时候，孤拔又想起薛绍徽的钢琴独奏，相比之下，那简直是天籁之音。

张兆栋见《十番伬》锣鼓的演奏效果，适得其反，便反躬自省，说了一大套高深莫测的话："五音宫商角徵羽，各有功能，宫音入脾，商音入肺，角音入肝，能调节脾胃气机，达到养生保健的目的，当然，凡音不可过，过则亢，亢则衰。五音调和方为正乐。音乐本来是娱人的，如果不知止，则惑乱心智。"

对中国音乐并不是太陌生的魏瀚，尽管精通法语，但张兆栋的话翻译起来难度很大，尤其是对宫、商、角、徵、羽的翻译。那次薛绍徽舌战孤拔时也提到这五音，根本就找不到与之相对应的法语音素，最后还是挖空心思才把它翻译成五音阶，勉强凑合。

身为统帅副官的嘉图，深知孤拔将军听不懂《十番伬》锣鼓，当然也不晓得宫、商、角、徵、羽。因而老早就派人把被称作"快乐女孩"的一群法国姑娘给叫了来。这些所谓的"快乐女孩"全都来自巴黎，是嘉图瞒着孤拔，让她们成为法国海军远东混合舰队的寄生蟹。有一天，孤拔无意间发现自己的水兵在舰艇的甲板上三三两两地与"快乐女孩"拥抱接吻。他十分惊讶："嚯，嘉图副官，你什么时候瞒着我带来了这么多'快乐女孩'？"

副官嘉图没有一点惊慌失措，还理直气壮地回答："是，为了避免将士们寂寞！"

孤拔虽然是个军人，但也是印欧人种："我知道这一措施会提高战斗力，就怕遭到非议。"

"这是腓力二世国王留下的传统，"副官嘉图特意从历史中拉出法兰西卡佩王朝第九位国王为自己这一有违规之嫌的举措背书，还理直气壮地反问，"谁敢非议？"

"副官，东道主的节目既不好看，也不好听。"孤拔不想责备副官嘉图，于是提议，"我法国海军这么优秀，是不是也应该来一个节目让蠢猪开一开眼界？"

"将军阁下，猪在中国被百姓称作天蓬元帅。客人要是对天蓬元帅不恭不敬，主人有权下逐客令！"魏瀚见趾高气扬的法国军人污辱大清官员，用法语予以反击，"要是出现这种局面，不仅客人脸上无光，还会鸡飞蛋打。"

"呃?"孤拔被魏瀚抢白了一通，脸现尴尬之色。他知道魏瀚已给足了面子，只是隐晦地指责了一下。他有些后悔，不该忘了魏瀚精通法语。如今，想道歉，又觉得有失威仪；不道歉，确实作为客人，贬损东道主略有不妥。

乖巧的嘉图副官见孤拔陷入窘境，连忙把法国海军的军乐队拉到覆龟亭游廊右侧空埕上，颇为仓促地演奏起作曲家拉莫的《野蛮人之舞》。拉莫这首《野蛮人之舞》，音乐很好听，又带有非常生动的舞蹈律动。因而不用嘉图副官鼓动，他从巴黎偷偷带到军舰上那些"欢乐女孩"早已按捺不住寂寞翩翩起舞了。她们踩着快节奏音乐的节拍舞动，整个舞蹈显得格外轻松活泼，富有朝气。

由于节奏特别明快，"快乐女孩"的舞姿又格外优美飘逸，大大触发了法军水兵的激情，胡乱加入舞蹈队伍之中即兴发挥。虽然跳的酣畅淋漓，但已改变了音乐旋律。他们与"快乐女孩"踩着爵士音乐，按快速的四步节奏用脚尖脚跟击地，身体前倾后仰、膝部屈伸相互协调，节奏强烈，情绪兴奋，跳起来有点像在军舰上站不稳摇摇晃晃的感觉，幽默诙谐。

在覆龟亭游廊作为陪客的福建封疆大吏们，基本上都土得掉渣。除了留学法国的魏瀚，连在日本做了四年公使的何如璋也从来没有领略过"野蛮人之舞"。特别是那些来自巴黎的"快乐女孩"翩跹起舞后，不时地把裙摆高高掀起，露出雪白的大腿。

张佩纶与大饱眼福的同僚不同，他认为女人把裙袂掀起来已有淫乱放荡之嫌，再高抬雪白大腿乱晃，成何体统？于是，他强行容忍着，等曲终舞罢，借题发挥，正色直言："将军阁下，本官以为'快乐女孩'与贵国水兵的狂舞简直是在展示男女媾和，极为不雅。"

听了魏瀚翻译后，孤拔十分震惊。懂音乐、会弹琴的他，从不把男女共舞视同淫乱之举。他十分不解，请魏瀚务必转达他的一问："为什么欢快的舞蹈会让你们清国的封疆大吏产生如此联想？"

对孤拔的这一问，张佩纶立即予以回应："《左传》里曾有一个故事，说尊贵的君王突然生病了，招来秦国的郎中问诊，经过把脉，秦国郎中做出诊断：'此病是因为君王过度接近女色而致。'君王率真地问：'女色不可接近吗？秦国郎中回答：可以，但要节之。进而耗精损精，以至于死。'"

钦差大臣张佩纶借《左传》故事加以发挥，意在以居高临下的态势教训孤拔将军。这使临时担任翻译官的魏瀚，觉得非常棘手。原原本本地翻译，分明对牛弹琴；法国孤拔将军，不可能知道《左传》。不翻译，会受到钦差大臣无端指责。他想最好以"犹抱琵琶半遮面"的方式翻译张佩纶的说教。可是他在脑袋瓜中快速搜索，却没有找到比较含蓄的词语。现场翻译，又没有充裕的时间让他多想。他本想引用《诗经》中的诗句把难以启齿的"性"和"情"演绎一番，可是像《君子阳阳》《丘中有麻》《野有死麕》以及《召南·草虫》《鄘风·桑中》不是有野合场景就是有性爱描摹，仔细想想，觉得不适宜，也很难翻译。

"季潜兄，"也是才子的何如璋蓦然间想起吕洞宾的一首诗，可注解钦差大人张佩纶讲的《左传》故事，于是，他立即吟咏起吕洞宾的这首诗来，"二八佳人体似酥，腰间仗剑斩愚夫。虽然不见人头落，暗里催人骨髓枯。"

魏瀚晓得何如璋会点日语，也确实是一个才子。可是他并不知道将中国古典诗歌翻译成外语，是件十分困难的事。因为一旦变成其他语言，古典诗歌中的音乐感和押韵的部分就没有了。尤其是唐宋人讲究以学问为诗，所以诗词中有不少典故。特别是古典诗词有比喻、借代、拟人、对仗等修辞手法，诗词寓情于景，富有哲理，即便中国一般百姓都很难理解，何况不懂汉语的洋人？将中国古典诗词佳句转化为文化底蕴完全不同的法文，还要做到对仗工整，意达情达。翻译起来，不仅词不达意，还失去了应有的特色。当然，吕洞宾的这首诗，确实能诠释钦差大臣张佩纶讲的《左传》故事，但翻译成法语，却味同嚼蜡。于是，他只好针对"快乐女孩"，临场加以发挥："年轻貌美的女孩身体香酥令人着迷，当人们缠绵其中时，却不知早已成为美色之下的冤魂。"

张佩纶自然不清楚魏瀚用法语怎么翻译他的话，但孤拔并非傻瓜。虽然魏瀚没把张佩纶的话翻译成："色，是刮骨钢刀，也是头顶悬剑。"但张佩纶的弦外之音、言下之意，孤拔心中自然十分清楚。钦差大臣是在借"快乐女孩"当众教训他。

擅长察言观色，是中国官员的强项。几乎所有参加欢迎宴会的封疆大吏都发现孤拔的整个脸色像山雨欲来的样子。即便喝了开胃酒，也并不开心。一直到头牌菜炒"西施舌"端上桌来，诱人的美味才化开了心中的疙瘩。

"通事官，能告诉我，为什么叫'西施舌'吗？"孤拔的副官嘉图听魏瀚介绍罢菜名，顿生好奇之心。忍不住问道。

精通西学的魏瀚，只好请博学的何如璋作出回答。中进士后，曾任过侍读学士的何如璋，在为皇子提供学术指导时，就遇到过这样的提问。因此，他开始讲故事："据说，在 2500 年前，也就是春秋战国时期，越王勾践把天下第一美女西施献给吴王夫差，利用美人计把吴国给灭了。后来吴王夫差的夫人偷偷地叫人把西施骗出来，将石头绑在西施的身上，尔后沉入大海。从此，沿海的泥层中便有了一种颇似人舌的'海蚌'贝类，人们称它为'西施舌'……"

"噢，不是美女的舌头，是海里的贝类？"孤拔听了魏瀚的翻译后，拿不惯筷子的他改用刀叉叉起"西施舌"。说着，一连吃了好几口，对这道菜赞不绝口。

第二道端上宴席的，也是极具马尾特色的古蒸鱼燕。何如璋就任船政大臣头一天，穆图善就是用这道菜满足了他的口福。所以他在介绍古蒸鱼燕时，已经流涎三尺了："古蒸鱼燕，味道鲜美，形如元宝，又音似'御宴'。早年举子进京赶考前，按传统风俗习惯都要吃古蒸鱼燕，讨'鱼跃龙门'的彩头。古蒸鱼燕这道美味佳肴，据说可上溯到我国朝的康熙年间……"

听罢魏瀚的翻译，那些法国海军舰长们，早已刀叉并举，将一盘古蒸鱼燕扫荡精光了。等装着矜持的孤拔拿起刀叉时，只能品尝接着端上桌来的适合佐酒的醉排骨了。

"这盘叫醉排骨，是马尾的一道特色名菜。"还是何如璋具备义务推销员资格，尽管他对这道菜不感兴趣。"其制法以热炸与凉醉相结合而见殊，质地香酥且松软，酸甜适口。"他认为乏善可陈，于是赶紧掉书袋："按北宋《武林旧事》上的说法，举办国宴时，酒至三巡，才能尝到这道又叫盖碗烧的龙涎食品。明代的《宋氏养生部》和袁枚的《随园食单》，都有记载……"

让张佩纶觉得十分不解的是，何如璋调动三寸不烂之舌推销了半天，以孤拔为首的客人全都认真地听魏瀚翻译，手里的刀叉全都放下，仿如战场上吃了败仗后，迫不得已地放下刀枪。

后来，魏瀚才以手覆额，连声地用法语说："抱歉，对不起！东道主不晓得尊贵的来自法兰西的客人是天主教徒，不吃猪肉。"

幸亏这种非常乌龙的事件只有一次。福建封疆大吏们对法兰西的宗教文化一无所知，并不是刻意不尊重他们的信仰。听了魏瀚说明后，立即不约而同地站了起来，一个劲地道歉。

这场欢迎孤拔的盛宴，在东道主低声下气一再认怂的状态下，终于接近了尾声。急着摆脱尴尬的张佩纶、何如璋他们，一个个都迫切地想走人，免得丢人现眼。可是大菜没上，鞭炮没响，客人没走，主人先撤，有违待客之道。

其实，宾主双方都觉得这席精心准备的迎客宴，没有多少欢愉可言。彼此都心知肚明，无非是折冲樽俎、心照不宣。大家都勉为其难地等待着迎客宴结束，好不容易终于迎来了谢幕前的高潮。

按福州的当地风俗习惯，无论什么性质的宴席，把最后一道什锦太平燕端上宴席时，主厨和帮厨都得跟着这道美味佳肴上场亮相。只有听到客人对厨艺的赞誉，他们才脸上有光。

在鞭炮声中，围着围兜，头上戴着白色高帽的林培基笑脸可掬地首先来到覆龟亭，向孤拔他们一连鞠了三个躬。然后把手向厨房方向一伸，隆重地引出帮厨。

以帮厨身份率先出现在覆龟亭的是西门月瑛，她双手拎着一张又大又薄的燕皮。孤拔和嘉图发现，在硅硼耐热玻璃罩煤气灯灯光照射下，燕皮比纸还薄，透明到可见到燕皮后面的西门月瑛那高耸的乳峰。于是，孤拔率先报以热烈的掌声。

顿时，掌声雷动。头上一样戴着白色高帽的林狮狮端着热气腾腾的什锦太平燕登场，他一边笑着，一边观察孤拔身处什么位置。林培基从他手里接过盛着什锦太平燕的中国白划花八棱大盆，亲自端到孤拔所在的主席上，然后掀开盖子，非常刺激他们食欲的香味立即弥漫开来。

"哇，简直美轮美奂！"什锦太平燕没有让孤拔产生食欲，而是划花八棱大盆吸引了他的目光。"这个盛着美味佳肴的大盆子，是不是定窑的？"

"孤拔慧眼识珠！不过这划花八棱大盌是中国白，乃福建德化生产的白瓷。"何如璋先拍了一下孤拔的马屁，然后才非常客气地予以纠正。

孤拔听了魏瀚的翻译后，站了起来，用手挥开从划花八棱大盌里弥漫开来的热气，他要欣赏一下中国白。心里想，宴席解散后，应该把这个中国白大菜盆拿走，作为古董收藏起来。

林狮狮见孤拔俯身低头亲近划花八棱大盌去领略美味，于是连忙掀开围兜，从腰间拔出菜刀，朝着他的头颅飞掷过去。"扑通"一声，菜刀刚好飞插在孤拔面前的桌面上。

面对寒光闪烁的菜刀，在场的宾主全都大吃了一惊。与惊魂不定的福建封疆大吏比起来，孤拔毕竟经历过血与火的战场考验，面对惊险瞬间，很快便恢复了镇定，并且立即掏出里福瑟发明的针发枪弹转轮手枪，瞄准了林狮狮。

眼疾手快的西门月瑛迅速掀开围兜，从腰间拔出两把菜刀，以迅雷不及掩耳之势左右开弓，飞掷吊挂着的以德国化学家阿吴爱尔名字命名的两盏硅硼耐热玻璃罩煤气灯。顿时，玻璃碎片四射，灯光熄灭。

林狮狮觉得机不可失，时不我待，一击不中的他，立即像发怒的雄狮龇牙咧嘴地扑向孤拔。要不是灯光突然熄灭，他一定会像狮子那样把这个法国佬的脖颈给死死地咬住，直到他倒在血泊之中。

经验老到的林培基，在孤拔的手枪射出子弹前夕，慌忙一手拉着林狮狮，一手拉住西门月瑛，借着突然笼罩的夜色，飞身而起越过覆龟亭边的那一排美人靠，溜之大吉。

"龙蛇起陆生光怪，鸾凤翀霄怯羽翰。"张佩纶一介书生，头一回遇到这阵仗，枪声一响，他的腿立即不争气地吓软了，胖胖的身躯瘫软在美人靠上，再也动弹不得。他的那些惊魂未定的同僚，一个个不知所措地趴在地上，生怕自己不能躲过这一劫。

在欢宴中风情万种的"快乐女孩"们，自然是在一阵阵的惊叫声中四散奔逃，如无洞可钻的老鼠，只能乱窜瞎奔。

守卫在厨房的法军水兵和散布在覆龟亭四周的孤拔的警卫人员，像乱成一窝的蜂，冲着夜幕胡乱开枪……

鸳朋凤侣

一

陈寿彭凭借着自己的译著《新译中国江海险要图说》，冒着生命危险协助大清国从日本人手里夺回东沙群岛之后，一回到黛韵楼，腹笥八斗的薛绍徽便久久地依偎在他身上，笑吟吟地要丈夫画出相依相偎的一对鸳鸯。

陈寿彭懂得娇妻意思，可是他还未画好形影不离的鸳鸯，就收到他四哥陈季同寄自巴黎的一封信。说：自己在巴黎的普莱耶尔音乐厅欣赏到奥地利浪漫派音乐大师马勒六乐章的交响套曲《大地之歌》，根据节目单介绍，作曲家采用了德国诗人汉斯·贝格的德译本《中国笛》里的 7 首唐诗作为歌词，但《中国笛》里所谓的唐诗诗句已变得面目全非，原本就"诗不可译"，想要在全唐 48900 首诗词中找到对应的原诗，非常困难。他手边既没《全唐诗》，也没那么多充裕的时间。于是有求于胞弟与弟妹，帮他追溯寻源找到这七首唐诗。

身为陈季同的弟妹，薛绍徽对那些脍炙人口的唐诗几乎可以倒背如流，可是她不懂法文。陈寿彭与其相反，他精通法文，但没记住多少唐诗。唯有珠联璧合，才能完成四哥托付的任务。

这对鸳朋凤侣，偏宜出格，付与多才。一个精通英、法、奥、匈牙利、西班牙以及日本文字，一个擅长诗词歌赋、琴棋书画，他们通力合作，花了几天时间，很快便有了结果。

首先破译密码的是陈寿彭，他根据四哥信中夹带的《大地之歌》节目单上的法文：翻译出第一乐章是《叹世饮酒歌》，第二乐章是《秋日的孤独者》，第三乐章是《青春》，第四乐章是《美人》，第五乐章是《青日醉客》，第六乐章是《告别》。

然后，薛绍徽根据丈夫翻译自《大地之歌》的各章标题文本，很快便考证出第一乐章《叹世饮酒歌》源自李白的《悲歌行》，第二乐章《秋日的孤独者》源自张继的《枫桥夜泊》，第三乐章《青春》源自李白的《江南春怀》，第四乐章《美人》源自李白的《采莲曲》，第五乐章《青日醉客》源自李白的《春日醉起言志》，第六乐章《告别》前半部源自孟浩然的《宿业师山房待丁大不至》，后半部源自王维的《送别》。

最有意思的是薛绍徽不但将李白的《悲歌行》全诗一丝不苟地抄录在薛涛笺上，还对十五个词语添加了注解。把学贯中西的四伯，当作刚刚开蒙的学童。

陈季同在巴黎接到薛绍徽的回信后，心想：女人心思就是细腻缜密。李白《悲歌行》一诗，即便不加注解，他当然懂得。不过有了注解，他把这封信递给赖妈懿看时，就不用多加解释了。

已基本掌握汉语汉字的赖妈懿是第一次读到李白的《悲歌行》，尤其是诗句的出处与诗中的典故，身为法国人的她无法理解，因而她非常感激薛绍徽添加的词句注释。

正是薛绍徽的"多此一举"，扫清了赖妈懿阅读《悲歌行》的障碍，加深了理解。当然，对学识如此渊博的薛绍徽更是佩服得五体投地。心有灵犀一点通的她，知道陈季同让自己阅读这封信，是在激励她继续学好中国文化，将来妯娌之间才有共同语言。

二

远在巴黎的陈季同接到来信后，利用出差德国之便在首都科隆跑了好几家书店终于买到一本德国诗人汉斯·贝格的德译本《中国笛》。从这本德文书籍中才晓得汉斯·贝格并非翻译自唐诗原作，而是转译自法国女作家俞第德的《白玉诗书》诗集。

由于《白玉诗书》一书出版于 20 多年前，陈季同在巴黎还跑了好几家书店才购买到法国女作家俞第德的这部译著。原来她的《白玉诗书》一共翻译了 71 首唐诗，该书出版后得到评论界的一致好评，还被翻译成德文、英文、意大利文、葡萄牙文、西班牙文、俄文等多国文字。由此可见，《白玉诗书》在泰西各国影响极大。

这部《白玉诗书》诗集，分列"月""秋""酒""战争""宫廷""旅人""诗人""情人"八大母题。显而易见，译诗集包含大量中国古诗所独有的意象或元素，既传递了中国诗歌独特的韵味，又在诗艺上投合法国人的欣赏口味，大受欢迎。

陈季同反复咀嚼着法国女作家俞第德的译诗，不得不承认她在汉文方面非常有天赋。于是，他真想当面与之切磋。可是赖妈懿出于妒忌心理，怕自己心爱的人琵琶别抱，因此想方设法阻止这两个文人见面。

"放心吧！我没有移情别恋。"

"那你找女作家俞第德干什么？"

"我觉得跟这位女作家会有共同语言……"

"我为了跟你好，使劲学汉语，你认为我们之间还没有共同语言，所以不爱我了，是吗？"

"赖妈懿，你不应该有这样的想法。"

"陈季同，我知道你自号'三乘槎客'，就是想第三次搭上别的船……"

"我要是不爱你，怎么会跟你正式缔结婚约，而不是英国女博士苟爽？要知道，她也很爱我。"

确实，英国女博士苟爽对陈季同也是爱到骨子里去了。对此，赖妈懿是心照不宣。因为陈季同在原配夫人病逝后，就跟自己缔结下了一纸婚约。尽管英国女博士苟爽比自己年轻貌美，但她却近水楼台先得月。想到了这一层，她自然无话可说。于是，她主动去找女作家俞第德，并安排她与自己的丈夫会面。

由于中国这位外交官文人法语水平极高，所以法国女作家俞第德与他第一次会面相谈甚欢。除了赞美中国是"一个为诗人建立庙宇的崇高之地"外，还当着陈季同的面灵巧地运用中国传统毛笔，书写汉语"孔子歌"："唐虞世兮麟凤游，今非其时来何求，麟兮麟兮我心忧。"末了，下署她为自己起的中文名字"俞第德"。

陈季同首先盛赞她翻译唐诗能自由发挥想象，竭尽神似，极好地表达出唐诗所云之妙。接着，对她表示由衷感谢。

"将军阁下，你的敬意，我受之有愧，却之不恭。"

"受之无愧！正是俞第德女士对中国细致入微的观察，才让法国公众豁目，发现一个丰富的古老文明，纠正了孟德斯鸠和让-雅克·卢梭对中国所持的偏见和妄言。"

茶叙之间，俞第德还告诉陈季同，自己翻译唐诗，无非是取一意象，加以渲染，表达新的诗情，创造新的形象。其实这种做法，如取一勺饮，浇胸中块垒而已。除此之外，还撰写了不少以中国故事为蓝本的小说……

"我知道，雨果读了你的小说后，专门给你写信，褒奖有加。"

"我还将中国故事改编成戏剧，在法国舞台上演后，反响也非常强烈。"

任职多年欧洲诸国公使参赞的陈季同，深知法国曾是最仰慕中国文化的欧洲国家。早在启蒙运动时期，当时的法国波旁王朝就与大清乾隆皇帝建立了密切关系。因此大量来自中国的古籍传入法国，兴起了一阵"中国热"，甚至连大文豪伏尔泰、卢梭都为之痴迷。富有东方情怀的唐诗更激发了各国作曲家的灵感，让中国诗歌文化与世界音乐碰撞并擦出了艺术火花。这都不足为奇，让他格外耽奇考异的是，俞第德是怎么成为中国通的？

"说来话长。我有一位家庭老师，叫丁敦龄，是山西平阳府人，自幼攻读读书，18岁中了秀才。就在他即将走上人生的康庄大道时，身为草药郎中的父亲，不幸去世。为了摆脱饥饿，他只好受洗做了基督徒。然后随传教士定居于澳门，21岁被招赘到一范姓人家为婿。不知出于什么目的，竟然参加了太平军，在忠王李秀成手下当文书。"

"噢，你的小说《太平天王传奇》，来自丁敦龄……"

"是的！他虽然相貌一般，但非常有人格魅力。他像朋友那样教我姐妹讲中国话，读写汉字，朗诵中国诗歌，查《康熙字典》，讲解中国风俗景物和古老传说。要没有这位中国秀才，我就不可能出版《白玉诗书》。"

"这丁敦龄，怎么会出现在你家？"

"丁敦龄不是成了忠王李秀成的文书吗？可是没多久便在战场上成了法军俘虏。不过幸运的是，他被中国担任法国驻华领事馆翻译的范尚人看到。我的这位同胞在驻华领事馆担任了几年翻译，虽然汉文水平较高，但是书写仍然困难重重。于是，他聘丁敦龄做中文助手。后来，丁敦龄跟随范尚人来到巴黎。可是还不到一年，雇主范尚人便去世了。"

"不幸的人，往往会接二连三遭遇不幸。"

"是的！丁敦龄流落街头，生计无着。一天，他在巴黎拉丁区流浪，遇到了我父亲的挚友。我父亲的挚友知道家父是'中国迷'，遂把这不幸的人引见给素有'高蹈派大诗人'之称的家父。家父对中国诗歌兴趣浓厚，所以与这位中国秀才相见甚欢。"

"梁园虽好，不是久恋之家。"

"将军所言极是。家父对一个从遥远东方国度来的落拓文士深表同情，表示愿意提供经费为丁敦龄购买船票，让他从海路返归故国。"

"丁敦龄参加太平军，大清视为反贼，一回去必遭清廷逮捕。"

"家父见他有难言之隐，便留他在家做家庭老师。从此，我就跟着丁敦龄学习汉语、读诗。"

"他把唐诗带到法国来？"

"不！我们法国皇家图书馆收藏不少中国书籍。起先，我和丁先生去那里摘抄诗句。后来，图书馆把中文书籍送到家里供我们阅读。使我领略了中国古典诗歌之美。长年累月、驰情感往，不仅能读懂中文，还学会了用毛笔描摹在法国人看来有些古怪的汉字。"

"搜神拈异东方古老文明，不只有诸多乐趣，还会开拓心胸。"

"丁先生不但使我积累了关于中华文明的广博知识，还背着家父，充当我的秘密信使，暗中替我与高蹈派诗人卡杜勒·孟戴斯之间秘密传情。"说到谈情说爱时，俞第德忍不住"嗤嗤"地笑了起来。笑声从她唇边溢出，荡漾的眼波里还露出一丝腼腆。"为了报答丁先生，我把他介绍给我的好朋友雨果、福楼拜和大仲马。"

"投桃报李，应该、应该。没有他牵线搭桥，你焉能'待月西厢下，迎风户半开'？"

"其实，我的婚姻很不幸……"

"怎么啦？"

"我遇到了'堕落天使'，后来他背叛了我。"

"对不起！我不该……"

"没事！我已解脱了。"

"我想拜会丁敦龄先生，可以吗？"

"非常遗憾。牢狱之灾降临丁先生头上……"

"出了什么事？"

"丁先生娶法国女教师丽茹雅为妻，由于文化差异，他们的跨国婚姻并不幸福，经常为了琐事吵架。有一次，丽茹雅贴错了门神，惹恼了丁敦龄，对她大打出手。后来，丽茹雅无意中获悉，丁先生在你们中国有妻子。因此，丽茹雅将他告上了法庭。法官判他犯了重婚罪，入狱坐监。"

得悉同胞蒙受牢狱之难灾，陈季同于心不忍。于是利用其外交官身份，多方奔走呼吁，甚至亲自跟法官沟通，说明中国律法允许男人三妻四妾。同时将丁敦龄为中法两国文化交流立下不磨灭的功劳诉诸报端，引起法国文化界广泛关注与同情。在强大的舆论压力下，法庭鉴于中国多妻习俗，改判丁敦龄无罪释放。

丁敦龄的重婚案，使陈季同意识到尽管自己已经用法文在法国报纸杂志上连篇累牍地推介《红楼梦》《聊斋志异》，甚至出版《中国人自画像》《中国戏剧》《中国故事》《中国人的快乐》等法文著作，还远远不够。应该加大在这个领土形状像六角形的法兰西详细介绍中国的社会制度、律法、礼仪等等方面，让人们尝试了解中国。于是，他在巴黎报刊开始用法文发表系列文章《吾国》，并要求在福州的胞弟陈寿彭与薛绍徽也参与其事。

三

在福州的陈寿彭、薛绍徽夫妇不但没有推诿，还非常积极予以响应。尤其是从未涉足法国的薛绍徽，虽然只跟孤拔当面接触一次，然而她认为高卢雄鸡的尾巴也翘得太高了。是应该狠狠地刹一下他们妄自尊大的做派，别不识好歹。

经常在泰西各国折冲樽俎的陈寿彭，对西方知识界刻意将大清归入道德败坏、腐朽没落、愚昧、野蛮族群，早已就窝着一肚子火。姑且不说作为一个外交官，即便是一个普通的中国人，也无法忍受西方的谬见；自然有责任像他四哥那样，在西方人心目中为中国人树立起良好形象。

薛绍徽虽说也是知识女性，但只是居家过日子，不像丈夫，作为驻外使节的"舌人"，常替大清官员充担口语翻译，对官场上下级的礼节比较熟悉，因此她建议他陈寿彭率先著文向法国国民详细介绍中国的礼法制度。

"对！对！"陈寿彭觉得妻子的这一建议，颇合他四哥《吾国》这个大题目的题中之旨。"明太祖就非常重视礼制，强调'礼法，国之纪纲'。明初虽然规定公卿百官乃至庶民可以使用马、牛等畜力牵引的车，但不得使用'以人代畜'的轿或肩舆。"

"逸如，别扯那么远。大清定都北京伊始，尽管战火频仍，大江南北尚未底定，但朝廷即着手规范礼制秩序。"

陈寿彭接受妻子的意见，他献给法国国民的第一篇文章先从大清的"鞍辔之制"讲起。

目视西方，手执狼毫，顷刻数纸的陈寿彭，全面介绍罢大清"国之纪纲"的礼法后，又向法国推介了儒家道释，后又将纵横家、阴阳家、兵家以及三教九流等许多文章寄给他四哥。

某天，薛绍徽见丈夫竟然在书架上翻阅起战国时期的《禹贡》一书。她知道《禹贡》一书记载了许多中国的金属矿产和非金属矿物。于是，顿时引起了她的警觉。

"逸如，你这是干什么？"

"男姒兄，实不相瞒，我不像你那样腹笥八斗、学识渊博，给四哥写了那么七八篇文章后，我这肚子里，早已空空如也！"

"逸如，所以想撰写我国矿产资源分布情况的文章？"

"是的！"

"你这样做等于投肉饲虎！"

"什么？"

"你忘了，光绪初年，法国强迫越南签订《顺化条约》，把越南变成其'保护国'后，就立即遣员游历云南，专测矿脉，纪述甚详。"

"我……"身为外交人员，陈寿彭当然知道云南山多田少，地瘠民贫，但矿产极其富饶。随地蕴藏尤以锑矿为最。有一种锑砂，外洋称为"安的摩尼"，采炼以供制造，其用甚广，久为外人所艳羡。他本想解释，自己不会在文章中点明在大清国什么地方拥有什么矿产，只是泛泛而论。

可是，薛绍徽认为兹事体大，没有细细商榷之余地。因而不但没有给陈寿彭声辩的机会，并且厉声呵斥道："我什么我？法国人正是垂涎我云南贵州富饶的矿产资源，所以才强行侵占越南，企图打开我西北大门，进而掠夺我国矿产、动植物甚至香料……"

"这……"

"这正是中法战争的导火索！"

"哼！好像只有男姒兄才有家国情怀？"

"你索性把大清通通卖给法国算了！"

"你干脆骂我是卖国贼好了。"

夫妻之间，感情再好，一旦口角起来便没有好话。陈寿彭见口齿伶俐的薛绍徽不容他辩解，一气之下，便想离开黛韵楼，到光禄吟台的小石桥上躲避妻子的唇枪舌剑。

"这么晚了，你要去哪里？"

"去找钦差张大人请战，免得被男姒兄视为卖国贼！"

"逸如，对不起！"

薛绍徽这时候才意识到自己伶牙俐嘴，无意间伤了丈夫的自尊心。细思至此，她一脸愧色。不得不把陈寿彭强行拉进卧室。她知道，在丈夫气头上即便真诚道歉都没用，此时此刻只有柔情蜜意才能软化男人的刚烈。

陈寿彭一被妻子拉到了床上，便嗅到了她身上散发的诱人香气。面对唇香轻漾的如花美眷，顿时热血偾张。不过他是个细心的男人，尽管非常迷醉，但深知清丽精致的她像水一般柔弱，不能强风吹柳使劲狂欢，还要尽量小心呵护，把鹣鲽情深变成一首"诗"。

第二天一大早，薛绍徽还没醒，陈寿彭便跑到马尾船政衙门去找钦差大臣张佩纶，真的要求到任何一艘船政水师木胁兵船上去，与敢于入侵马江的法夷海军决一死战！

钦差大臣张佩纶在李鸿章官邸与陈氏兄弟俩结识，并且得悉陈寿彭还著有《火器考》等西学论著，于是让他先替船政水师赶造出 20 具强大威力的杆雷，装在 12 艘杆雷艇上。

于是，陈寿彭毫不犹豫地接下张佩纶分派的任务，回到黛韵楼后就不舍日夜地描绘杆雷图纸。

"逸如，你听到了'渔阳鼙鼓动地来'了，是吗？"

"男姒兄，我耳朵又没有聋……"

"我知道，"薛绍徽文学思维异常活跃，刚刚牵扯到战场，立马就转移向闺房之内、枕席之间的床笫之欢，"我的逸如正当年……"

"男姒兄，"陈寿彭也很灵，他听出了妻子的弦外之音。于是，借这机会回应她的调侃，"我是在法国生活过许多日子，但我没做过一件愧对国家、愧对家人的事情。"

"毫无疑问……"

陈寿彭花几天几夜，不仅画好了船政水师急需的杆雷图纸，他还亲自到马尾造船厂去督工，值到马尾造船厂技师与工人打造出 12 艘杆雷艇，并把赶制成功的 20 具威力强大的杆雷装到杆雷艇上，向钦差大臣张佩纶交了差，才返回黛韵楼。跟薛绍徽打了个招呼，便匆匆忙忙跑上二楼卧室去。

"逸如，"跟着上楼来的薛绍徽，见丈夫在整理行装，十分诧异，"你打点行囊，要去哪里？"

"去广州顺德，请求广东水师提督调派兵舰支援福州御敌！"

"拍发电报，就行了！"

"钦差大人已拍发了也几通电报，广东水师始终畏畏葸葸，非得人去说明福州形势严峻，或许才有用。"

"广东衮衮诸公，也跟福建一样，个个不是夜郎自大，就是昏聩怯懦？"

"男姒兄，此言差矣！"

"已经算客气了。"

"男姒兄，广东的衮衮诸公，是否个个皆昏聩怯懦，我不清楚。但福建的封疆大吏，我还是比较清楚的。"

"是吗？"

"别的不说，就拿福建巡抚张兆栋来说吧，他在任广东巡抚期间曾上书禁赌，被获准。由于两广总督英翰徇私禁令不行，张兆栋毅然上表弹劾，英翰被革职，张兆栋兼摄总督事，禁赌严苟，刹住了当地赌风。还有，福州将军穆图善，同治四年，因陕、甘总督左宗棠率师出征，朝廷命他继任，进驻兰州。见百姓无力供应军需粮草，他着手治理经济，以宽治军，组织军队助民种田，挖渠引水，修桥补路，发展农业生产，既解决了军队用粮，又救济了无数饥饿的各族百姓。更有甚者，钦差会办福建海疆大臣张佩纶，曾上奏请设沿海七省水师，提出参考五六个海军国家编制，水师宜合不宜分、宜整不宜散，因此必须设立外海水师和专门的水师衙门。请特派大臣将沿海七省水师改用兵轮，俾各省船厂、机局均归调节，以专责成。此后以水师一军，应七省之防，即以七省供水师一军之饷。"

"逸如，真如你所说，我不得不承认，张佩纶大人确有真知灼见。"

"由此可见，有这么一班干臣在为福建操劳，八闽幸甚。"

委肉虎蹊

一

福州女文豪薛绍徽与受钦差大臣张佩纶之托前往广东顺德搬兵的丈夫依依惜别后，正"离梦杳如关塞长"，闯入马尾港的孤拔也没有临江买醉、卸甲抓虱。

孤拔之所以敢于驾舰闯进马尾港，是副官嘉图给了他胆量。从闽江口至马尾港 100 多里水程，沿岸形势险峻、炮台林立。自壶江炮台开始，沿途依次有黄霞寨炮台、长门炮台、金牌炮台、闽安炮台、南岸炮台、南般炮台、田螺湾炮台、圆山水寨炮台、琴江炮台、罗星塔炮台和马限山炮台等，不是只有 1 座炮台，而是炮台组合群。

嘉图跟随"安普黎"号战舰从闽江出海口一路试探航线直到搁浅圆山水寨，已把所有炮台全都速写了下来。他发现这些炮台跟圆山水寨炮台一样，都存在着一个致命的缺陷，即炮口全都对外，而且被固定死了，无法左挪右转，更不能掉转炮口打回头炮。孤拔把东乡平八郎献给他的《福州炮台全图》与嘉图速写下来的炮台位置进行对照，几乎如出一辙。嘉图的手绘本与东乡平八郎的印刷本相互印证了一个准确信息，即法舰进入马尾港绝对安全。

饶是如此，理工科出身的孤拔还不是很放心，他想亲自登上罗星塔码头参观那里的炮台。于是，他让副官嘉图去法国驻福州领事馆找弗兰登，请他与福建相关部门联系。

按照大清规制，福建海防共有三种力量，驻防福州城区及郊县的八旗军归闽浙总督管辖，岸上炮台和琴江水师归福州将军统辖，船政水师归福建船政大臣管辖。三种力量，互不隶属。岸上的炮台，即便紧靠着福州船政衙门，也是归福州将军穆图善管辖。

孤拔要参观罗星塔炮台的要求，经弗兰登申报，福建各衙门踢来踢去。最后，这球踢给了穆图善。他立即批准，并且从长门炮台跑到罗星塔来陪同孤拔参观。

孤拔带着副官嘉图，不是以客人身份，而仿佛是大清朝廷派来视察的一等要员进入罗星塔炮台。他发现大清的炮台用的是克虏伯后膛炮和阿姆斯特朗炮，炮轴安装于两墙墩中间硬木上，以此承受火炮发射时产生的后坐力。火炮处于两墙墩之间约有60度射界，可以对江面中、近距离的目标进行射击。主要目的是阻止敌军上岸。

确证大清炮台都是固定在炮位上，无法左右移动炮口，孤拔才放心地向他的副官嘉图发出了指令："电告我方特隆号、维拉号、杜规特宁号、台斯当号、林克斯号、维皮儿号、阿斯比克号各舰，陆续驶进闽江！"

嘉图跟在统帅身边有些年头了，懂得一些军事知识，所以他不无担心地问孤拔："将军，一下子进入8艘我舰，就不怕被'关门打狗'？"

孤拔哈哈大笑："一、大清国如同垂暮老人，没有力气；二、他们大炮的炮口一律被固定住，只能对外，不能对内。"

认定在马尾港绝对安全的孤拔，没想到在大清国福建官员举办的盛大欢迎宴会上还会有刺客。虚惊一场后，他哪儿也不去，只坐在"窝尔达"号旗舰的甲板上，用红棕漆铜镀金六节单筒望远镜观察马江周边地形，然后用鹅毛笔亲自绘制《中国福州马江图》。

嘉图看到孤拔亲自绘制的《中国福州马江图》，既佩服又十分惊讶："将军对马江已了如指掌！"

孤拔摇了摇头："不！对闽江的水文情况还不清楚……"

为了弄清楚闽江的水文情况，第二天，天刚蒙蒙亮，孤拔与嘉图都剥掉了军装，化装成传教士，在胸口挂上了十字架，煞有介事地手拿《圣经》。孤拔问嘉图："看，我像个传教士吗？"

嘉图颇为仔细地打量着孤拔，点了点头。一样乔装打扮成传教士助理的他，却答非所问："中国有一句话，叫作：'放下屠刀，立地成佛。'"

孤拔斩钉截铁地告诉副官嘉图："不！我绝不放下屠刀！"说着，便与嘉图一起跳进了一艘小火轮上。

孤拔借自英商水厂的小火轮，一大清晨驶到了魁岐闸门，仔细察看潮汐时留在闸门上的水痕，并做了仔细记载。那股认真劲，比水文方面的专家有过之而无不及。

驾驶小火轮的嘉图十分不解："司令，为什么要监测水文资料？"

"我们得掌握马江的潮汐规律呀！"

"这跟打仗有关系吗？"

研究过《孙子兵法》的孤拔作出了回答："《孙子兵法》上说：'知彼知己，百战不殆。'"

为了准确掌握马尾港的气象和水文，孤拔每天都会详细记录潮时差和潮差比等等天文变量。当然，一有空暇时间，他便会在卧室里摆弄他收藏的瓷器古董。他从越南和中国台湾等地收集到的瓷器古董虽然不多，但非常珍爱。无论是去台湾还是到福州，启航之前，他一定会反复研究航海图，不是为了奇兵出击，而是研究风浪，生怕他的这些宝贝古董毁于狂风恶浪。后来摸索清楚大浪区在巴士海峡，那里浪高一般都维持在 2.5 米～3 米。从台湾到福州，没有经过巴士海峡，但他还是很不放心，叮嘱副官嘉图用纸将他的瓷器古董一一包裹起来，预防船体剧烈摇晃。他认为，中国的青花瓷器，如同美丽的年轻女人，很有魅力。"窝尔达"号旗舰停泊在马尾港后，在欢迎他的宴席上听说福建也是古代生产瓷器的重镇，便产生了收藏几件德化古代瓷器的奢念。

嘉图擅长窥测统帅心思，便利用购买葡萄酒的机会，拜托买办阿忠收集瓷器古董。为了信誉，他私下给了阿忠一笔订金。然后挑了好几瓶尚贝尔旦品牌的葡萄酒带回"窝尔达"号旗舰，孝敬孤拔。

既不好色也不嗜酒的孤拔看到葡萄酒瓶上的精美商标图案后，大有他乡遇故知的感觉，因而情不自禁地叫了起来："这是法兰西'酒中之王'！"

不愿意阿谀奉承的嘉图，偶尔也会曲意逢迎："孤拔，喝葡萄酒对身体有好处。这几瓶喝完了，我再去购买。"

孤拔对酒不是很感兴趣，眼下他感兴趣的是马尾造船厂。于是，他让嘉图带上红棕漆铜镀金六节单筒望远镜，跟他一起去登临高耸在江边的罗星塔。在登上罗星塔后，嘉图考虑到"窝尔达"号旗舰靠罗星塔太近，因而用红棕漆铜镀金六节单筒望远镜放眼远眺附近的炮台。

副官嘉图提醒孤拔："将军阁下，我发现还有好几座炮台。"

孤拔要过红棕漆铜镀金六节单筒望远镜一边探望马尾造船厂，一边告诉副官："要知道，我远东舰队的战略目标不单是要消灭福建水师，更要摧毁远东第一造船厂，从而完全遏制大清的洋务进程。"

这时候，嘉图才恍然大悟："不让大清图强？"

孤拔说了句心里话："当然，大清越虚弱越好！"

二

本来一向悠哉游哉的福建封疆大吏，虽说关起门来都是一家人，但由于官阶高低不一、薪俸多寡有别，在互相攀比的心理作祟下，总是尔虞我诈，不落井添石，也要暗布桩脚。可是自从法兰西海军七八艘铁甲兵舰突然闯进马尾港后，他们顿时大有与虎为邻的感觉。六神无主的他们，自然都视钦差会办福建海疆大臣张佩纶为主心骨。由于张佩纶驻节船政衙门，于是纷纷跑来找他。尽管原先对他不屑一顾，见面时无不堆着笑脸。寒暄之后，无非就是四个字：计将安出？

张佩纶虽说是书生点兵，但信心满满。其一，本年度六月间，慈禧太后两次召见他，并且还给他方便做事的三品卿衔。如此恩宠，他当然得竭尽全力干出一番事业，报效国家。其二，1854 年，他的父亲张印塘曾经上过战场与太平军的骁将石达开厮杀过好几阵。要不是老爸病死在徽州，说不定自己也是名将之后。其三，他自从北京南城慈悲庵附近的陶然亭与宝廷等清流同伴把酒惜别后，一路春风得意，带着豪情壮志南下来到福建后，八闽几乎所有封疆大吏都像众星拱月一般围着他转，使他意识到虽然在职务前面冠以"会办"二字，但其实就是独当一面的钦差大臣，说话好使。其四，他早就从澎湖、兴化、泉州等地调来 5个营，从东和北又调回了福宁、建邵、桂勇 3 个营，在福州到连江长门炮台沿岸布置了 24 个陆战营共 1 万多人；另一方面，还调回了福建船政制造的部分兵船，连 2 艘在船坞维修的运输船也开出备战，还在沿江选募壮丁1840名。其五，幸亏他发现孤拔调来了两艘新式的27米型杆雷艇后，连忙何如璋督促马尾造船厂打造出12艘杆雷艇，并让书写过《火器考》等西学论著的陈寿彭替船政水师赶造20具强大威力的杆雷。

陈寿彭知道杆雷艇是美国发明家富尔顿的杰作，依葫芦造瓢很快便造出了20具杆雷。张佩纶与何如璋看着工匠组装，其实很简单，无非是在蒸汽动力小艇上装一铁杆，头上绑一个小型水雷，平时铁杆缩在小艇里面，接近目标时突然伸出来，顶在敌舰躯壳上爆炸。虽然技术含量不高，但威力还是蛮大的。

福州将军穆图善奉钦差大臣张佩纶之命，在当地招募了150人，由10名船政局的外国军官组织训练。为了迷惑敌人，对外大造舆论，说从德国引进12艘新式杆雷艇后，特意组建了一支杆雷艇突击队。然后，张佩纶命令新组建的杆雷艇突击队埋伏在港汊之中，一旦战事爆发，就立即从各个港汊飞驰而出袭扰法国军舰，一定能出奇制胜。

"诸位放心，"胸有成竹的张佩纶，用11只茶杯当作船模在桌面上摆出阵势，然后颇为得意瞟了一眼何璟、何如璋、张兆栋、穆图善他们。"我船政水师舰艇这样布防，如何?"

封疆大吏们各自打着小九九算盘，诚心要看书生运筹帷幄的笑话。张佩纶认定大家没有吱声，就是同意他的设防布局，于是便让船政水师各舰的管带按他的意图排兵布阵，即：以船政水师旗舰"扬武"领队，炮舰"伏波""福星""艺新"以及蚊子船"福胜""建胜"和运输舰"琛航""永保"从船政江畔向对岸方向呈一字形排开，大致在罗星塔锚地的边缘上构筑成一道江上防线。如此，既可以防范法国军舰逼近船政炮击、登陆，同时又把守在通往省城福州的航道咽喉上。除上述军舰外，张佩纶下令杆雷以及火攻船埋伏在闽江支流乌龙江等处的港汊中，一旦战事爆发，这些小船即从各处出击，骚扰法国军舰，策应船政水师军舰作战，发挥奇兵的作用。

孤拔见船政水师木肋兵船在马江摆开阵势与他率领的 8 艘铁甲战舰对峙，先是告诫张佩纶他们："你们的兵舰不准停泊于马尾港内！"后来又非常霸道地发号施令："贵国军舰不准改变停泊的位置，不准在港内布雷或者构筑防御工事，否则就等于向法军宣战！"

当然，张佩纶、何如璋他们一干重臣没有听命于法酋。可是大清所谓的总署先认怂了。远在北京的军机处认为，张佩纶在马江与法军对峙，不利于大清国与法兰西第三共和国缔结和约。所以张佩纶一再发出密电请求先发制人与法夷决一雌雄，总署的复电，非常明确："优势在我，谈判尚有希望，衅不可自我开。"

尤其是李鸿章的密电，要是公之于众，一定会动摇军心："不如赔款以保和，一开衅即不可收拾。与之战，法始必负，继必胜，终必款。"

起先，张佩伦、何如璋与法国佬决战的意志还是很坚决的，所以明知朝廷的态度是求和，他们还是电请总署允许填江截流，先发制人。可是清廷下达一旨，模棱两可："迅速整备一切事宜，听候谕旨！"

饶是如此，清廷还担心张佩纶一意孤行、盲目自信，率先开战。于是通过向李鸿章施压，逼他发电给张佩伦："阻河动手，害及各国，切勿孟浪，仆不以决战为是。"

由于父亲曾受过李鸿章的恩惠，张佩纶感激在心。加上政坛常青树李鸿章德高望重，身为晚辈的他，不接受其耳提面命，已经有伤感情；一再把老人家的话当作耳边风，我行我素，日后怎么迈入师门？思念及此，犹豫不决。

何如璋见张佩纶拧紧双眉，脸上写着四个字：烦心愁绪。知道这位初握兵符的书生进退两难。因而不让主动守卫在马尾造船厂门口的义勇队乡亲大声嚷嚷，希望他们莫要喧哗。其目的意在给张佩纶一个安静的环境，好让他能集中精力考虑军国大事。

何璟生怕几百号手握各种冷兵器的民众咋咋呼呼，会使孤拔先发制人，从铁甲兵舰上率先炮击造船厂。因而不惜触犯众怒，要何如璋把正在马尾造船厂门口垒沙包、挖战壕的义勇队赶走。

"督宪大人，"手擎义勇队旗帜的林培基知道后，立即挺身而出替乡亲们说话，"我义勇军三百多好汉，都甘于毁家纾难，抵御外侮！"

"探花郎，"何璟不屑地扫视着义勇队的平头百姓，哑然失笑，"我船政水师尚且按兵不动，轮得到乌合之众上战场吗？"

"督宪大人，眼下正需要同仇敌忾！"

"何大人，打仗不是乡间械斗，得运筹帷幄、设防布阵。"

"这样吧，"何如璋见何璟一张嘴就污民，便劝林培基，"请军爷和乡亲父老先到海潮寺歇息，好吗？"

"船政大人，我义勇队不是来海潮寺进香的。大家摩拳擦掌，执意要把法国佬驱逐出闽疆。"

"军国大计，有一套规矩。"何璟知道无知百姓不懂规矩，趁机告诉他们军事规则，"首先得由双方公开宣战，然后才可以开打。我大清与法夷双方都还没有宣战。"

"督宪大人，打仗讲出奇制胜，"林培基乃武林豪杰，深知武林自有一套，"先发制人，后发制于人。"

"别多嘴饶舌！"何璟看不惯好为人师的林培基，一点面子也不给他这个御前二等侍卫，"让尔等保卫马尾造船厂，已是滥竽充数！"

"督宪大人，"听了何璟的话，林培基大怒，"船政水师与法夷对峙一个多月，伙食开自公帑；你也应该一视同仁，管我等义勇队吃的喝的。"

"义勇，义勇，义字当先，还索取什么公帑？"

"督宪大人，其实我等不是索取公帑，而是觉得与其这样消耗时日，不如对法夷先发制人，打他个措手不及！"

"你知道什么？人家是铁甲舰。"

"督宪大人，你没听李中堂大人的，法国的军舰不行。"

"你为何不睁眼看一看，法国的军舰全是冲压式发动机的铁甲舰，除了高干舷、多烟囱和多桅杆外，还有爆破弹、速射野战炮。光是开花弹火炮就宣告了我木制战列舰得到边凉凉去了。"

"督宪大人，俗话说'鸡屎落地还有三寸气'，我们船政水师不能就这样歇菜凉凉。"

"敌我双方实力过于悬殊，光有气，有屁用！我们军舰并是木头的，船上的火炮用的只是普通的炮弹。而且炮位都在第一层甲板上，全暴露在人家的强大火力下。最最要命的是船上的炮都不能移动，只能朝一个固定方向开炮。人家战舰上的炮弹都是开花弹，所有的炮都是可以移动的。炮筒都是位于第二层或者第三层甲板下面，我们根本就打不着。"毫无疑问，法国军舰驻泊马江这么久，何璟可没闲着，不过他只是一味观察，而且观察的还非常仔细。相比之下，武林高手林培基只懂得耍关刀，对法军兵舰武器，一概无知。"双方兵力悬殊这么大？"

"记住，朝廷一再叮嘱：静以待动，毋涉轻率！"何璟根据上谕，自然得告诫再三。

"这不是在打仗！"

"尔等义勇队是不是大清子民？是大清子民，就必须按照'老佛爷'懿旨行事，就是我大清福建水师也不例外！"

"太皇太后的意思是……"

"必让敌炮先开，我军方可还击。"

何璟搬出慈禧太后，一下子就把义勇队给镇住。已落伍于火器时代的林培基，只好乖乖地率领着义勇队到指定地点待命。可是受过西式教育的船政水师各船的管带们，就不肯抵承慈禧太后的懿训了。

在总督衙门的院子里，跪着以"扬武"舰的张成和"福星"舰的陈英等船政水师几乎所有的兵舰管带。立誓要搞洋务的爷们，在组建水师初始，就想别出心裁，让他们麾下的新式军人在着装上与八旗子弟兵区别开来。可是他们绞尽脑汁，搞出来的军装，还是新奇不到哪去。一舰之长的管带，其装束是：身着石青色宝纱对襟式马褂，头戴镶嵌着一圈的黑边无檐圆帽，上插花翎，腰束皮带，携带指挥刀，脚穿薄底战靴。在福州人的眼里总觉得有些不伦不类。老百姓用福州话形容，叫作：乌猪变白尾。

在总督衙门院子里的管带们与怯战的朝廷完全相反，面对入侵的法国海军舰队，他们同仇敌忾，誓死保卫闽疆。因而事先约好，一起向上峰请战。因此所有的人，手里都举着各自用鲜血写的两个大字：请战！

起先，何璟当着没看见，心想：你们能跪多久就跪多久，跪到两腿发麻就得自动起来走人。因而，他兀自一边喝他的酒，一边欣赏美女翩翩起舞。不料张佩纶来找他，看到了这一幕，被黑压压跪了一地的管带们感动得热血沸腾。

"督宪大人，里面歌舞升平，外面好像……"于是，张佩纶不无讽刺地说了一句。

"不瞒钦差大人，"何璟不得不尴尬地承认，"在外面院子里跪着的都是船政水师各舰上的管带，他们是来请战的。"

"好样的！"

张佩纶话音刚落，"扑簌"一声从外面院子传进张佩纶耳朵。他推开窗棂一看，原来有一个管带由于跪的时间太长，加上已经两餐没有进食了，两眼一黑，休克了，扑倒在地。

何璟也听到了那一声"扑簌"，然而他置若罔闻，就像面对北京明确下旨严令"谨守条约，切勿生衅"这八个字，一脸木讷，好像扑面而来的凶险跟他无关。为了将来免责，他还是提笔在手，字斟句酌地继续草拟电文："……法人实有占据要害、先发制人之意；如果朝廷决意宣战，请于复绝法使之先，预授机宜，命中国军队首尾合击、水陆并举，较为得计。"

幸亏张佩纶颇有良心。他赶紧推门而出，来到院子，先蹲下来，伸出手指探了探休克倒地的那个管带的鼻息。懂得医理的他，晓得并无大碍。于是向何璟要来红糖水，让那管带喝下去。

孰料，又一个管带"扑簌"一声休克倒地。没过多久，又传来两声"扑簌"，接连又有两个管带因跪得时间太长，虚脱到休克倒地。这样一来，何璟也有一些坐不住了。他让下人多备一些红糖水救急，没想到红糖已经用竭。他大喝一声："去买呀！"

"等等！"张佩纶见一个个请战的船政水师管带神疲、乏力、气短、汗出不止，懂得岐黄之术的他连忙开了一剂方子，让自己的侄儿张人骏顺便去药房买了十几贴的药回来熬煎。

"星使大人，你这是……"

"这一个个船政水师管带，体质这么差，缺乏锻炼。"张佩纶正儿八经地给一位管带号脉，一个劲地摇头，"脉虚而无力、舌少苔，此乃气虚卫阳不固之症。需用十全大补汤，加麻黄根三钱，以大补气血而固营卫，兼止其汗。"

"星使大人，"凡是腹笥充盈者多少都懂得一些岐黄之术，何璟自然也不例外，"麻黄性味辛、微苦、温性，为发汗之品。诸位管带已汗出不止，再加上麻黄发汗，这不是火上浇油吗？"

"麻黄是发汗的，但根节是止汗的。我用的是麻黄根，不是麻黄。这味药的效用在《本草纲目》第十五卷之草之四隰草类上，载有 53 种中麻黄类，那书上说得明明白白：麻黄茎发汗，而根节则止汗，其效如神。"

何璟见张佩纶熟悉《本草纲目》到了倒背如流的程度，说明他精通岐黄之术，自然不敢再置喙。后来他去翻阅《本草纲目》，果如其言，因而对张佩纶非常佩服，心想："何止我船政水师管带们体弱，我大清江山社稷岂不是也体弱得很？"

后来，张佩纶不仅让跪在地上请战的船政水师管带喝"十全大补汤"，还对他们的勇气赞赏有加。然后一再表态，自己受朝廷指派会办福建海疆事宜，一定不负众望，率领大家与法国佬决一雌雄。他用真诚和决心，请管带起来，回到各舰去备战。

"星使大人，"个头比较高的"飞云"管带高腾云，不太相信张佩纶会带领大家与法国佬一决雌雄，"卑职无法备战。"

"何出此言？"

"福星"管带陈英与"振威"管带许寿山不约而同地禀报："舰艇上一发炮弹也没有。"

"督宪大人，兵舰上没有炮弹，怎么御敌？"张佩纶暗吃一惊，不得不当机立断地发出指令。"赶紧把炮弹发到各舰去！"

"星使大人，我这个闽浙总督做不了主！"

"本钦差做这个主！"

"星使大人，做不得这个主！"

"为何？"

"正是上谕要求收起炮弹！"

"不会吧？"

"星使大人，请看！"何璟从奉天诰命盒里取出上谕，摆在张佩纶面前。

这一道轻飘飘的上谕，却具备无限压力。有些嗫嚅的张佩纶，虽然犹豫了一下，但不得不强作镇定说。"将在外，君命有所不受！上峰怪罪下来，本钦差负责。"

在张佩纶的坚持下，闽浙总督何璟不得不让福州将军穆图善把炮弹下发给各舰，但另加一句吩咐：少发！

张佩纶等管带们走了后，觉得自己跟水师管带们比，自愧弗如。"法夷铁甲兵舰以'游历'之名已陆续开进马江8艘，因而我应当针锋相对，用水师11艘木胁兵舰与之对峙。"

"星使大人，"何璟有些违心地说，"卑职只能告诉管带们'老佛爷'圣谕：'无旨不得先行开炮。必待敌船开火，始准还击。违者虽胜犹斩。'"

好事之鲦生

一

无论是外放的张佩纶、何如璋他们这些封疆大吏，还是船政水师 11 艘铁胁木壳船的督带、管带，全都是端着官家饭碗的人。吃主人的饭，就得像狗一样听主人呼唤。"老佛爷"打定主意要"量中华之物力，结与国之欢心"，包括皇帝在内，所有文武百官，都是其奈她何？

唯独"氓之蚩蚩"的林狮狮和西门月瑛，压根就不理"老佛爷"。由于他俩刺杀孤拔未遂，又遭到官府通缉，有他们画影图形的通缉令遍布城乡。无论是通衢大道还是陋巷蓬门，都能看到这一男一女在狂风中、在暴雨里兀自洋洋得意的神态。

这一对孤男寡女，为了不连累乡亲父老，不得不离家出走，躲在五虎山中爽翻了天。没人管，吃九碗。林狮狮恨自己没有飞刀本领，发誓要练就于百万军中取上将首级的功夫。

两人都是武林好手，加上西门月瑛心细如丝，她反复端详后发现林狮狮握持飞刀的方法不对。在她的反复纠正下，林狮狮终于掌握了食指控和剑指控。双飞双宿的他们，每天打猎，既可果腹，又能练习飞刀。没过多久，林狮狮不仅熟练掌握了飞刀技艺，还练就了直飞和旋飞两种手法。

根据西门月瑛的总结，用直飞手法，飞刀的旋转度小。这种方法的优势是发力简单、手法易学，但有效距离比较近。旋飞手法则包括半圈旋飞和整圈旋飞，适用于中远距离的目标。除此之外，还得仰赖于投掷力度和角度，通过正确的动作协调，将上肢和下肢的力量转化为刀的速度和旋转。

通过打猎，证明林狮狮和西门月瑛都已经掌握了飞刀杀敌功夫。但他们都很清楚，野兔、山鸡都没有防御能力，跟待宰羔羊一样，猎杀它们易如反掌。可是孤拔乃法夷海军司令，基本上不会单独行动，每走一步都是前呼后拥，戒备森严。不仅卫士手中有长枪短炮，而且个个皆枭视狼顾。要靠近都非常难，飞刀刺杀谈何容易？

一天夜里，林狮狮半夜"千年冰"融化，爬起来从床底下抓起一个夜壶撒尿。撑开一缝蒙眬睡眼，发现西门月瑛正盯着夜壶，目不转睛。他诧异地叫了起来："嘿，你又不是没见过我！"

"别臭美！""曾经沧海难为水，除却巫山不是云"的西门月瑛，立即硬怼林狮狮，"就你那样儿，有什么好看的？"

"这么嫌弃，何必当初？"

"我是看夜壶，好不好？"

"这见不得人的，有什么好看的？"

"要是改成装酒，怎么样？"

"谁会把夜壶当酒壶？"

"除了我，还会有谁？"

林狮狮无法揣测西门月瑛葫芦里卖的什么药。他撒完尿，稀里糊涂地躺下，鼾声又起，再度进入梦乡。等听到鸡叫，他才醒了过来，早已日上三竿，可是抱在怀里的女人不见了。

原来西门月瑛天亮之前悄悄溜出门，匆匆下了五虎山，回到尚干，跳进濑湾的一艘小舢板，暗渡乌龙，飘进马江，在罗星塔

二、面对无妄之灾

码头上岸，跑到马尾街，敲开了买办阿忠的洋行。

"哟——"阿忠见是西门月瑛，深吸一口冷气，慌忙把她拉进洋行，关上了门，"到处在通缉你，还敢乱跑？"

"不能一直让老虎吃肉我吃草。"西门月瑛嘴渴加肚子饿，顺手抓起一瓶法国葡萄酒，把瓶颈往桌角一磕，也不管断裂处有没有瓶渣碎片，就往嘴里倒酒。她喝了几口后，才接着说："没贼胆，敢上梁？"

"嫂子，天没亮就跑来，找我，还是要扭断'高卢鸡'的脖子？"

"是个玻璃杯，透亮！"

"你这是诚心要砸我的饭碗！"

西门月瑛二话不说，抓起门杠，使劲把横躺在托斜实木架上的葡萄酒瓶一个个全给打碎了。法国葡萄酒流淌一地，酒香四溢。

"嫂子，有话好好说，行不？"

"你是中国人吗？"

"是。"

"大声点！"

"是！"

"告诉我，法国佬还到你这里买葡萄酒吗？"

"都被嫂子打碎了。"

"我赔给你！"

"可这全是从法国进口的……"

"我赔给你的，比法国佬的好！"

说毕，西门月瑛嫣然一笑，打开门风风火火地扬长而去。阿忠一脸蒙地望着粉碎的葡萄酒瓶和浪淌一地的葡萄酒，欲哭无泪：所有的本钱，都被砸粉碎了。我这买办，就那么可恨？

何止是阿忠如堕五里雾中，等林狮狮再看到西门月瑛时，比阿忠有过之无不及，更加迷惑：不懂她从哪里弄回来好几只夜壶，不是新的，全是用过的！

"嘿，娘们儿，你弄这么多夜壶回来是什么意思？"林狮狮睁大充满疑惑的眼睛，盯着夜壶，"我一个人夜里没那么多泡尿。你是打算在这屋里多养几个汉子？"

"算了吧你，我没那么贱！"

"那你……"

"去！把这些夜壶全灌满了！"

"拜托，我一个人没这么多尿！"

"说你傻，还不承认？找个尿缸，就全灌满了！"

在西门月瑛的启发下，林狮狮把那么多只夜壶全灌满了尿。第二天天还没亮，两人一起把灌满了尿的那些夜壶全拎到阿忠的洋行，然后逼着阿忠在夜壶上粘贴法国葡萄酒商标，而且还是最著名的拉斐庄品牌。

"嫂子，这就是你赔偿给我的法国葡萄酒？"买办阿忠被迫在一只只夜壶上粘贴拉斐庄品牌商标，一脸茫然地问西月瑛。

"嗯！阿忠兄弟，你不是买办吗？"西门月瑛点了点头，忍俊不禁，"买办、买办，买了我的酒，就照我说的去办！"

阿忠不敢多说一句话，因为西门月瑛与林狮狮都是顶天立地的义士，敢于跟法国人较劲。自己也是中国人，虽然没有那么多义气，起码也得表现一下忠心于国家吧？他以为西门月瑛与林狮狮只是恶作剧、寻开心，等他粘贴完法国葡萄酒商标就会走人。没想到他俩一连几天都窝在他的商行里，他还得照顾这对野鸳鸯吃喝拉撒睡。当他看到嘉图的身影，慌忙将他们俩藏身于酒柜后面。

嘉图定期到阿忠的洋行购买葡萄酒，让那些高级军官们能够不时地摇晃酒杯，得到精神刺激。当他发现瓶装的葡萄酒都没有了，感到非常遗憾，问："你这商行里的葡萄酒呢？""瓶装的卖完了。"阿忠指着一个个夜壶，告诉副官嘉图，"这都是葡萄酒。"

"这是……"嘉图看到了拉斐庄商标，不无怀疑地问阿忠，"换了包装？"

"嗯！"阿忠点了点头，用法语念出诗句："葡萄美酒夜光杯，欲饮琵琶马上催。醉卧沙场君莫笑，古来征战几人回。"

嘉图听不懂，只是耸了耸肩膀。

阿忠一本正经地指着那些夜壶，笑道："孤拔不是喜欢收藏古董吗？这装酒的夜壶，全是古董。把里面的葡萄酒喝完了，这壶还可以作为古董收藏。"

"这是古董？"

"当然！"

"就这几个？"

"古董嘛，物以稀为贵！"

嘉图没再说话，向门外正在看通缉令的两个法国水兵丢了个眼色，示意他们动手把那几个夜壶全部拿走。没给现金，说好以后一起算账。看着法国佬走了，阿忠一个劲地在心中祷告：上帝呀，别让喝了尿的法国人再来秋后算账。

当孤拔看到加了木塞的夜壶后，认真端详良久："嚯，从未见过这么特别的酒瓶。"

懂得投其所好的副官嘉图，非常高兴地说："将军阁下，这会不会正是你喜欢收藏的古董？"

孤拔端详着夜壶，不敢确认："古董？"

自作聪明的嘉图，把从阿忠那儿获得的知识搬了出来："据我所知，中国早在汉代就有葡萄酒了。这装酒的瓶子如此古朴典雅，正是有力佐证。"

孤拔情不自禁地在胸前划着十字："上帝呀，真是不虚此行！

值得庆贺！"

嘉图立即拔开夜壶嘴的木塞，十分殷勤地把里面的尿倒到一只高脚杯中，然后恭恭敬敬地向孤拔打了个手势，意思是请品尝。

孤拔拿起高脚杯，对着阳光看着杯中液体的成色，然后迫不及待地猛喝了一大口，接着慌忙吐了个干净。他被那极其难闻的尿骚气味搅到反胃，还没来得及用清水漱口，就已经呕吐了。

这一恶作剧达到的效果，始作俑者西门月瑛并不知道，她也不关心，可是却把阿忠给害惨了。孤拔怀疑，正是阿忠与林狮狮以及西门月瑛牵丝扳藤，自己还遭到行刺，今天又被恶作剧喝了尿。于是恼羞成怒，把阿忠抓到"窝尔达"号旗舰上审讯。

对被骗喝了夜壶里的尿，孤拔一直耿耿于怀。因而他让法国水兵将阿忠放在"窝尔达"号旗舰的甲板上，并将其双手捆绑在一个通风筒上，然后逼迫他招供是不是刺客的同伙。

阿忠当然不承认自己是刺客的同伙。实际上，他也不知道封疆大吏在船政衙门覆龟亭设宴那天，林狮狮与西门月瑛趁机刺杀孤拔未遂。只是后来过了好几天，才听到这事。他曾经为这对非正式鸳鸯竖起过大拇指。他跟他俩并非肝胆相照的朋友，对孤拔行刺这么绝密的事情，无论是林狮狮还是西门月瑛都绝对不会事先告诉他。

阿忠没有承认跟林狮狮是同伙，孤拔便让法军水兵揪住他后脑勺长长的辫子往下拽，使他不得不仰起头来。趁他张大嘴巴之际，法军水兵往他嘴里撒尿。

审问几次，买办阿忠都不承认是刺客同伙，法军水兵便轮流着往他嘴里撒了几次尿。法军水兵认定这是对买办阿忠的污辱，争先恐后要往其嘴里撒尿。没有轮到撒尿的，也要围观、起哄、哈哈大笑。

对洋人一向谄媚的买办阿忠，被迫用嘴承接法国佬第一泡尿的时候，就想趁机反击，可惜，由于后脑勺拖着的辫子被人紧紧地拽着，他无法得逞。他嘴硬了几次，就被灌了几泡尿。尿骚味儿骚到他一再反胃，呕吐不停。

孤拔见阿忠死不承认是刺客同伙，便换了另一种欧洲古老刑罚。他让法军水兵弄了一个四方形铁箱，上下两端各开一个口子，中间隔层装了好几只老鼠。然后将赤裸着的阿忠摁在甲板上，再把铁箱子下端开口处扣在他肚脐眼上。

"哎，哎，"阿忠看不明白法国佬的意图，便用法语问孤拔，"你们这是要什么花招？"

"你好呀，买办阿忠！"嘉图作为孤拔的帮凶，自然知道阿忠要面临什么样的刑罚。说着，嘉图亲自打开四方形箱子上端开的口子，让司炉从"窝尔达"号旗舰的锅炉里铲出烧得通红的煤炭搁进箱子里。铁箱子逐渐升温后，在中层乱窜的几只老鼠全都跑到下端来。无处逃脱的它们，只得在赤裸着的阿忠肚子上乱咬一气。阿忠疼痛得大喊大叫起来。

"这叫鼠刑，是欧洲最古老的刑罚之一。"险些命丧于林狮狮飞刀下的孤拔似乎获得了报复的快感，他一脸没有任何表情地告诉阿忠，"这个刑罚有点恐怖，也有一点恶心。"

"不！不能这样对待我！"阿忠那微微发福的肚子已被老鼠噬咬下好几块肉，血迹斑斑，惨不忍睹，"我是你们的买办呀！"

"阿忠，你还想成为法兰西商行的买办，"嘉图见阿忠还在提起引以为荣的身份，嘴角闪出一丝笑，"那就赶紧告诉我，那两个刺客究竟藏匿在什么地方？"

"圣母玛利亚，"惊恐万状的阿忠，看着自己肚子上血淋淋的肉被众鼠噬咬下来后吃掉，非常无助的他，不得不仰望苍穹大声地呼叫，"救救我阿忠吧！"

"你叫圣母玛利亚干什么？圣母玛利亚很忙，没有时间管你。再说了，被老鼠咬几口，又不会死。"毫无怜悯之心的嘉图，笑嘻嘻指着阿忠已发了福的肚腩，"你肚里赘肉横生，脂肪太厚。足够喂饱'窝尔达'号旗舰所有的老鼠。"

"天哪！"听了嘉图轻描淡写的话，阿忠叫了起来，"别，别再抓老鼠来，我受不了啦！"

"非常遗憾，'窝尔达'号旗舰上只有这几只老鼠。"嘉图耸了耸双肩，指着那几只嘴上全是人肉鲜血老鼠说，"你看，它们已经吃饱了。这耗子真没用，一吃饱，就停止噬咬。它们，毫无作为。"

正如嘉图所说的那样，已经吃饱了的老鼠，对阿忠肉墩墩的肚子已不感兴趣。大概在品味着饱尝人肉后的那一种幸福，美滋滋地趴在已被江风吹得开始降温了的铁箱子里。

可是，强烈的疼痛还在噬咬着买办阿忠的灵魂。他瞧了一眼被老鼠噬咬过的模糊血肉，欲哭无泪。尽管疼痛难忍，但他知道自己一时半刻确实死不了。像所有信徒那样，他相信圣母玛利亚能减轻自己的痛苦，于是，一迭连声地祈祷了起来。

听着阿忠一遍一遍地祷告，嘉图始终无动于衷。那张精致的脸庞，十分冷漠。他和那些热衷侵略别国、痴迷战争游戏的人一样，拥有偏执的人格。

阿忠强忍着肚子剧烈疼痛，像法国人那样一遍一遍地祈祷。这时候的阿忠并不是用天主教的祷告麻醉自己，而是以此表示自己虽然是中国人，但跟嘉图一样信仰天主教，想用这个方法打动法国人的怜悯之心。他忘记了自己面对的是已堕落成魔鬼的撒旦，并不是光明之子路西法。阿忠已经看不到光明，在他头顶上的天，永远黑暗。不知为什么，他渴望这黑暗永远罩着"窝尔达"号旗舰。他想当然地认为，天黑了，万物便静谧了下来。法国佬也要去睡觉，不可能一直来折磨他。

果然，嘉图拍拍屁股走了。阿忠大声地叫了起来："哎，别走！你不能就这样丢下我不管……"

"不会丢下你不管。"回答阿忠的，是孤拔。他来到阿忠跟前，蹲了下来查看了一遍阿忠被老鼠咬烂了的肚子，"只要你告诉我刺客藏在哪里，我的医生能让你起死回生。希望你能抓紧时间，否则就来不及了。"

"好吧！"此时此刻的阿忠，不仅已经非常后悔——后悔自己竟然糊里糊涂地跟林狮狮他们一起扯淡；而且求生欲望非常强烈，他相信法国海军舰艇上的医生能让他活下去，"一心想刺杀你的人叫林狮狮，他藏身五虎山。"

在闽江上与福建船政水师对峙了40多天的孤拔。不知多少次眺望那五座主峰巍峨高耸、形似五虎盘踞的大山，根据他估测，五虎山总面积起码有2600多万平方米，叫他到哪里去抓捕刺客？

不愿意再浪费时间与精力的孤拔，让手下水兵把临死变节的阿忠装进亨利八世发明的吊笼，借着夜幕扔进了闽江。

二

在五虎山上的西门月瑛和林狮狮，并不知道阿忠被法国佬孤拔用鼠刑折磨得死去活来，他们正向一位割取蜂蜜的养蜂人讨教什么蜂攻击性最强，会致人死命？

"体型较大的黄脚虎头蜂，"在山上长年累月跟蜂打交道的养蜂人，自然十分清楚，"被这种蜂蜇了，会死人。"

"我们山上有黄脚虎头蜂吗？"

"有！"

"我想抓捕这种蜂，有什么办法？"

养蜂人得知西门月瑛他们是想用黄脚虎头蜂蜇死法国佬，便教他们用铁条将一根长长竹子的内节，全部串破，然后用铁线穿过整根竹子与竹竿头上的网兜连接，并做了个活扣示范给他们看。

"没想到这么心灵手巧？"西门月瑛集画葫芦，很快便制成捕捉黄脚虎头蜂的网兜。林狮狮忍不住亲了一下西门月瑛，扛着长竿网兜在五虎山很快就网住好十几只黄脚虎头蜂回来。然后把夜壶嘴伸进网兜里，扎紧网兜口子，接着拿起一捆稻草点燃后，把火踩熄。只让它冒出浓烟，用浓烟将一只只黄脚虎头蜂熏进夜壶里去。

"狮狮，记住，"西门月瑛一边操作，一边对林狮狮千叮咛万嘱咐，"夜里撒尿别拿错了夜壶。"

"怕什么？"

"怕马王蜂把你那命根子给蜇了。"

"哎哟，你就放心吧！"

"我怎么放心？不孝有三，无后为大。你那命根子事关传宗接代耶！"

"那还得仰仗你帮忙。"

"赶紧明媒正娶呀！"

"拜托，忙不过来。我呀，得先帮老娘扎风筝。"

西门月瑛知道林狮狮领养的老娘是扎风筝的顶尖高手，当得悉老人家有办法利用大风筝把夜壶吊到法国佬的兵舰上去时，她乐坏了。急着想看法兰西那一个个帅哥出洋相的她，赶紧帮忙。

山里有的是竹子，不花一文钱，只需挥刀砍伐。为了惩治法国人，林狮狮一家三口做了分工。他让西门月瑛把那些孀居寡妇都叫来，让老娘传授扎大风筝技术，他自己则负责上山砍伐竹子。

连林狮狮都不知道老娘有一手制作"风筝碰"的绝活。所谓的"风筝碰",又叫走线蝴蝶,也就是在风筝腹部加一个滑轮挂件,再在滑轮上穿一条挂物线,即走线,然后将放飞线与挂物线联结起来。先放飞风筝,接着借助风力,走线就能把夜壶带到空中。

众人拾柴火焰高。很快,在西门月瑛与众寡妇们的协助下,老娘不但扎好了一只只大风筝,而且外观还很漂亮。林狮狮把一只只装了马王蜂的夜壶都贴上假商标,冒充法国葡萄酒。

经过乔装打扮的林狮狮与西门月瑛,等到有风的时候,跑到罗星塔下放风筝。两人配合默契,使大风筝迎风扶摇直上,通过操控,让风筝飞到法国海军停泊在道庆洲附近的"窝尔达"号旗舰甲板上空,然后拉动"风筝碰"的所谓走线,使夜壶顺着风筝线渐渐滑上天空。

在"窝尔达"号旗舰甲板上的法国海军将士,先看到的是漂亮的风筝,后来发现一只夜壶沿着风筝线缓缓地上升,垂挂在风筝下面。他们从没见过中国男人用的夜壶,十分讶异。嘉图看到后怀疑是炸弹,觉得有必要解除头顶上的威胁,朝着夜壶开了一枪。

应该承认嘉图枪法非常准,一枪就击碎了吊在风筝线上的夜壶。可是让他们措手不及的是,压抑在夜壶里的无数马王蜂全都飞出来,扑向法国水兵们。吓得他们抱头鼠窜,一个反应比较慢的水兵遭了殃,几只雌蜂几乎同时向他发起攻击,把尾部长螯针狠狠地刺进他脸部和手上。

这个不幸的法国海军水兵被马王蜂群蜇了后,脸部和手上都没有出现红肿现象,只是有比较强烈的瘙痒感。由于没有及时清理马王蜂针刺,再加上吃了辛辣刺激性食物,引起皮肤坏死性病灶——全身炎症反应综合征。当天夜里更是出现了严重的中毒反应，军医也束手无策。因为马王蜂的毒液已造成身体各系统的器官（诸如肾小管、肾小球以及心肌）严重损坏，患者出现了几次过敏性休克后，便不治身亡了。

第二天早上，"窝尔达"号旗舰的甲板上便响起风笛演奏的《让我再看你一眼》。列队在甲板上的法国水兵们，为被马王蜂蜇死了的水兵举行隆重的告别仪式。

孤拔无法面对还未开战便损兵折将的局面。他问副官嘉图："确实是被蜂蜇死了？"

嘉图心里有些恐慌，因为正是他开枪击碎了夜壶，才惹下大祸。除了一个水兵身亡外，还有好几个水兵也被黄脚虎头蜂蜇了。他不得不如实汇报，打算接受处分。

孤拔没有怪副官嘉图。不过，当他把目光移到那几个被黄脚虎头蜂蜇了的水兵脸上时，见原本英俊的小伙子变成了歪瓜裂枣。他没有向那些狼狈不堪的法国水兵致歉，只是无可奈何地耸了耸双肩："在这四面环水的江中，哪来的马王蜂？"

嘉图不得不向孤拔说实话："报告将军阁下，有人放风筝，风筝上挂着大清国男人的夜壶，夜壶里藏着马王蜂。"

"圣母玛利亚，"孤拔在胸前画着十字，"又是尿尿的壶？"

嘉图提醒孤拔："司令，按照水兵规矩，凡是阵亡将士都是举行海葬。"

"这里不是海，是江！"说着，孤拔带领着手下将士们，围绕着被马王蜂蜇死的法国水兵尸体祈祷。

血雨腥风石径斜

一

远在巴黎的大清国驻英、法、德、奥等六国公使参赞陈季同通过各种渠道搜集到的情报一再表明，闯入马尾港的法国军舰在与船政水师兵船对峙长达 40 天之后将发动攻击。

张佩纶始终惕砺在心，得到来自巴黎的情报自然由衷感激。可是他一再发电总署请求关门打狗、先发制人，军机处转达的慈禧太后懿旨是："无旨不得开炮，违者虽胜犹斩！"

这道懿旨，如同武林高手伸出的"一指禅"在张佩纶身上点了麻穴，使他动弹不得。不过，当他了解到福州、马尾一带百姓已被不请自来又赖着不走的法国佬惹得群情激愤，甚至因此连带着也恼上了别国"夷人"时，他脑袋瓜一激灵，产生了一个主意，敦请穆图善领衔上了一道奏折："闽省绅民私相约定，闻炮即焚南台洋行，且已连骂英美国人，恐酿他衅。"

张佩纶想用民愤逼"老佛爷"为他松绑，然而朝廷传出的上谕是："法人寻衅，断不可迁怒他国。倘波及他国，群起为难，办理更形棘手，关系大局甚重，著该将军速选公正明白绅士晓谕居民，免滋事端。"

被"捆仙绳"越缚越紧的张佩纶，还是想有所作为。于是不得不顾全大局的他，除了责成穆图善负责安抚人心外，还把他比较器重的"扬武"号管带张成请来问计。

张佩纶到福州上任后，看到洋教习日益格10年前向福州船政局所作的一份报告书，称最优秀的二人是张成和吕翰。因此，张成得到他的赏识，委任其统带船政水师。

张成果然是行家。他先从双方战舰的质量上分析，指出我舰除了两艘蚊炮船是钢壳外，其他各船均为木质，且无装甲；火炮仅有60门，且多为旧式的前膛炮。而法舰则多是铁质，即便木质，亦有铁甲包裹，火炮多达百余门，更有不少射速达每分钟60发的哈奇开斯机关炮。按张成的看法，船政水师与法舰近距离对峙非常不利。

书生初次点兵的张佩纶想当然地认为，我舰武器装备虽弱，但在舰船数量上占有优势，对峙这么久了，突然抽离，便是示弱，应该反其道而行之。他命张成让船政水师的两艘兵船与法舰夹泊，"备其猝发撞击同碎"；陆上军队也频频调动，并多张旗帜布下疑兵。

有了一点动作后的张佩纶与何如璋一起从船政衙门靠官厅池一边的石径登山，到中歧的彭田境内的八仙岭上观察法军动静。果然，他们看到相互杂泊的两艘法舰退至壶江之马祖山，次日又一艘退至闽安。

书生气十足的张佩纶不知法酋孤拔在耍阴谋、施诡计，故意让法舰在马江进进出出，麻痹船政水师将士，使其斗志松懈下来。然而笼罩在马尾港的紧张气氛刚刚有所缓和，马尾和福州两地人心也才稍定，李鸿章给张佩纶发来密电告诫："最后通牒限期已满，法人必攻马尾。"

这么一来，张佩纶顿时又紧张了起来。他慌忙发出密电请求总理衙门火速调南北洋水师支援，然而南北洋水师推诿、搪塞，没有动静。只有两广总督张之洞看在清流一脉的情分上，为张佩纶派来了原属船政水师、后调往广东的"飞云""济安"两舰及五营陆军。

因此，张佩纶私下跟侄儿张人骏说："曾、李置身事外……沿海各督抚舍香老（张之洞号香涛）外，无一有天良者。"不过，他虽然很感激张之洞，但还是觉得援军太少。于是，他又调来了出差在外的"伏波""振威"等一些属于船政水师的兵船。

张佩纶面对沙盘上的敌我双方态势，有点志满踌躇。法舰共有9艘，其中巡洋舰"窝尔达"、炮舰"益士弴""野猫""蝮蛇"和两艘鱼雷杆艇停泊在罗星塔以西，与我船政水师的"扬武""伏波""福星""艺新""建胜""福胜""琛航""永保"8舰对峙；罗星塔以东，"杜居土路因""费勒斯""德斯丹"3艘巡洋舰与我"飞云""济安""振威"3舰相拒。另外，法巡洋舰"梭尼"和"雷诺堡"在金牌、琯头一带江面上警戒。此举目的，主要防我堵塞航道。我除了上述11艘军舰以外，还有闽安平海水师营的8艘师船、10艘炮船，每船可载旧式滑膛炮七八门，2艘大帆船可载兵120~150人，7艘杆雷小烟船，一批划艇，一些装载火药和煤油的火攻船。另外，还有载着水勇的20多艘渔船。

在张佩纶看来，在力量上已经绝对压倒法舰。因而他于7月22日发给总理衙门的电报中，还是信心满满，仿佛已经胜券在握："彼深入，非战外海。敌船多，敌胜；我船多，我胜。"

孰料，霸凌惯了的孤拔竟然蛮横无理地禁止我所有的兵轮不许移动，并宣布"动则开炮"。还有更不可理喻者，禁止我布设水雷和修筑工事！完全反客为主，视我大清为砧上之肉。

密切注视着战场风云的张佩纶，忽然发现英、美船只驶离了马尾港。"春江水暖鸭先知"，这意味着法国佬要动手了，所以通知英、美船只躲避，免得城门失火，殃及池鱼。

眼看战事一触即发，奉谕会办福建海疆事宜的张佩纶的双手还被紧紧地束缚着。想作为，但又没有胆量违旨犯上，豁出身家性命，跟法国佬来个生死一搏、扬名立万，因此吃不下饭、睡不着觉。

正当双方剑拔弩张，令人透不过气来的当儿，台风降临福建沿海，风狂雨骤，喧嚣了一天一夜。也许是太紧张、太疲劳了，张佩纶在风雨飘摇之中竟然睡着了。

二

福州风灾，一向都是来也匆匆、去也匆匆。翌日，竟然风平浪静，万里晴空，霞光万道。

"窝尔达"号旗舰甲板上，从孤拔的卧室的舷窗传出留声机播放的克洛德·德彪西的管弦乐乐曲《大海》。

副官按照孤拔的生活习惯——早餐后必须吃水果，他挑了一颗红艳艳的苹果。可是刚开始削皮，就发现苹果内部已经烂了。他告诉正拿着红棕漆铜镀金六节单筒望远镜擦拭的孤拔："这颗苹果外表看起来好好的，里面却烂了。"

擅长想象的孤拔，笑了："这倒像大清帝国……"

嘉图换了一颗苹果，重新削皮。他削皮技术又好又快，片刻工夫就把削好皮的苹果递给孤拔，发现孤拔正在原先制作的《马江潮汐表》上添加内容。他有些不解："将军阁下，这《马江潮汐表》还要改吗？"

"不是昨天刮台风了吗？"孤拔非常认真地添写内容，也非常认真地作出回答。"在'天文变量'的情况下肯定会有变化。"

"将军阁下，说的变化是指……"

孤拔把红棕漆铜镀金六节单筒望远镜递给嘉图，同时接过削了皮的苹果，咬了一口。"嘉图，你仔细观察福建水师的那些兵船……"

由于双方对峙的兵舰，靠得很近，嘉图没用红棕漆铜镀金六节单筒望远镜，双方兵舰的布局都看得清清楚楚。船政水师的兵轮都在上游停泊，法舰则主要泊于下游。心知肚明的他，向孤拔竖起了大拇指："孤拔的这种布局，大有学问。"

"说说看，"孤拔有心培养嘉图，所以要听他说的对不对，"这样的布局，双方优劣？"

"船政水师船舶与我舰首尾双碇法不同，还都是旧式的船头下碇法。当上午涨潮时，水流就会把船尾推向上游，船头就全对着我舰；而下午退潮时恰恰相反，退潮的水流把船政水师船舶的屁股移位后，全都朝着我舰，正好让我火炮揍他屁股。"

清法双方对峙四十多天，孤拔观察得非常清楚："还有一个关键之处，清军战舰除了最大的'扬武'号有后主炮，其他的战舰都只有前主炮。所以下午退潮时，也就成了发动突然袭击的最佳时机。"

果然，嘉图后来又经过观察，对孤拔的神机妙算佩服到了五体投地。船政水师的兵轮，除了"扬武"号有一尊后主炮外，其他的都只有前主炮。这也就意味着，船政水师各艘铁胁木壳船在汐潮推动移位后，因船艉朝着法军铁甲兵舰，所以船头炮口全都失去了目标。

孤拔咧开嘴巴哈哈大笑了起来，重复说着："退潮时，福建水师全都把屁股转过来让我们揍！"

光绪十年七月初三日（1884 年 8 月 23 日）上午 8 时，孤拔又收到法国再次向清政府提出勒索巨款的最后一纸通牒，他读了几遍这一纸最后通牒，嗅到了法兰西第三共和国的腾腾杀气。这

334

比上一次法国政府发给大清的照会，措辞更加强硬。

这时候，孤拔还不知道这最后通牒遭到清廷断然拒绝后，茹费理政府当即命令驻北京代理公使撤旗回国。大约到了下午 5 时，孤拔正式收到了法国政府要求他明日进攻福建船政的命令。他反复看了两遍茹费理内阁的命令，非常清楚命令里的所谓福建船政不是指船政衙门，而是指船政造船厂。于是自言自语着怼了一下远在巴黎的茹费理："不先摧毁大清水师的兵舰，怎么进攻福建船政造船厂？"

孤拔刚怼完茹费理的命令，便得到日本人东乡平八郎送来的情报，告诉他：福建船政水师将士的手脚已被慈禧太后和李鸿章们死死地捆绑了起来！

"圣母玛利亚万岁！"孤拔将军先在胸前画了个十字，然后反复掂量着这一纸法国政府发给大清的最后照会，不时地看一眼指挥舱里的自鸣座钟。"这等于就是宣战书……"

嘉图副官提醒孤拔将军："按国际惯例，宣战书要在四个钟头前递交作战对象。"

孤拔哂然一笑，摇了摇头，加重了语气："不能按国际惯例！我想等开战前你去送照会。"

心领神会的嘉图，非常佩服地点了点头："故意拖延时间。"

心怀鬼胎的孤拔将军，稍加思忖，用手指弹了弹最后通牒："这照会，你先送到我国领事馆，然后再委托一个传教士递交给闽浙总督。"

嘉图副官明白了孤拔将军的意图后，竖起了大拇指："绕这么一大圈到了何璟手上……"

"他不懂法语，得找人翻译……"

"将军阁下正可出其不意，攻其不备！"

"理解正确！"

　　孤拔将军刻意将发起进攻的时间定在 8 月 23 日（即光绪十年七月初三）的下午 2 时，原因是：马江江水于每天上午涨潮，午后逐渐退潮。船政水师军舰全是船艏下锚制，在涨潮、落潮时，其舰位会随着潮水的涌动发生根本变化。下午 2 时江水已经开始退潮，根据他几十天的观察，这段时间潮水刚好会将船政造船厂前的"扬武"号等船政水师所有的军舰推成船尾对着法舰的态势。这时候开战，法舰得以直接攻击中国军舰火力最薄弱的舰尾。中国军舰如果要旋转阵位，旋转过程中当舷侧朝向法舰时，更是拱手送给了法军对其致命一击的良机。

　　为了麻痹与之对峙的船政水师诸作战单元的木胁兵轮，孤拔让水兵们在"窝尔达"号旗舰帆桁上放置了两个可以膨胀的金属球体，在灿烂的阳光下特别耀眼。接着响起了弦乐四重奏《亚麻色头发的少女》，德彪西这首优美旋律的曲子，竟然从樯帆之间飘荡四方。曾在船政衙门覆龟亭宴会上献舞的"快乐女孩"们，再次出现在甲板上翩跹起舞。

　　这一招，不仅让与法国铁甲军舰对峙的船政水师将士们一睹法兰西女郎的风采，也惊动了坐镇船政衙门的张佩纶。他赶紧把魏瀚请来解惑。留学法国的魏瀚告诉他："这是法国著名作曲家德彪西谱写的曲子，曲目叫《亚麻色头发的少女》。"

　　张佩纶对西方世界的文化艺术不感兴趣。让他惊诧万分的是，法国佬用什么法术让声音可以传播得这么远。魏瀚知道，四年前，有一个叫恩斯特·马瑟生的法国物理学家发明了机械喇叭跟留声机联结，通过压缩空气把声音传播开来。

　　魏瀚让张佩纶顺着他指出的方向，看一看"窝尔达"号旗舰帆桁上那两个金属球体。由于它们反射强烈的阳光，张佩纶未能一睹西洋的奇技淫巧，不过他倒是远远地看到了一面旗帜。

　　原来孤拔在前桅横桁上升起有五个黑点的一方形白旗。这是他向法国海军各艘舰艇发出准备战斗的信号。根据旗舰上的这一特殊信息，法国各艘舰艇上的水兵迅速行动了起来，几乎所有的主炮都迅速对准了船政水师与之对峙的木胁兵轮，等待着潮汐。高居于桅盘上的哈奇开斯5管机关炮炮手也都已经就位，全部火炮都已经上膛。

自从法舰闯入马尾港以来便惕惕怵怵、卧不得瞑的张佩纶，觉得有些不大对头。在他看来，事出反常必有妖。这时候，他还没接到法军开战通知——因为闽浙总督何璟虽然接到了开战通知，但找到会翻译的人，才翻译一半。于是，极不放心的张佩纶派魏瀚乘一艘杆雷小汽艇，去马尾对岸长乐营前福州海关了解情况。谁知杆雷小汽艇刚刚离开罗星塔码头，就被孤拔的红棕漆铜镀金六节单筒望远镜给罩住。

孤拔以为船政水师欲抢先机向法军实施攻击。他抬起手腕看了眼百年灵牌腕表，长短针正指向1时45分。于是他发出指令，让46号杆雷艇按原定作战计划，冲向仅隔500米处的船政水师旗舰"扬武"号铁胁木壳巡洋舰。46号杆雷艇如入无人之境，迅速冲向"扬武"号，在快接触其左舷中部时，头上绑着13公斤水雷的铁杆突然从船头伸了出来，准确撞击，瞬间爆炸。

顿时炮声震天撼地，烈焰腾腾，热浪滚滚，火光冲天。数十里之外火光射江，耀如白昼。福建船政局建造的第一艘排水量1560吨、马力1130匹、航速12节铁胁木壳轻巡洋舰"扬武"号，船体严重受损，开始下沉……

三

法军46号杆雷艇铁杆头上绑着的13公斤水雷撞击"扬武"号左舷中部后震耳欲聋的爆炸声，虽然没造成张佩纶的耳膜穿孔，但已经吓得他双腿站立不住，瘫坐在船政衙门的石狮子旁边。

张佩纶屁股刚刚着地，就马上意识到，这样狼狈不堪有失钦差威仪。他想站起来，可是两腿不听他使唤。幸亏侄儿张人骏在一旁，把他硬给架了起来。这时候，他想起与何如璋有约：一旦开战，两人一起到中歧彭田，居高临下才看得清楚整个战场态势，便于指挥，利于应战。于是他连忙让侄儿张人骏搀扶着奔向那条并不陌生的通往天后宫的石板小径。去中歧的彭田，要走捷径，就得在这条既狭窄又有些陡的小道上攀登。

公余之暇，张佩纶几度登临这条绿荫掩映的石板小径。这是首任船政大臣沈葆桢为了祈求妈祖保佑船政大业，在建造天后宫时特意开辟的。其时每投产建造一艘舰艇，沈葆桢都会带着一众僚属登临这条便道，去天后宫上香参拜，祈求工程顺利。

如今，自己仓促登临这条石径，尽显狼狈。他想三层石阶一步跨，可是颤颤巍巍的两条腿不听使唤，要没有侄儿张人骏搀扶，压根就无法攀登。也许是马江上的战火使绿荫消失殆尽，不时闪烁的红色光焰使他窒息，没走多少层石阶，便上气不接下气了。气喘吁吁的他忽然觉得，这脚下的石板小径，跟做官一模一样，得一级一级攀登。譬如他父亲张印塘，先任浙江建德、海宁两地知县，然后才荣升为杭州知府，接着再升迁至安徽按察使，要不是长毛造反作乱，还会更上一层楼。他张佩纶自己何尝不是如此？也是先中举人，同治十年再中辛未科二甲进士。接着授职翰林院编修，然后以编修大考擢侍讲，充日讲起居注官，再署理都察院左副都御史，晋侍讲学士，最后挂三品卿衔，外放钦差会办福建海疆事宜大臣。

原先，张佩纶还在为挂三品卿衔沾沾自喜。官袍的补丁上绣着凤凰，足以一鸣惊人。可是到了福州后方才知道，尽管朝廷授予"便宜行事"权柄，但却力不从心。地方大员们表面极尽阿谀奉承，暗中却时时处处掣肘，或者阳奉阴违，使得他跟苏轼一样再怎么"抱负珠在掌"，都无法施展。针对官场种种违和，他自忖："莫非自己德不配位？嗯，有这可能。由此可见，不能一步登天，爬得太高，活得累还在其次；关键是弄不好，爬得越高，摔得越惨。得放慢脚步，顺其自然。"

侄儿张人骏挽扶着张佩纶，要他放慢脚步，均匀呼吸，为了引开他心头恐惧，没话找话说："叔，我真不明白。向广东请援，只要发一通电报，何必派外交官陈寿彭专和跑一趟？"

"你知道什么？陈寿彭是个人才，不故意支遣开，还让他陪葬？"

张人骏还想再说说话，但蓦地听到了"轰"的一声巨响。震耳欲聋炮声，又使张佩纶的心一下子提到了嗓子眼上。不行！大敌当前，必须尽快赶到中歧彭田，与何如璋一道竖起麾盖，观战阵、御外侮。指挥船政水师与敌一搏，系当务之急。至于如何应敌，心中一点谱也没有。尽管如此，还是得快速攀登。

可是心急如焚的张佩纶却做不到步履如飞。自己刚刚36岁，小肚腩就鼓了起来，平时还觉得挺有福相，如今方知碍事——妨碍的不是私人小事，而是军国大事。思念及此，他想加快步伐，可是不知为什么，觉得两脚乏力。

"天呢，我要是有李嗣业那样的脚力，该多好啊！"读万卷书但未行万里路的张佩纶，在走不动的瞬间，想起唐朝名将李嗣业。功勋卓著的李嗣业，为了讨伐印度河流域中的古国勃律在葱岭上任开路先锋，被一块大石头堵住去路，他只用脚一蹬，石头就滚到深谷里去了。颇为博学的张佩纶不但记得与眼下的自己可有一比的李嗣业，还记得唐朝这位才俊的一首《无题诗》：

西北望，黄沙漫卷苍茫。

狼烟急，虏骑猖，

人臣安可坐消亡？

东南望，山河万里雄壮。

天欲倾，国有殇，

断头相见又何妨？

"哎哟，子峨兄，在这'天欲倾、国有殇'的时刻，我们哥俩可不能等到'断头相见'啊！"何如璋字子峨，比张佩纶大10岁。他莫名其妙地突然产生不祥之兆，连啐了两口。"呸！呸！乌鸦嘴。"

张佩纶想狠狠地把自己臭骂一顿，然而能说会道的他一时之间却找不到恰当的语言。奇怪，今儿个怎么变得如此笨拙？不是自吹，原先也是倚马万言的角色。譬如去年法国佬觊觎越南、挑起战端，他就一连上奏章10多篇，坚决主张抗法。许多人都夸他奏章写得好。尤其是那道《议兵疏》写得极具特色，无论是分析形势，还是提出对策，都说得头头是道，滴水不漏。连一些曾参加过剿灭太平军、捻军的元勋重臣，都啧啧称奇。慈禧太后更是打心眼儿折服，认为他很有见地，是个不世出的军事奇才。

所以，当法国佬把战火烧到东南沿海一带后，慈禧太后立即委以重任。给他挂了个三品卿衔，去"会办"福建海疆事宜。还另外授予他特殊权力：便宜行事。说实在的，奔赴福建后如何便宜行事，茫茫然的他，心中空空落落。因而特意跑到天津，向斫轮老手李鸿章讨教。

李鸿章认为，差遣他会办福建海疆事宜，不见得是浩荡皇恩；而是他那十几道主战奏章逆了龙鳞，被"老佛爷"一脚踢开。去福建是福是祸，难说！弄不好，还会身败名裂！

"不至于吧？"张佩纶与慈禧太后曾近距离接触过多次。同治年间发生的那起宫门护军（卫兵）与太监互殴案，迄今为止犹历历在目。那年，太监李三顺奉慈禧太后之命出宫给其妹醇亲王福晋送食品，未办出宫手续，护军依法禁出，太监却恃宠撒泼。本来极简单的一个小案子，治太监罪就是了，但却因此案掀起了政潮。

那时慈禧太后适逢中年，肝火正盛，听闻此事之后大发雷霆，不分青红皂白，胁迫慈安太后下旨要杀护军，任谁劝说都不听。刑部只好秉尊懿旨依法处置，几次拟律，已经对护军从重处罚，但均被驳回，弄得刑部堂官为之痛哭。大臣劝，受处分；廷议，慈禧太后也哭，认为大臣们欺负她。其实不然。她坚决要杀这个护军，不留余地。然而于法于律皆无先例，自然不能随意杀人。当然，若引安德海例，太监倒是可能丢掉脑袋。

事成僵局，有人想到"清流四谏"中的大将张佩纶，请他上奏折劝谏。他不像其他人那样批评慈禧太后不守法，要求收回成命；而是站在慈禧太后立场上，动之以情，晓之以理，权衡利弊，娓娓道来。慈禧太后看了他的奏折非常感动，不再坚持斩杀护军，而改为革职流放，护军总算保住了性命。

慈禧太后并不讳疾忌医，只要所上奏疏、折子公忠体国，她还是可以从长计议的。他张佩纶上了那么多奏折，"老佛爷"也还是择善而从的！思贤若渴的老人家，怎么会睚眦必报，把他一脚踹开？

李鸿章与张佩纶的父亲张印塘交情深厚，见张佩纶"春风得意马蹄疾"，特意为他设下一个全身而退的计策：到了福建后，将船政和台事及各处防务查明复奏，静听朝命。召回，中途乞病；不召，那就设辞乞病。

当时，张佩纶一时不解，李鸿章索性把话挑明了说：既然奉谕南下只是作为会办，那么大可当一个纯粹的巡视大员，做甩手掌柜，只需例行公事在福建和台澎巡视一圈，将沿途所见上奏后就等着朝廷召回谕令；如果朝廷谕令不来，那就干脆一不做、二不休，来个称病请辞。至于打仗，本来就是闽浙总督、福建巡抚和福州将军的事，他们几位和法国人打得好、打得坏，和张佩纶没有直接关系。

怀揣着李鸿章独家总结的"官经"，张佩纶南下到了上海时，中法之间的武戏已经打得不可开交了。他骨子里那股清流习气瞬间被点燃，于是"复志遂初"，把李鸿章的告诫扔到爪哇海里去了。

可是到了马尾后，张佩纶大失所望。几位封疆大吏对密布的战云，全都手足无措。加上闽省素号贫瘠之区，勉力筹防巨款向德国定购的铁甲轮船，至今尚未接回。造船厂所成各式轮船，大多分拨各省，留在本埠的多为小船，而且作为商轮，有的长期用于转递文报。已成的水师，缺乏训练。名曰水师，所有将士都没有防溺救生工具。于是，他自掏腰包派人赶制"水带子"。

所谓"水带子"，最早出现在康熙年间，是水上行船人和水兵赖以救生的重要器具。用皮革制成，先将皮革刮磨，再用油漆涂抹，密针实线缝制成两只密封皮囊，充气以后用绳索连接，系于两腿之上，或放在两腋之间。将士在格斗中若不慎落水，借助皮囊浮力可以不沉，避免溺水牺牲，确保有生战斗力。

张佩纶与船政水师接触一段时间后，终于发现问题成堆。譬如军队严重缺员、装备缺乏而且低劣，低劣到还在用木排和铁链。还有因承平日久，将士早已丧失斗志。像战斗力稍强的"潮普军"，军纪又极差，面对精锐的法军能有什么战斗力？这一点，连军事外行的张佩纶也能一眼看出来。盛怒之下，他使用会办的权力，一连撤掉了康长庆、袁鸣盛、蔡康业等好几位基层将领职务。在张佩纶看来，他的这些杀鸡儆猴措施应该能让军队萎靡的士气为之一振。所以在巡视完毕马尾——福州防务后，他提笔写成了他到闽以来的第一封奏疏，无非是"妥筹战略""殚诚竭虑""冀释忧勤"之类套话，大有不建大功绝不还朝之意。

遗憾的是，整肃军旅方罢，法国佬就杀进来了。张佩纶知道，眼下什么也别想，赶紧去观察战场态势。可是当他大汗淋淋在侄儿张人骏搀扶下走到中歧彭田放眼远眺时，马江江面上已经见不到船政水师的那11艘铁胁木壳兵船的踪影了。他放眼搜索，只看见被兵燹洗劫后残留江面的余火残烬。

后来他听说，自己最最器重的张成在"扬武"号旗舰还没完全失败的情况下，先乘小船偷偷逃跑。最可悲的是，绝大多数船政水师将士在木胁兵舰锅炉来不及生火起锚，船舶无法机动的情况下丧失了性命。当然，陈英、许寿山、吕翰和高腾云等各舰的管带皆视死如归、奋起反击，虽然捐躯殉国，但英雄气概极大地鼓舞了士气。他们不顾法军强大的炮火轰击，毅然扔掉用于救生的充气浮力皮囊"水带子"，誓与兵舰共存亡，用简陋武器与法国海军拼杀，最后与战舰一起沉没，壮烈牺牲。

一想到船政水师全军覆没，张佩纶浑身打了个寒战，脸色惨白地瘫坐在地上，泪如雨下。一时之间，他想不明白，自己已经竭尽全力了，然而所有的努力都付之东流。是自己没有能力？还是真如老友张之洞所说的那样，他张佩纶确实"丰才啬遇"？

狮吼马江

一

战火已熄，硝烟依旧弥漫。入夜后，已经失色的苍穹，晦暗的疏星倒映着全被鲜血染红的马江。粼粼波光中，被法军炮弹和哈奇开斯 5 管机关炮屠杀的 760 多具船政水师将士的遗体，密密麻麻地漂浮在江面上。晚风与江波不忍打扰英魂毅魄，只是轻轻微漾着，安抚这些高贵的头颅。然而血迹斑斑的遗容依然怒目圆睁，眼中凝聚着对侵略者的满腔仇恨。

乘孤拔他们高举壶觞之际，以西门月瑛为首的渔家女们从密匝匝的芦苇荡或莲叶丛中划出小舢板，划向风声凄厉的马江江面，越过"扬武""济安""飞云""福星"等毁于战火的木壳兵船残躯，一一打捞为国捐躯的将士残缺的肢体。心肠极其柔软的女人们，没有一味沉湎于悲痛之中，而是含着热泪闯进劫后余波，打捞为国捐躯的残骸。连病恹恹的薛绍徽都不愿意让烈士们成为被遗弃的孤魂水鬼，坐在小舢板中尽一份绵薄之力。她们将打捞起来的一具具烈士遗体就近于马限山东南麓沿江掩埋，先后形成九冢，冢前各立"忠冢"石碑。

当地（包括沿江和周边地区）的男人们，也都没有闲着，有的正忙着把自制的土炸药塞进一只只夜壶中，使其华丽转身变成一个个撞雷；有的在改装舢板和小船，在船上堆叠稻草并浇上油，准备火焚法舰。

战前被官方诱困于海潮寺的以林培基为首的义勇队，非但没有解散，还扩大了队伍，并加紧练习如何使用由"同庆丰"钱庄老板王炽捐资购买自江南制造局仿制的德国毛瑟前膛步枪，准备在陆地上与高卢鸡一决雌雄。

战事发生在闽县辖区内，因而罗大佑最忙。战前他作为尚干义勇队的组织者之一，得为其提供后勤保障。马江之战爆发后，他挺身而出组织民众协助马尾造船厂工人转移机器设备，尽量避免毁于兵燹。江战一落幕，他就赶紧组织医护人员连夜抢救伤员。

官卑职小偏忧国的罗大佑认为，船政水师惨败，已无可挽回；然而接下来的陆战，未知鹿死谁手？于是，不揣冒昧地闯进了福州将军署，希冀福州将军穆图善履行职责力挽狂澜。没想到在这里却见到了张佩纶和何如璋，他们一脸木讷，俨然是两具僵尸。

原来一个多月来，张佩纶与何如璋像盼星星盼月亮那样盼望允许他们抢占先机、对法开战的上谕。在船政水师几乎全军覆没后，终于盼来了令人啼笑皆非的上谕："……该国专行诡计，反复无常，先启兵端；若再曲予含容，何以伸公论而顺人心！用特揭其无理情节布告天下，俾晓然于法人有意废约，衅自彼开。各路统兵大臣暨各该督、抚整军经武，备御有年；沿海各口，如有法国兵轮驶入，着即督率防军合力攻击，悉数驱除……"

虽说这道上谕姗姗来迟，可却是张佩纶的救命符。因为在马江上的这一场博弈，船政水师溃败后，他给自己准备了三钱鸦片，只要上面怪罪下来，他就吞食鸦片殉国。

罗大佑就是利用这道上谕"呼风唤雨济苍生"的，他明确指出张佩纶依旧任重而道远。因为根据身在巴黎的陈季同提供的情报，法国佬闯入马江的真正目的是摧毁马尾造船厂。

张佩纶心里咯噔了一下，顿时想起自己到福建履职时老友张之洞对"丰才啬遇"的他寄予厚望，特婉转叮嘱："时艰之亟，实以洋务为大端。"张之洞一生谨慎，说话常常拐弯抹角。所谓"时艰之亟"，实指法国佬正在觊觎马尾港；"实以洋务为大端"，再明白不过是讲筹海图强的马尾造船厂。这一远东最大的造船工业基地，完全是洋务运动的硕果。承载着中华复兴之梦。自己绝不能做引咎自裁的傻事，应该重新振作起来，挑起保卫马尾造船厂的重任。

果不其然，法国佬开始炮轰马尾船厂。但由于法国舰艇距离造船厂还是有些远，炮轰效果毕竟有限。于是孤拔下令主力舰艇转攻附近的炮台，一部兵力则炮击周围水域的船政水师旧兵船和武装商渔船。幸亏张佩纶没有放弃自己的职责，亲冒矢石，组织各炮台还击。他特别敦促中歧彭田的三门克虏伯大炮集中攻击法军旗舰"窝尔达"号，取得了不俗战果，击伤了孤拔的另一个副官赖威尔，还有一些缺胳膊少腿的水兵。

二

西门月瑛和林狮狮把夜壶当酒壶，灌上尿缸里的尿，冒充法国品牌葡萄酒，在买办阿忠配合下骗孤拔喝了尿；后来再用夜壶装黄脚虎头蜂用风筝吊挂在"窝尔达"号旗舰上空，诱使法国佬水兵开枪，崩碎夜壶，飞出来的毒蜂蜇死了一名法国士兵。

西门月瑛和林狮狮戏弄法国佬竟然上了瘾。他俩打定主意：只要法军舰艇赖在马江不走，就一直恶作剧；就是闹着玩，也要玩死他们！可是，当林狮狮发现心上人怀孕了后，坚决不让她再去冒险。

他俩知道，乡间有伤风化的闲言碎语，比法国佬的枪子还要犀利！要想不被唾沫淹死，就得赶紧奉子成婚。于是，他们一起跑到福州东街的塔巷口，请在那儿摆摊卜卦的薛伯垂择个良辰吉日举办婚礼。他们发现算命先生正拜读《武备制胜编》，以为是命理手册。

"这不是六壬八卦的书，鄙人看的是打仗的书。"为人坦诚的薛伯垂，如实告诉他们。

"看命先生也很想把法国佬赶走，是吗？"

"当然！这到处风声鹤唳、人心惶惶的日子，总得有个头呀！"

"这书里有什么法术？"

"鄙人刚看到书里介绍怎么弄'五里雾'。可惜这'五里雾'有点臭，不过没有毒。要是有毒就好了！弄出漫天大雾，毒死法国佬。"

"算命先生，你要是能教我怎么弄'五里雾'，我东方狮就有办法干掉他们老大。"

薛伯垂见气贯长虹的林狮狮有心杀敌，顿时引为同类，二话不说，便将《武备制胜编》一书中如何制造"五里雾"的方法、材料，从头到尾给他们细说了一遍。原来都是不值钱的贱物，硝、磺、炭、木屑、松香、砒霜、鸡屎和狗屎，甚至还有人粪，再加上桐油，放在铁锅里……

"这么肮脏龌龊的东西，放在锅里，这锅，以后还怎么烧饭炒菜？"西门月瑛跟所有的女人一样，终日围着锅台转。而且她只有一个铁锅，因而皱紧了眉头。

"那就扔了呗！"薛伯垂见在这关键时刻，女人还有小家子气，便开导西门月瑛，"读书人讲毁家纾难，我们平头百姓讲砸锅卖铁。"

"对！我们已经豁出去了。月瑛，你别打岔。"林狮狮听不懂文绉绉的"毁家纾难"四个字，但"砸锅卖铁"这句话却耳熟能详，"先生，你继续讲怎么弄'五里雾'？"

"不是说了吗？"西门月瑛不经意间流露出来的肤浅，使薛伯垂有些不耐烦。"把硝、磺、炭、木屑、松香、砒霜、鸡屎和狗屎，甚至还有人粪，再加上桐油，放在铁锅里……"

"一锅煮？"

"先炒后拌。"

"记住了！"

"然后再晒干，研磨成粉，随风撒播。"

西门月瑛回到尚干后，便如法炮制。林狮狮则去找盐捕营管带尤善根，要借他盐捕营的巡逻船，当然也包括船上架着的戴梓冲天炮。当尤善根得悉林狮狮敢跟法夷叫板搏命时也很高兴。不但肯借船借炮，还教他怎么装填炸药和引信、怎么点火。

林狮狮把炮船借来时，西门月瑛也已经按《武备制胜编》里的秘方炮制好了"五里雾"。于是借着夜幕，开始行动。只不过不是林狮狮单刀赴会，西门月瑛一定要跟着一起上阵。林狮狮拿她没办法，只好来个有约在先：她只能躲在道庆洲芦苇荡中，负责抛撒"五里雾"。

为了确保把"五里雾"扇向法国佬的"窝尔达"号旗舰，西门月瑛把那些孀居人都叫来帮忙。林狮狮原本不愿劳驾那些寡妇，后来之所以同意，是因为他觉得单靠西门月瑛一个人，势单力薄。有十来个寡妇参与其事，既可助上一劈臂之力，又能照顾身怀六甲的西门月瑛。

于是，借着夜幕，林狮狮邀约了尚干几位肝胆兄弟，指天发誓，同仇敌忾的他们，每个人都灌了一碗烈酒，既是壮胆，也是庆功。

西门月瑛和那十几位寡妇，先划一舢板潜伏芦苇荡中的道庆洲，按事先分工，有的专门负责抛撒"五里雾"，有的专门手执大蒲扇把"五里雾"扇向"窝尔达"号旗舰。

林狮狮见从道庆洲播撒到天空的"五里雾"开始弥漫开来后，在一定程度上使"窝尔达"号旗舰上的探照灯有些迷蒙。于是，他和肝胆兄弟们把盐捕营的那一艘巡逻船悄悄划向"窝尔达"号旗舰，等靠近了后，他取出预先准备的好"燧火之筒"一拧，竹筒里伸出红红的火折子，然后鼓腮使劲一吹，"燧火之筒"燃起火舌，点燃了戴梓冲天炮的引信。同时，发出了怒吼："法国佬，去死吧！"

戴梓冲天炮的第一发炮弹在夜空中划过一非常漂亮的抛物线，刚好落在孤拔的卧舱爆炸。被炸塌了的舱壁坍塌下来，压住了正在假寐的孤拔。尤其要命的是一块形成小锥状的钢板锐角，不打一声招呼就刺进了他的胳膊。

爆炸声虽然惊呆了副官嘉图和法国水兵们，但久经战阵的他们瞬间就做出了反应：探照灯被立即调整方向，强烈的光柱对准了盐捕营巡逻船，冲上甲板的水兵举起步枪。先是叭叭两声，接着便是枪声不断，十分密集。再接着，便是"轰"的一声震耳欲，240毫米口径舰防主炮的一发炮弹击中了盐捕营的巡逻船，顿时火光冲天，林狮狮和他的那些肝胆兄弟全都粉身碎骨，体无完肤。

在道庆洲芦苇荡里的西门月瑛亲眼看到林狮狮和他的肝胆兄弟们的尸体碎片从空中纷纷落在江面上，染红了江水。她和那几个寡妇们不顾一切地跳上救生小艇划向江中，在碧波荡漾中，打捞英雄们被炸碎了的尸体碎片，同时痛哭失声，泪如雨下。

也许是苍茫夜色中的枪炮声惊动了五虎礁对面的琴江八旗水

师营的满族将士,他们驾驶着众多小木船冲了出来,用简陋的武器,包括早已落伍了的长长的抬枪,袭击停泊在马江里的各艘法国铁甲兵舰。琴江八旗水师营将士对法夷发起的攻击,无意中掩护了西门月瑛她们。

西门月瑛她们将打捞起来的林狮狮和他的几个肝胆兄弟的残躯运上芦苇荡掩映的道庆洲。举行了烧香祭奠仪式后,西门月瑛将凡是有狮子文身的残躯用针线一针一线地缝缀在一起。

当泪流满面的西门月瑛看到针眼处渗出一丝鲜红的血时,她仿佛看到了大红的"囍"字,看到了绣着龙凤图案的大红的锦被……她拉着林狮狮的手,极为自豪地告诉他:"是你打死了孤拔!可是你也为此丢了性命,再也成不了我的新郎官了。"

新郎官林狮狮在西门月瑛的耳边说:"值得,非常值得!我一炮打死了孤拔,证明了我不是刁民!"

西门月瑛眼中带泪笑了,说:"我倒希望你是个刁民!"

新娘西门月瑛的话,出乎林狮狮的想象:"不会吧?"

西门月瑛狡黠地一笑:"不是有句话叫作'男人不坏,女人不爱'吗?"

林狮狮大声地表示:"好!我就坏给你看!"

西门月瑛故意挑逗她的心上人:"真的?"

一脸坏笑的林狮狮还是那么粗鲁、那么迫不及待地一边狂吻她,一边剥掉新娘必须穿戴的凤冠霞帔,将她推倒在床上……

赤马红羊劫

蚁聚蜂拥关塞黑

一

孤拔的胳膊受伤后，随舰医生连忙采取措施，清洗创口、敷药包扎。身为法国海军远东混合舰队总司令，虽然胳膊挂在吊袋里，但后面肯定还有战斗需要他指挥。不过，这时候他觉得有些疲惫，于是躺在床上小憩。

当然，孤拔一时还无法闭上眼睛，放心地进入梦乡。因为远东最大的造船厂未摧毁，入闽的战略目标没有实现。整个舰队依旧投泊于别人家群山环绕的水域，随时都会听到狮吼虎啸。这就意味着危机犹在，不可掉以轻心。要想摆脱这样的尴尬之境，恐怕还得按中国古老的兵法：三十六计，走为上。思念及此，他赶紧派副官嘉图向通信兵发令，用灯语通知每艘战舰："必须打开以碳弧光为光源的探照灯，扫射马江江面。"

在夜雾笼罩下用灯光信号通信，是最佳选择。通信兵使用通信专用灯具时，得用手控制灯叶的开合时间，来显示灯光照射的有无和长短，以摩斯电码（专用的通讯符号）表示字母、数字和勤务符号。当然，操作有点难度系数，得花费一定时间。

惶惶不安的孤拔还是不放心，他忍着伤痛一跃而起，走出卧舱，爬上封闭式舰桥的顶部开放平台。等了片刻，各艘法舰上的探照灯次第打开，开始交叉扫视马江江面。

让孤拔大吃一惊的是，不用红棕漆铜镀金六节单筒望远镜，一下子冲进他视线的全是马江周遭的民众，他们驾驶着渔船、盐船以及一艘艘舢板，架着抬枪、土炮，从四面八方的港汊中划出来，不断地逼近各艘法舰。令他感到恐怖的是，那一艘艘舢板上堆满了稻草，拖着长长辫子的男人，把桐油泼在稻草上，然后用火点着。还有更令他心惊胆战的漂雷，也就是他曾经领教过的一只只夜壶，不知里面是装着毒蜂还是炸药。

就在孤拔兀自揣测的时候，一只夜壶被潮水涡流推着撞到了一艘法舰外舷的"普利姆索尔线"上，先是"咣当"一声，紧接着便是爆炸声。于是枪声、炮声、雷爆声，此起彼伏，接连不断。再就是一艘艘舢板上满载着的泼了油的稻草被点着，到处火光冲天。这一系列花样百出的袭击骚扰，虽然撼不动法军铁甲兵舰，但足以令军心浮动，惶惶不安。

惊慌失措、慌慌张张跑到封闭式舰桥顶部开放平台的嘉图，不得不提醒孤拔："司令，我们已损毁5艘战舰。"

早就想全身而退的孤拔，见嘉图替他设置好了台阶，当然愿意进入务实平台。"民心不可侮！"他向嘉图挥了挥手，下达命令，"赶快撤退！"

鉴于马尾、尚干、长乐、连江各地老百姓密密麻麻的小舢板运用群狼战术围攻法国舰队这一严峻态势，孤拔虽然胳膊受了伤，但并不影响他的脑袋瓜。他知道，只能借拂晓大雾，从闽江北港的马尾绕到南港的乌龙江，才能向出海口成功突围。

尽管法国海军船坚炮利，可是要想潇洒地一走了之，闽江水道两侧岸上的清军可不答应。之所以有此底气，不仅是因为建宁镇（即今建瓯）总兵张得胜奉命率所部抵榕后，张佩纶又调集防勇四营，接着又增募陆勇六营、水师一营，统归其节制，分扼五虎门内外各要隘；而且还仰仗在壶江、马鞍山、长门山、金牌寨和闽安水道南北两岸等处修筑的炮台与敌决一雌雄。

修筑这些炮台的是闽县人林寿图，道光二十五年（1845）进士，任过浙江道监察御史、陕西布政使、山西布政使，1881年返回福州，主讲鳌峰和致用书院以及钟山书院。

曾在闽浙总督任上的左宗棠之所以会请居住城内石井巷的林寿图负责修筑这些炮台，是因为他曾兼署过兵部给事中，帮办过军务。这位自称前身是黄鹄山僧的福州才俊，不仅诗书画俱佳，而且对桑梓的山川地理极有研究。

林寿图在壶江、马鞍山、长门、金牌、象屿包括闽安水道南北两岸修筑的炮台，都有明台和暗台两种模式。所谓明台，即暴露于光天化日之下、用三合土加糯米浆构筑的炮台；所谓暗台，即凿山为洞，在隧道的拱顶处用三合土安设火炮。唯一有点遗憾的是，无论明台还是暗台，都没有任何可供火炮自由旋转的空间。

张佩纶履新钦差会办福建海疆事宜后，立即视察过这些已落伍于时代的炮台。他认为，这些固定于三合土中的前装滑膛炮，对孤拔的铁甲兵舰几乎构不成威胁。他从书本中获得知识，晓得军旅之强弱，以船炮为宗；船炮之巧拙，以算学为本。西洋船炮日新月异，愈出愈奇；实则经厘、毫、丝、忽精确演算而来，算精一分则巧逾10倍。因而他派人对各个炮台进行了改造，并引进了克虏伯炮。像长门炮台就装备了5门克虏伯炮。金牌炮台也装备了两门17厘米克虏伯炮，使它拥有了能与长门炮台共同封锁江面的能力。闽安水道两岸的炮台各有15门线膛炮，田螺湾炮台也有一门21厘米阿姆斯特朗炮。尤其是长门炮台，是整个闽江沿岸最为可畏也是防护最好的炮台，其主要的武器装备为一门安装在露天炮台上的21厘米克虏伯炮和四门安装在靠江岸的暗炮台中的 17 厘米线膛炮。毫无疑问，已经具备了封锁北龟岛与南龟岛间航道的能力。

所以，张佩纶在给总理衙门的奏折中特意提到，长门旧炮台"惟旧造暗台外向，专顾一隅，殊失洋炮转旋四注之妙……现在囊沙堆垛，拟以两尊仍暗台之旧，而少改口门使能左右灵活；以两尊改为明台，使可远顾三方"。在后来的奏折中，又不厌其烦地报告了长门旧炮台的改造成果："长门之炮位炮架亦为修治灵活。长门之炮，初旋转至三十五度，改为明台旋转至百余度。原先按西法，两炮远不及百尺，易受敌攻。原设之四炮骈联，因两明台相距犹近，限于地势逼仄，终不惬心。""兼之长门、金牌炮台因山为垒，病在地盘太狭，工料不坚，既未合西式，亦复不合中式。"总之，张佩纶认定，经过他改造后的长门与金牌炮台，御敌完全可以胜任。

但是，由于孤拔早就得到了东乡平八郎献给他的《福州炮台全图》与何如璋的日本留学生井上陈政提供的炮台武器装备情报，因而派海军陆战队将士登陆上岸，企图驱散闽江沿岸的清军，占领炮台并炸毁所有火炮。

好在建宁镇（即今建瓯）总兵张得胜不是吃素的，他以近10 个绿营的兵力与法国海军陆战队展开殊死搏杀。尽管每个绿营的兵员人数参差不齐，但也有近 5000 人的将士与丁勇。而相比之下，法国海军陆战队仅 500 人。而且张得胜还占着居高临下的地理优势，先开枪后冲杀，登陆仰攻的法国海军陆战队只能落荒而逃。

孤拔见自己的海军陆战队丢盔弃甲，连忙改变战术，用舰炮先猛轰清军炮台；在强大的炮火全覆盖后，再派海军陆战队登陆上岸，先屠杀受伤的绿营士兵和团丁，再破坏炮台和武器。

尽管清法双方在火炮质量与数量上有极大的差距，但建宁镇总兵张得胜还是明知不可为而为之。他让闽江两岸的田螺湾、闽安等处炮台用 40 磅后膛炮反击。然而由于早已落伍了的 40 磅后膛炮，射速慢、射程近，尤其是命中率还比较低，威力有限，非但打不死高卢雄鸡，反被咬了几口。

法军凭借舰炮的强大火力，加上孤拔战术运用得当，不仅给我方造成重大伤亡，而且基本上摧毁了我闽安水道的各处炮台。然而，当法国舰队开到琯头附近时，却遭到长门炮台和琅岐岛上的金牌炮台的有效阻击。

金牌山炮台位于福州市马尾区琅岐岛北端的金牌山、烟台山与北岸的长门、电光山夹江对峙，江面最窄处为 400 米，此段闽江称金牌门水道或长门水道。建于清康熙五十七年（1718），道光二十九年（1849）林则徐主持重修；竣工之后，林则徐赋诗赞曰："天险设虎门，大炮森相向。海口虽通商，当关资上将。唇亡恐齿寒，闽安孰保障。"

金牌山高 29.7 丈（99 米），烟台山高 37.5 丈（125 米）。南岸，以烟台山炮台为主，设有 3 座炮台，即烟台山主炮台、烟台山右侧之烟墩山炮台、烟台山下之獭石炮台，组成进入闽江的第一重门户。

冠名为金牌炮台，实际上是炮台群，包括金牌山炮台、烟台山炮台、獭石炮台，与隔江的长门炮台、礼台炮台、射马炮台、划鳅炮台形成掎角之势，成为扼守闽江口第一要隘。

金牌山炮台共设火炮 7 尊，其中 150 磅弹回德准前膛炮 1 尊、70 磅弹英制后膛炮 2 尊、40 磅弹英制后膛炮 1 尊、120 毫米德制克虏伯后膛炮 3 尊。烟台山炮台，有两个露天主炮位，炮台基础呈凹形，低于地面约 1.4 米，基础用三合土填实，上覆盖硬质排木，火炮底盘安装于排木上，炮口指向闽江口。炮位直径分别为 11.6 米和 12.6 米，安装 2 门大口径克虏伯后膛炮。刚刚建置竣工的獭石炮台，共设有火炮 6 尊，其中 110 磅弹阿姆斯特朗前膛炮 1 尊、80 磅弹阿姆斯特朗前膛炮 2 尊、120 毫米德制克虏伯后膛炮 3 尊。

在普遍火力贫弱的闽江口炮台中，长门炮台算是个异类。它不但独占了闽江口仅有的 7 门大口径克虏伯炮中的 5 门，防御力也相对出色，因而有能力与法军进行长达近 3 天的激烈攻防战。

在这一场激烈的攻防战中，建宁镇总兵张得胜沉着冷静，亲冒矢石到炮台上指挥，终于让一发喷着怒火的炮弹打掉了法国巡洋舰"拉加利桑尼亚"号的前主炮，后来又把它的上层结构炸开一个大洞。

让孤拔更加头疼的是，建宁镇总兵张得胜事先用民用木船沉塞长门水道中阻遏法舰逃窜，为此他不得不耗费了大量时间，派遣法军将士下潜去清理被堵塞的水道。

极有战争经验的张得胜，先在登陆点布满了电击发的水雷，不知就里的法军登陆小舰艇频频触雷，被炸得稀里哗啦。等孤拔用小舰艇排完了雷，再派小分队登陆，又遭到绿营痛击。

原来张得胜刻意挑选了一些绿营中的神枪手，预先埋伏在长门炮台和金牌炮台附近，凭借精准射击，一枪先撂倒排头兵，迫使法军登陆小分队的士兵按战术要求慌忙散开。绿营的那些神枪手就瞅准这个时机将其逐个消灭，使孤拔尝到了伤亡的滋味。

怒不可遏的孤拔带伤上阵指挥，先后集中了铁甲舰"凯旋""拉加利桑尼亚"和巡洋舰"杜居土路因"等主力舰加入战斗，对各个清军炮台狂轰滥炸。他知道，只有彻底摧毁所有的炮台，法军才能从闽江口全身而退撤到海上。

清军在张得胜指挥下，长门、金牌等炮台竭尽全力与急于退却的敌人开战，不让法军轻易遁脱险境。为此，将士们使出了浑身解数、八仙过海、各显神通。

孤拔见被顽强拼搏的清军绿营缠住了撤退步伐，怒不可遏地下令"蝮蛇"号炮舰上的布埃特-维劳梅兹上尉，无论如何都要摧毁金牌炮台，掩护法军陆战队登陆扫荡张得胜率领的清军绿营。

布埃特-维劳梅兹没有辜负孤拔的厚望，他成功地使"蝮蛇"号炮舰上的火炮发出巨大的威力，保证了法国海军陆战队占领金牌炮台并炸毁了炮台上的两尊火炮。

然而在甲板上耀武扬威的布埃特-维劳梅兹，却被隐蔽在金牌炮台周边的绿营神枪手用步枪击毙。这位法国海军元帅路易·艾吕雅·布埃特-维劳梅兹之子，是法军在闽江口战役中阵亡的最高级别军官。

孤拔发现拥有5门大口径克虏伯炮的长门炮台，使法军陷入了更加危险的境地。因为在可供他的陆战队登陆的长门炮台占据了极为有利的地形，法军军舰上的火力很难打到建宁镇总兵张得胜和他率领的绿营。勉为其难强攻了一阵子，法军阵亡了10人、伤48人，他只好下令未能完成毁坏炮台任务的陆战队员赶紧撤回舰上，与他一起仓皇逃遁……

二

七月初三，即1884年8月23日，福建船政水师全军覆没后，消息不胫而走，举国震惊。慈禧太后慌忙召集惊魂未定的御前大臣、军机大臣、总理衙门大臣以及六部九卿一起在御前开会，商议要不要向法国正式宣战。然而像往常一样，众说纷纭，莫衷一是，谁也说服不了谁。

慈禧太后花费好长时间，看到的仅仅是一出口水战大戏。船政水师在自己家门口被法国海军歼灭，她确实感到有损"天朝"

体面和尊严，可是自己又拿不出报复法国海军的办法。因而六神无主的她，极其无奈地叹了口气说："和亦后悔，不和亦后悔。和就是示弱，不和就会割地赔款而且损兵折将。"

"臣左宗棠，跪请皇太后圣安！"年迈体衰的左宗棠再怎么行动不便，也得按规矩跪拜慈禧太后。

"爱卿年事已高，平身吧！"

"谢太皇太后！"

"爱卿，说说你的看法。"

"依臣之见，"左宗棠从跪着的蒲团上缓缓起身，语气坚定地说，"中国不能永远屈服于洋人！与其赔款，不如拿赔款作战费。"

"爱卿，此言甚是！"左宗棠的由衷之言，慈禧太后非常赞成，"巨款坐输，示弱四邻，效尤踵起，和之悔也！"

慈禧太后一表态，刚刚主政的醇亲王奕譞连忙附和。然而心机缜密的他并没提出什么高见，只是咀嚼别人吃过的馍。很懂的得中庸之道的他，既发了言又上下都不得罪。

慈禧太后召开的御前会议，好不容易取得了共识：坚持抵抗，不再委曲求全。中国陆军、法国水军各有所长，战争胜负还未可知。于是以光绪皇帝的名义发布诏书。也就是说大清政府在主战舆论的压力下，被迫于 8 月 26 日，即马江之战 3 日后，发布上谕，称"法兰西国横索无名兵费，恣意要求，先启兵端，令陆路各军迅速进兵，沿海各地严防法军侵入"。

光绪皇帝发布圣谕，也就等于清廷正式下诏对法国宣战。鉴于法国侵略者已把战火引向中国本土，所以清廷认为："惟当一意备战，应以进兵越南，规复北圻，俾彼族不敢悉众内犯，为制敌要策。"在战略上确定了沿海防御、陆路反攻的方针。为此，下令"沿海各口，如有法国兵轮驶入，着即督率防军合力攻击，毋任蔓延。其陆路各军，有应行进兵之处，亦即迅速前进"。

三

孤拔在马尾军港用诡计麻痹了船政水师，然后不宣而战并一举将其击溃，使其从此一蹶不振。正是福建船政水师全军覆没，胜利冲昏了他头脑，以致产生了轻敌思想，七月初四上午，仅调部分法军炮舰乘涨潮上驶，炮轰马尾造船厂。

张佩纶、何如璋在罗大佑的激励下，已经重新振作起精神，率领绿营将士对马尾造船厂采取了许多强力保卫措施，诸如砌墙、架炮、埋雷，并在林培基的尚干义勇队协助下转移相关设备。

正是福建船政水师全军覆没，胜利冲昏了他头脑，以致产生了轻敌思想，七月初四上午，仅调部分法军炮舰乘涨潮上驶，炮轰马尾造船厂。

张佩纶、何如璋以及罗大佑等群策群力组织开展游击战术，终于使骄横一世的孤拔出现了狼狈相。在陆战方面，法国佬非但没有胜算，还被闽江两岸的军民用土枪土雷逐出了马尾，不仅几经周折，还损兵折将，不得不退至马祖澳，即定海湾。

自清廷宣战后，法国为了能够继续利用香港等"中立"口岸作为基地，并取得英、美等国的煤和食品等物资供应，因而没有正式宣战。同时，法国再次从政治上对清政府进行诱降活动，由总税务司英国的赫德为拉线人，大搞幕后外交，折冲樽俎，逼清廷屈膝下跪。

其实，早在马江之战前，孤拔和巴德诺就极力主张法舰北上袭取旅顺和威海卫，威胁清朝京畿重地。马江偷袭得逞之后，他们认为"虽然中国此次完全失败"，但"福州距离北京太远，不足以使帝国朝廷获得教训"。因而孤拔"复又坚决主张将战争移至北方",再打一个漂亮仗。

茹费理内阁政府曾一度赞成孤拔等人的北略计划,并令其立即在北方各海口行动,但不久又改变了决心。之所以首鼠两端,是担心北上扩大战争,可能招致其他列强的干涉;而当时法国由于埃及问题,同英国的矛盾已经非常尖锐。弄不好会搅乱欧洲局势,再次遭到英美等国攻击。另外,法国海军北上与北洋舰队交锋,势必影响李鸿章的地位。而这位斫轮老手正是极好的谈判对手,法国政府应该尽量予以宽待。

于是,夺取台湾北部,再度成为茹费理总理的战略目标。他自信地认为,台湾只需"使用两千兵员可以持久占领的唯一据点,而这些据点以后会成为对中国的交换物"。于是,他要求孤拔率领的法国海军发起第二次夺取台湾基隆的军事行动,迫使清廷同意赔款,或将基隆、淡水两埠口的行政、经营、海关、矿山等权让给法国,以"提供同等价值的赔偿"。

负伤后一直没有痊愈的孤拔,不得不再次兵锋直指台湾。但由于第一次攻进基隆时与刘铭传已经有过攻防转换,对大清的这一悍将心生畏惧。因而他首先使用封岛战术,企图不费一兵一战困死刘铭传。

可是茹费理内阁在急迫地等着谈判桌上的筹码,没有时间给孤拔慢慢玩弄温水煮青蛙戏码。电令孤拔必须于10月1日,向台湾基隆发起第二度争夺战。于是根据内阁指令,孤拔率领10艘军舰,以从越南调来增援的陆战队、炮兵、步兵2000多人为主力,对基隆再度发起进攻。

福建的严重受挫让台湾失去了隔海掎角之势,因而台湾防卫态势极其严峻。刘铭传连发数电,要求增援。可是,总理衙门虽然多次下令各省火速投械、拨舰、拨款支援台湾,但主要的地方大吏（如张之洞、左宗棠、曾国藩、李鸿章等）在援台方面采取的是以不损害自己的主力为原则，尽管也拨给一些枪械弹药，然而在数量与质量上皆乏善可陈。

好在刘铭传初抵基隆时，就马不停蹄地视察孤悬海外的台湾。他针对糟糕的防卫情况进行力所能及的调整：调集南部营队兵力北上协防，在基隆外海口控扼咽喉区的麟墩、社寮两山对峙的地方，各加筑一座炮台；又在安平、澎湖等要地增建若干炮台；在沙仑海岸构筑军事城垒，加强海岸防御。

面对来势汹汹的法国海军远东混合舰队，刘铭传赶紧修复被孤拔第一次攻打基隆时破坏的防御工事。然后审视自己手中能调动的机动力量，仅有章高元部数百人，以及他在天津挑选的 134 名军官。不仅兵力严重不足，武器军火的储备也十分欠缺。在这种情况下，他只能最大限度地把手中的力量用到极处。接着，对台湾的防务，他重新作了精密部署：福建陆军提督孙开华、王贵阳统领楚军三营，淮军四营驻守沪尾；总兵苏得胜统领淮军三营、土勇一营、炮勇二哨，驻守台北；总兵柳泰和统领楚军三营，分别驻守鹿港、彰化；提督杨金龙统领楚军四营、炮勇三哨，驻守台南、安平；提督方春发统领楚军三营、炮勇二哨，分别驻守旗后、凤山；副将张兆连统领楚军二营、土勇一营，分别驻守卑南以及后山；总兵吴洛统领水师三营，驻守澎湖。由刘朝带和刘朝祜从老家带来的工匠营 300 多号人马，作为统帅部护卫军。

巧妇难为无米之炊。刘铭传把能使上的劲都使上了，剩下的只能看老天爷了！修复了战损的基隆，台风刚刚过去不久，似乎一切都已经恢复了正常。食宿已乱套许久的刘铭传，到了中午时分，正想好好地吃一顿久违了的午餐，突然听到基隆海面传来了炮弹爆炸的声音。他连忙放下饭碗，登高望远。晴朗的海面视野非常开阔，一眼望去就看到法国人在十余艘军舰、百余门大炮的火力掩护下再度侵犯基隆。

"嘭！嘭！"警报响彻整个基隆后，在沙湾炮台的守将曹志忠命令炮手向来犯的法舰开炮。巨大的隆隆声响，震耳欲聋。可惜炮弹不是打得太近，就是打得太远，有些甚至飞过了敌舰，落水的炮弹炸起的水柱几乎和舰桥一样高。

清军炮兵技术不过硬，孤拔早已了然于胸。于是，他下令优先攻击清军炮台。不久，基隆一号炮台的弹药库被击中，引发了大火。火势迅速蔓延开来，不仅殃及营区，还将停泊的木制帆船和鱼雷艇焚烧殆尽。

尽管曹志忠带领士兵和筑垒工匠连续两个月日夜赶工，修建了厚度两尺的土桩炮台，但法军舰炮的威力实在太大，炮台的夯土被轻易掀开。炮兵们仅仅打出几发炮弹，就被法舰的反击炮弹击中而丧命。一个多小时的炮战使岸防炮兵损失惨重。

刘铭传身先士卒率领守军奋勇抵抗了两个多钟头，已经伤亡100多人。但他依然顽强抗击到太阳落山，才结束了一天的激战。晚上，他喘息甫定，就不断收到沪尾守将孙开华的电报："法军已经进犯沪尾，请求立即增援！"

原来，孤拔汲取了第一次败北基隆的教训，采取双管齐下策略。他亲自率军侵犯基隆，而他的副司令利士比则率领另外4艘铁甲战舰北上直扑沪尾（即后来的淡水）。

沪尾是台湾北部的门户。刚刚完工的台北府城，是大稻埕与艋舺两地之间所构筑的城郭，也是台湾最晚兴建的城池，拥有建材最讲究、格局最方正的城墙。北门，是台北府城的主城门，正式名称为"承恩门"，意指遥望北方、承受皇恩。

作为统帅部所在地，军用物资大多屯集于此。一旦失手，后面与法军的战斗就会处于劣势。幸亏刘铭传颇有预见，在法国舰队掉头去侵犯福州期间，他加强了台北府城的海岸炮台和防御工事。后来又及时得到朝廷拨付的 20 门新式岸防大炮，加强了防御力量。

但面对坚船利炮的法国海军，刘铭传手上不仅没有舟师，而且武器装备均十分简陋。毫无疑问，已经无法兼顾沪尾与基隆。鉴于法舰可顺着淡水河几条支流直接进入台湾腹地，控制全岛。针对这一严峻局面，就如何在台湾持久防御和抗击法军，内部出现重大战略分歧。

审时度势的刘铭传主张：第一，坚决避开法军在近海作战能依恃舰队猛烈炮火支援的优势，诱敌深入，让其上岸，以发挥我方熟悉地势与敌周旋，待其疲惫不堪再予以痛击。第二，为改变我方处处设防、兵力分散、战防空虚、兵勇疲惫，不许浪战。第三，从保卫台湾全局考虑，为了确保取得最后胜利，必须进行战略调整。即：坚决退出基隆，退守山后阵地，在沪尾一带构筑强固工事，伺机与敌决战。

从战略角度上考虑，沪尾还是重于基隆。有鉴于此，刘铭传不得不作出决定：铭字营撤出基隆，移师沪尾。老百姓也都迁往台南。只有这样，才能在台中借助有利地形，坚决挡住法军南下的步伐。

可是刘铭传的这一战略思想不仅遭到朝廷的申斥、重臣的弹劾，甚至连追随刘铭传多年的淮军战将章高元也大都思想不通，他与孙开华一道表示要与敌人血战到底。章高元代表浴血奋战在基隆前线的湘淮军将士，跪地哭谏："请爵帅收回成命！"

"说，为何要收回成命？"刘铭传鼓凸起带着血丝的眼睛，大声喝问跟随自己多年的这位悍将。

"因为按照大清律例，地方官守土有责，失地者斩。"面对说一不二的刘铭传，章高元不得不搬出挡箭牌，以证明自己不是贪生怕死。

刘铭传在狮球岭的山坡指挥部冷静观察了清法双方作战的态势后，心中有数的他，不得不劝谏章高元："将在外，君命有所不受。"

"爵师……"

深知战机稍纵即逝的刘铭传，见部下还在啰唆，气得拔出佩刀砍下桌子的一角，断然说道："再有劝阻撤兵者，斩！"

按下葫芦起了瓢。刘铭传刚压制住老部下，以台湾道台刘璈为首的一些部将又公然发出反对的声浪。同时，在刘璈儿子刘浤的挑唆下，当地番民对清军未能坚持作战而主动放弃基隆非常悲愤和不满。因此，刘铭传只得决定留下曹志忠的300人"忠字营"和当地民团中林家的"栋子营"防守基隆山区，其余军队全部调往沪尾。他带领侄儿刘朝带的铁匠营，亲自护送迁往台南的百姓。

为了确保南迁百姓有地方住，刘铭传让另一位侄儿刘朝祜带领600名铭字营将士化装成老百姓，乘坐冒险帮助其运兵的英国商船"万利""威利"先赴沪尾筹措。

未雨绸缪，措施果断。方方面面都在按刘铭传的指令运转，看起来还算顺利。可是令他措手不及的是山区番民在刘璈儿子刘浤的挑动下，公然将他扣留于艋舺的龙山寺里，不让他移防驻节沪尾。面对突发的民变，他的侄儿刘朝带欲奋起一搏，遭到他训斥："任何时候都不能与民为敌！"

这一夜，对被迫在艋舺龙山寺过夜的刘铭传与他侄儿刘朝带来说，注定是个不眠之夜。他们狼狈不堪地蜷缩在蒲团上。孰料到了子夜时分，破庙外突然杀声四起。他们赶紧起来，刘铭传操起独特兵器"独脚铜刘"与执刀的侄儿刘朝带背靠背，以防不测。

然而奇迹发生了，龙山寺外造反的番民被一伙土勇缴了械，然后打开了破庙的门。为首的向刘铭传深鞠一躬，自我推介："抚台大人勿慌，鄙人姓张名李成，特来护送抚台大人驻节淡水。"

"张李成？张与李，都是大姓；'成'这一姓氏较少，在《百家姓》中排在 115 位。"刘铭传不仅记忆力超强，识人的目光也特别犀利。他一边自言自语，一边打量着张李成，"你莫非来自福州十邑？"

"抚台大人，真乃火眼金睛。"明眸皓齿的张李成，外形俨然是个标准的男子汉，但说起话来却有一些娘娘腔，"鄙人祖籍确是福州，父辈那一代来开垦台湾……"

"义士，彼此并不相识，何以出手解困？"

"抚台大人，你的大名如雷贯耳，法国佬闻之胆战心惊。"

"这个是我刘麻子的侄儿刘朝带。"刘铭传把侄儿拉到张李成跟前，意在比一比两人身高，但嘴里却嗔怪道："你愣着弄啥子来？还不谢过义士！"

"哎哟，不敢当，不用谢！"张李成慌忙向刘朝带作揖，同时趁机表明心迹，"鄙人还想跟抚台大人去打法国佬……"

"汝可解兵事？"

"实不相瞒，鄙人在舞台上也曾指挥千军万马。"

"唱戏的？"

"这些人，都是鄙人一个戏班的，也都会一些花拳绣腿。"

"战场并非戏场！义士，还是带着你的戏班做戏去好了！"

"抚台大人，实不相瞒，鄙人得到五百土勇拥戴，愿在大人麾下效力！"

正缺兵力的刘铭传当然来之不拒，不过打仗不是儿戏。他让下盘坚如磐石的侄儿刘朝带把上衣脱了，让张李成朝其肚子连打三拳。他要看一看这戏子有多大的能耐。

张李成嘴里事先含了一口冷水。当刘朝带憋住气准备承受重击时，张李成抡起拳头前，先向刘朝带喷出冷水。冷水喷到刘朝带脸上，他自然把丹田运足的气给泻了。这时，张李成抓住瞬间机会，一拳重重地打到刘朝带的肚子上，卸了劲的刘朝带自然被打飞了。

虽然胜之不武，但张李成展示出了狡黠与膂力。于是，刘铭传便带着他和五百土勇奔赴沪尾……

四

孤拔率领法国远东混合舰队以绝对优势攻占基隆后，率领 8 艘铁甲兵舰进犯沪尾，于 10 月 8 日拂晓，在淡水河港发动登陆攻势。倚仗武器先进，各舰所有火炮齐发，猛攻守军炮台及营地，一时炸弹如雨，烟尘蔽天。狂轰滥炸半个小时，法军以为港口的炮台已被夷为平地。于是，孤拔派出 600 名海军陆战队队员，企图涉水上岸。可是刚进入刘铭传设置的人工阻绝线内侧，就触到事先布置的"十枚"大水雷，被炸尸横遍野。

上午 9 时半许，孤拔再次派出法国海军陆战队 800 多人，在军舰猛烈炮火掩护下，登陆沪尾港白沙仑海岸。亲自坐镇指挥的刘铭传，要孙开华他们按兵不动，以逸待劳。由于守军一直没有动静，孤拔以为清军已经彻底溃败，便下令所有法舰停止炮击，让 800 多人的陆战队从白沙仑海岸一跃而出，奋勇冲锋，扑向炮台。

到了这时候，刘铭传才让孙开华反击。随着"砰砰"几声枪响，法军陆战队排头兵应声倒下，一命呜呼。紧接着，孙开华的"擢胜营"左营和中营在各自营官的指挥下，首先进行火枪还击，一批法军中弹倒地。可是，又一批法军兀自端着枪排成"一字形"继续向前推进。

"擢胜营"官兵虽然火枪不多，但仍然沉着应战。"六角国"的勇士们凭着精良武器，不断向"擢胜营"阵地发起冲击。一排排继续向前推进，直至冲进了"擢胜营"的阵地，与清军拼刺刀。

孙开华不忍心看着自己的"擢胜营"损兵折将，他身着短衣，脚穿草鞋，一马当先，率领部将李定明，奋不顾身地从树林中杀出来，顿时使法军乱成一团。激战中，孙开华一刀砍死法军执旗官，夺取了法军军旗。

在战场上极其勇猛的刘铭传也不甘寂寞，发起疯来谁也阻挡不住。他手舞"独脚铜刘"，自率领刘朝带的铁匠营投入战斗，配合孙开华围剿"高卢雄鸡"。

就在"擢胜营"阵地杀声四起之际，一直沉默的沪尾炮台突然发出了震天的吼声，第一炮就把法军"维伯"号战舰的船头桅杆击成两截，第二炮又将"维伯"号战舰的船体击穿，露出一个深深的大洞。接着，沪尾附近各个炮台以雷霆万钧之势，向法军各艘铁甲兵舰发起不断钟的炮击，法军舰队见状，当即散开，防止中炮。由于清军火炮射程有限，虽然未能重挫法国舰队，但却击毙法军一艘战舰的司令冯丹。

刘铭传率领着士气大振的清军，无不以一当十将登陆的法军压着吊打。这一仗，法军损失惨重。刘铭传当晚上奏朝廷的战报有详细记载：清军阵亡哨官 3 名，死伤兵勇百余人。法军被斩首 25 人。（其中军官 2 人），被击毙的法军士兵 300 多人，14 人当了俘虏，74 人因溃逃抢登陆艇和舢板溺水身亡。

26 日，孤拔等到了援兵——由越南前来增援的陆战队、炮兵和步兵 2000 多人。于是信心大增的他以"拜逸"号为主力法舰，亲自率领 10 艘军舰进犯狮球岭鸟嘴峰山隘。在法舰炮火的掩护下，还是由 600 多人的海军陆战队抢滩登陆。孰料，钻进了刘铭传的伏击圈。孤拔见前头部队遭遇伏击，立刻又把预备队投入战斗。

尽管刘铭传、孙开华他们负垒力战三个昼夜，将士们早已疲惫不堪；加上阵亡减员，能战者已不足 3000 人。但在当地民团的陆续支援下，依旧顽强抵抗。以千余疲病之师，当 10 倍之强敌。虽说武器不及法军，但排兵布阵巧妙，加上统帅亲自冲锋陷阵，因而士气高昂，杀声震天，从气势上完全压倒了法军。

登陆的法军，每人 100 发子弹，由于战斗时间太长，已所剩无几，只得在舰炮掩护下陆续撤退。在撤退过程中，法军舰炮在慌乱中击中自己撤退的登陆艇，致使艇上士兵全部葬身海里。

不甘心失败的孤拔，后来又亲率"剌加里顺尼亚"号等 7 艘战舰炮轰沪尾，再遣 600 名陆战队员登陆，拼死直攻沪尾炮台。然而这伙命中带劫的法军遇到了在孙开华指挥下分兵四路埋伏的 1500 多名"擢胜营"将士。

这 1500 多名清军，全是孙开华"擢胜营"的精锐，他们前后夹击法军，冲锋陷阵，出奇制胜。而且步步紧逼，迫使这伙残兵慌忙返身撤退。尽管风高浪急，这些漏网之鱼俨然如丧家之犬，急急忙忙涉水登舟返回法舰。

后来，法军又是一连数日派遣海军陆战队相继登场，可每一次的登陆进攻沪尾，都遭到刘铭传、孙开华他们的痛击。于是，孤拔改变战术，不发一兵一卒，只发挥法舰炮火优势，不停地轰击沪尾十几个钟头，企图将沪尾炮台夷为平地，变成废墟。

五

艰难奋长戟，万古用一夫。防守沪尾的主力是孙开华的 3 营擢胜军。其中孙开华亲自统率营官龚占鳌的右营，与营官李定明的中营以掎角之势，埋伏在从沙仑海滩通向红堡和白堡炮台的要路上；另以营官范惠意率领的左营作为预备队，埋伏在后方接应。对于人数不多、兵力较弱的章高元、刘朝祜率领的铭字营，部署在红堡炮台周边，主要负责炮台防御。

刘铭传对戏子张李成有心报国，自然十分感动。可是由于并不了解，所以不敢让他在主战场上独当一面，只好让他率领500土勇去守沪尾北路的山涧，以防法军偏师偷袭孙开华的"擢胜营"侧翼。

果然不出用兵如神的刘铭传所料，孤拔的副提督、海军少将利士比率一舰悄悄驶抵沪尾。鉴于沪尾居住不少英国人，利士比向一艘停泊在淡水港内的"甲虫"号军舰挂出信号："我将于明日10点开火。"

孰料这一信号被清军发现，刘铭传制定先发制人战术。他让沪尾一红一白两座炮台直接封锁沿岸的登陆地点。值得一提的是红堡炮台，孙开华利用太阳初升、法舰在炫目的光线下无法瞄准海岸目标，而我方炮台又被晨雾笼罩的有利时机，首先向敌舰发起炮击。双方激战3个小时，打破了法国舰队原定在早上10点发起进攻的计划。

利士比少将率舰逼近沪尾北路，然后先发炮排雷。他自认为已经清除了陆战队前进路上的障碍了，便让炮火向清军阵地延伸轰击，实施火力全覆盖。接着不等大风停息，利士比少将就开始实施登陆作战。他急着用小艇载着陆战队于北岸海滩登陆，企图占领滩头阵地。法国虽然出动的全是精锐部队，可是由于不习惯陆战，一进丛林，便傻了。瞎闯到贵子坑，才遇到穿着草鞋的200名土勇，装备寒酸，没放几枪就四散奔逃，眨眼之间不见了。他们仗着有600多人，没有一点胆怯。正兀自寻找进攻路径，草莽密林中又突然响起密集枪声，一连连长方丹腿部中弹倒地，二连连长德欧特胸部中弹摔倒。看到一、二连被突袭，法军剩余的三、四、五连立刻向右翼靠拢并提供火力支援，意图强行突破清军防线，冲向白堡。

在白堡发炮的将士没有什么作战经验，只顾着搬炮弹，然后将炮弹推进炮膛。没料到法国海军陆战队冲到面前，等反应过来拿起步枪时已被法国海军陆战队的子弹击中。

幸亏营官范惠意率领的预备队即时赶到，与法国陆战队拼命，使几十个法军倒在血泊之中。法军到了这时候才意识到孤军深入中了埋伏，于是慌忙撤退。

法军们张皇失措间，撤退到了海滩。海水已经退潮，使得这一片海滩显得非常宽广。无遮无挡，乃兵家大忌。好在滩涂上有不少礁石，堪堪可作掩体。因而他们不约而同地奔向泥泞，有的皮靴陷入滩涂之中，都不管不顾，赤着双脚飞跑，躲到礁石后面。他们刚刚喘过气来，忽然听到身后怪叫。慌忙转身面对滩涂，只见从黑咕隆咚的泥浆中爬起来无数海怪。一个个赤身散发、面目狰狞，张大血盆大口，张牙舞爪，怪吼怪叫。心虚胆怯的他们，以为遇到了海上妖怪，一个个大惊失色，夺路逃窜。

原来，张李成率领着300名土勇，赤身散发，伏在滩涂泥浆里，口嚼红色槟榔，手持武器。看到法军后，他与事先约好的几十个土勇从泥浆中一跃而起，装神弄鬼，哇哇乱叫。

法军以为遇到了鬼，慌忙夺路逃窜，可是脚上穿着的皮靴深陷滩涂之中，赤脚拔出后又踩在破碎的海蛎壳上，疼痛得哇哇哇大叫，一时举步维艰。

这个时候，骁勇异常的张李成和手下的300名土勇按战前训练，一个个皆仰卧滩涂之中，跷其左足，张开脚趾，架枪击发，轻轻松松地击毙了法军100多人。

滩涂搏杀近两个时辰，法军伤亡惨重。利士比派出救生小艇接应一众败兵，偏偏碰上潮落，救生艇坐滩，动弹不得。慌忙举起白旗，让随船翻译大叫："恳留一命，愿付酬金。"

张李成虽是戏子，但并不是见钱眼开的人。他非但不要酬金，还忸怩作态，拖着戏腔道白："鄙人虽穷，也绝不会要敌人贿赂之金也！"

沪尾保卫战结束后，刘铭传奏请："淡水之役张李成募勇五百人助战，请授予参将衔。"

黍离之悲

一

参加过沪尾大捷的戏子张李成摇身一变成为大清参将,漂洋过海回到福州寻根问祖,不但实现了人生梦想,而且是名副其实的衣锦返乡。他按正三品衔参将穿着打扮,中规中矩,丝毫不带噱头。他头戴圆锥形"红缨"凉帽,顶珠是蓝宝石,顶珠下插无眼蓝色花翎。一袭光鲜亮丽的九蟒四爪官袍,前胸后背各缀一块补子,上绣一豹。胸前挂 108 颗朝珠,旁附小珠 3 串,男左女右,左边两串,右边一串。这 3 串小珠专称"记念"。另有一串垂于后背,名"背云"。珠串末端各有用银丝珐琅裹着宝石的小坠角,称为"纪念"。这 3 串纪念,合起来美其名为"三台"。抑制不住喜悦之情的他,志满踌躇地脚踏黑缎尖头朝靴,雄赳赳、气昂昂地迈着八字步踱过整条繁华的南后街。

这一幕"游街御史"般的显摆,薛绍徽看到了后,不以为然。因为她的丈夫陈寿彭如果答应出任船政水师帮带大副,起码也有这一身行头。她那名闻遐迩的四伯陈季同在代理六国公使参赞时,就升为副将,领总兵衔,还以驻法武官的身份佩刀骑马参加法国规模盛大的阅兵式,堪称天下第一厉害人物。

在塔巷口卜卦的薛伯垂眼观六路、耳听八方,冷眼旁观了两天，便打听清楚在南后街迈方步的这个人，系来自台湾的一个戏子，因有幸参加沪尾保卫战咸鱼得以翻身，抖起了威风。对此嗤之以鼻的他，忍不住发出感叹："戏子风光无限，举国堪悲！"

得意忘形的张李成，让少见多怪的西门月瑛刮目相看的，不是他那等级高企的官袍，而是他极其认真地在石板铺就的南后街迈着的八字步。要是再配上锣鼓点，跟戏台上戏子走的科步一模一样。

令西门月瑛更加意外的是，罗大佑的一帧请柬，不仅让她与来自台湾的张李成有了近距离接触的机会，甚至还见到了带领大清将士破敌克复鸡隆、被赏穿黄马褂的黄志忠。

原来，黄志忠因护台有功，晋级正二品福宁总兵。由于在孤拔封锁台湾期间，福州不少义士冒着生命危险不断向台湾运送枪械、饷银，因此他去福宁（即后来的霞浦县）履任新职路过福州，特在中平路的浣花庄菜馆设下酬谢宴席表达感恩之情。由于人地生疏，特委托罗大佑主理这番盛事。

在浣花庄菜馆等待嘉宾陆续光临期间，新任福宁总兵黄志忠不吝口舌向大家讲述台湾保卫战始末：原来，在刘铭传运筹帷幄下，清军取得沪尾大捷后，法国佬不甘失败，一再增派铁甲兵舰。受伤后一直没有痊愈的总司令孤拔，其实已放弃了占领台湾的奢念。法国内阁总理茹费理要孤拔封锁大清南米北运的海道。法国佬情报人员获悉，我大清每年由南方运往北方的大米有 20 万担。因而一向自以为是的法国佬认为，大清中枢首脑机关都在北京，要是没饭吃了，就会答应他们的任何要求。因而茹费理要孤拔动用 35 艘铁甲兵舰对大清南米北运的海道立即采取禁运措施，以便饿坏华北甚至饿晕大清政府，不费一枪一弹即可打赢对华战争。

"哈哈，法国内阁的茹费理不会打算盘。"福宁镇总兵黄志忠说得非常起劲，还冷笑了两声，"其实，每年从南方运往北方的大米，最多也就 1500 万斤。大家想过没有？1500 万斤大米分散到北京全城乃至整个华北，根本就饿不晕北京，也饿不坏华北。因为北京地区乃至整个华北的百姓，主食是小麦、玉米、小米、高粱。"

"是啊！"福宁总兵黄志忠的话，使一直以大米为主食的福州人一下子开了窍，"北方有钱人才吃大米，没钱的黎民百姓吃窝窝头、面疙瘩……"

"为了确保饿晕'老佛爷'和军机处大老爷们，孤拔必须另辟一处以控制我国南北海上交通的补给据点。"福宁总兵黄志忠一面咀嚼着浣花庄的特色闽菜，一面继续口若悬河地说个不停。"因此于鸡年的一月末、二月初，孤拔乘旗舰'拜亚德'号率领 7 艘铁甲兵舰由南台湾出发攻打澎湖。我大清在澎湖兵微将寡，守了还不到半个月。我记得到了鸡年的二月十一日（1885 年 3 月 31 日）下午，我澎湖清兵只好由北山的赤崁一带搭渔船撤离。也就是说，到了这个时候澎湖各岛才全部沦陷。法国佬攻陷澎湖之后，对我澎湖清兵还很忌惮，到了傍晚时分才敢登陆。后来，中法和议成立。不过，在缔结《天津条约》后，伤势过重的孤拔因缺医少药，终于在彭湖一命呜呼。"

"总兵官老爷，你知道吗？"有幸应邀参加晚宴的西门月瑛，忍不住脱口而出说道。"一炮打伤孤拔的，是我男人！"

"是吗？"福宁总兵黄志忠和参将张李成，都感到非常惊讶。"你男人尊姓大名？"

"这位大嫂叫西门月瑛。"西门月瑛与薛绍徽一起来到浣花庄菜馆时，福宁总兵黄志忠正口若悬河、滔滔不绝。因而罗大佑没有及时介绍来宾，只是悄悄安排座次。这时，他赶紧抓隙补漏，一面介绍西门月瑛，一面当场替她作证："他男人叫林狮狮。"

"罗大人，"福宁总兵黄志忠与张李成不约而同，迫不及待地想见到发炮打死孤拔的英雄，"这位好汉来了吗？"

"非常不幸，林狮狮和几位乡亲驾驶盐捕营巡逻舰，用戴梓冲天炮向孤拔的旗舰打了一炮后，就遭到法国佬舰炮反击，不幸捐躯了。"

"噢，难怪孤拔在攻打台湾时，胳膊一直被绷带吊着……"福宁总兵黄志忠与台湾道台在安平古堡见过孤拔。那时候，刘璈手下认为法国佬狡诈成性，不安好心。刘璈坦然曰："不见，谓我胆怯。我是怕死的人吗？"后来双方见面，一向骄横的孤拔问刘璈："以台南城池之小，兵力之弱，将何以战？"刘璈不卑不亢作出回答："城，土也，兵，纸也，而民心，铁也。"孤拔低头看了看吊挂在胸前的伤臂，心头一沉，默然无语。翌日，刘璈又约孤拔到道台衙门见面。孤拔见署前两旁武士亲兵盔甲鲜明，铳剑森凛，兀自胆寒心惊，垂头丧气而归，霎时即率舰远飏。

"孤拔舰泊安平城外时，胳膊已用绷带吊挂着，"来自台湾的参将张李成记忆犹新，不得不承认，"可见孤拔是在马尾港受了伤……"

"由于孤拔受伤后一直忙于侵华战事，未能认真治疗。"福宁总兵黄志忠在台湾三年多，大小几十战，受过无数伤，深有体会。"加上台湾澎湖气候恶劣，伤口化脓感染，最终无药可治而丧命。"

"死有余辜！"应邀参加晚宴的薛绍徽始终静静地听，可是一开口，便带着诅咒意味。因为，她曾与西门月瑛她们在马江打捞过烈士遗骸。她目睹战争残酷，迄今为止难以忘怀："但愿'万里无人收白骨'……"

"孤拔死后，葬于澎湖马公城北门外，没有入葬基隆法国公墓。"黄志忠是在战场上驰骋的人，自然没有妇人之见。"埋葬在基隆法国公墓的法军约 700 人，战死 120 及因伤致死 150 人，其余皆因风土病而死。法军在澎湖的死亡人数约为 900 多人，合计 1600 多人。"

"能在战场上侥幸活下来的，堪堪命大，自然福也大。"庆幸得到老天眷顾的张李成，一语道破自己是带着赌徒心态参加沪尾保卫战的。确实，他把性命作为赌注，换得正三品参将衔，岁俸银 39 两，另外又加支 204 两银子。

"同样是抗击法国佬，我的男人粉身碎骨，籍籍无名。"无限感慨的西门月瑛，忍不住发起牢骚来，"一个戏子，只不过参加了一场沪尾保卫战，命大没死，竟然得到了高官厚禄。这老天爷也太不公平了呀！"

"弟妹，福州人说'未生人，先生命'，你就认了吧！"卜卦算命的薛伯垂自然相信命里注定，因而悄声劝西门月瑛，"狮狮一炮打死了法酋孤拔，功劳比谁都大！他要是活着，起码官拜二品！可是，死了，还有什么好说？"

"死了，连骨骸都不让埋进'忠冢'，真没天理。"

"弟妹，我说了，你千万别伤心！狮狮要是有遗腹子……"

"本来有，那时候只顾着打捞他的尸体，用力过度，没保住孩子！"

"要能留住狮狮这一点血脉，凭着狮狮的功劳，向朝廷申请个世袭云骑尉也不错！"

"有什么好处？"

"别的好处先不说，正五品的云骑尉，一年有 85 两俸银。"

"如今……"

"如今恐怕只能给个抚恤银。"

"罗大人，"西门月瑛认定罗大佑是个爱民如子的好官，因而寄希望于他，"你说我家男人能不能算烈士？"

"当然！林狮狮是个了不起的英雄！本县为烈士多次向上峰提出申请抚恤银，然而始终没有得到答复。"

"罗大人，抚恤银不给，也就算了。反正我穷惯了、苦惯了，可是我家男人是个英雄，他为国家卖命，他的尸骸理所当然地应该与那些烈士一起存放于'忠冢'之中！"

"完全应该！之所以未入'忠冢'，是因为上峰认为狮狮曾经与贩卖私盐的有些瓜葛，与忠烈志士共祀，有辱英魂！"

"罗大人，跟法国佬拼命时，你也一直在场，你得替我家狮狮正名呀！"

"真对不起！这事，罗某未能竭尽全力。原先以为只要罗某在闽县知县任上，总有一天能替狮狮正名。没想到，台湾首任巡抚刘铭传将军指名道姓要罗某去台南府就职，明天就要启程了。"

"哎哟，我西门月瑛靠墙墙倒、倚树树歪！"

"真对不起！为你家男人正名的事情，看来只能委托薛恭人了。"

"薛恭人她夫君老不在家！"

"薛恭人夫君和她的四伯，一回到国内来，都是与军机处、总理衙门打交道。有时还要陛见天子，更方便为你家男人吁恳天恩！"

二

西门月瑛没想到，自己在受邀参加黄志忠酬谢福州乡亲父老的宴席上发的一句牢骚，一语成谶，真的是靠墙墙倒、倚树树歪！最值得信赖的罗大佑，为人耿直，刚正不阿，处事果毅，体察民情，屡破积案，为百姓伸奇冤，被闽人称"罗青天"。百姓赠"白日青天"匾，高高悬挂于闽县衙门。法军入侵马尾港，从封疆要员到杂役小吏皆畏首惧尾，惶惶不可终日。只有他置生死于度外，衣不解带，马不卸鞍，日夜奋战在抗敌一线。由于表现卓越，升任福建海防同知，并摄理沙县，为保境安民殚心竭力。后台湾建省，首任巡抚刘铭传指定他出任台南知府。他不负众望，常不避风雨，轻骑简从，安慰善良，惩治不法，不到半年，士民得以安堵，台人颂其神明。赴任仅仅 8 个月，因政绩卓著，便进道台衔。光绪十五年（1889）四月初，终因积劳成疾，不幸逝于任所，清廷追赠太仆寺正卿。他宦游 20 年，始终清正廉明。台南人民为感其德，建八角亭一座，上书"罗公亭"三字。台湾布政使唐景崧为罗大佑的《栗园诗钞》题跋："风流照耀于海天荒渺中，盖台湾二百年来所未有也。"

罗大佑赴任台南知府后，西门月瑛便将吁恳天恩替林狮狮烈士正名的希望寄托在薛绍徽夫君与他胞兄身上。因此，她经常光临光禄坊的黛韵楼。首先她向薛绍徽与陈寿彭道歉，嗔怪自己有眼无珠，在她男人林狮狮在马江被法国佬舰炮炸得粉身碎骨后，急于报仇雪恨的她，错把陈寿彭当作汉奸陈季同，并且贸然采取刺杀行动。

薛绍徽对这场误会记忆犹新。当时已经察觉是西门月瑛，只不过没有捅破那一层薄薄的窗户纸而已。在林狮狮炮打孤拔前后，她们早已有过多次近距离接触，不值一提的误会早被抵御外侮时的同仇敌忾冲得无影无踪了。西门月瑛的不幸，让她同情；林狮狮的英勇献身，使她无比敬佩。因而答应烈士遗孀请求，一定会说服夫君与夫君的四哥吁恳天恩，替林狮狮正名。

"命运多舛几经扰，磨难无穷叹息声。"1891 年，在巴黎等地生活了近 15 年之久的陈季同，因涉嫌骗取法国某银行巨款案，被召回国，从福州押解天津，投入牢狱之中。

起先薛绍徽与陈寿彭以为，多次为清廷购买船舰炮械的陈季同贪墨，把手伸进炭瓮，染指成乌，一时很难洗刷。为此，他们专程跑到河北保定莲池区裕华路的直隶总督部院咨询李鸿章。

由于陈寿彭与李鸿章稔熟，加上薛绍徽吟诗填词的才华爆款出圈，因而德高望重的直隶总督兼北洋大臣视他们夫妻俩为嘉宾，不仅给予了最高礼遇，还特意把罗丰禄请来答疑解惑。

罗丰禄不仅是陈寿彭、薛绍徽夫妇的老乡，与陈季同更是同学，都是船政学堂第一届学员。只不过陈季同是船政前学堂，学的是造船，由于成绩优异，提前毕业；罗丰禄是船政后学堂，学的是驾驶。两人都有留欧经历，也都是大清驻外公使馆的外交人员。1880年回国后，罗丰禄入北洋大臣李鸿章幕府，任英文秘书兼外交顾问，后任天津大沽船坞总办；1882年兼天津水师学堂教习，再后来升任北洋水师营务处总办。

马江之战2年后，罗丰禄大哥罗天禄的次子罗忠尧打算出洋留学，由罗丰禄的妻子魏琼恣带着到黛韵楼拜访薛绍徽，向陈寿彭咨询该报考哪个大学？叙起家常，方晓得魏琼恣是魏瀚的妹妹。后来，远在巴黎的陈季同替罗忠尧拿主意，考进格林尼治皇家海军学院。打那以后，不是薛绍徽到福州东街附近的南营罗家走动，就是魏琼恣到黛韵楼吟诗作画。陈寿彭有一个比喻："薛绍徽清素若九秋之菊，魏琼恣俏丽若三春之桃。情逾骨肉，情同手足。"

罗丰禄告诉薛绍徽和陈寿彭，他替北洋水师添购的每一艘舰艇，介绍人都是陈季同，他总共经手引进北洋水师主要军舰25艘、辅助军舰50艘、运输船30艘，舰艇总吨位逾4万多吨；并且出具"海防报销凭据"，为陈季同的清白佐证。

由于购置量特大，舰艇零部件种类繁多、价格不一，因而罗丰禄出具的"海防报销凭据"装订了几十册。薛绍徽与陈寿彭分别逐一审视查验了十几昼夜，果然账目清清楚楚，锱铢必较、毫厘不差。

后来，还是陈季同的续弦赖妈懿从法国回到福州说明原委，薛绍徽和陈寿彭才弄明白是什么导致陈季同身陷囹圄，表面上看起因非常简单，实际上牵涉到三个公案：一、涉及两部书的著作权；二、中法战争中的角色；三、债务问题。

首先，是并不存在的两部书的著作权纠纷。也就是在法国佬开战马江的这一年，以陈季同的名字出版的法文著作有好多种。像《中国人自画像》出版后获得了巨大成功，一年内至少已重印4次，三年内则至少已印到11次。《中国人的戏剧》出版后也受到读者欢迎，一年内连印3次。尤其是在法国著名杂志《两个世界》上以《中国和中国人》这一大标题下署名Tcheng-Ki-Tong连载的18篇文章，在法国政界及整个欧洲文化界都产生了很大反响；同时，被翻译成英、德、意、西、丹麦等多种文字，获得了西方公众的广泛关注。由于署名"陈季同将军"，因而获得丰厚利益。相比之下，自称是陈季同老师的蒙弟翁出版的几种著作，却远没有《中国人自画像》那样受欢迎，这使蒙弟翁心理失衡。所以他在1889年首先向陈季同发难，也就不足为怪了。

陈季同的这些作品将一个理想化的"文化中国"形象传达给了西方公众，在一定程度上改变了当时西方人对中国的偏见。但他没想到6年以后，与陈季同亦师亦友的蒙弟翁竟然向世人宣布，署名Tcheng-Ki-Tong的两部著作《中国人自画像》和《中国人的戏剧》全部出自他的笔下，陈季同没写一字，尽占风流，因而他要收回这两本书的著作权。

于是，一向温文儒雅，曾荣获"法国一级教育勋章"的陈季同在《时报》上刊文披露真相，并正式宣布与蒙弟翁绝交。陈季同的文章引起很大反响，双方以后又在报刊上展开激烈争论。

"姆姆。"陈季同正儿八经地把法兰西美人赖妈懿娶回了福州。由于她会说中国官话，懂得中国文化，薛绍徽非常敬重她，"这蒙弟翁究竟是何许人也？"

"就是在巴黎大剧院门口，对你四伯臭骂车夫'苟狸侬'非常欣赏的那个家伙呗！"赖妈懿对自己的这位同胞，嗤之以鼻。"我曾经提醒过敬如，法国人肤浅、轻浮、虚伪！"

"这样的德行，我四伯竟然没看出来？"没有到过法国的薛绍徽，自然十分不解，"还聘他为使馆文案？"

"中国不是有一句话，叫作'知人知面不知心'吗？敬如被蒙弟翁蒙蔽了双眼，始终不知道这个家伙利用在使馆工作的便利偷偷为法国提供情报。"

"我曾听四哥说，四哥还替这家伙报功请赏！"有心让这一对姆婶屈膝长谈的陈寿彭，忍不住插了一嘴，"总理衙门还弄了一块四品军功錾金赏牌，足有三钱重！"

"姆姆，我四伯后来是怎么发现这家伙吃曹操的饭，干刘备的事情的？"

"有一个叫布朗热的，在《费加罗报》上披露了蒙弟翁把从你四伯处获取的情报转给法国战争部长文森特的经过。"

"这家伙品质真恶劣！"

"更可恶的是，敬如要没收蒙弟翁的那一块四品军功錾金赏牌，这家伙却狗急跳墙，在报纸上造谣说《中国人自画像》和《中国人的戏剧》这两部书都是他写的，以此诬蔑敬如欺世盗名，然后发动舆论攻势，要把敬如搞臭。"

为了澄清真相，陈季同以其人之道还治其人之身。他一边写文章辩驳，一边在法院起诉蒙弟翁。众所周知，打官司、耗时间、耗金钱、耗精力。打了两年笔墨官司，还没结论呢，突然又冒出一个私债问题。接踵而至的这一事件，在法国引起极大的轰动。法国的报刊做了大量的报道，上海的西文报纸也参与到"陈季同事件"的讨论之中。继著作权争论之后，陈季同又一次成为新闻人物。

其实并不是陈季同个人债台高筑，而纯粹是大清政府的债务。陈季同只是为借贷双方提供介绍或撮合服务的中间人。借方是大清政府，贷方是奥地利银行家伦道呵。

战争，拼的是国家实力。尤其是战争进入僵持阶段之后，拼的就是银两。法兰西第三共和国之所以要殖民越南，正是由于它已从普法战争的创伤中恢复了元气。工业得到蓬勃发展，钱多得花不完，完全不用担心军费。大清帝国与法国比简直天壤之别！它虽然顶着"同光中兴"帽子，但这明显属于谬赞。自鸦片战争以降，清廷国库连年亏空。更何况一个农业帝国，本来就很难负担得起一场与工业强国的持久战争！如果不解决军费问题，清政府必输无疑。

其实，早在清法战争爆发之初，就有大臣提醒朝廷：战争一旦打响，商业必受波及，关税、厘金收入骤减。如果没有大量军饷储备，军事行动即便勉强进行，也难以为继。为此，清廷开始着手整顿财经，开源节流，筹措军费，主要措施包括整理旧课、开辟新税、简政节费等。节流能立竿见影，比如裁撤冗员、削减各部门经费、削减内地驻军口粮、停止非紧急工程等等；但开源是个缓慢的过程，很难在短时间内起到作用。所以开源节流，缓不救急，不能彻底解决军饷问题。

据李鸿章估计，中法开战，清政府至少得耗费白银 2000 多万两。国库没这么多银子，想满足战争需求，就得借外债。正如李鸿章所判断的那样，除了朝廷花光国帑外，战争进入第二阶段后，各地方政府一共借了 6 笔外债，总数约 1560 万两白银。也就是说，清政府与法国开战的军费，有一半是借自外债。当然，这也是清政府能坚持到最后的原因。开战伊始，各省督抚便各显神通，不通过中枢机构举借外债。由于借款渠道不一，所以利息都比较高，一般都会高于9厘。

陈季同久在欧洲，交游广泛，与欧洲工商界人士多有交往，因而对各省所举洋债所知甚悉。凭着他对欧洲的了解，如各省合在一起借外债，年可减息银数百万金。他认为由政府出面借银，可降低利息，有利于国家。为此，他曾上条陈于李鸿章。

李鸿章让恰好在欧洲的儿子李经方，了解各家银行的利息。觉得陈季同所上条陈属实，然后与主政者的醇亲王奕𫍽商议借银3000万两，创修芦汉铁路。并指定在巴黎的陈季同分心作半，打理借贷事宜。

从1890年开始，陈季同在欧洲除了处理日常外交事务之外，主要忙于与银行家谈判借款事。从光绪十六年（1890）三月至十七年（1891）二月，陈季同与李鸿章之间电报往还频繁，都是越洋讨论借款。

陈季同挑肥拣瘦，最后接洽的银行家是奥地利人伦道呵。李鸿章随时把指示电告他，他在巴黎与伦道呵谈判。光绪十六年三月二十三日，李鸿章给陈季同的指示是："借库平银3000万两，分3年交清，径运天津，运保费该商自认。每年四厘半息，收银若干，即日起息，一俟3000万兑完，再按年均偿还本息，每年连付本利在内不得过200万。"

这一指示，实际上是根据陈季同于光绪十五年（1889）十月致李鸿章的信中大意而定。与以往各省借款相比，年息4厘半应属较为有利的条件。伦道呵初颇为难，经陈季同近8个月的艰苦谈判，伦道呵最终让步，全部允诺李鸿章电稿内所定条件。至光绪十六年十一月十五日，陈季同将双方所订合同寄呈李鸿章，等待清廷批准。没想到突然发生变故，奕𫍽莫名其妙地死了，无人主持借款，而李鸿章权力有限，况且此事从始至终便有不少反对者。合同还在邮寄途中，先是"廷议借款缓办"；不久，"廷议洋债已作罢论"。这样，陈季同耗时一年苦心经营的借款以失败告终。公债没借，陈季同倒积欠下一些私债。

如果没有替主政者的醇亲王奕譞借债，作为薪俸不足以维持日常支出的参赞，陈季同可以省吃俭用，额外花销可以靠不菲的稿酬。然而为国借债，他得经常出入外交界、政界的沙龙、舞会、音乐会，还时不时地往返伦敦、布达佩斯、维也纳，花了非常多的车马费、住宿费。加上请客吃饭，日常开销颇大。身为中国驻法使馆参赞，还不能小里小气，被人瞧扁了。出入宾馆时，还得给门童小费。渐渐手头拮据起来的他，曾拍电报向李鸿章诉苦。李鸿章没有明确表态，但暗示不妨以私人名义向银行借款。

陈季同交游广泛，向银行借款自非难事，何况他是以使馆的名义借债。到1889年7月，他从"巴黎-荷兰银行"累计借款10万法郎，后来又向克磊索公司借款3万法郎。这两笔借款合计13万法郎，数目颇为可观。

1890年春，薛福成出使英、法、意、比四国。他到伦敦使署不久，即接到"巴黎-荷兰银行"来信催索欠款，于是立即命陈季同到伦敦汇报详情。由于李鸿章仅是暗示陈季同可向银行借款，"羚羊挂角，无迹可寻"，他自然无法掩箸遮鼻。面对新官上任三把火的薛福成，只好答应尽快结清债务。这种回答实系敷衍之词，他此时根本就无力偿还欠款。

按理说，既然是陈季同个人私债，让其自行解决就行了。至于陈季同与其债主如何协商乃至诉诸法律手段，大清驻英使馆没必要直接参与这件事。但薛福成恐伤中国体面，对这事极为重视，见陈季同一时还不了债，主张撤差查办陈季同。

薛福成曾在李鸿章幕府10年，对陈季同并不陌生。因而李鸿章得悉薛福成要撤差查办陈季同，十分不解。他先认为："彼私通欠，与公事无涉，应令自行清理。"爱惜人才的他，发电问薛福成："能否设法转圜？"

当薛福成动真格地撤了陈季同的职务时，李鸿章不得不极力为其辩护。后来薛福成干脆参奏陈季同"诓骗巨款"，李鸿章当即表示反对，并且发电报告诫薛福成："若照中外利债方法，只可代追，参后则身名俱败，更难清款。谅公能发亦能收也。"

尽管有李鸿章为陈季同设法转圜，然而带着成见的薛福成，还是看不惯完全融入西方世界后浑身尽是洋人做派的外交家。他先是勒令陈季同告假回华，接着请总署"电饬密拿，免逃入外洋为患"。后来，在进一步参奏时，更带有不实之词："该员狃于西俗，专讲应酬，积年浪费，致成巨亏。且借使馆为名，托言公用，复节次推宕，失信外人，有碍中国声望，于情理尤难姑容。相应请旨将总兵衔福建候补副将陈季同先行革职，并请敕下总理衙门核议，如何勒追惩儆之处，按律办理！"

希冀彻底究治"诓骗巨款"案的薛福成，并非等闲之辈。陈季同离开法国后，他以出使大臣的名义写了两封致《晨报》的公开信，将陈季同已撤职回国的信息转达给公众。然后在《北华捷报》上撰文，列举陈季同四个罪状：一、以中国政府的名义向"巴黎－荷兰银行"私自借款10万法郎；二、为了让他薛福成确认由中国政府负担其债务，伪造薛福成的信件和签名；三、以中国使馆的名义向克磊索公司借款3万法郎；四、向巴黎某珠宝商购买价值约为10600法郎的物品，并以一张不被承认的支票支付欠款。

在李鸿章看来，薛福成之所以在巴黎发难，反映出两个问题："巴黎－荷兰银行"催索欠款，对薛福成造成较大压力，这是其一。其二，固守中国习气的薛福成，看不惯陈季同并且嫌怨甚深。不过，薛福成将大清外交人员内部矛盾公开化，显然考虑欠周。而且借陈季同私债做文章，会破坏他与醇亲王奕譞生前商议贷款创修芦汉铁路的计划。

当然，身为资深外交家，李鸿章为了避免损害大清政府外交形象，不再发声。不过，当陈季同被革职黜回后，他抢先一步将刚到福州的陈季同逮捕，并押解天津；并对总理衙门声称，陈季同由他亲自讯问查办。实际上是胳膊肘往里拐，暗中保护陈季同。

身陷囹圄的陈季同并没有丧失斗志。他风趣地把自己比喻成一只受困的老虎，并以《困虎》为题，写了一首诗：

> 纷纷落叶起腥风，变色争谈气象雄。
> 缘木未能负爪牙，出山不觉入牢笼。
> 身虽受困谊犹斗，臂看博来健有功。
> 寄语犬羊休藐视，斑斑我是大毛虫，

李鸿章心中清楚，陈季同的私债，确实是为了因公贷款的谈判所欠：在政府 3000 万两库平银的贷款的谈判中，8 个月只开销 24000 法郎，还包括从巴黎到中国每个字 20 法郎的电报费 10 法郎，仅够 5000 字的电报费用。因而陈季同借款 13 万法郎作为贷款活动金，没什么可挑剔的。也就是说，李鸿章完全相信陈季同的人品。因此，他怂恿在押的陈季同为自己辩护。

陈季同在欧洲是新闻人物，他的一举一动，新闻界都非常关注。加上他本人有不少新闻界的朋友，利用与这些朋友通信，将自己遭到无妄之灾公之于报端。本来舆论一度对他非常不利，但他的好朋友比卢瓦将他的信一登载在《晨报》上，就彻底改变了欧洲公众对这件事情的看法。

陈季同通过比卢瓦登在《晨报》上的信，仅仅对薛福成的指控作出五个方面的回答：一、自己确实受政府委托，与各银行磋商，替大清帝国贷款 3000 万用于计划中的修筑芦汉铁路，有醇亲王奕譞与北洋大臣李鸿章的委托书。二、以使馆名义借款 10 万法郎，用于贷款谈判期间的费用。如果没有薛福成的横加干涉，该项借款已经归还。三、关于伪造薛福成签名。因薛福成不识法文，所以巴黎使馆所有文件及证明均由我陈季同起草和准备，因此我陈季同没有伪造薛福成签名的必要。四、关于欠克磊索公司 3 万法郎。欠克磊索公司 2 万法郎，在我离开法国前的 1891 年 4 月 2 日，已用一张伦敦中央银行的支票清账。但由于偶然原因，此支票不能兑现。五、关于欠某珠宝商的款项，不是我陈季同。此项票据，既无我陈季同的签名，也无此珠宝商的签名。真实情况是：我陈季同替一个朋友暂时保存这一票据。根据有关法律，我有权保守这位朋友姓名。

薛绍徽与陈寿彭听了赖妈懿的详细陈述后，才得以释怀。由于陈季同与洋夫人赖妈懿倾其所有打了这一场官司，已一贫如洗的他们不得不变卖图书、珍玩和产业，共凑成 2 万银子还债，可是仍少本银 6000 两有零。后来由伦道呵在法国为其转圜，同意再用 2 万银子即可全部清偿债务。

"逸如，你四哥已经倾家荡产，我们把钢琴、藏书和画卷都变卖了吧！"深晓大义的薛绍徽私下与丈夫陈寿彭商量。

"男姒兄，"陈寿彭苦苦一笑，扫视了一眼住宅，"恐怕得把黛韵楼也卖了，才能凑足 2 万两银子！"

"那就卖了呗！"薛绍徽虽然身体瘦弱，但身上却充满了男子汉大丈夫的气概，"别舍不得，营救我四伯要紧！"

有道是，男儿有泪不轻弹。失去安身之所的陈寿彭，一直远远地望着已属于别人的黛韵楼。他觉得特对不起薛绍徽，一个弱女子连一个遮风挡雨的地方都没有。心痛如绞的大男人，情不自禁地落下泪来。

"逸如，"独立、勇敢、理性的薛绍徽还真的是拿得起放得下，她只是淡然一笑，接着便吟出一诗来：

> 从来祸福不相侔，成败唯看棋局收。
> 笃志有人欣御李，智囊无策到安刘。
> 岂真遇合风云会，须惜艰难骨肉谋。
> 昨夜长天觇北斗，依然明月照高秋。

由于各方面的努力，陈季同终于洗清了冤屈，偿还了欠款。兄弟姆婶、两个家庭几十号男女老幼一起去上海，先是靠翻译西书过日子，把陈季同和陈寿彭兄弟俩忙坏了。没日没夜地伏案译书，把眼睛都搞近视了。

过惯富裕生活的赖妈懿，平生第一次领教了什么叫米珠薪桂。而英国女博士芍爽为人奢侈，花钱如流水。由于陈季同无法满足她的金钱需求，加上水土不服，最后竟然带着儿子返回英国，从此一去不复返。

赖妈懿懂法语，也懂汉语，还能帮得上忙。薛绍徽一句外语都不懂，只能干着急。好在她会画画，到处联系报馆，希望能获得美术编辑职位。可是没上两天班便病了。上海开埠早，报社很多，但没人敢聘弱不禁风的她。只能以虚弱的双肩，独自扛起两个家庭的生计。拥有堂堂恭人身份的她，俨然成了家庭主妇。

"玉经磨琢多成器，剑拔沈埋更倚天。"法国洋媳妇赖妈懿与薛绍徽两家人过了一段难以言表的苦日子，终于冬尽春回。陈季同在夙浮时望的北洋大臣李鸿章的反复斡旋下，终于跳出苦海，重新穿上从二品副将的顶戴官袍。年俸银 53.457 两，还有薪银 144 两、蔬菜烛炭银 72 两、灯红纸张银 108 两，合计 377.457 两。

三

　　一心要为自己粉身碎骨了的男人正名的西门月瑛，对陈氏兄弟始终翘首以待。因为罗大佑曾说过，薛绍徽的四伯从国外回来后老跟总理衙门打交道。替林狮狮正名，轻而易举。可是有一天，她却发现陈季同一回到福州就被押解去天津。没过几天，黛韵楼也换了主人，薛绍徽与陈寿彭也都不见了。经过她仔细打听，才知道女文豪的四伯被摘了顶戴花翎，银铛入狱了。薛绍徽夫妇不得不变卖家产，去京城街打关节捞人。

　　泥菩萨过江，自身难保。靠着一种说不清、道不明的精神力量支撑着苟活人间的西门月瑛彻底崩溃了。自己男人不能正名，不是白白丢了一条命？虽说他20年后又是一条好汉，那跟自己可没任何关系了！整天沉浸在沮丧之中的她，头没梳、脸没洗，浑浑噩噩，如同行尸走肉。忽然有一天，命中带劫的她，似乎又看到了一线希望。

　　让西门月瑛精神重新振作的是一个男人，跟他并不沾亲带故，然而又有一层薄薄的关系。他一再宣称，早就已经粉身碎骨了的林狮狮，对他恩重如山。不仅西门月瑛看到这个小伙子惊诧不已，被林狮狮领养的那一个老娘更是愕然万分，以为遇见了鬼。

　　"娘，你怎么不认得儿子了呢？"

　　一脸木讷的老人家虽然老眼昏花，但她还隐隐约约地记得当年自己是有个儿子，不过从小就非常不孝，非但不给自己饭吃，还经常殴打她。因而她找到绰号如雷贯耳的东方狮，控诉自己独生儿子不孝。

　　当时，东方狮看到她身上伤痕累累，顿时心生不忍。把她老人家安顿在自己家里，并告诉她："你先躲在我破屋里，我有办法让你儿子从此收手。"

她老早就知道东方狮不仅一身侠气，而且古道热肠。她相信这位好汉一定会使她的独生子洗心革面，脱胎换骨。她在东方狮的破屋里待了两天，不仅有吃有喝，而且东方狮还替她洗脚捶背。第三天，她忍不住问东方狮："狮狮，我那不孝儿子，容易调教吗？"

"容易！"

"肯改过自新？"

"在下肯出手，没有办不成的事！"

"这么说，我可以回去了？"

"老人家，你回去干吗？"

"我就这么一个儿子，总不能不管他呀！"

"老人家，你看过一出《咬奶头》的戏吗？"

"看过。"

《咬奶头》一剧，讲一个少年犯临刑前，请求母亲让他再吸一口奶，母亲应允了。哪晓得儿子却狠狠地将母亲的奶头给咬了下来，然后张着血口埋怨母亲溺爱。

"宠子不孝，宠鸡上灶。"

"再怎么不孝，他还是我的儿子！实不相瞒，这几天没看到他，我心里七上八下的。我还是回去……"

"你回去也看不到他了。"

"怎么啦？"

"我把他交给阎王爷了！"

"什么？"

"我把他杀了！"

"啊？"当时她听说了后，大哭，"他只是不孝，你？"

"老人家，如此不孝的畜生，留他何用？"

"娘，东方狮没杀你儿子。"

"什么？东方狮没杀我儿子？"

"他把我送到福清南少林去了。"

"做了和尚？"

"是的，娘。你儿子已脱胎换骨，再也不是你那不孝的儿子了！"

"真的？"

"当然是真的！我在南少林，受到师傅一再点化，终于明白，为人子而不孝，简直猪狗不如！"

"那是！"一直没有说话的西门月瑛听了他们母子的对话，终于相信他们是母子。她虽然目不识丁，但却记得听到的一则古训："羊有跪乳之恩，鸦有反哺之义。"

"我师傅见我已经开窍了，让我回乡寻找母亲，报答养育之恩。"

"你呀，"老人家把一张破竹席掀开，指着贴在被烟熏黑了的墙壁上的林狮狮画像，"先报答恩重如山的狮狮吧！"

林狮狮没有相片，贴在墙壁上的是通缉令上的画影图像。由于摹绘手段不高，通缉令上的画影图形与林狮狮本人的形貌只有几分相似。因为林狮狮剪掉辫子，散发披肩，如同雄狮，极容易辨认。老人家原先不孝的儿子，对林狮狮印象深刻。他连忙跪在地上，一连磕了三个响头，站起来后，才一再追问："娘，我恩人呢？"

"早就没了！"西门月瑛再也忍不住，放声痛哭了好一阵子，才止声拭泪说出原委。由于过于悲伤，断断续续，总算将林狮狮用戴梓冲天炮轰击"窝尔达"号法国佬旗舰的经过说清楚。

"嫂子，"老人家的儿子已经把西门月瑛当作自己的亲人了，"我恩公炮打法国佬，为国献身，是烈士呀！"

"烈士？谁承认？"

"国人都会承认！"

"哼！要是国人承认，那狮狮的遗骸就应该存入'忠冢'呀！"

"嫂子，'忠冢'是什么意思？"

"马江一战后，大家把漂浮在江上的烈士遗体打捞起来，分别埋葬沿江9个地方，这9个地方都叫'忠冢'。"

"我恩公也应该有这一份荣耀。"

"快别说了！"老人家见西门月瑛再次悲从中来，怕她伤心过度，打了几次手势，都没堵住她儿子的嘴巴，"认命吧！"

"不！我去找当官的讨个说法！"

"你去找当官的讨个说法？你姓甚名谁？"

"我……我就说是恩公的儿子！对了，我姓林叫小狮，嫂子，有人问你的时候，你得承认。嗯？"

从此，这个叫作林小狮的小伙子，在福州一连瞎闯了好几个衙门去为林狮狮讨说法。结果可想而知，碰得鼻青脸肿，根本就见不到当官的！福州俗语话叫作："未见严嵩，先见严年。"

不管哪一个衙门，几乎所有的衙役对平头百姓都如狼似虎，不是打压就是哼喝。还有软刀子，嘲讽戏侮。他们认为，林小狮是想银子想到疯了，便很不客气地开涮他："你是林狮狮的儿子，那不应该只要抚恤金。再说了，抚恤是一次性的，也没多少。不如向朝廷要他世袭云骑尉，年俸八十几两雪花花的白银，年年都有！"

"真的？"林小狮四处打听，果然有这回事。如能世袭云骑尉，不但有八十几两年俸银，那日子可就过得有滋有味了。最难能可贵的是，我林小狮可以一直领取这笔年俸银，一直领到两腿一蹬咽了气。我的儿子、孙子还能接着领取俸禄，不用劳碌，照样有饭吃、有衣穿、有房子住。

白花花的银子对穷了几辈子的人有巨大的吸引力。林小狮一回到家里，就迫不及待地动员他老娘和西门月瑛去争取世袭云骑尉。他一而再，再而三地强调争取世袭云骑尉，没有个人目的，完全是为了尽孝。

　　浪子回头金不换。因而老人家鼓励儿子尽孝，首先是为了西门月瑛好。老人家与西门月瑛在一起已经好多年了，真不忍心看她一直过着比黄连还要苦万倍的日子。如果能争取到云骑尉，这个最最不幸的女人就彻底甩掉压在身上的苦难了！

　　"娘，别做梦了！"西门月瑛早就听说过云骑尉这三个字，她晓得这东西如同天上的星星，自己离它特别遥远。"这诱人的云骑尉，既不是日头，更不是月亮，它只能算是星星，有那么一点点的光，不但大白天看不到，即便夜里一闪一闪的，也是云遮雾罩。像我这样一直在苦海中浸泡着的女人，就是花八辈子光阴，也挨不到它的边！"

　　林小狮见说不动西门月瑛，非常郁闷。他弄不明白，一年有八十两白花花的银子摆在那儿，为什么不去领？

　　"小狮，与其看不着、摸不到，还不如替林狮狮正名，"西门月瑛已经活得很累很累，不愿在虚无缥缈中枉费力气，"让他暗淡无光的灵魂，得到应有的荣耀！"

　　"嫂子，我琢磨过了。"林小狮经过南少林寺的磨炼，加上龄年增长，已懂得开动脑筋，"要为我的恩公正名，只有一个办法。"

　　"什么办法？"老娘和西门月瑛不约而同地追问林小狮，"快说！"

　　"背黄状，上京城街去！"

　　"告御状？"

　　"我们不告御状。只要背着黄状在京城街走走，就会碰到大官。"

"那么多大官，谁做得了主？"

"做不了主，不要紧。大官见皇帝容易。"

"要是遇到的是奸臣呢？"

"那更好！不是有句话，叫作'皇帝爱奸臣'。说不定呀，奸臣动了恻隐之心，把我恩公炮打孤拔的事情跟皇帝一说，皇帝金口玉舌，天子发了话，谁敢不给我恩公正名？"

"皇帝会给狮狮正名吗？"

"肯定会！你想呀，船政水师 11 艘兵轮，不到一刻半钟就被法国佬给打没了，这叫我大清国脸往哪搁？我恩公一炮就将法国佬总司令官给打死了，这给我大清皇上长多大的脸？皇上一高兴，何止会给我恩公正名？说不定还会下一道圣旨，给我恩公造一大墓，树立一座压在乌龟背上的碑。"

西门月瑛和老娘都被林小狮说动了心，可是都不敢迈出这一步。因为从福州去京城街万里之遥，先别说一路上吃喝拉撒睡，得花多少银子？单单这么远的路途，山山水水的，还不把命给走没了？

"这好办！我回南少林去一趟，让师傅施舍盘缠。和尚有的是银子！"

果然，林小狮没有吹牛。他回了一趟南少林寺，一说自己的恩公一炮打死了孤拔，因遭到法国佬反击而粉身碎骨。自古英雄惺惺相惜，少林寺里的每一个和尚，都肯慷慨解囊。

赴京的盘缠解决了后，林小狮觉得光是三个人晋京，如同三粒小石子扔进一口大水池里，溅不起什么浪花。得人多了，才能搅动旋涡。于是，又到乡间去鼓动几个没有儿女羁绊的寡妇。不少寡妇，自从丈夫在械斗中身亡以来，都得到过林狮狮长期资助，因而愿意为林狮狮正名出点微薄之力。

已经长大成人、会办事的林小狮按晋京人头，给每个人都雇了一头驴，避免了她们的跋涉之苦。算上他，刚好12人，包括他的老娘在内。本来，西门月瑛考虑到老娘年岁已高，敌不过风沙雨雪，不让她老人家凑这个热闹。可是老人家觉得自己长期接受林狮狮的恩惠，尤其是让他的不孝儿子洗心革面、脱胎换骨，这样的恩情，简直比天高、比地厚！尽管自己只剩下这一把老骨头了没什么重量，也总该为干儿子的正名添一丝丝力呀！

经过精心准备，林小狮好不容易组织起来的驴队终于松松垮垮地踏上了漫长的旅途。福建向海而生、面山垂泪，睁眼闭眼皆重峦叠嶂，一路自然坎坷崎岖。为了一行人确保万无一失，一直小心翼翼的林小狮，鞍前驴屁股后地跑来跑去，仅仅片刻工夫便汗流浃背。辛苦一些倒不要紧，让他受不了的是娘们儿的啰唆劲。一条闽清驿道才走一半，他肠子就悔青了。

"老娘们儿，真难侍候！"没办法，马已落道，不跑都不行！谁叫你林小狮想要世袭云骑尉？为了得到年俸银八十几两，只好一路陪着为林狮狮正名的娘们儿，姑且莫问烦恼何时休。

其实，比林小狮还难受的是西门月瑛和那些寡妇们。她们从来就没有出过远门，除了出阁嫁人坐一次短时间的花轿，再也没有领略过富人的这种享受。头一回坐驴的她们，起先还挺新鲜。任劳任怨的驴，自觉降低身段，听任她们吆五喝六。骑在驴背上慢慢悠悠，不疾不徐，耳边风声飒飒，胯下蹄声得得。别看它傻，诗人特别推崇。孟郊骑驴苦吟，贾岛骑驴赋诗。驴则听其吟咏，游荡四野，诗意一身。走过水远山长，当听到诗人曼声吟哦，驴也会引吭高歌。可惜寡妇们不是李贺，骑驴非但没有觅句，而且还叽叽喳喳。驴听得实在不耐烦了，便做出不太友好的反应，小步"紧捯"（意思是慢跑），步伐轻盈并且有节奏感。可是坐在驴背上的娘们儿，却觉得一颠一颠的特别难受。她们开始吆喝，但不起作用，于是用鞭抽驴屁股，以惩罚代告诫。傻里瓜叽的蠢驴竟然发起了驴脾气，借着上坡的当儿走"之"字步，曲曲折折，左拐右拐，把有的娘们儿给甩了下去。

林小狮见状，只得上前搀扶一把。当然，在南少林寺练过功夫的他，这举手之劳，小菜一碟。真正让他精疲力竭的是他老娘，老人家骑在驴背上，没颠簸几下，浑身骨头好像散了架，酸痛难忍。要不是念着林狮狮的恩情，她早已让林小狮把她送回去了。好在林小狮真的变得极有孝心了，每遇到上坡，他都蹲下来让老娘趴在他背上，背着老娘走，累到气喘吁吁，也不肯放下。

由于晋京的路途实在太过遥远，林小狮作出决定：凡是水路，连驴带人全都乘船。这样一来，大大地减缓了娘们儿的疲劳。因为她们不是赴京参加考试，所以不能享受专门供给读书人的公车。西门月瑛硬是凭着对自己男人的那一份执着情愫，林小狮的老娘和那些寡妇们则依仗着对林狮狮的感恩，咬着牙关在漫漫旅途上挣扎了半年之久，南少林寺和尚资助的盘缠已开销得所剩无几了，才抵达北京。

为了省钱，林小狮找到一座残破的马神庙，让疲惫不堪的娘们儿落脚。歇息了两天，他先出去摸底，弄清楚如何上达民意。由于官话水平有限，费了老大的劲，才晓得朝廷对告御状的惩罚相当重。《大清律例》规定："擅入午门、长安等门内叫讼冤枉，奉旨勘问得实者，枷号一个月，满日，杖一百。"这就意味着，即便你实有冤情，也得先受刑关押一个月，出狱那天还得打一百大板。

不过明君都晓得"知屋漏者在宇下，知政失者在草野"。据说嘉庆皇帝就要求必须"勤求民隐"，不许官员限制百姓进京控诉，甚至称自己有时间的话会审阅每起京控案的卷宗。他认为听取上访可以使朝廷直接获取真实的社情民意，因而非常重视民众上访。他曾经作出明确规定：官民可赴京向都察院及步军统领衙门投诉。假使有关部门不受理陈告或拖延不办，民众还可以到御史台投诉。赴京上访机制齐全、途径多样，权利义务各有明文规定，真是花好稻好。

林小狮摸清楚情况后，选择了一个黄道吉日，让老娘和西门月瑛以及那些寡妇们全都把预先请人写好的黄状挂在背上，然后每人都手挑一盏小灯笼，先到都察院门前走一走，然后再到步军统领衙门去。

京城街一下子冒出十几个蓬头垢面、衣着极其邋遢的女人，背负黄状、手提小灯笼，自然一下子就产生了轰动效应。不仅围观者众，消息不胫而走，传进了都察院和步军统领衙门。

这两大敏感衙门立即派官员查看，同时开始研究如何应对这个突然出现的局面。负责查看的官员，能在京城衙门供职，都是读过许多书、脑袋瓜极其活络的人。他们头一眼看到西门月瑛她们，就很反感："我大清国朗朗乾坤，你大白天点着灯笼，岂不是挖苦这个世界黑暗吗？"于是，当即赶走围观群众，把她们包括林小狮在内全都押进都察院。经过盘问，得知来自福州。于是两个衙门紧急磋商："是让福建方面来人把她们接走，还是派人押送出京？"

"哎呀，老爷，我等好不容易才走到京城街，要紧事还没着落！不能把我们一脚踢开呀！"

"京师乃首善之区，尔等这么邋遢，有碍观瞻，有损国格！"因而一点商量余地都没有，坚决遣回原籍！当然，这事交由京城最高治安机构——步军统领衙门全权负责，执行人是八旗步军营的一名翼尉。

这翼尉还算比较好说话的人。他见林小狮的老娘已经年过六旬，而且骨瘦如柴，生怕押解途中发生意外，因而同意林小狮和西门月瑛的请求，让三人暂时羁留马神庙。但有言在先，不许在京城街抛头露脸。其余的那些寡妇全部押解回原籍。

林小狮和西门月瑛留在马神庙照顾老娘，食没饭桌、睡没眠床，忍饥挨饿两三天，就实在受不了。老人家认为，与其受困破庙，不如让步军统领衙门押解回去。

西门月瑛虽然赞同老人家的提议，但总觉得心有不甘。既然允许三人留下来了，索性再最后尝试一下，替林狮狮正名。她跑出马神庙好几次，都被巡捕给揪了回来。后来，她让林小狮先把守在马神庙外的巡捕引开，她豁出性命终于溜到了天街御道，发现紫禁城内外装饰一新，处处张灯结彩，彩殿、彩棚鳞次栉比。她不管不顾，刚刚把背后的黄状高高地举了起来，就被巡捕逮住，强拖硬拽把她扔回马神庙。

让西门月瑛和林小狮所料不及的是，步军统领衙门经常滥用刑罚。他们也没有鞭笞林小狮和西门月瑛他们，只是弄来了三个木枷，说为了不让他们仨在慈禧太后六十大寿期间乱跑，强迫他们将双脚穿进木枷上的两个窟窿，然后锁住。可是让他们不解的是，紧接着巡捕又牵来了一只山羊。

"巡捕老爷，你这是什么意思？"林小狮以为巡捕牵进一只山羊是要跟人关在一起，于是提出抗议，"我们是人，怎么跟牲畜住在一起？"

"放心吧！不是让尔等跟牲畜住在一起，是让山羊给二位女眷好好地'梳洗''梳洗'。"巡捕笑嘻嘻地说，"当然，你是男的，享受不了。"

西门月瑛跟林小狮的老娘都不明白巡捕为什么突然要替她们"梳洗"，正莫名其妙呢，巡捕竟然拿来一大瓶蜂蜜，然后用刷子粘满蜂蜜，先在老娘的一双赤脚上涮了两遍，同时说："为什么让你老人家先享受？因为你老人家一脸的苦汁，也许这一生都很少笑吧？如今再一脸苦汁，可就是大逆不道了！为啥如今一脸苦汁是大逆不道呢？因为眼下乃太皇太后六十大寿。在这普天同庆的日子里，你老人家也应该笑，笑得越大声越好！"

巡捕说毕，把山羊牵到老人家跟前。山羊只嗅了几下就闻到老人家脚底涂着的蜂蜜，于是伸出舌头反复地舔。等到老人家脚底的蜂蜜被舔干净了，巡捕再给老人家涮上蜂蜜，让山羊继续舔。蜂蜜，是山羊最喜欢吃的东西。

西门月瑛和林小狮都莫名其妙，他们一直盯着老人家。起先老人家没有什么反应，当脚底第三次涮上蜂蜜，山羊再次开始舔起来后，一生沉浸在苦汁中的老人家终于忍不住地笑了起来。

原来，山羊的舌头和其他动物不一样。山羊舌头上密布着倒钩的刺，舔一两下并无大碍。然而多舔几次，让人有一种奇痒难受的感觉。人的脚底板一直被山羊舔舐，非常容易引发皮肤溃烂。而且在被舔的过程中，皮肤会一点一点地剥落，鲜血会不断地从脚心流出来。被舔的人，即便有刺心之痛，但山羊依旧不会停止舔舐——因为血水和蜂蜜混合后更加刺激了山羊的味蕾，山羊只会更加兴奋。

山羊反反复复地舔着老人家的脚底板，使她瘙痒难耐。大约也就两个时辰左右的样子，奇痒难受的老人家实在无法克制，竟然放声大笑了起来，而且笑个没完没了！已过了花甲年纪的老人家，这一辈子都没笑过，就是出嫁的时候也还是眼噙泪水。她在这个世界上度过 21915 天，全都浸泡在苦汁之中。没想到在慈禧太后六十大寿的日子里，她竟然笑了，而且是大笑、狂笑，一直狂笑到因为缺氧窒息而亡！

西门月瑛和林小狮压根就不知道老人家是受了号称"天下第一温柔"的古老酷刑。在举国同庆的这一天，老人家被折磨得痛不欲生，笑着、笑着，活生生地硬给笑死了！一生不幸的人，终于"含笑九泉"了！

做 半 段

一

福州有个俗语话，叫作："大王补库，弟子出钱。"甲午年，欣逢慈禧太后花甲昌期，寿宇宏开。据《皇太后六旬庆典》中记载：

一、置办慈禧太后新衣，钦定苏州、杭州、江南三大织造府承制。用高档绸、缎、皮、绵衣物及面料制成各色绣缎龙袍达数百件，耗银231000多两。

二、从京郊颐和园至紫禁城一路所经道路两旁搭建楼台殿阁、戏台、牌楼等总计60段景点，耗银2400000两。

三、慈禧太后乘坐的金辇轿舆，耗银76913两；另再备各类乘轿8乘，耗银12500两；光绪帝、后宫妃嫔的各式乘轿，耗银15000多两；还有慈禧太后乘坐的黄漆车，光绪皇帝乘坐的朱红漆车，后宫妃嫔乘坐的黄油车共11辆以及慈禧太后的役使宫女使用的青车30辆，修理旧车90多辆，耗银78900多两，以上共计耗银183000多两。

四、紫禁城内外装饰一新，养心殿、太极殿、体和殿、东西六宫以及颐和园等处的修缮，耗银约 414000 多两，仅慈宁宫一处工程就耗银 350000 多两，共计耗银约 764000 多两。

五、慈禧太后寿庆当日，上皇太后徽号的玉宝、玉册，耗银 1923 两。工部打造盛装印玺的金箱 1 个、金印池 1 个、金钱 1 个，耗金 243 两。加上打造的各类首饰、器皿等物品，共计耗金、银 386000 两。

六、赏赐王公大臣、文武百官如意 100 柄，瓷瓶 500 件，朝珠 840 挂，铜手炉 1000 个，各类蟒锻、丝绸 5600 多匹等，耗银 2897000 多两，等等。挥霍掉黄金白银总计 1000 万两。

然而整个北洋水师的花费仅 700 万两银子，可是几年未更新装备、增添弹药。李鸿章一再请求拨款购置更先进战舰，慈禧太后始终无动于衷。因而当东乡平八郎果断下令开炮击沉"高升"号从而揭开甲午战争序幕后，仅仅 8 个多月，大清帝国 32 艘军舰全被击沉，31 万多将士全军阵亡！

最后，73 岁高龄的李鸿章拖着一身疲惫，在日本本州的马关春帆楼，代表大清政府与日本签订屈辱的《马关条约》，赔付给日本 2 亿两白银，而且还拱手割让了台湾。

其时，台湾首任巡抚刘铭传正在老家刘新圩的病榻上。当他听说甲午战败，被迫与日本签订《马关条约》，将他抗法保台并苦心经营数年的台湾割让给了日本，一口鲜血喷出，翌年含恨而亡。

其时，任台湾布政使不久的陈季同，不甘心国土被日寇吞噬，挺身而出与丘逢甲等台湾民众共赴国难，舍生忘死地在战场上与日军厮杀。仅仅血战了 5 个月，终因势孤力单而失败。丘逢甲逃往潮州，陈季同率领 4 舰东渡回沪。

二

光绪二十一年（1895）农历七月十五日，又到了福州人一年一度"做半段"的日子。这一天，西门月瑛陪着林小狮来到道庆洲，协助他安葬从北京背回来的老人家的骨骸。同时也是祭奠她的男人，那个没人承认的烈士林狮狮。

不过，从上海特意回到福州的薛绍徽与她哥薛伯垂始终记得林狮狮这位烈士。他们登上道庆洲的时候，林小狮的老娘已经葬进了新坟。他正跪在地上一连磕了 9 个响头，泪流满面地嘀咕着："娘，你苦苦挣扎了一辈子，如今总算入土为安了。你儿子还得像你那样，苦苦地挣扎着……"

没人回答。只有一直陪伴着芦苇的波涛在抽泣。它，既是为那年马江之战中牺牲的将士而泣，也是为甲午战争中 31 万多英烈痛哭。茂密的芦苇在风中簌簌作响，仿佛在问："大清呀，为什么会输得这么惨？"

正在拈香跪拜林狮狮的西门月瑛一眼瞥见薛绍徽，心里还是漾起一些些涟漪。虽然这位大才女没能为她的男人正名帮上忙、出过力，但是迄今为止还记着她的男人，已经算不错了。许多人，包括福州人，早已忘了林狮狮。

一向眼观六路、耳听八方的薛伯垂看到了西门月瑛的那一眼乜视，仿佛看到了她心中的不爽。因而他用肘碰了碰薛绍徽，轻声地问她："秀妹，罗大人拜托你的事没有办，今天来祭奠烈士，是不是有点尴尬？"

"昆哥，世事难料，这不能怪我！"薛绍徽表面上在回答她哥，其实也是说给西门月瑛听的。"其实，我一直惦记着她的诉求。可是怎么会料到四伯宦海翻舟，泥菩萨过江，自身难保！"

"秀妹，世袭云骑尉，难度很大！"薛伯垂在塔巷口问卜算卦，接触的都是底层人物，因而对底层人物的心思非常了解。"可是替林狮狮正名，应该问题不大。"

"正名，无非就是让官方承认林狮狮是个烈士。与其官方树碑，不如百姓口碑！"

"关键在于，得让后代记住有一个叫林狮狮的好汉，在船政水师全军覆没后挺身而出，发了一炮把孤拔给干掉了！"

"昆哥，我一直想给林狮狮填一阕词，可是很难。因为有七八个人说是他打死了孤拔，可谓众说纷纭，莫衷一是。"

"秀妹，我来迟了！"薛绍徽正跟她哥探讨到底是不是林狮狮那一炮致使孤拔受伤，然后丧命澎湖，陈季同也登上了道庆洲。他在台湾抗日失败后，率领4艘战舰回到上海。朝廷把抗法斗士先晾在一边，后来要他去云贵探矿。他记得"做半段"，便先回福州来。"我虽然来迟了一步，但我给你带来了一份相当不错的礼物！"

"什么礼物？"

"照片！"陈季同从公文包中取出两帧照片，递给薛绍徽，"这两帧照片跟福州都有关系！"

"敬如兄，你这照片……"精通国画的薛绍徽，在上海待了几年才知道西方有铜版画。她接过陈季同递给她的照片，经过反复审视，最后作出判断，"好像是洋人的铜版画。"

"对！是铜版画！这是赖妈懿在法国国家图书馆偷偷翻拍的。"

"这一帧是《法军攻打中国福州船政局》，这一帧标题就是《孤拔被中方炮弹击中负伤》。"

"这两帧照片，不！应该说这两幅铜版画，作者都是嘉图，当年孤拔的副官。"

"历史见证者!"

"铜版画上,中方的战舰是我船政水师的船型。"

"嘿,这就是说,"薛伯垂非常激动,大声地叫了起来,"孤拔是在马江之战中受的伤?"

"真的?"西门月瑛迫不及待地从薛绍徽手里抢过照片,反复地看,想从中找到林狮狮的身影,同时激动地一个劲念叨着:"是我家狮狮开的炮!"

"秀妹,你可以填词了吧?"

"那是!"薛绍徽让她哥帮她背着的一只藤篓放下来,打开盖子取出文房四宝,拿起毛笔濡墨,铺开一纸,洋洋洒洒,挥笔疾书,一气呵成,既未加修饰,也没有任何润色。

陈季同与薛伯垂发现薛绍徽写了一篇很长的序,他们等"薛涛笺"上的墨迹被风吹干了后拿起来,两个人轮流地读:

中元日,绛如以甲申之役,同学多殁战事。往马江致祭于昭忠祠,招予及伯兄同舟行。航工一老妇言:"当战时,适由管头载客上水。风雷中,炮声、雨声交响,避梁厝苇洲中,见敌船怒弹横飞,如火球进出。我船之泊船坞外,若宿鸟待弋,次第沉没。入夜,潮高流急,江上浮尸滚滚。敌船燃电灯如白昼,小舟咸震慑,无敢行。四更,有橹声咿哑至。既近,则一破坏盐船,船有十余人。皆尚干乡远近无赖,为首曰林狮狮,讯敌船消息,既而驶去。天将明,又闻炮响数声,约有木板纷纷飞去而已。盖狮狮等虽横行无忌,此际忽生忠义心,见盐船巡哨者弃船逃走,既盗其船,用其炮,乘急水横出,将近敌船,望敌将孤拔所坐白堡者,燃炮击船首上舱,舱毁,敌惊返炮。而狮狮等并船成齑粉矣。"

绎如闻说，骇然曰："是矣！数年疑案，今始明焉。"余叩其故，则曰："我在巴黎时，适法人为孤拔竖石像于孤拔街。往观之，遇相识武员某言：曾随孤拔入吾闽。初三日战时，华船仓卒，无有抵御。惟至翌日天将明，似有伏兵来援，炮毁舱。孤拔睡梦中，舱板折压左臂，伤及胁，还炮则寂然。乃疑港汊芦苇处无不有兵，急乘晓雾拔队出口。又畏长门炮台狭路相接，趁大潮绕乌龙江至白犬。修船治伤，弗愈。又至澎湖，终以伤重而殒。此仅一说也，我初闻以为妄意。是日之战，吾船既尽歼，督师跣而走，此江上下，实无一兵，安有翌晨突来之炮？不意今日始知有林狮狮诸人者。噫嘻！天下可为盗贼者，亦可为忠义。虽其粉身骈死，能使跋浪长鲸于怒波狂澜中，忽而气沮胆落，垂首帖尾，逃匿以死。其功岂浅哉！惜乡僻，无人为发其事，子盍为我记之？"余曰："唯"，用吊以词。

　　莽莽江天，忆当日，鳄鱼深入。风雨里，星飞雷吼，鬼神号泣。猿鹤虫沙淘浪去。贩盐屠豕如蚊集。踏夜潮，击楫出中流，思偷袭。

　　咿哑响，烟雾湿，砰訇起，龙蛇蛰。笑天骄种子，仅余呼吸。纵逐波涛流水逝，曾翻霹雳雄师戢。惜沉沦，草泽国殇魂，谁搜辑？

这阙《满江红》词，前面的序言，记述的是光绪十五年（1889）的中元节，薛绍徽跟陈寿彭第一次到道庆洲，听摆渡老妪讲述林狮狮炮打孤拔的经过。她那时候就想制一长短调。没想到，竟然在中日甲午战争后才得以还了这笔旧欠的文债。

这时，陈寿彭也跑来了。他是跟着李鸿章去春帆楼做日语翻

尾声 做半段

译，辗转回国后记得"做半段"匆匆忙忙赶来。他告诉大家《马关条约》使大清帝国赔付给日本 2 亿两白银，还拱手割让了台湾。

林小狮听到这个消息后，冲着苍穹大吼一声："还我台湾！"

在他的引领之下，在道庆洲的所有人都齐声呐喊："还我台湾！"

这齐声呐喊，似黄钟大吕，博大宏音，扬清荡浊，摇岳撼山，一直回荡在神州大地上……

后 记

为了更多人了解 140 年前的中法马江战役和马尾地区军民奋起抗击侵略者的英雄事迹，缅怀英勇牺牲的先烈，中共福州市马尾区委党史和地方志研究室特邀福州籍作家池敬嘉先生著成长篇小说《狮吼马江》。这部文学作品，以马江之战为史实背景，钩沉了不少鲜为人知的历史。尤其值得一提的是，该书用形象生动的艺术手法，塑造了以福州尚干人林狮狮为代表的保家卫国英雄群像，是一部弘扬爱国主义、展现民族精神的作品。

从本书选题策划到出版，历时两年之久。我们单位全体同志进行了多轮沟通探讨、审核校对，凝聚了各方力量、智慧和心血。如今，本书终于付梓出版。在此，对所有参与此项工作的单位、专家、同仁致以衷心的感谢。

由于历史原因，对马江之战，史学界各抒己见，这给我们的编辑工作带来了一定的难度，因此错讹和不足在所难免，敬请广大读者批评指正。

中共福州市马尾区委党史和地方志研究室
2024 年 9 月

图书在版编目(CIP)数据

狮吼马江/池敬嘉著;中共福州市马尾区委党史
和地方志研究室编. —福州:海峡文艺出版社,2024.
11
　ISBN 978-7-5550-3803-0

Ⅰ.Ⅰ247.5

中国国家版本馆 CIP 数据核字第 2024BJ8777 号

狮吼马江

池敬嘉　著　　中共福州市马尾区委党史和地方志研究室　编
出 版 人　林　滨
责任编辑　蓝铃松
助理编辑　吴飔苿
出版发行　海峡文艺出版社
经　　销　福建新华发行(集团)有限责任公司
社　　址　福州市东水路 76 号 14 层
发 行 部　0591－87536797
印　　刷　福建李想彩色印刷有限公司
厂　　址　福州市仓山区建新镇冠浦路 144 号
开　　本　787 毫米×1092 毫米　1/16
字　　数　320 千字
印　　张　26.25
版　　次　2024 年 11 月第 1 版
印　　次　2024 年 11 月第 1 次印刷
书　　号　ISBN 978-7-5550-3803-0
定　　价　68.00 元